DESTINÉE AU LYCAN

Le Royaume des Ombres

RÉGINE ABEL

TABLE DES MATIÈRES

DESTINÉE AU LYCAN

Elle lui confie sa vie.

En phase terminale, sans aucun remède médical ou magique possible, Amara se tourne en désespoir de cause vers la Tisseuse. À sa grande consternation, la solution qu'elle lui propose plonge Amara dans une mission encore plus mortelle que la maladie qui la tue lentement. Elle fait appel à Rémus, le seul guide Lycan qui accepte de l'accompagner dans ce périlleux voyage. Bien qu'affligé par sa propre malédiction, Rémus est fort, intrépide et le protecteur le plus féroce qu'Amara puisse espérer. L'âme douce qui se cache derrière son apparence intimidante touche profondément Amara et lui donne une raison supplémentaire de vouloir vivre.

Il serait prêt à mourir pour la sauver.

Maudit depuis sa naissance et traité comme un paria par sa meute, Rémus s'est résigné à vivre comme un loup solitaire. Quand Amara vient lui demander de l'aide, sa joie de réaliser qu'elle est sa Flamme Jumelle est rapidement anéantie. Amara est mourante et le seul remède est de la folie pure. Contre toute logique, Rémus s'engage à sauver cette femme douce et courageuse qui le considère comme un homme de valeur et non comme une bête sauvage à bannir.

Après une vie de tourments, Rémus combattra les dieux eux-mêmes pour protéger la seule bonne chose que le Destin lui ait jamais donnée... ou mourra en tentant de le faire.

DÉDICACE

À ceux qui n'abandonnent jamais, peu importe les obstacles que la vie met en travers de leur chemin. Même lorsque tout semble être ligué contre vous, même lorsque vous semblez constamment essuyer une tempête après l'autre, rappelez-vous que le soleil finit toujours par briller. Et lorsqu'il le fera inévitablement, sa lumière brillera d'autant plus pour vous qui vous êtes battus pour sortir de l'obscurité.

À ceux qui font preuve d'empathie pour le simple plaisir de le faire, sans chercher à être félicités, à en tirer profit ou à obtenir un quelconque avantage en échange. La gentillesse dont vous faites preuve aujourd'hui vous sera souvent rendue de manière inattendue et au moment où vous en aurez le plus besoin.

À ceux qui choisissent de ne pas être des monstres, surtout lorsque ce serait la voie la plus facile.

CHAPITRE 1
AMARA

L e son apaisant des clochettes suspendues au-dessus de ma tête résonna dans la boutique de Ronika lorsque j'ouvris la porte. Elle servait à la fois d'apothicaire et de clinique médicale. Avant de déménager à Willow Grove, j'avais entendu parler des merveilles accomplies par cette sorcière plutôt moyenne qui avait soudainement acquis des pouvoirs extraordinaires et était devenue la guérisseuse la plus renommée de la région. Le fait qu'elle soit également la seule personne connue à avoir remporté une bataille contre le tristement célèbre nécromancien Cornélius renforçait encore davantage le mystère qui l'entourait.

Après la mort de cet homme malfaisant quelques mois auparavant, beaucoup de gens s'étaient demandé si elle était impliquée. Mais le type de magie noire utilisé pour le piéger dans un tourment sans fin ne pouvait pas provenir d'elle. Seul un demi-dieu, ou peut-être même l'un des Anciens eux-mêmes, avait pu lui infliger ce châtiment bien mérité pour toutes les souffrances et tous les torts qu'il avait causés aux autres pendant des générations.

Ronika me fit signe de m'approcher depuis l'arrière du comptoir où elle remplissait de petits pots avec diverses herbes médicinales. Le sourire qui illuminait son beau visage me réchauffa de l'intérieur. Dès notre première rencontre, je me souvenais avoir pensé qu'elle pouvait être un ange parmi les mortels. Même si je savais que ce n'était pas le cas, il ne faisait aucun doute que quelque chose s'était produit lorsqu'elle avait soudainement acquis ce pouvoir supérieur, et qu'elle était désormais plus qu'un simple être humain.

Il n'y avait rien d'étrange à cela, dans la mesure où les humains adoptaient de plus en plus les pratiques ésotériques. La question était toujours de savoir s'ils s'adonnaient au côté lumineux ou obscur. Ronika rayonnait de lumière et de compassion.

Je lui rendis son sourire tout inspirant profondément le parfum agréable qui flottait toujours dans la partie avant de la boutique. Il était léger et floral, avec une touche d'épices et de sucre. Mais surtout, il procurait un sentiment instantané de paix et de bien-être. Étant donné que l'arrière de la boutique abritait une salle de consultation et de soins, il était tout à fait logique qu'elle utilise un mélange parfait de runes de guérison et d'encens pour créer l'atmosphère appropriée pour ses patients et ses clients.

— Bonjour, Amara ! Entre, je t'en prie, dit Ronika chaleureusement en rejetant une mèche de ses longs cheveux pardessus son épaule.

Ils avaient une couleur inhabituelle, un bleu nuit étonnant qui devenait progressivement violet clair vers les pointes. Ils étaient magnifiques sur sa peau légèrement bronzée, une nuance de brun pâle. Alors que j'aimais m'habiller avec les couleurs vives de mon héritage béninois – en contraste frappant avec la majorité des habitants de Willow Grove – Ronika portait généralement des teintes sobres, en l'occurrence une robe vert forêt.

Elle tendit les mains vers moi.

— Je vois que tu es bien chargée. Quelles bonnes choses m'apportes-tu aujourd'hui ?

Je réduisis la distance qui nous séparait, mes talons moyens claquant sur le parquet sombre de la boutique.

— C'est un tout nouveau lot de vingt bougies créées spécialement pour toi, répondis-je avec enthousiasme en lui tendant le panier.

— Pour moi ? répéta Ronika, haussant les sourcils avec curiosité tandis qu'elle inspectait le contenu du panier.

J'acquiesçai.

— Mmhmm. Elles sont faites à partir de cire de soja et de plumes de Caladrius.

Ronika resta bouche bée, et son beau visage s'illumina d'excitation. Elle agita la main au-dessus d'une des bougies, et une puissante magie tourbillonna autour d'elle. Je ne pus m'empêcher de ressentir une vague d'envie. Bien qu'issue d'une longue lignée de mambos talentueuses – des prêtresses vaudou – ma mère avait veillé à ne pas me laisser développer mes pouvoirs. Des événements tragiques l'avaient amenée à tourner le dos à ce qui était auparavant un héritage dont ma famille était très fière.

— C'est fantastique ! Tu es vraiment la meilleure dans ton domaine ! s'exclama Ronika. Sais-tu depuis combien de temps je cherche quelqu'un capable de canaliser les pouvoirs de guérison du Caladrius dans des accessoires ésotériques ? Même sans l'allumer, je peux sentir sa puissance. Il fera des merveilles pour soigner mes patients. Mais je vois qu'il serait également très utile aux gens ordinaires qui pourraient simplement l'utiliser chez eux. Tu devrais les vendre dans ton propre magasin.

Je souris et hochai la tête.

— C'est mon intention. Mais comme tu es ma cliente préférée et la plus précieuse, je voulais te les apporter en premier.

Son visage s'illumina d'une expression affectueuse qui me toucha profondément une fois de plus. Elle n'avait que dix ans de plus que moi, mais la façon dont elle me regardait me rappelait ma mère. Non pour la première fois, j'aurais souhaité qu'elle me suive ici lorsque j'avais déménagé à Willow Grove quelques mois plus tôt.

— Tout comme tu es l'une de mes partenaires d'affaires et clientes préférées, répondit-elle doucement, avant de prendre un air inquiet. Comment te sens-tu ces derniers temps ?

Mes épaules s'affaissèrent et un sentiment familier de désespoir et de défaite m'envahit.

— Pas très bien, j'en ai peur, répondis-je d'un air abattu.

— C'est revenu ?! demanda Ronika avec une expression atterrée.

Je hochai la tête.

— Je recommence à me sentir mal. J'ai du mal à manger et je me sens constamment faible et étourdie. À des moments complètement aléatoires, je me mets à transpirer et ma vue devient floue.

Ronika fronça les sourcils, l'air sincèrement perplexe.

— Cela n'a aucun sens. As-tu à nouveau craché du sang ?

Je secouai la tête.

— Non. Cependant, les mêmes symptômes que j'avais ressentis la première fois reviennent, mais encore plus rapidement qu'avant. Du moins, c'est ce qu'il me semble...

Toute cette situation était d'autant plus incompréhensible que j'avais toujours été en parfaite santé. Lors de mon déménagement à Willow Grove deux mois auparavant, tout allait bien. Les premiers symptômes étaient apparus à la fin de la quatrième semaine. Au début, j'avais pensé que le stress et la fatigue liés à mon déménagement dans un autre État et au lancement de ma nouvelle entreprise avaient fini par me rattraper. Mais lorsque je me mis à cracher du sang, je ne pus plus nier que quelque chose de bien plus grave était en train de se produire.

— Ma mère pense que je suis maudite, dis-je avec dérision.

Ronika secoua fermement la tête, rejetant clairement cette possibilité.

— Je ne vois aucune malédiction sur toi. Ce qui te fait souffrir n'est pas de nature magique, j'en suis presque certaine. Viens, allons dans ma salle d'examen.

Bien qu'elle me fît signe de me diriger vers la pièce, elle se dirigea vers la porte d'entrée pour afficher un panneau indiquant qu'elle était en consultation afin que les nouveaux clients sachent qu'ils devaient patienter.

En entrant dans la pièce, je ne pus m'empêcher de jeter un coup d'œil vers la porte à gauche. Ronika la gardait toujours fermée. Je soupçonnais qu'elle y avait un autel ou un sanctuaire. La rumeur disait qu'elle pratiquait quelques exorcismes, ce qui nécessitait un aménagement très différent de la salle de consultation traditionnelle dans laquelle nous entrions. La boutique entière était en fait une extension de sa maison, qui abritait également un puissant Arbre Gardien dans le jardin.

— Pourquoi ta mère pense-t-elle que tu es maudite ? demanda Ronika avec une curiosité sincère en fermant la porte derrière elle.

En même temps, elle me fit signe de m'asseoir sur la table d'examen au milieu de la pièce. À ma grande surprise, je remarquai qu'elle avait apporté une de mes bougies de Caladrius. L'oiseau mythique dont j'avais utilisé les plumes pour les fabriquer était un puissant guérisseur. Si un patient malade avait la chance d'en rencontrer un, il lui suffisait de rester immobile pendant que l'oiseau blanc comme neige le fixait du regard. Il absorbait alors la maladie du patient, puis s'envolait vers le soleil pour la faire brûler. Mais si l'oiseau ne le regardait pas dans les yeux, cela signifiait soit qu'il ne pouvait pas guérir sa maladie, soit qu'il choisissait de ne pas le faire parce que le patient ne le méritait pas.

J'avais eu la bénédiction de rencontrer un Caladrius, mais il n'avait pas voulu me regarder dans les yeux.

— En fait, elle ne sait pas que je suis malade, avouai-je timidement. Cela la bouleverserait.

— Je ne comprends pas, dit Ronika avec prudence.

— Je présente les mêmes symptômes que ceux de la mystérieuse maladie qui a emporté mon père quand j'étais encore toute petite, expliquai-je d'un ton grave. Lorsque les médecins et les guérisseurs n'ont pas réussi à identifier la cause ni à le guérir, ma mère s'est tournée vers les houngans et les mambos, espérant que les esprits pourraient nous aider. Après tout, ma famille servait fidèlement les loas depuis des générations. Mais eux non plus n'avaient pas de réponse à nous donner. Maman était dévastée et a quitté le Bénin peu après pour recommencer une nouvelle vie ici. Et bien qu'elle m'ait enseigné notre culture, elle a toujours été catégorique sur le fait qu'il ne devait y avoir aucune magie dans nos vies. Elle tolère à peine le fait que je fabrique des bougies de sorcière. Mais c'est grâce à elles que nous avons de quoi manger.

— Je comprends pourquoi elle ressent cela, répondit Ronika avec compassion. C'est pour cela que tu as quitté ton État pour venir t'installer ici, à Willow Grove ?

Je secouai la tête.

— Mon oncle – le frère aîné de ma mère – est décédé récemment. Dans son testament, il m'a légué son manoir. Il n'a qu'une seule fille qui est restée dans notre pays natal et qui n'a aucune envie de déménager ici.

Ronika fronça les sourcils.

— Toutes mes condoléances. Est-il décédé de la même maladie ?

— Non, répondis-je fermement. C'était un stupide accident de cheval. Quelque chose a effrayé sa monture. Mon oncle a été éjecté de sa selle et s'est brisé le cou en faisant une mauvaise chute. J'ai été sous le choc en découvrant que j'avais de la famille ici, et surtout qu'il m'avait incluse dans son testament alors que je n'avais aucun souvenir de lui. J'étais trop jeune lorsque nous sommes parties.

— Ta mère était-elle au courant ? demanda Ronika.

Je hochai la tête.

— Nous nous sommes violemment disputées à ce sujet. Pendant très longtemps, j'ai dit à ma mère que je voulais rentrer au pays pour rendre visite à notre famille et renouer avec elle. Mais elle trouvait toujours une excuse pour repousser mon départ. À vrai dire, elle nous maintenait dans un isolement quasi total. Sans mon commerce de bougies, je n'aurais pratiquement jamais rencontré qui que ce soit. Inutile de dire qu'elle a piqué une crise quand je lui ai dit que je voulais accepter le cadeau de mon oncle. Elle m'a juré que c'était maudit et que si j'y allais, j'allais connaître une mort terrible.

L'expression choquée de la guérisseuse reflétait la détresse que j'avais ressentie en réalisant que les symptômes qui s'étaient manifestés peu après mon arrivée semblaient confirmer la terrible prédiction de ma mère.

— Est-ce vrai ? demanda Ronika avec précaution. La maison est-elle maudite ?

Je secouai la tête.

— Malheureusement, non. Cela aurait été trop facile si tel avait été le cas. Willow Grove abrite certains des sorciers et exorcistes les plus puissants. J'en ai fait venir trois différents pour essayer de déterminer si une force maléfique à l'intérieur était en train de me tuer à petit feu. Mais ils n'ont détecté aucun sortilège maléfique ni aucune présence malveillante.

Ronika plissa les lèvres, ses beaux yeux marron foncé devenant flous tandis qu'elle réfléchissait à mes paroles.

— Je me souviens que tu as mentionné être tombée malade environ un mois après ton arrivée ici, réfléchit-elle à voix haute. Si ce n'est pas la maison qui te rend malade, peux-tu penser à des endroits inhabituels que tu aurais pu visiter à la recherche d'ingrédients pour tes bougies, ou simplement en explorant la région ?

— Crois-moi, je me suis posé la même question. Mais je ne suis allée dans aucun des endroits maudits contre lesquels tout le monde nous met en garde, et encore moins dans un endroit aussi tordu que Hemdell. Quant à mes ingrédients, je les ai tous achetés ici même, dans le district des Enchanteurs, à part ceux que j'avais déjà et que j'ai apportés avec moi. Cependant, j'ai acquis quelques réactifs exotiques auprès des marchands d'artefacts de la ville. J'ai d'abord pensé que j'avais peut-être eu une réaction indésirable à l'un d'entre eux. Mais ce ne sont pas des ingrédients que personne n'a jamais utilisés auparavant. S'ils avaient été la cause, quelqu'un aurait sûrement reconnu les symptômes.

Ronika acquiesça lentement, l'air troublé. Elle me fit signe de m'allonger sur la table. Je m'exécutai promptement. Malgré la peur que me causait toujours le fait de discuter de mes problèmes de santé, je ne pus m'empêcher d'esquisser un sourire fier lorsqu'elle raccourcit la mèche de ma bougie de Caladrius avant de l'allumer. Elle commença alors à la passer lentement à quelques centimètres au-dessus de moi, comme on le ferait pour examiner quelque chose à la loupe.

À bien des égards, cela fonctionnait exactement de la même manière pour quelqu'un doté de ses pouvoirs arcaniques. Pour les gens ordinaires, l'utilisation de cette bougie ne servait qu'à soulager des maux ou des blessures mineurs, comme apaiser un mal de tête particulièrement pénible, atténuer des douleurs musculaires ou articulaires sévères, soigner un rhume ou faire baisser une fièvre. Mais entre les mains d'une guérisseuse experte comme Ronika, elle lui ouvrait une fenêtre sur ce qui m'affligeait.

Allongée comme je l'étais, tout ce que je pouvais voir était l'air qui se brouillait autour de la bougie. Sa flamme changeait de couleur et d'intensité en fonction de l'endroit où Ronika déplaçait la bougie au-dessus de moi. Elle devait avoir une vision claire, presque comme une radiographie. Je n'avais pas la magie nécessaire pour faire de même, mais les couleurs de la flamme indiquaient indéniablement que quelque chose n'allait vraiment pas chez moi.

— Par les dieux, murmura Ronika d'un air incrédule.

— À ce point-là ? demandai-je avec un rire nerveux pour cacher mon désarroi.

— La maladie est effectivement revenue. Mais cette fois-ci, elle se propage beaucoup plus rapidement qu'auparavant. Cela ressemble à un cas d'exposition fréquente à une sorte de toxine ou de poison. Sauf que je n'ai jamais rien vu de tel par le passé. Je ne sais pas ce qui pourrait attaquer ton corps de cette manière. Es-tu sûre de ne pas avoir été exposée à quoi que ce soit ?

— Je ne vois vraiment pas quoi, répondis-je, découragée. Les arcanistes et moi avons fouillé toute la maison et n'avons rien trouvé. Et je ne suis allée qu'à des endroits que d'autres personnes fréquentent régulièrement. Je n'ai aucune idée de ce que c'est.

Ronika me lança un regard triste.

— Je ne vais pas te mentir, Amara. Ta maladie me dépasse.

— Tu n'es pas sérieuse ! m'écriai-je dans un murmure abattu. Tu es mon seul espoir. Le Dr Osborne a également baissé les bras. Et aucune des sorcières n'a pu m'aider. Tu as réussi à guérir ma maladie la dernière fois. Tu ne peux pas le refaire ?

Elle m'adressa un regard désolé.

— Je ne peux pas te guérir, Amara. Je devrais pouvoir éliminer une partie de l'infection et réparer les dommages causés à tes organes. Mais ce n'est pas un remède. Ce qui te rend malade est toujours là et va se développer à nouveau. Malheureusement, cela sait désormais comment t'attaquer et continuera à se propager plus rapidement à chaque fois.

— Je suis donc condamnée ? demandai-je, anéantie.

Une lueur d'espoir jaillit au plus profond de moi lorsqu'elle hésita. Le fait qu'elle n'ait pas catégoriquement dit non voulait dire qu'il restait une option.

— Je ne sais pas par où commencer pour enquêter sur ton cas. Pour l'instant, cette toxine qui est en toi va te tuer plus tôt que tard. Tout ce que je peux faire, c'est retarder son évolution, dit Ronika avec prudence. Mais tu as besoin de quelqu'un de plus puissant.

— Quelqu'un comme qui ? demandai-je, comme si elle venait de faire une déclaration ridicule.

— Cliona Nox, la Tisseuse, répondit-elle d'un ton presque solennel.

J'eus un mouvement de recul et la dévisageai avec stupeur.

— La Tisseuse ? m'exclamai-je. Elle rejette tous ceux qui viennent frapper à sa porte. D'après ce que j'ai compris, à moins d'avoir quelque chose qui ait une valeur extrême à ses yeux, elle ne nous accordera pas un instant. Qu'est-ce que je pourrais bien posséder qui l'intéresse ? Je ne suis qu'une fabricante de bougies.

— Je ne vais pas mentir et prétendre qu'elle a une politique de porte ouverte. Personne ne sait vraiment pourquoi elle accorde son aide à certains et pas à d'autres. Tu serais surprise de voir ce qu'elle peut considérer comme précieux. Quoi qu'il en soit, qu'as-tu à perdre ? Si ses portes s'ouvrent, alors tu as de la chance. Si ce n'est pas le cas, nous continuerons à chercher d'autres alternatives. Mais au moins, nous saurons avec certitude que nous avons exploré toutes les options.

L'envie d'argumenter me brûlait la langue. J'avais entendu tellement de choses au sujet de la Tisseuse, la plupart effrayantes. Personne ne savait exactement ce qu'elle était. Alors que le petit peuple la surnommait souvent la Vieille Sorcière, la rumeur disait qu'elle était en réalité l'une des Anciennes, voire une déesse descendue parmi les mortels pour se divertir.

Le problème, c'était que les rares veinards qui avaient bénéficié de son aide ne parlaient jamais de ce qui s'était passé entre eux ni du prix de ses services. Naturellement, cela avait conduit les gens à répandre toutes sortes d'affirmations farfelues laissant entendre qu'il fallait lui vendre son âme, sacrifier un être cher – en particulier un enfant – ou se soumettre à une sorte de rituel inavouable en échange de son aide.

Ronika n'avait jamais laissé entendre – et encore moins suggéré – qu'elle avait personnellement bénéficié de l'aide de la Tisseuse. Cela n'empêchait pas tout le monde à Willow Grove, moi y compris, de penser que ses nouveaux pouvoirs de guérison impressionnants étaient un cadeau de Cliona Nox. Mais quel en avait été le prix ?

— Très bien, concédai-je enfin. Comme tu l'as dit, à ce stade, je n'ai rien à perdre. Le pire qui puisse m'arriver, c'est d'être renvoyée.

Ronika sourit puis se mit à me soigner du mieux qu'elle pouvait à l'aide d'un mélange de magie et de potions. Lorsqu'elle eut terminé, la douleur lancinante dont je n'avais pas pleinement eu conscience et qui m'avait rongée de l'intérieur avait complètement disparu. Elle s'était développée si progressivement et de manière si subtile que je m'y étais habituée et que je l'avais reléguée au fond de mon esprit. Mais maintenant, je pouvais voir la différence, car un sentiment soudain de liberté, de bien-être et d'énergie m'envahissait. Ce n'était qu'un répit, mais j'avais l'intention d'en profiter au maximum pour chercher un remède avant qu'elle ne revienne avec force.

Avant de me laisser partir, la guérisseuse me remit plusieurs flacons contenant un puissant tonique destiné à me redonner du tonus lorsque mon niveau d'énergie allait dégringoler. Je trouvai étrange qu'elle me paie pour les bougies alors que j'avais l'impression de lui devoir bien plus pour le traitement. Mais elle pratiquait des prix ridiculement bas, pour ne pas dire symboliques. C'était vraiment une guérisseuse dans l'âme, qui exerçait son métier dans le but d'améliorer la vie de ses patients, et non pour s'enrichir.

Pendant tout le trajet vers ma nouvelle maison, je me demandai quand j'allais devoir me rendre chez la Tisseuse et, surtout, ce que j'allais pouvoir lui offrir en compensation si elle daignait m'ouvrir ses portes. Que pouvait bien attendre une déesse de quelqu'un comme moi ?

Je traversai le petit pont qui enjambait les douves menant à l'entrée et arrêtai ma calèche juste devant mon manoir. J'avais hérité d'une maison gothique bien entretenue, située sur un vaste terrain privé. Quatre tours s'élevaient au-dessus de la maison de trois étages. Des pignons noirs ornaient les chapeaux de sorcière qui les surmontaient. Les bardeaux décoratifs, les colonnes et les balustrades autour des balcons de chacun des étages supérieurs ainsi que du porche avant étaient de la même couleur sombre. Heureusement, la teinte plus claire de la pierre de taille des murs égayait le style par ailleurs quelque peu sinistre de la maison.

Une nuée d'oiseaux s'envola au loin et plana au-dessus des grands arbres de la paisible forêt qui entourait le domaine. On pouvait y chasser du petit gibier, principalement des lapins, des cerfs et parfois des faisans.

Tout en soupirant, je gravis les quelques marches de l'escalier, accompagnée par le bruit apaisant de l'eau qui coulait en contrebas et le chant des carillons éoliens suspendus au-dessus du porche. Je me dirigeai directement vers mon atelier pour ranger les fournitures que j'avais achetées dans le district des Enchanteurs. La perspective de pouvoir enfin travailler avec de la poussière de sabot de centaure et du venin de chimère me réjouissait au-delà des mots. Je n'aurais jamais pu mettre la main sur de tels réactifs dans la petite ville de Harmstead, où j'avais grandi. Je jetai un coup d'œil à mon chaudron, impatiente de me mettre au travail. Mais je devais d'abord aller mettre mon cheval à l'écurie.

Non, tu dois d'abord aller voir la Tisseuse.

Mes épaules s'affaissèrent et mon estomac se noua d'appréhension. Nul besoin d'être un génie pour comprendre que je procrastinais. La perspective de rencontrer la Tisseuse m'effrayait. Honnêtement, je n'aurais pas su dire si c'était la femme elle-même ou ce qu'elle allait potentiellement me dire qui me faisait le plus peur. Mon instinct me criait que son verdict – en supposant qu'elle daigne me recevoir – allait être un coup dévastateur.

Retarder les choses ne les fera pas disparaître.

En fait, retarder les choses ne faisait que permettre à la maladie de progresser davantage. Chaque minute perdue pouvait être un clou de plus dans mon cercueil.

Gémissant intérieurement, je quittai mon atelier et retournai à ma calèche. Même si j'étais très enthousiaste à l'idée d'expérimenter de nouvelles recettes de bougies, je n'allais pas vivre assez longtemps pour voir comment les gens allaient les accueillir si je venais à mourir.

Pendant une fraction de seconde, j'hésitai entre monter à cheval ou utiliser à nouveau ma calèche. En fin de compte, j'optai pour cette dernière. J'avais honte d'admettre que le fait que la calèche aille plus lentement avait joué un rôle important dans ce choix.

Le trajet d'une heure jusqu'à la demeure de la Tisseuse me sembla à la fois interminable et trop court. J'eus tout le temps d'imaginer les pires scénarios possibles quant à ce qu'elle allait exiger en échange de son aide. Jusqu'où étais-je prête à aller ? Quel prix allais-je juger trop élevé en échange de ma vie ? La partie de moi qui était impatiente d'arriver et d'en finir avec cette épreuve luttait contre celle qui redoutait ce qui allait se passer. J'espérais presque que les portes ne s'ouvrent pas.

La silhouette du portail apparut au loin, flanquée de hauts piliers surmontés de créatures ressemblant à des gargouilles qui montaient la garde. Toutefois, il ne fallait pas se laisser tromper par leur apparence de pierre. Ce n'étaient pas des statues, mais de puissants gardiens capables de mettre en pièces tout intrus qui n'aurait pas tenu compte de leur avertissement de faire demi-tour.

À ma grande surprise, bien avant que je ne sois à portée, le portail s'ouvrit doucement, comme poussé par une main invisible. Mon cœur bondit et mes émotions contradictoires s'emballèrent alors que la peur et l'espoir se livraient une bataille acharnée en moi. Je haletai doucement lorsque les yeux des deux créatures s'illuminèrent d'une lueur jaune. Elles n'émirent pas le moindre son, mais tournèrent la tête pour me fixer du regard tandis que je franchissais le portail. La seule chose qui m'empêcha de me faire pipi dessus fut l'absence totale de comportement menaçant de leur part.

Les yeux écarquillés, je parcourus les deux cents mètres qui me séparaient de la maison, entourée de la forêt la plus exotique que j'aie jamais vue. Si je reconnaissais certaines plantes et certains arbres, d'autres m'étaient totalement inconnus. Une chose était sûre, très peu de gens pouvaient se vanter d'avoir accès à ce qui devait être une immense fortune végétale. Même d'ici, je pouvais sentir la puissante magie qu'ils renfermaient. Que n'aurais-je pas donné pour quelques feuilles, pétales ou sève de ce trésor.

Je fronçai les sourcils, perplexe, en m'approchant de l'humble hutte de sorcière presque caricaturale qui m'attendait au bout du chemin. Il était impossible qu'un être aussi puissant vive dans une telle demeure. Il s'agissait sûrement d'une illusion. Mais la porte s'ouvrit d'elle-même avant même que je n'arrête ma calèche, chassant toutes ces pensées vagabondes de mon esprit.

Je déglutis péniblement alors qu'une nouvelle vague d'inquiétude me tordait les entrailles. Toutefois, renoncer avait cessé d'être une option dès l'instant où j'avais franchi le portail. Quoi qu'il advienne, j'étais engagée. Je descendis de ma calèche, caressai distraitement le cou de mon cheval d'un geste apaisant, puis me dirigeai vers la maison. Malgré la douce lumière qui en émanait, la porte ouverte n'en ressemblait pas moins à une gueule béante, prête à m'avaler tout entière.

Faisant montre d'une assurance que je ne ressentais nullement, je pénétrai dans la maison et trouvai la Tisseuse assise derrière une table face à l'entrée. Sans son apparence quelque peu surnaturelle et le pouvoir indéniable qui émanait d'elle, on aurait pu la prendre pour une réceptionniste occupant le comptoir d'accueil.

Elle était belle, d'un âge indéfinissable vu sa peau lisse et légèrement bronzée. Et pourtant, il ne faisait aucun doute qu'elle était très ancienne. Ses pupilles se rétrécirent en fentes verticales dans la mer violette de ses iris tandis qu'elle me regardait approcher. Elle pencha la tête sur le côté et passa distraitement la main sur ses cheveux blanc argenté, tressés en une seule natte qui tombait jusqu'au sol.

— Bonjour, Amara Sanni. Je t'attendais, dit la Tisseuse d'une voix grave et légèrement séductrice qui me donna des frissons dans le dos.

Trop stupéfaite qu'elle connaisse déjà mon nom complet, je m'arrêtai net et la dévisageai, bouche bée, tandis que mon esprit luttait pour comprendre. Ce comportement maladroit ne me ressemblait guère. Je n'étais pas du genre à me figer ou à paniquer face à l'adversité. Quelle que soit la tourmente intérieure que je ressentais, je la refoulais généralement et faisais face à la situation jusqu'à ce que celle-ci soit résolue.

Mais bon, je ne me suis jamais retrouvée en présence d'une déesse auparavant.

Un sourire narquois se dessina sur ses lèvres. Avec une conviction que je ne pouvais expliquer, je réalisai qu'elle savait exactement quelles pensées me traversaient actuellement l'esprit.

— Assieds-toi, dit-elle en agitant légèrement la main vers ma gauche.

Avant que je ne puisse demander où, un grincement derrière moi me fit sursauter. La mâchoire me tomba lorsque je jetai un coup d'œil par-dessus mon épaule et vis une chaise que je n'avais pas remarquée près de la porte glisser sur le parquet et s'arrêter devant la table. J'avais déjà vu des mages et des conjurateurs utiliser leurs pouvoirs télékinétiques, mais jamais avec une telle aisance.

Déglutissant péniblement, j'obéis.

— Merci, Tisseuse, dis-je, retrouvant enfin ma voix. Et merci d'avoir accepté de me recevoir. Comme tu connais déjà mon nom, il semble que les rumeurs soient vraies lorsqu'elles affirment que tu sais tout, ajoutai-je en passant au tutoiement comme elle l'avait fait avec moi.

Elle s'ébroua, une lueur amusée traversant ses yeux violets tandis que ses pupilles se dilataient à nouveau pour prendre une forme plus ronde, ce qui, honnêtement, la rendait moins intimidante.

— Tout, non. J'aimerais que ce soit le cas. Mais la plupart des choses, oui. Par exemple, je ne connais pas ton destin ultime, seulement les issues possibles, répondit-elle.

Je m'emballai instantanément.

— Y en a-t-il des positives ? demandai-je, légèrement gênée par l'excès d'enthousiasme dans ma voix.

Elle plissa les lèvres et me lança un regard évaluateur.

— Oui, dit enfin la Tisseuse.

— Alors tu connais la cause de ma maladie, ou peu importe ce que c'est ? demandai-je en me penchant en avant.

— Ce n'est pas une maladie, mais un poison qui te tue lentement, déclara-t-elle d'un ton neutre.

J'eus un mouvement de recul.

— Un poison ? Lequel ? Où et comment ai-je été infectée ?

Une expression spéculative passa sur son visage avant qu'il ne redevienne neutre.

— C'est à toi de le découvrir.

Je clignai des yeux et la dévisageai, perplexe.

— Quoi ? Si tu sais ce que c'est, pourquoi ne pas me le dire ?

— Je ne peux pas résoudre les problèmes à ta place, répondit-elle prudemment, le visage empreint d'une intensité qui me fit presque me tortiller sur ma chaise. Tu as besoin d'un remède et je peux te dire où le trouver. Mais c'est à toi qu'il incombe de te le procurer. Je peux te dire que tu es empoisonnée, mais c'est à toi de trouver la source et de l'éliminer.

Je pris un moment pour digérer ses paroles. Tous les doutes qui pouvaient encore subsister dans mon esprit quant au fait qu'elle était soit une déesse ou l'une des Anciennes s'évanouirent complètement. Seuls les dieux et les demi-dieux étaient liés par le Pacte. Certains démons et familiers pouvaient également être soumis à de telles restrictions, mais elle n'appartenait à aucune de ces races inférieures.

— Très bien, répondis-je avec hésitation, l'esprit encore en ébullition. J'ai essayé en vain de trouver la source de ma maladie. Mais que se passera-t-il si j'obtiens le remède avant d'avoir trouvé la source ?

Elle fit un geste dédaigneux de la main.

— Tout ira bien. Si tu parviens à obtenir le remède, tu seras immunisée à jamais.

— Est-ce la même chose qui a tué mon père ? demandai-je, la tension s'insinuant dans ma voix.

— Oui, répondit-elle de manière factuelle.

Ma poitrine se serra lorsque la pensée désagréable qui me tourmentait depuis l'apparition des premiers symptômes refit surface.

— Tu as dit que c'était un poison qui me tuait. Ce n'est donc pas génétique, n'est-ce pas ? Ce n'est pas une maladie héréditaire qui m'a été transmise ?

— Non.

Je serrai les dents tandis que la colère m'envahissait.

— Cela signifie que quelqu'un nous en veut.

— C'est une hypothèse plausible, répondit-elle de manière évasive.

Cela aussi me mit en colère. Je voulais l'engueuler et exiger qu'elle me donne des réponses concrètes. Elle détenait les informations dont j'avais besoin. Je ne doutais pas un seul instant qu'elle connaissait l'identité exacte de la personne qui avait enlevé la vie à mon père et qui était maintenant à mes trousses. Mais qui était-elle et pourquoi ? Et surtout, pourquoi maintenant ? À ma connaissance, mon oncle n'avait pas d'autres enfants ni de conjointe vivant ici, en Amérique. Personne n'avait contesté son testament ni même manifesté le moindre intérêt pour s'installer ici ou revendiquer la maison. Il était donc illogique que cet héritage soit le mobile de l'attaque. Mais si ce n'était pas le cas, pourquoi attendre que je vienne ici plutôt que de passer à l'action des années auparavant, alors que je vivais encore à Harmstead ?

Je faillis l'interroger à ce sujet avant de me raviser. Elle ne pouvait répondre à aucune de ces questions. La questionner davantage ne servait à rien et risquait seulement de me la mettre à dos. Comme j'avais désespérément besoin de son aide, je formulai soigneusement mes requêtes suivantes.

— Vais-je trouver le coupable ?

— C'est une voie possible, concéda-t-elle, une lueur d'approbation brillant dans ses yeux atypiques.

Cela ne fit que renforcer mes soupçons selon lesquels elle pouvait lire dans mes pensées. Comme j'étais émotionnellement déboussolée, ce n'était pas idéal. Je pouvais simplement me réconforter en me disant qu'elle ne semblait pas mécontente de la façon dont je gérais les choses jusqu'à présent.

— Et si je ne parviens pas à le capturer, quelles seront les conséquences pour moi ?

Elle hésita longuement. Pendant une fraction de seconde, je me demandai si elle n'avait pas entendu ma question. Puis je remarquai que son regard était légèrement vague. La Tisseuse était sans doute en train d'explorer le réseau complexe du futur avant de répondre.

— Il y a trop de résultats potentiels, d'une extrême à l'autre. Les choix que tu feras pendant que tu chercheras le remède aideront à réduire les résultats possibles, finit-elle par dire d'un ton évasif.

J'ouvris la bouche pour insister, mais son expression me fit comprendre qu'elle considérait le sujet clos et qu'il était temps pour moi de passer à autre chose.

Je me raclai la gorge et me tortillai nerveusement sur ma chaise en bois.

— Alors que dois-je faire pour obtenir ce remède ? demandai-je d'une voix feutrée.

Une fois de plus, une expression étrange passa sur son visage. Pour une raison que je ne pouvais expliquer, mon dos se raidit instantanément. J'allais détester sa réponse.

— Tu dois recevoir un poison encore plus puissant pour tuer celui qui se propage en toi.

Je faillis bondir hors de ma chaise, mon corps tressaillant comme sous l'effet d'un coup physique.

— QUOI ?! Un poison plus puissant me tuera encore plus vite ! m'écriai-je d'un ton évident.

— Pas exactement, répondit-elle calmement. Ce dont tu as besoin, c'est d'être mordue par la queue de serpent du Loup Démon Maudit.

Je la fixai, abasourdie, comme si elle avait perdu la raison.

Nullement perturbée par mon expression horrifiée, la Tisseuse poursuivit son explication sur un ton conversationnel.

— Le venin attaquera d'abord le poison qui te ronge de l'intérieur. Ce n'est qu'une fois celui-ci éradiqué que le venin commencera à te faire du tort. À ce moment-là, tu auras besoin d'une deuxième morsure des crocs du loup malade. Cette fois-ci, la salive neutralisera le venin.

— C'est du suicide ! m'exclamai-je. Le Loup Démon Maudit est enragé ! D'après tous les témoignages, il tue sur le champ tout être assez stupide pour s'approcher de lui. Et tu veux que je me soumette volontairement à sa morsure, non pas une, mais deux fois ?!

Elle inclina la tête en signe de concession.

— Ranael est effectivement enragé à cause de la malédiction

qui pèse sur lui. Mais il est aussi le fils de Marchosias. Les loups démons sont des protecteurs. C'est dans leur ADN. Dans le cas de Ranael, tu as raison de dire qu'il attaquera toute personne qu'il rencontrera au hasard, car sa folie le domine. Cependant, s'il est invoqué, son instinct protecteur prendra le dessus.

Je clignai des yeux, peinant à accepter ses paroles.

— Dois-je comprendre que l'invoquer annulera sa malédiction ? demandai-je, incrédule.

Elle secoua la tête, me rendant encore plus perplexe.

— Cela ne l'*annulera* pas mais mettra temporairement en veille son côté enragé. Tu dois invoquer sa protection lorsque tu l'invoques. Il sera lié par celle-ci. Mais une fois qu'il sera là, tu devras te dépêcher. Le lien protecteur ne durera qu'un temps avant que la folie ne le reprenne.

Je hochai lentement la tête, réalisant qu'il allait effectivement être soumis aux mêmes contraintes que n'importe quel autre loup démon invoqué. Puis mes yeux s'écarquillèrent soudainement lorsqu'une pensée me traversa l'esprit.

— Attends, les loups démons ne sont-ils pas également liés par la vérité ? demandai-je.

Un sourire discret se dessina sur ses lèvres.

— Oui. Les loups démons répondront toujours honnêtement à toutes les questions. Mais n'oublie pas que tu disposes de peu de temps. Ne le gaspille pas en futilités. Assure-toi rapidement d'obtenir une morsure de Ranael.

— Mais comment puis-je l'invoquer ? Je n'ai que des connaissances très basiques en matière de magie, dis-je timidement. Je maîtrise tout ce qui touche à la magie des bougies, mais l'invocation n'en fait absolument pas partie.

— N'aie crainte, mon enfant. Je vais te montrer le rituel, répondit-elle avec un geste désinvolte.

Je m'humectai les lèvres nerveusement.

— Très bien, merci. Comment puis-je le trouver ? J'ai

entendu parler de la légende du Loup Démon Maudit, mais c'est tout.

— Engage un guide dans les montagnes de Wolfmoon, dit Cliona fermement. L'auberge Howl Inn est un excellent endroit pour en trouver un. Mais sache que le voyage est périlleux. Choisis donc ton guide avec soin. Une fois que tu auras été mordue par la queue de serpent, tu auras besoin de ton guide pour te ramener en lieu sûr.

Je déglutis péniblement et acquiesçai lentement.

— Comment saurai-je que je suis prête pour la deuxième morsure ?

— Les capillaires sous ta peau commenceront à noircir, dit la Tisseuse avec une lueur presque malicieuse dans ses yeux violets.

Une partie de moi comprit qu'elle essayait délibérément de me faire peur, car cela semblait l'amuser.

Je déglutis péniblement à nouveau, refusant de montrer à quel point elle réussissait dans cette entreprise.

— Cela semble plutôt douloureux, dis-je prudemment. Serai-je en état de retourner à Ranael pour la deuxième morsure ?

Une expression étrange passa sur ses traits. Elle ne répondit pas tout de suite. Bien que son visage ne trahît en rien ses pensées, je compris instinctivement que cela serait un élément clé de l'épreuve qui m'attendait.

— Choisis un guide à qui tu confierais littéralement ta vie, et tout ira bien, répondit-elle d'un ton mystérieux.

— Lui confier ma vie ? répétai-je, incrédule. Comment suis-je censée faire cela avec quelqu'un que je viens de rencontrer ?

Elle haussa les épaules avec une expression moqueuse.

— C'est à toi de le découvrir. Mais fais-le rapidement. Le temps ne joue pas en ta faveur. Sache simplement que Ronika ne pourra plus t'aider.

Mon estomac se noua, et un sentiment de frayeur et à la limite du désespoir m'envahit. Le fait qu'elle soit au courant alors que je n'avais même pas fait allusion à l'aide que la guérisseuse m'avait apportée me perturbait réellement. Mais cette confirmation que je n'avais plus ce filet de sécurité me détruisait.

— Combien de temps me reste-t-il ? murmurai-je d'une voix légèrement tremblante.

À ma grande surprise, la Tisseuse ne répondit pas tout de suite. Elle jeta plutôt un coup d'œil au mur derrière elle, à sa gauche. Je ne voyais rien d'autre qu'un mur vide. À la façon dont elle l'examinait, il y avait là quelque chose qui dépassait ma capacité de perception. Ce ne fut qu'à ce moment-là que je pris le temps de regarder autour de moi la grande pièce dans laquelle je venais de passer les vingt dernières minutes.

L'intérieur semblait plus spacieux qu'on ne pouvait le deviner de l'extérieur. Cela renforçait encore ma théorie selon laquelle l'extérieur n'était qu'une illusion. Le côté gauche de la pièce était rempli d'une multitude de parchemins, de grimoires et de divers documents qui contenaient sans aucun doute le type de magie avancée pour laquelle la plupart des sorciers, des conjurateurs et des arcanistes vendraient leur âme. Le côté opposé de la pièce contenait d'innombrables fioles remplies de potions et de liquides. Je ne pouvais même pas imaginer à quoi elles pouvaient servir. Il y avait également une impressionnante collection d'herbes et de réactifs qui auraient probablement valu une somme folle sur le marché libre.

Mais ce fut le rouet près du mur qui retint mon attention. Alors seulement, je remarquai enfin qu'un fil doré provenant du rouet pointait vers le mur avant de disparaître. Cela ne pouvait signifier qu'une chose : ce qu'elle tissait était affiché sur ce mur, mais invisible à mes yeux de profane.

Avant que je ne puisse m'attarder davantage sur la question, la Tisseuse reporta son attention sur moi.

— Si tu pars en mission pour retrouver Ranael, ton destin sera scellé dans les six prochaines semaines. Mais si tu ne pars pas, tu mourras dans moins de deux mois, dit-elle d'un ton neutre.

Cela me frappa comme un coup de massue en pleine poitrine. Je joignis les mains sur mes genoux, les serrant fermement pour les empêcher de trembler. Je pris une profonde inspiration, sans même me rendre compte que je hochais lentement la tête, comme pour accepter l'inévitable.

— Je vois. N'y a-t-il pas d'autre moyen que de m'exposer à la morsure du Loup Démon Maudit ? demandai-je, détestant le ton suppliant et plein d'espoir de ma voix.

— Oui, il y en a un. Mais ne te fais pas d'illusions. Tu ne vivras jamais assez longtemps pour voir les autres possibilités se réaliser. Si tu étais venue me voir il y a un mois, lorsque tu as remarqué les premiers symptômes, tu aurais eu d'autres options. Mais cette fenêtre est désormais fermée. Cependant, même si tu étais venue à ce moment-là, je t'aurais fortement conseillé d'aller voir Ranael à la place. Cette voie est celle qui te garantit le meilleur résultat possible.

Mes épaules s'affaissèrent et j'acquiesçai à nouveau, cette fois avec résignation.

— Dois-je partir maintenant alors ?

Elle secoua la tête et prit un air sérieux.

— Pas aujourd'hui, mais dans trois jours. Ne te rends au Howl Inn que le lendemain de la pleine lune.

— Le lendemain de la pleine lune ? répétai-je avec suspicion.

— Ce n'est pas pour rien qu'on l'appelle la montagne de Wolfmoon, répondit la Tisseuse comme si j'avais dit quelque chose de stupide. Plusieurs meutes de Lycans se partagent le territoire.

— Oui, j'en avais entendu parler. Mais je pensais que l'histoire de la pleine lune n'était qu'une légende et un conte populaire que les parents racontent à leurs enfants lorsqu'ils se comportent mal, comme une sorte de croque-mitaine ?

Elle m'adressa un sourire indulgent et légèrement moqueur.

— Toutes les légendes et tous les contes populaires trouvent leur origine dans la réalité. Les Lycans ne sont en effet pas affectés par la malédiction des loups-garous. La pleine lune n'a aucun effet sur eux. Mais les loups-garous existent. Il ne vaudrait mieux pas te faire attraper par l'un d'eux pendant la pleine lune. Rends-toi à l'auberge le lendemain.

— Je comprends, dis-je avant de me racler la gorge et de lui lancer un regard circonspect. Alors... Combien me coûtera ton aide ? Je doute que mes bougies de sorcière les plus rares puissent t'intéresser.

Son ébrouement dédaigneux me blessa.

— J'ai un montant respectable d'économies, et je pourrais vendre...

— Ton sang, m'interrompit la Tisseuse.

— Pardon ? demandai-je, stupéfaite.

— Une fois guérie, tu me donneras une fiole de ton sang, dit fermement la Tisseuse.

Je reculai et la fixai, outrée.

— Quoi ? C'est hors de question !

— Du calme, petite sotte ! dit-elle d'un ton sévère. Je ne l'utiliserai pas pour te nuire, te contrôler ou te contraindre. Si tu survis à cette épreuve, ton sang contiendra le sérum contre le poison le plus virulent qui soit. Je le veux.

La tension qui me nouait le dos se relâcha instantanément, mais seulement en partie.

— Et si je ne survis pas ? rétorquai-je.

Elle haussa les épaules.

— Alors j'aurai échoué à t'aider, ce qui annulera ta dette.

— Donc ma famille survivante ne serait pas tenue responsable ? insistai-je.

— Non, dit-elle d'un ton qui ne souffrait aucune discussion. Le contrat est entre toi et moi. Si tu es guérie, tu me devras une fiole de ton sang. Si tu meurs, alors nous perdons toutes les deux, et le contrat est annulé.

Je pinçai les lèvres, mon esprit continuant à bouillonner en réfléchissant à toutes les façons dont cela pourrait mal tourner.

À ma grande surprise, la Tisseuse roula des yeux avec un air d'exaspération.

— Je m'engage à utiliser ton sang uniquement pour fabriquer un sérum curatif. Il ne sera en aucun cas utilisé pour te nuire, à toi ou à qui que ce soit d'autre.

Je restai bouche bée. On ne plaisantait pas avec un engagement. Il avait valeur de serment de sang. Rompre sa parole avait des conséquences graves que personne ne voudrait affronter. Il fallait simplement faire attention aux termes de l'engagement. Un jeu de mots astucieux suffisait à nous faire croire que la promesse nous accordait bien plus de protection qu'elle ne le faisait réellement.

Mais dans ce cas précis, je ne trouvais aucune faille ni aucune échappatoire.

— Très bien. Alors nous sommes d'accord, dis-je doucement.

Le sourire triomphant qui s'étendit sur les lèvres sensuelles de la Tisseuse me dérouta. Il fut si bref et si rapidement dissimulé que je me demandai si je l'avais imaginé. Comme je doutais que sauver ma vie fût une de ses priorités, je ne pouvais que supposer que le sérum dans mon sang avait vraiment une grande valeur à ses yeux.

Elle passa les vingt minutes suivantes à m'apprendre comment invoquer Ranael. Lorsque je quittai sa maison, une lumière brillait sur moi, repoussant le désespoir écrasant qui m'avait engloutie.

Même si mes chances étaient minces, j'avais désormais de l'espoir.

CHAPITRE 2

AMARA

Je me mis en route juste avant midi, le lendemain de la pleine lune. À l'origine, j'avais prévu de partir au lever du soleil, mais une violente tempête avait retardé mon départ. Une fois de plus, j'hésitai entre monter à cheval ou prendre une calèche. Finalement, j'optai pour mon phaéton, car sa capote pouvait m'offrir une certaine protection si le temps venait à se gâter, tout en me permettant d'emporter davantage de vêtements, mon équipement de randonnée de base et tout le matériel nécessaire au rituel d'invocation.

Le trajet jusqu'à Kairn s'éternisa. C'était un petit village touristique situé à l'entrée de la montagne Wolfmoon. Non seulement cela me donnait beaucoup trop de temps pour imaginer tout ce qui pouvait mal tourner, mais le soleil qui descendait progressivement vers l'horizon ne faisait qu'accroître mon inquiétude. Heureusement, mon voyage se déroula sans incident, car la route était assez sûre. Le fait de croiser de plus en plus de touristes et de voyageurs dans les deux sens à mesure que je m'approchais de ma destination m'aida beaucoup. J'atteignis finalement l'auberge un peu avant 21 h.

Cette auberge de trois étages, construite en bois sombre et en briques beiges, dominait les autres bâtiments beaucoup plus petits du village. D'un seul coup d'œil, je comptai une vingtaine d'établissements, dont la plupart me faisaient penser à des pièges à touristes, à l'exception du magasin général et de la forge. D'après les recherches que j'avais effectuées au cours des trois derniers jours en attendant la fin de la pleine lune, seules quelques familles vivaient réellement à Kairn. À savoir l'aubergiste Misty Starlight et sa famille, ainsi que le shérif Darion Lovell. Tous les autres vivaient avec l'une des meutes de Lycans qui possédaient leur propre section du territoire environnant.

Les grandes portes de l'auberge s'ouvrirent, me donnant un aperçu de la salle à manger animée. Une délicieuse odeur de viande rôtie me parvint, accompagnée du son de la musique et du bruit indéfini de conversations enjouées. Un homme imposant se dirigea immédiatement vers moi et me salua d'un geste de sa grande main.

Je réprimai un mouvement de surprise lorsque je réalisai que ce n'était qu'un adolescent. La couleur argentée inhabituelle de ses yeux et le bout poilu d'une oreille pointue qui dépassait de ses cheveux noirs luxuriants trahissaient le fait qu'il n'était pas humain. Je n'avais jamais rencontré de Lycans auparavant. Mais il ne fallait pas être un génie pour reconnaître ce garçon comme tel.

— Bonjour, Madame. Allez-vous passer la nuit ici ? demanda-t-il d'une voix légèrement aiguë qui confirmait son jeune âge.

— Oui. Il est trop tard pour s'aventurer dans la nature, répondis-je avec un rire nerveux.

— Sage décision, acquiesça-t-il avec un large sourire.

Bien qu'il n'ait pas de crocs, ses canines d'un blanc immaculé étaient nettement plus acérées et plus proéminentes que celles d'un humain normal. J'acceptai avec plaisir la main qu'il me tendit pour m'aider à descendre de ma calèche. Ses narines frémirent et une expression troublée, rapidement dissimulée, traversa son visage juvénile, assombrissant la chaleur joyeuse qu'il avait initialement affichée. Je faillis lui demander ce qui n'allait pas, mais il se détourna rapidement de moi pour ramasser mes affaires et les porter à l'intérieur.

Je caressai le cou de mon cheval, puis suivis le jeune homme à l'intérieur. Bien que les conversations ne se soient pas arrêtées à mon entrée, bon nombre d'entre elles ralentirent tandis que plusieurs clients me dévisageaient avec une curiosité non dissimulée. La plupart d'entre eux étaient des hommes, moins d'un quart étant des femmes. À ma grande surprise, seuls quelques humains se mêlaient aux invités. Je compris soudain que les Lycans utilisaient cet endroit comme lieu de rencontre habituel. C'était de bon augure, car c'était toujours un bon signe lorsque les habitants fréquentaient régulièrement un établissement. Cela signifiait un service et une qualité irréprochables.

Étant plutôt introvertie, toute cette attention portée sur moi me mit mal à l'aise. Au moins, aucun de ces regards n'était intimidant. Si la curiosité dominait, quelques hommes m'observaient avec une admiration flagrante, dépourvue de cette touche sordide qui l'aurait rendue vulgaire ou irrespectueuse.

Pour une raison que je ne pouvais expliquer, au lieu de me diriger vers le comptoir et de m'adresser à l'aubergiste, je m'arrêtai carrément à quelques pas à l'intérieur de la pièce, face à la foule.

Je m'éclaircis la gorge et toutes les conversations cessèrent, même les deux musiciens qui assuraient l'ambiance s'arrêtèrent. Avec tous les regards braqués sur moi, je déglutis péniblement et rassemblai mon courage avant de parler fort pour que tout le monde puisse m'entendre.

— Je suis désolée d'interrompre votre soirée, mais je recherche un guide pour m'accompagner dans une mission périlleuse. Je paierai bien, dis-je.

Beaucoup de gens se redressèrent, les sourcils levés, l'air intéressé, et me jetèrent un regard évaluateur.

— À quel point est-elle périlleuse ? demanda un homme, attirant mon attention.

Il était assis derrière la plus grande table de l'auberge, entouré de huit autres personnes, dont deux femmes. Même assis, je pouvais voir qu'il était extrêmement grand. Ses larges épaules et ses muscles saillants témoignaient d'une force extraordinaire. Alors que tous les autres hommes Lycans auraient fait rougir la plupart des hommes humains avec leur physique impressionnant, celui-ci se démarquait des autres. Je soupçonnais qu'il était l'Alpha de sa meute.

— Très périlleuse, répondis-je.

Il m'examina lentement des pieds à la tête et me fit signe de m'approcher. Une fois de plus, il n'y avait rien d'inapproprié dans la façon dont ses yeux argentés m'avaient parcourue. J'aurais décrit cela comme étant plutôt clinique, comme s'il essayait de recueillir des informations sur moi afin de mieux cerner la personne à qui il avait affaire.

En tant que commerçante, je faisais souvent la même chose avec les clients, en particulier ceux qui me demandaient le type de bougies utilisées pour les rituels magiques avancés. Bien que je sois une fervente partisane de me mêler de mes affaires, je n'allais pas vendre de produits à ceux que je soupçonnais d'avoir l'intention de les utiliser à des fins maléfiques ou nuisibles. Les adeptes de la magie noire portaient souvent des symboles de pouvoir ou des artefacts destinés à renforcer leur puissance. Cela donnait une bonne idée du type de pratiques auxquelles ils s'adonnaient. De même, il y avait les radins, vêtus de manière élégante, mais qui essayaient toujours de marchander pour obtenir un prix plus bas.

Cependant, alors que je me faufilais entre les tables bondées, quelques clients Lycans se raidirent, certains reculant même en plissant le nez ou en grimaçant. Avant que je ne puisse m'interroger sur cette réaction étrange, l'un d'eux s'adressa à moi d'une voix choquée, faisant vaciller mes pas.

— Tu es malade ! s'exclama l'homme. L'odeur de la mort t'enveloppe.

Je tressaillis, la poitrine serrée à l'idée que le poison avait tellement progressé en moi qu'il était déjà facilement détectable par des êtres au nez très sensible. Refusant de céder au désespoir, je levai le menton avec défi en fixant le jeune homme. Il semblait avoir à peu près mon âge, la fin de la vingtaine ou le début de la trentaine. Bien qu'un peu moins imposant que celui que je soupçonnais être leur Alpha, cet homme était tout de même solidement bâti. Ses cheveux blond foncé bouclaient magnifiquement autour de son beau visage. Il avait également les yeux argentés d'un loup, mais son visage était plus long et plus ovale, contrairement à la mâchoire carrée de son homologue.

— Oui, je suis en train de mourir. D'où l'urgence de cette mission. J'ai besoin de l'antidote contre le poison qui est en train de me tuer.

— Et quel serait cet antidote ? demanda le premier homme, plus âgé, récupérant ainsi mon attention.

Je réduisis la distance qui nous séparait et passai nerveusement mes doigts dans mes cheveux bouclés. Ses narines se dilatèrent lorsqu'il inhala mon parfum, imité par les autres personnes autour de lui, celles qui étaient plus éloignées se penchant pour mieux le sentir. L'air de pitié qui descendit sur de nombreux visages me noua encore plus les tripes.

— Tu cherches les fleurs d'Orestan de la Vallée Sombre ? demanda-t-il lorsque je ne répondis pas tout de suite.

Je secouai la tête et m'humectai les lèvres, me préparant à leur réaction.

— Non, c'est quelque chose de bien plus difficile à obtenir. Je dois être mordue par la queue de serpent du Loup Démon Maudit Ranael, répondis-je aussi fermement que possible.

Un silence assourdissant s'abattit sur la pièce tandis que tout le monde me fixait d'un air incrédule. Je n'aurais su dire si quelques secondes ou quelques minutes s'étaient écoulées. Cela me parut une éternité. Puis le son retentissant d'une voix masculine qui riait derrière moi déclencha un effet domino et tout le monde se mit rapidement à rire.

— Tu es folle ! s'exclama le jeune homme derrière moi. Le poison t'a clairement endommagé le cerveau, femme !

— Ça suffit, Ulric, dit l'homme plus âgé d'un ton sévère, faisant taire tout le monde.

— Je ne veux pas lui manquer de respect, Rolf, dit Ulric d'un ton quelque peu conciliant. Mais cette pauvre femme n'a manifestement pas les idées claires. Quelle personne saine d'esprit chercherait délibérément à rencontrer Ranael ?

— Je ne suis pas folle, rétorquai-je avec force avant de reporter mon attention sur l'homme plus âgé qu'il avait appelé Rolf. Son venin est le seul remède contre ce qui m'afflige. J'ai obtenu la confirmation de la Tisseuse elle-même.

Un murmure général s'éleva dans la salle, suivi de chuchotements incrédules parmi les clients. Rolf plissa les yeux en me fixant, son visage affichant un mélange de suspicion et de curiosité.

— La Tisseuse t'a a accordé une audience ? demanda-t-il d'un ton dubitatif.

— Oui, répondis-je en soutenant son regard sans ciller.

— Comment as-tu réussi ce tour de force ? me défia-t-il, apparemment toujours indécis entre l'admiration et le doute quant à la véracité de mes propos. Et à quel prix ? La Tisseuse n'aide personne à moins que cette personne n'ait quelque chose de grande valeur à lui offrir.

— En effet, intervint Ulric. Que pourrait-elle bien vouloir d'une jeune femme mourante, aussi jolie que tu sois ? T'a-t-elle demandé ton âme ?

Me mordant la langue pour ne pas lui dire d'aller se faire voir, je lui lançai un regard irrité.

— La compensation pour son aide est une affaire entre elle et moi. Cela ne regarde personne d'autre. Tout ce que je veux savoir, c'est si l'un d'entre vous acceptera d'être mon guide.

Tout le monde se tourna vers Rolf, confirmant mon soupçon qu'il était l'un de leurs alphas. Mon cœur se serra lorsqu'il secoua la tête avec une expression compatissante.

— Je crains que cela ne soit pas possible, dit-il d'un ton doux, presque paternel. T'emmener à lui reviendrait à commettre un meurtre-suicide. Ranael te dévorerait en guise d'entrée et ton guide en tant que plat principal. Seul un fou se lancerait dans une telle mission. Je suis désolé. Je peux t'arranger une rencontre avec l'un de nos chamans. Peut-être pourront-ils te proposer un autre remède que nous serons heureux de t'aider à obtenir. Mais pas celui-ci.

— C'est mon *seul* espoir, dis-je d'un ton suppliant.

La façon dont son visage se ferma alors qu'il soutenait mon regard sans broncher m'anéantit. Je connaissais cette expression. Rolf n'allait pas changer d'avis. Désespérée, je parcourus la pièce des yeux, essayant d'établir un contact visuel avec l'une des personnes présentes. Mais tout le monde se détourna.

— Personne d'autre ne veut m'aider ? demandai-je à la ronde.

— Ne perds pas ton temps, dit Ulric d'une voix douce mais ferme. Nous compatissons avec ta situation, mais aucune des meutes ne participera à cette folie. Le mieux que nous puissions t'offrir, c'est de t'emmener voir un chaman.

J'ouvris la bouche pour protester mais la refermai, vaincue. Il était impossible de les faire changer d'avis, du moins pas dans l'immédiat. Je devais battre en retraite, rassembler mes idées et trouver une alternative susceptible de les convaincre. La Tisseuse ne m'avait pas envoyée ici en vain. Il y avait une solution, et j'allais la trouver.

Malgré la foule non négligeable, je repérai quelques tables encore libres. Serrant les dents, je fis un signe de tête sec aux deux hommes puis me dirigeai vers une banquette au fond de la grande salle. Avant même que je ne m'asseye sur le banc en bois, les musiciens recommencèrent à jouer, reprenant là où ils s'étaient arrêtés lorsque j'avais fait irruption. Puis les conversations reprirent, comme si je n'avais jamais interrompu leur soirée.

Je me sentis encore plus abandonnée et insignifiante. Qui se souciait d'une inconnue ? Mon décès n'allait rien changer à leur vie. Et mes clients allaient vite trouver un concurrent pour me remplacer. Dans quelques mois, j'allais devenir l'une de ces anecdotes « amusantes » que les guides racontaient à leurs clients à propos des requêtes les plus farfelues qu'ils aient jamais reçues. Avec le temps, l'histoire allait s'embellir. Ils allaient probablement me décrire comme une folle, les vêtements déchirés, la bouche écumante, déambulant dans les rues en terre battue, criant à pleins poumons pour que Ranael vienne me chercher.

Les larmes me piquèrent les yeux et ma gorge se serra. Je ne savais pas si je voulais surtout m'apitoyer sur mon sort ou plutôt engueuler tout le monde ici, leur reprocher leur lâcheté et leur cruauté. Et pourtant, la partie rationnelle de mon esprit ne pouvait pas leur en vouloir. À leur place, j'aurais probablement rejeté ma demande moi aussi. Mais qu'étais-je censée faire ?

La Tisseuse m'a dit de venir ici. Alors, qu'est-ce qui m'échappe ?

Un mouvement à la limite de mon champ de vision me fit sursauter. J'étais tellement perdue dans mes sombres pensées que je n'avais pas remarqué l'arrivée d'une femme âgée. C'était une Asiatique aux yeux d'un bleu électrique. Je me souvenais vaguement l'avoir vue derrière le comptoir lorsque j'étais entrée. À ma grande surprise, elle tenait un plateau sur lequel se trouvait un énorme bol en pain. Elle le posa devant moi, et le délicieux parfum du ragoût épais qui le remplissait me parvint.

Mon estomac gronda instantanément avec approbation. Je n'avais pas réalisé à quel point j'étais affamée.

— Merci, murmurai-je en lui adressant un sourire triste mais reconnaissant.

— De rien, ma chérie, dit-elle d'un ton maternel qui me serra le cœur.

— Je m'appelle Misty, dit-elle chaleureusement. Je suis la propriétaire de cet établissement. Puis-je m'asseoir avec toi ?

Surprise et légèrement confuse, j'acquiesçai et lui fis signe de s'asseoir. Elle sourit et s'exécuta. Malgré sa silhouette mince, presque délicate, Misty n'était pas fragile. Une force indéniable se cachait derrière ses traits légèrement ridés. Outre la couleur inhabituelle de ses yeux, ses oreilles pointues de loup et ses canines plutôt proéminentes révélaient également son appartenance à la race des Lycans. Le contraire aurait été surprenant, étant donné que cet endroit semblait être le lieu de prédilection de son espèce.

— Je m'appelle Amara, répondis-je alors qu'elle s'installait sur le banc en face de moi.

— Un joli nom pour une jolie jeune femme, dit-elle doucement.

Je me surpris à sourire. Il y avait quelque chose d'incroyablement apaisant chez cette femme. Je fus choquée de ressentir un désir irrésistible qu'elle me prenne dans ses bras et me console. Même si j'étais indubitablement une personne câline, je n'avais pas tendance à vouloir serrer dans mes bras des étrangers, ni être étreinte par eux.

— Je suis désolée d'apprendre ta situation difficile, dit-elle avec précaution. Comme tu l'as sans doute compris, il est inutile de discuter davantage de la question avec les gens qui sont ici. Personne ne va t'amener. Mais il y en a un autre qui pourrait le faire.

Je me figeai, la cuillère remplie de ragoût de viande à mi-chemin vers ma bouche.

— Un autre ? Qui ?

— Il s'appelle Rémus, dit-elle d'un ton complice.

— Misty ! Ne mêle pas le Maudit à ça ! s'écria Rolf.

La doyenne tourna brusquement la tête vers l'alpha pour le fusiller du regard.

— Il n'est pas maudit. C'est simplement un loup malade.

Je me raidis, les yeux écarquillés en entendant ces mots.

— Un loup malade ? répétai-je, la tension perceptible dans ma voix.

Elle acquiesça d'un signe de tête, l'air sombre.

— Rémus est né « malade », même si ce n'est pas tout à fait exact. Pendant sa grossesse, sa mère a été infectée par Ranael, le véritable loup maudit. Elle est morte du venin, qu'elle a malheureusement transmis à Rémus. Il est né avec ce même poison dans les veines, mais cela ne l'affecte pas. On ne pourrait jamais deviner que son sang est toxique en le voyant passer.

— Donc il n'est pas vraiment malade, rétorquai-je prudemment. Il a juste du sang venimeux, c'est ça ?

Elle hésita.

— C'est exact 99 % du temps. Mais le poison ne devient plus virulent que lorsque la pleine lune se lève, ce qui affecte également son... esprit.

Je restai bouche bée, frappée d'une compréhension soudaine.

— Il devient enragé à la pleine lune ?!

Elle pinça les lèvres et acquiesça à contrecœur.

— Oui. Mais c'est seulement cette nuit-là. Sinon, c'est l'homme le plus doux que tu puisses rencontrer, ajouta-t-elle rapidement d'un ton rassurant. Rémus est en fait spécialisé dans les missions difficiles et dangereuses que les autres refusent. Je suis certaine qu'il sera disposé à t'aider.

Je fronçai les sourcils, déconcertée par son empressement évident à me convaincre, mais aussi par les failles apparentes dans son raisonnement.

— Pourquoi se spécialise-t-il dans les missions dangereuses ? Est-il suicidaire ? demandai-je avec défi.

À ma grande surprise, plutôt que d'être décontenancée ou de

lutter pour trouver une réponse, Misty sourit avec approbation, comme si elle avait espéré que je pose cette question précise.

— Il n'est pas du tout suicidaire, bien au contraire. Son sort l'a aidé à apprécier encore plus la vie et les difficultés auxquelles les gens sont confrontés. Rémus sait ce que c'est que d'être désespéré de trouver une solution à un problème qui semble insoluble. Son état l'a rendu audacieux, déterminé et intrépide, déclara Misty avec conviction.

— Pourquoi Rémus accepterait-il d'y prendre part ? Ranael l'a maudit et a tué ses parents ! Pourquoi voudrait-il participer à une mission qui le ramènerait directement vers le monstre qui est à l'origine de son état ? C'est la dernière créature dont Rémus voudrait s'approcher ! Tu donnes de faux espoirs à cette pauvre fille, intervint Rolf.

Misty soupira et fit un geste dédaigneux.

— Ce n'est pas vrai ! Rémus a été infecté par le loup démon. Leur sang présente des similitudes. Ranael considère Rémus comme un membre de sa meute... presque comme un membre de sa famille. Il ne l'attaquera pas.

Mes yeux s'écarquillèrent de compréhension.

— Si ce que tu dis est exact, alors ce Rémus semble en effet être le guide idéal pour m'y emmener, songeai-je à voix haute.

— Absolument ! répondit Misty avec enthousiasme.

— Il est maudit ! objecta Ulric. Ne...

— Assez ! s'écria Misty. Aucun d'entre vous ne veut aider cette fille, et maintenant vous essayez de répandre des mensonges sur la seule personne qui pourrait peut-être le faire ? Votre haine pour ce pauvre garçon est-elle si profonde que vous êtes prêts à la condamner à une mort certaine ?

Les deux hommes eurent un mouvement de recul, visiblement blessés par ses paroles.

— Nous ne le détestons pas, rétorqua Rolf, offensé. Et nous ne souhaitons certainement aucun mal à cette femme. Mais cette mission...

— Vous ne le détestez peut-être pas, mais vos paroles sont tout aussi dommageables, dit Misty d'un ton sévère, l'interrompant également.

— *Je* ne le déteste pas non plus, protesta Ulric. Mais j'ai fait l'expérience directe du danger que peut représenter le fait de lui faire confiance.

— Tu compares des situations complètement différentes, en ignorant commodément ta propre responsabilité dans ce malheureux incident et en t'accrochant à quelque chose qui s'est passé il y a des décennies. Lâche prise, pauvre sot ! grogna Misty.

Malgré leur désir évident de continuer à argumenter, les deux hommes gardèrent le silence, le regard dur de la doyenne les mettant au défi de la défier davantage. Semblant satisfaite lorsque les deux hommes détournèrent les yeux à contrecœur, elle reporta son attention sur moi.

— Où est ce Rémus ? demandai-je. Au final, lui seul peut confirmer s'il le fera ou non.

— Il est parti chasser, répondit-elle d'un ton plus doux, retrouvant son attitude amicale. Il devrait être là demain matin ou après-demain pour vendre ses prises et voir s'il y a des clients qui ont besoin d'un guide.

— Parfait, répondis-je, un soupçon d'espoir se glissant dans ma voix. J'aurai besoin d'une chambre pour quelques jours, et j'ai également un phaéton dont ton palefrenier s'est occupé.

— Bien sûr, ma chérie. Nous ferons en sorte que tu sois à l'aise pendant que tu attends. Rémus est un homme bien, répéta-t-elle.

L'affection dans sa voix souleva un million de questions dans mon esprit. Étaient-ils apparentés d'une manière quelconque ? Elle n'était pas sa mère, mais son attitude protectrice et la façon dont elle le louait laissaient transparaître un lien profond.

Pour une raison inconnue, cela me rassura. Je ne connaissais pas cette femme et n'avais aucune raison particulière de lui faire confiance. Et pourtant, c'était le cas. Au plus profond de moi, je la croyais honorable.

Tendant la main par-dessus la table, Misty serra la mienne d'une manière presque maternelle, puis se leva et retourna à ses tâches derrière le comptoir. Même si l'incertitude persistait, j'avais retrouvé l'espoir.

CHAPITRE 3
RÉMUS

Tirant doucement sur les rênes de mon cheval, j'arrêtai mon chariot devant l'auberge. Un sourire fier se dessina sur mes lèvres lorsque je jetai un œil à l'impressionnante prise que j'apportais à Misty. Même si l'approvisionnement en viande n'avait jamais été un problème dans la montagne de Wolfmoon, les viandes rares que j'avais réussi à ramener étaient très recherchées et difficiles à trouver. Il fallait pour cela chasser dans des territoires dangereux que les gens sensés évitaient.

Ce n'était ni l'arrogance, ni la stupidité, ni la cupidité qui me poussaient à m'aventurer dans ces zones périlleuses pour chasser. Mais les monstres se reconnaissaient entre eux. Ils me craignaient plus que je ne les craignais. Ou plutôt, ils redoutaient mon sang corrompu. Me mordre allait leur causer plus de tort qu'à moi, ce qui me permettait de circuler librement presque partout où j'allais.

C'était la seule bénédiction de la malédiction qui minait toute mon existence.

Je sautai agilement de mon attelage et tirai deux des grosses bêtes du wagon, en plaçant une sur chacune de mes épaules. Je saisis deux bêtes plus petites, mais tout de même de la taille d'un gros chien, et les portai dans mes mains. Pour une raison que je ne pouvais expliquer, ce n'était pas vraiment pour réduire le nombre de voyages nécessaires pour tout transporter à l'intérieur. Je voulais simplement faire une entrée impressionnante. Cela n'avait aucun sens, car je n'avais jamais été du genre à pavoiser.

Comme cette prise allait me rapporter une jolie somme, j'allais pouvoir prendre une longue pause si aucun contrat intéressant de chasse ou d'escorte ne se présentait. Je n'avais jamais été particulièrement avide d'argent. Avec mes compétences, je pouvais amasser une fortune colossale. Cependant, un toit confortable au-dessus de ma tête, un ventre bien rempli et la possibilité de payer toutes mes factures sans souci me suffisaient amplement.

Mais mon cœur se serra dès que j'approchai les grandes portes de l'auberge. À en juger par le bruit des multiples voix à l'intérieur, dont je reconnaissais un trop grand nombre, l'endroit était bondé. J'avais espéré que la plupart d'entre eux seraient partis chasser ou guider des clients dans la montagne ou les forêts voisines. Je n'étais vraiment pas d'humeur à supporter les remarques passives-agressives et les brimades à peine voilées de mes détracteurs.

Au fil des ans, la situation s'était améliorée, la majorité des meutes me laissant tranquille. Même les détracteurs les plus odieux n'étaient plus aussi hargneux et acharnés que lorsque j'étais plus jeune. La taille et la force impressionnantes que j'avais développées en grandissant avaient sans doute joué un rôle important dans leur nouvelle retenue. Néanmoins, les regards silencieux mais hostiles me blessaient souvent autant, sinon plus que les commentaires ouvertement sarcastiques et désobligeants.

Malgré le lourd fardeau que je portais, j'ouvris sans effort les lourdes portes de l'auberge. Le bruit des conversations diminua de moitié. Cela n'aurait pas dû me surprendre. Si ma présence provoquait souvent ce genre de réaction, elle n'avait jamais atteint une telle ampleur. Quelques conversations s'interrompaient ou ralentissaient lorsque les gens me voyaient entrer, avant de me chasser de leurs pensées et de reprendre là où ils en étaient restés.

Cette fois-ci, ce fut un silence presque assourdissant qui salua mon arrivée, et cela n'avait rien à voir avec l'impressionnante prise que je transportais. Mais mon cerveau ne pouvait pas se concentrer sur ce comportement étrange.

Dès que les portes s'ouvrirent, un parfum des plus envoûtants envahit mes narines. J'eus l'eau à la bouche, ma peau se réchauffa, mon sang se mit à bouillir et mes pas chancelèrent sous l'effet de la vague de vertige qui me submergea.

Impossible !

Et pourtant, cette réaction physiologique était indéniable. Quelque chose, ou plutôt quelqu'un, avait activé ma chaleur d'union.

Ma Flamme Jumelle était là.

Mes narines frémirent tandis que j'inspirais profondément, ma tête se tournant dans tous les sens à la recherche de la source de cet arôme divin. Il fallut une demi-seconde qui me parut une éternité avant que mon regard ne se pose sur la belle inconnue assise dans le coin le plus éloigné de la salle à manger de l'auberge.

Par Férazan, elle était à couper le souffle !

Les boucles noires et serrées de sa chevelure lustrée encadraient son visage magnifique, avec ses yeux d'obsidienne, son nez noble et ses lèvres généreuses qui m'appelaient. Elle était perdue dans ses pensées, son menton légèrement pointu reposant dans sa paume. Ma bouche se mit à saliver davantage tandis que mon regard parcourait sa peau parfaite, de la couleur sombre des pierres de Kaléna lorsqu'elles exauçaient un vœu.

Était-elle mon souhait impossible devenu réalité ?

Pendant la fraction de seconde qu'il me fallut pour enregistrer tous ces détails sur cette inconnue fascinante, le silence autour de moi devint encore plus assourdissant. Détournant mon regard d'elle, je me forçai à me diriger vers le comptoir où Misty était occupée à servir des boissons. Mais le haut sans manches immaculé de ma Flamme Jumelle et sa longue jupe orange vif criaient pour réclamer mon attention. Même si les conversations reprirent peu à peu, les regards insistants pesaient lourdement sur moi.

— Rémus ! Te voilà, mon trésor ! s'exclama Misty, le visage illuminé de cette expression maternelle qui me faisait toujours fondre de l'intérieur.

— Oui ! répondis-je avec un enthousiasme sincère, bien que toujours complètement distrait par l'inconnue. Et j'apporte des cadeaux !

— C'est ce que je vois ! Même si les cadeaux sont générale-ment gratuits, ajouta-t-elle d'un ton taquin. Ceux-ci vont ravager ma bourse, mais c'est une dépense que je ferai volontiers. Tu n'aurais pas pu m'apporter cette abondance de sangliers du crépuscule à un meilleur moment !

— Oh ? Il se passe quelque chose d'important ? demandai-je en contournant le comptoir et en déposant les deux chèvres de rivière sur un grand chariot que Misty m'indiquait.

Elle hocha la tête avec un large sourire.

— J'ai un important groupe de chasseurs humains qui arrive cette semaine de l'étranger. Ils veulent goûter certains des gibiers et poissons les plus exotiques de la région, expliqua-t-elle.

— Dis-moi qu'ils n'ont pas l'intention de chasser eux-mêmes les sangliers du crépuscule ? demandai-je, horrifié.

Elle gloussa.

— Relaxe, mon garçon. Ils ne sont pas fous à ce point. Ils veulent juste goûter ce qui est trop dangereux pour eux à attraper. Mais ils voudront quand même chasser un peu.

— Bien, dis-je, la tension se dissipant de mes épaules. Y a-t-il d'autres clients intéressants à la recherche d'un guide ?

Même si je prononçai ces mots avec désinvolture, le regard

que Misty me lança me fit comprendre qu'elle n'était pas dupe. Les coups d'œil que je ne cessais de jeter en direction de la belle inconnue n'aidaient pas ma cause.

— Il y a eu pas mal de visiteurs ces deux derniers jours. Tous ont trouvé un guide, sauf un. Un cas très particulier, ajouta-t-elle d'un ton étrange en retirant le sanglier du crépuscule de mon épaule gauche.

— Un cas particulier ? répétai-je, curieux.

Elle opina. Cependant, la façon dont son attitude joyeuse s'était assombrie mit tous mes sens en alerte.

— Oui. C'est une cliente spécialement pour toi.

Je haussai les sourcils.

— Pour moi ? Pourquoi ?

Même si je savais instinctivement qu'elle parlait de la belle inconnue, le fait qu'elle dise qu'elle était spécialement pour moi n'avait aucun sens. À moins d'avoir des pouvoirs de clairvoyance, on ne pouvait pas deviner qu'une personne était la Flamme Jumelle d'une autre. Certes, observer les réactions physiologiques de cette personne en présence de l'autre pouvait le révéler. Mais Misty ne m'avait pas encore vu près de cette femme. Alors pourquoi une telle déclaration ?

— Personne d'autre ne la prendra, dit Misty d'un ton neutre. Sa mission n'est pas seulement difficile, elle pourrait être qualifiée de suicidaire.

Je me raidis, envahi par un sentiment d'appréhension. Évidemment, le jour où j'avais trouvé ma Flamme Jumelle, un drame devait survenir et la pousser à s'automutiler. À ma grande consternation, malgré l'inquiétude qui me nouait l'estomac, ma bouche saliva davantage et le feu qui brûlait dans mes veines monta d'un cran. Je déglutis péniblement et reportai mon regard sur Misty.

Mes joues s'empourprèrent d'embarras lorsque je vis que la doyenne me dévisageait, abasourdie et les narines frémissantes.

— Par Férazan ! Rémus, tu es en chaleur ?!

Je tiquai et détournai le regard, mortifié. Je n'avais aucune raison d'avoir honte d'avoir trouvé ma Flamme Jumelle. Cependant, après avoir entendu toute ma vie que j'étais une abomination qui aurait dû être éliminée à la naissance, j'avais des cicatrices indélébiles. Les meutes m'avaient toujours clairement fait comprendre que je devais rester loin de nos femelles afin de ne pas leur faire de mal ou les souiller. À ce jour, toute relation que j'avais avec une femme, ou même le simple fait d'y songer, me donnait l'impression d'être un criminel.

— Je ne suis pas en chaleur, marmonnai-je, souhaitant pouvoir disparaître.

— Alors pourquoi es-tu... ?

La voix de Misty s'estompa à mesure qu'elle comprenait peu à peu. Une multitude d'émotions traversa son visage ridé : le choc, l'incrédulité, puis enfin l'exaltation. À ce moment précis, je réalisai que j'avais retenu mon souffle, m'attendant à l'inévitable réaction de dégoût et d'indignation face à l'idée qu'une personne comme moi puisse oser penser être le conjoint prédestiné de quelqu'un. Mon cœur se remplit d'amour pour cette doyenne lorsque son visage s'illumina de joie pure pour moi.

— Ta Flamme Jumelle ! Cette adorable enfant est ton âme sœur ! murmura-t-elle d'une voix emballée.

Avant que je ne puisse répondre, ses yeux se mirent à osciller d'un côté à l'autre, comme si elle était perdue dans de profondes réflexions.

— Comme les étoiles s'alignent. Tout s'explique maintenant. C'était le destin.

— Quoi ? Que veux-tu dire ? demandai-je, perplexe.

Elle fronça les sourcils, me jeta un regard critique, puis visiblement mécontente de mon apparence, l'aubergiste m'entraîna dans l'arrière-cuisine.

— Misty, que fais-tu ?! m'écriai-je lorsqu'elle attrapa un chiffon propre, le mouilla et commença à me frotter comme une mère nettoierait un enfant turbulent qui s'était couvert de boue en jouant trop brutalement dehors.

— Tu dois parler à ta conjointe. Mais je dois d'abord te préparer, répondit Misty distraitement tout en continuant à me frotter.

Je ne savais pas si je devais rire ou être indigné. Elle ne semblait même pas se rendre compte de ce qu'elle faisait. Je n'étais pas vraiment *sale*. Tout au plus, j'avais peut-être une petite trace de sang séché et quelques poils épars provenant des bêtes que j'avais transportées sur mes épaules.

— Elle s'appelle Amara, et elle est en train de mourir, lâcha Misty brutalement.

Je me figeai, oubliant toute agitation alors que mon sang se glaçait.

— Quoi ? soufflai-je.

— Elle a été empoisonnée et a besoin d'un antidote rare que l'on ne trouve que dans ces montagnes, dit-elle d'un ton grave.

— Je vais aller le chercher pour elle, dis-je sans hésiter. De quoi a-t-elle besoin ?

Le regard triste qu'elle me lança me noua les tripes. Misty jeta dans l'évier le chiffon qui était encore propre, et prit mes deux mains dans les siennes. Lorsqu'elle croisa mon regard, je me préparai à entendre une terrible nouvelle.

— Tu dois être fort, mon garçon. Le remède... Il implique Ranael, dit-elle d'un ton désolé.

Je fis un pas en arrière, ses mots me frappant comme un coup physique. Secouant la tête, je tentai de m'éloigner d'elle, mais elle resserra son étreinte sur mes mains et réduisit la distance entre nous.

— Écoute-la, Rémus. Amara n'est pas une idiote ni une folle qui poursuit un remède farfelu de charlatan, ajouta-t-elle rapidement d'un ton suppliant. Tu es son seul espoir. Je t'ai juste prévenu pour que tu sois préparé. Mais s'il te plaît, écoute-la avec un esprit ouvert.

— C'est de la folie, Misty ! Ranael détruit tout ce qu'il touche. Il m'a pris mes parents, et maintenant tu veux que je lui livre ma conjointe pour qu'il la massacre ?! m'écriai-je en arrachant mes mains des siennes.

— Bien sûr que non, gros bêta. Je veux que tu sois heureux, Rémus, dit Misty d'un ton raisonnable mais ferme. Tu n'es peut-être pas mon fils biologique, mais je t'ai toujours aimé comme si tu étais le fruit de mes entrailles. Dès que j'ai vu cette fille, j'ai su qu'elle était une âme belle et spéciale. Maintenant, je comprends pourquoi. Le Destin t'a envoyé Amara. Quels que soient les défis qui se profilent à l'horizon, qui mieux que toi pourrait l'aider à les surmonter ? Écoute ce qu'elle a à dire. Et si tu n'es toujours pas d'accord, tu pourras alors lui expliquer pourquoi une autre ligne de conduite serait préférable.

Je la fixai intensément, déchiré par des émotions contradictoires. Tous mes instincts me criaient qu'elle était complètement folle de suggérer que je puisse envisager une telle mission, sans parler du fait que ma Flamme Jumelle veuille se lancer dans une aventure manifestement suicidaire.

Voss nous interrompit en s'approchant timidement avec un grand bol de vin épicé fumant. À dix-sept ans, le jeune homme était déjà une montagne. J'étais impatient de voir en quelle magnifique bête il allait se transformer une fois arrivé à maturité. Dommage qu'il eût un caractère trop doux et trop gentil. Il aurait fait un alpha redoutable.

— Merci, mon chéri, dit Misty chaleureusement à son petit-fils, soulagée par cette distraction opportune.

Elle se précipita vers le garçon et prit le bol à deux mains avant de me le remettre.

— Tiens, apporte ça à ta conjointe. Elle l'a commandé en attendant ton arrivée. Vas-y, mon garçon. Et s'il te plaît, garde l'esprit ouvert, insista Misty en me poussant doucement hors de l'arrière-cuisine.

Je faillis résister afin de discuter davantage, mais ce n'était pas elle que je devais convaincre. De plus, cela me donnait l'excuse dont j'avais besoin pour approcher ma Flamme Jumelle sans révéler que mon intérêt pour elle allait bien au-delà d'une simple transaction commerciale.

À ma grande surprise, dès que je sortis de la cuisine, je constatai qu'Amara me fixait du regard, une expression pleine d'espoir sur son magnifique visage. La déception qui la remplaça dès qu'elle aperçut le bol dans mes mains me fit presque sourire. Dans d'autres circonstances, j'aurais trouvé amusant qu'elle me prenne pour un serveur. Mais les révélations de Misty me perturbaient trop.

Je ne connaissais pas cette femme, mais elle était ma conjointe. Je serais damné si un poison m'enlevait la seule bonne chose qui me soit arrivée depuis des décennies.

Un sourire poli se dessina sur les lèvres sensuelles d'Amara lorsque je m'arrêtai devant sa table. Elle tendit ses mains délicates vers moi pour prendre le bol. Mon regard se posa sur ses doigts longs et fins qui se refermèrent autour de la tasse, et je ne pus m'empêcher de sourire en voyant le vernis à ongles couleur perle qui ornait ses ongles manucurés. J'avais toujours eu une obsession inexplicable pour les belles mains, en particulier les ongles ou les griffes bien entretenus.

Malheureusement, mes compagnons Lycans se montraient souvent plutôt négligents à cet égard. Ils justifiaient cela en disant qu'à partir du moment où ils se transformaient en loups pour courir ou chasser, la saleté ou le sang se glissaient inévitablement sous leurs griffes. Même si c'était vrai, cela ne prenait que quelques secondes à nettoyer.

— Merci, dit Amara d'un ton amical.

Bon sang ! Le son de sa voix me donna de délicieux frissons dans le dos. Elle était douce et légèrement rauque, et glissait sur ma peau comme une brise estivale. De près, elle était encore plus époustouflante. Mes doigts se crispèrent à nouveau, impatients de se plonger dans les boucles lustrées de ses cheveux bouffants.

Je voulais plonger dans les profondeurs insondables de ses yeux d'obsidienne, explorer les recoins les plus intimes de son esprit et découvrir toutes les beautés cachées de la déesse qui m'était destinée.

— Avec plaisir, répondis-je d'un ton doux, surpris d'être capable de parler, avant de faire un geste vers le banc en face d'elle. Puis-je m'asseoir ?

Elle eut un léger mouvement de recul et me dévisagea d'un air réservé, teinté de confusion.

— Je m'appelle Rémus Beltaine. Misty m'a dit que vous aviez besoin d'un guide ? dis-je.

Son visage s'illumina à la fois de compréhension et de joie, ce qui me fit un effet très étrange. Je pouvais compter sur les doigts d'une main le nombre de personnes qui avaient jamais manifesté une telle joie en découvrant mon identité.

— Oh, Rémus ! Oui ! Oui, je t'en prie, assieds-toi ! s'exclama-t-elle d'une voix enthousiaste. Je m'appelle Amara... Amara Sanni. Et je suis effectivement à la recherche d'un guide pour une mission difficile. Misty n'avait que des éloges à ton sujet. J'espère donc que tu accepteras de m'accompagner jusqu'à ma destination.

Elle prononça cette dernière phrase avec un rire légèrement nerveux. La vulnérabilité avec laquelle elle me regardait et la lueur presque suppliante dans ses yeux me donnaient envie d'accepter derechef tout ce qu'elle désirait.

Mais cela aurait été une pure folie.

Alors que je m'installais sur la longue banquette, j'inhalai discrètement son parfum enivrant. Il me donna le vertige et ma peau s'échauffa un peu plus. Cependant, les relents douceâtres et malsains de sa mort imminente me serrèrent le cœur, confirmant les paroles funestes de Misty. Aussi choquant que fût son aveu brutal, je lui étais reconnaissant de m'avoir prévenu, ce qui me permettait désormais d'affronter avec plus de stoïcisme tout ce qu'Amara me réservait.

— Je ferai tout ce qui est en mon pouvoir pour t'aider à atteindre ton objectif, répondis-je prudemment, la tutoyant comme elle l'avait fait avec moi. Cependant, j'ai besoin d'en savoir plus sur cette mission avant de pouvoir m'engager. Misty a laissé entendre qu'elle était assez dangereuse.

Une lueur de peur traversa son visage. Je sus instinctivement que ce n'était pas la mission elle-même qui l'effrayait, mais la possibilité que je refuse de l'emmener lorsqu'elle allait me la révéler. Une fois de plus, le besoin irrationnel de lui donner tout ce qu'elle voulait me tenailla les tripes. Mais même si mon instinct protecteur me poussait à la rassurer et à l'apaiser, ma nouvelle priorité était de la garder en sécurité, même si cela allait à l'encontre de son jugement.

Amara hocha la tête et passa nerveusement la main dans ses cheveux.

— C'est vrai, admit-elle. Je suis malade. Ou plutôt, j'ai été infectée par un poison mortel qui me tue lentement. Le remède ne se trouve que dans ces montagnes.

— Je suis désolé d'apprendre ton état. Mais pourquoi as-tu besoin d'un guide pour t'emmener chercher le remède ? Ne serait-il pas plus sûr pour toi de rester ici et d'engager quelqu'un comme moi pour aller le chercher à ta place ? demandai-je, faisant semblant que Misty ne venait pas de me lâcher cette bombe.

La même lueur craintive brilla dans les yeux d'Amara, qu'elle dissimula rapidement. Elle s'humecta les lèvres et carra les épaules avant de se lancer dans le récit détaillé des circonstances qui l'avaient conduite à quitter sa vie paisible à Harmstead pour s'installer à Willow Grove. Elle m'expliqua comment les symptômes s'étaient manifestés un mois après son arrivée et comment ils correspondaient à la mystérieuse maladie qui avait coûté la vie à son père alors qu'elle n'était qu'un bébé.

— Laisse-moi résumer, défiai-je, une pointe d'incrédulité dans la voix. Tu es infectée par un poison, mais tu ne sais pas lequel. Tu ne sais pas non plus qui t'a empoisonnée ni comment. Mais tu sais quel antidote il te faut et où le trouver ?!

Voir Amara tressaillir, soit à cause du ton que j'avais employé pour prononcer ces mots, soit à cause de l'expression incrédule sur mon visage, soit à cause d'un mélange des deux, me mit profondément mal à l'aise. Je n'avais pas voulu lui donner l'impression que je la trouvais stupide ou téméraire. Mais on ne pouvait pas guérir quelque chose si on ne savait pas contre quoi on luttait.

J'ouvris la bouche pour m'excuser, mais elle ne m'en donna pas l'occasion.

— Je sais comment cela peut paraître, répondit-elle d'un ton défensif en soulevant le menton avec défi. Mais je ne suis pas une tête en l'air qui se lance dans des aventures insensées. Il y a quelques jours, j'ai consulté Ronika, la meilleure guérisseuse de la région, voire du pays. Elle m'a recommandé de demander l'aide de la Tisseuse, ce que j'ai fait. C'est Cliona Nox elle-même qui m'a dit quel était le remède et où je pouvais me le procurer.

Je me raidis en la dévisageant, choqué et incrédule.

— La Tisseuse t'a accordé une audience ?! m'exclamai-je.

Elle hocha la tête.

— À vrai dire, ça m'a renversée. Je ne m'attendais pas à ce qu'elle m'ouvre ses portes. Mais je n'avais rien à perdre à essayer...

Je continuai à la fixer, sans voix, l'esprit en ébullition. Tant de fois au fil des ans, j'avais tenté d'obtenir l'aide de la Tisseuse, mais en vain. Cela signifiait-il que je ne pouvais pas être aidé ou simplement que je n'avais rien à lui offrir qui en vaille la peine ?

— Mais... qu'a-t-elle demandé en échange de ses conseils ? demandai-je, honteux de la jalousie qui me tordait les tripes.

— Un peu de mon sang, une fois que je serai guérie. Elle pourra en tirer un puissant antidote, expliqua Amara, puis elle leva rapidement les mains en signe d'apaisement en voyant mon expression scandalisée. Ne t'inquiète pas. Je suis bien consciente du fait que mon sang entre ses mains pourrait être utilisé de manière extrêmement néfaste à mon égard. Mais elle s'est engagée à ne pas me faire de mal et à utiliser mon sang exclusivement pour extraire un sérum, qui ne sera utilisé que pour faire le bien.

— Un engagement ?! m'exclamai-je, abasourdi. Tu as soutiré un engagement de la part de la Tisseuse ?!

Amara secoua la tête.

— Je ne lui ai rien soutiré, elle l'a proposé spontanément. Ma réaction à sa demande lui avait clairement fait comprendre que je n'étais pas à l'aise à l'idée de donner à une arcaniste de son calibre un ingrédient qui pourrait être utilisé contre moi. La personne qu'elle compte soigner avec ce sérum doit être très importante pour elle, ajouta-t-elle d'un air pensif.

— Hum, répondis-je de manière évasive. Et quel est l'antidote que tu cherches dans les montagnes ?

Ma Flamme Jumelle remua nerveusement sur son siège. Elle porta machinalement la main au médaillon de son collier. Je ne connaissais pas la pierre en forme de larme et de couleur ambrée dont il était serti, mais regarder ses doigts délicats le tripoter m'hypnotisait.

— Je dois recevoir deux poisons différents pour contrer celui qui est en train de me tuer. Le premier est une morsure de la queue de serpent du Loup Démon Maudit afin de supprimer le poison dans mes veines. Une fois cela fait, j'ai besoin qu'il me morde avec ses crocs. Sa salive neutralisera son venin. Et alors je serai guérie.

Malgré l'avertissement de Misty, je restai bouche bée devant Amara, sidéré. Non seulement c'était pire que ce à quoi je m'étais attendu, mais c'était complètement détraqué.

— Je sais que cela semble insensé, ajouta Amara alors que je continuais à la fixer comme si elle avait perdu la raison – ce que je commençais d'ailleurs à croire. Mais la Tisseuse m'a enseigné un rituel d'invocation qui liera temporairement Ranael à moi en tant que protecteur. Pendant ce court laps de temps, il ne pourra rien faire qui puisse me nuire.

— T'injecter le venin de son serpent *va* te nuire ! rétorquai-je de manière évidente.

Elle m'adressa un sourire indulgent et répondit d'un ton raisonnable.

— Techniquement, c'est vrai pour n'importe qui d'autre. Mais dans mon cas, cela me fera du bien, car cela éliminera le poison qui me fait du mal.

— D'accord, concédai-je à contrecœur. Les loups démons sont effectivement des protecteurs. Mais Ranael est enragé. On ne peut pas s'attendre à ce qu'il réponde normalement à un appel de protection.

Sans attendre, Amara me rapporta tout ce que la Tisseuse lui avait dit à ce sujet. Lorsqu'elle eut terminé, je me sentis plus que déchiré quant à la manière dont je devais réagir. Tout ce plan relevait de la pure folie. Comme mes pairs, ma réaction instinctive était de rejeter sa demande de l'aider dans cette aventure. Cela me semblait véritablement être un meurtre-suicide. Cependant, elle n'était pas une simple cliente potentielle. Amara était ma Flamme Jumelle. Rien que pour cela, j'avais le devoir de la soutenir, quoi qu'il arrive.

Même si je ne croyais pas que cette mission avait la moindre chance de réussir, je ne pouvais pas ignorer le fait que la Tisseuse l'avait mise sur cette voie. Cliona Nox ne s'impliquait jamais à moins d'être convaincue que la tâche pouvait être accomplie. Elle n'apportait son aide que s'il y avait quelque chose à gagner pour elle, quelque chose d'unique qu'elle convoitait farouchement. Elle voulait que ma femme réussisse.

Et cela peut sauver la vie d'Amara...

Je passai nerveusement mes doigts dans mes cheveux tout en continuant à la fixer, profondément partagé. Et pourtant, quelque chose sur mon visage avait dû trahir le fait que mon cœur avait déjà capitulé, même si mon cerveau continuait à lutter pour accepter l'inévitable. Le sourire timide qui se dessina sur ses lèvres et la lueur d'espoir qui illumina ses beaux yeux le confirmèrent.

— Je suis allé quatre fois chez la Tisseuse, mais ses portes ne se sont jamais ouvertes pour moi, songeai-je à voix haute avec une pointe d'autodérision.

Amara me regarda avec une curiosité mêlée de compassion.

— Puis-je te demander pourquoi tu es allé la voir ? s'enquit-elle d'une voix douce.

Je lui lançai un regard évaluateur.

— Tu as probablement entendu dire que j'ai certains... problèmes ?

À mon grand soulagement, elle ne fit pas semblant de ne pas comprendre et ne sembla pas mal à l'aise. Elle se contenta d'acquiescer, son expression toujours accueillante et attentive.

— Certaines personnes disent que tu es maudit, mais Misty dit que tu es malade.

Ce fut à mon tour d'acquiescer.

— Honnêtement, je pense que c'est un peu les deux. Il y a trente-trois ans, mes parents sont partis chasser, mais ils ont croisé Ranael. Cela n'aurait jamais dû arriver, car le loup démon rôdait bien loin de son territoire habituel. Il les a attaqués, et bien que mes parents aient réussi à s'échapper, mon père a été gravement blessé. Ils m'ont conçu dans les jours qui ont suivi l'attaque. Puis la santé de mon père a soudainement commencé à décliner.

— Oh non, murmura Amara avec compassion.

— Les trois premiers jours après l'attaque, mon père pensait simplement qu'il se sentait mal à cause des contusions et des coups qu'il avait reçus. Mais le quatrième jour, son état s'est détérioré de façon exponentielle. La mort l'a emporté le douzième jour.

— Ta pauvre mère a dû être dévastée.

— De l'avis général, elle était anéantie. Elle n'avait pas été blessée, mais sa santé a commencé à décliner dans les semaines qui ont suivi. Au début, les gens ont pensé qu'il s'agissait d'une dépression et des difficultés liées à sa grossesse. Mais au cinquième mois, ils ont senti l'odeur de Ranael sur elle, ou plutôt autour de son ventre.

— Le venin de Ranael avait également infecté la semence de ton père ! murmura Amara, horrifiée.

Je hochai la tête, les dents serrées par la vieille colère qui resurgissait chaque fois que je pensais à la façon dont cette seule et terrible rencontre avait brisé nos vies.

— Ils ont sollicité l'aide de tous les guérisseurs et chamans possibles, mais en vain. Ma mère est morte au début du huitième mois de sa grossesse. Ils ont dû me sortir de son corps. Les Lycans sortent généralement du ventre de leur mère sous leur forme humaine. Mais je suis né sous ma forme de loup, empestant Ranael. À la quasi-unanimité, la meute a décidé de me bannir et m'a abandonné dans les bois, condamné à mourir exposé aux éléments ou dévoré par les bêtes sauvages.

— QUOI ?! Mais tu n'étais qu'un enfant innocent ! s'exclama Amara, outrée.

— Je l'étais, concédai-je d'un ton conciliant. Mais je comprends leur peur. J'étais un danger susceptible d'apporter la mort et la destruction à la meute. Pour beaucoup, j'étais une abomination, la progéniture impie du Loup Maudit.

Amara secoua la tête, clairement dégoûtée.

— Pourtant, malgré leur cruauté, tu as survécu, répliqua-t-elle avec admiration.

Cela me fit un drôle d'effet. Les gens considéraient généralement ma survie comme une preuve supplémentaire que j'étais une créature contre-nature qui n'aurait pas dû exister. Ils croyaient que je bénéficiais de la protection d'une entité innommable qui avait l'intention de me déchaîner sur le monde au moment opportun.

— En effet, contre toute attente. Une chatte sauvage m'a recueilli. Je n'ai jamais compris pourquoi elle l'avait fait. Après tout, ce n'est pas comme si elle ne pouvait pas sentir l'odeur de Ranael sur moi. Et pourtant, elle m'a élevé avec ses petits comme si j'étais son propre enfant, dis-je, l'ancienne affection refaisant surface pour la bête sauvage qui m'avait montré plus de compassion que mon propre peuple.

— C'est incroyable ! s'exclama Amara avec émerveillement. Je suppose que rien ne vaut l'instinct maternel pour protéger et élever un petit dans le besoin. Mais comment as-tu renoué avec la meute ?

— Peu après mon deuxième anniversaire, la meute est venue chasser sur son territoire. Maman a tenté de me défendre, ainsi que mes frères et sœurs. Mais c'est plutôt moi qui ai fini par les protéger tous, dis-je avec nostalgie, avant de rire devant son expression perplexe. Même si nous ne sommes pas de la même espèce, je considérerais toujours Maman et ses petits comme ma famille, car ils ont été présents pendant les premières années cruciales de ma vie.

— Je comprends, répondit Amara avec approbation, ce qui me toucha encore plus. Mais comment les as-tu protégés ? As-tu attaqué la meute ?

Je secouai la tête.

— Je me suis simplement posté devant eux avec une attitude menaçante, et la meute a pris peur en me voyant. Comme je n'avais jamais appris à parler, je n'avais aucune idée de ce qu'ils disaient. Mais j'ai découvert plus tard qu'ils pensaient que j'étais un démon ou un revenant. Ils ont simplement pris la fuite. En tant que membre des Sages de la meute, Misty est venue enquêter. Il lui a fallu plusieurs jours pour gagner ma confiance, en s'approchant prudemment et en tentant de m'attirer.

— Wow ! Votre relation remonte donc à très loin !

Je hochai la tête.

— Sans elle, je serais resté une bête sauvage. Au bout de

quelques mois, elle a finalement réussi à me convaincre de la suivre, dis-je, le cœur rempli d'amour pour la doyenne. Je ne pense pas que j'aurais pu le faire sans la bénédiction de Maman. Mais une partie d'elle comprenait que je devais rejoindre mon peuple pour atteindre mon plein potentiel. J'ai continué à lui rendre visite jusqu'à son décès, il y a quelques années.

— Tu vois encore tes frères et sœurs ? me demanda-t-elle gentiment.

— Non. La plupart d'entre eux sont partis dès qu'ils ont atteint l'âge adulte. De toute façon, ils se sentaient de plus en plus mal à l'aise avec moi à mesure que je devenais plus « humain », expliquai-je pensivement. Pour mieux m'intégrer, j'étais désormais presque toujours sous ma forme humaine, alors que j'avais passé les deux premières années exclusivement sous ma forme de loup. Ce n'était pas facile d'apprendre à parler, à marcher sur deux jambes, à utiliser mes mains et des ustensiles, à cuisiner et à faire toutes ces choses étranges que font les gens. Porter des vêtements était sans aucun doute la partie la plus agaçante.

Amara s'ébroua et son regard se perdit légèrement dans le vague, probablement en essayant d'imaginer la version plus jeune de moi-même piquant une crise lorsqu'on me demandait de m'habiller.

— Mais comment était ta vie ici après que la meute t'ait accepté ? demanda-t-elle avec précaution.

Je m'ébrouai avec autodérision.

— À ce jour, aucune des meutes ne m'a pleinement accepté. Ils me tolèrent surtout à cause de Misty. Aujourd'hui, les choses vont mieux qu'avant, mais je reste en quelque sorte un paria. Ils ont peur de moi.

— Pourquoi cela ? demanda-t-elle d'une voix douce, heureusement dépourvue de tout jugement ou méfiance.

— Mon sang et tous mes fluides corporels contiennent une faible concentration du venin du loup démon. C'est dans mon urine et ma salive qu'il est le moins concentré, ce qui signifie qu'aucun des deux ne peut nuire à quiconque y est exposé. Mais une exposition fréquente à n'importe lequel de mes autres fluides entraînerait la mort.

— Hmmm... Je comprends pourquoi cela inquiète les gens, mais à moins que tu ne prévoies de saigner ou de transpirer sur eux, leur peur semble un peu excessive, songea Amara à voix haute.

La façon dont je remuai nerveusement ne passa pas inaperçue. Ma Flamme Jumelle me lança immédiatement un regard intense en attendant que je continue.

— Au fil des ans, ils s'étaient en fait progressivement détendus à mon égard jusqu'à ce que j'atteigne la puberté. À partir de ce moment-là, la pleine lune a commencé à avoir un effet négatif sur moi. Je deviens en quelque sorte... enragé jusqu'au lever du soleil.

Ma poitrine se serra et je déglutis péniblement lorsqu'Amara eut un léger mouvement de recul, le visage marqué par la stupeur. Même si elle ne manifestait pas l'horreur qu'une telle confession provoquait généralement chez les autres, mes paroles l'avaient clairement bouleversée. Je ne parvenais tout simplement pas à interpréter les émotions qui l'animaient. Mais une vie entière de rejet me faisait craindre que sa réaction provienne d'un sentiment similaire.

— La pleine lune ? répéta-t-elle, son cerveau tournant à plein régime. Je me demande si c'est pour cela que la Tisseuse m'a dit d'attendre la fin de la pleine lune pour venir. Que t'arrive-t-il alors ? Que fais-tu ?

Cela me renversa également. La Tisseuse avait-elle prévu que personne d'autre que moi n'envisagerait de l'emmener dans cette mission ? Avait-elle spécifiquement demandé à Amara de retarder son arrivée jusqu'à ce qu'il soit sûr de rester près de moi ?

— Rien, répondis-je avec force. J'ai beaucoup d'endroits

sûrs où je m'enferme jusqu'au lever du soleil. Pendant ma rage, je suis trop abruti pour déverrouiller la porte de ma cage. Et comme deuxième mesure de sécurité, chacun de ces lieux sûrs est entouré d'un cercle magique qui m'empêche de sortir tant que mon esprit n'est pas apaisé. Personne n'a donc à s'inquiéter que je puisse causer du tort pendant cette nuit.

Mon cœur s'emballa lorsqu'elle détendit ses épaules de manière presque imperceptible, soulagée.

— C'est bien alors. On dirait que tu as tout sous contrôle.

Elle hésita et s'humecta les lèvres nerveusement avant de poser prudemment la question à laquelle je m'attendais.

— Y a-t-il déjà eu des incidents ?

Je secouai la tête.

— Jamais, pas même la première fois que cela s'est produit. Il y a suffisamment de signes qui m'indiquent que le changement est imminent plusieurs heures à l'avance, ce qui me permet de me rendre d'abord dans un endroit sûr. De toute façon, la meute m'aurait éliminé depuis longtemps si ma rage avait déjà fait du mal à quelqu'un.

Le sourire radieux qu'elle m'adressa me fit fondre de l'intérieur.

— Alors ça me suffit. La question est de savoir si tu acceptes d'être mon guide. Je suis prête à te supplier. J'ai désespérément besoin de ton aide, dit-elle, ses yeux oscillant entre les miens.

Je poussai un soupir.

— Chaque fibre de mon être me crie de refuser une demande aussi insensée. La logique exige que je dise non, répondis-je doucement.

— Mais ? insista-t-elle d'une voix pleine d'espoir.

J'hésitai et lui jetai un regard évaluateur.

— Seras-tu seulement capable d'y arriver ? Ranael réside sur un plateau situé au-delà des Bois Ténébreux. Le chemin est difficile, et nous ne pourrons chevaucher que jusqu'à un certain point avant de devoir continuer à pied. Cela implique une longue et difficile ascension. Aucune monture volante ne pourra nous y emmener. Dans ton état de santé actuel, tu ne seras peut-être pas en mesure de le supporter. Le temps peut être très capricieux dans ces régions. Et parfois, nous pourrions même ne pas trouver de grotte où nous abriter.

— Je continuerai même si je dois ramper, déclara-t-elle avec détermination. Je suis en train de mourir, Rémus. La Tisseuse m'a dit que je devais atteindre le Loup Maudit au moins une semaine avant la pleine lune. Quoi qu'il en coûte, même si je dois partir seule, j'irai là-bas. Je refuse de rester les bras croisés pendant que ma vie s'étiole.

Ses paroles me firent froncer les sourcils.

— Pourquoi une semaine avant la pleine lune ?

— Jusqu'à présent, je me posais la question. Je crois qu'elle a toujours voulu que tu sois mon guide. Cela explique pourquoi elle voulait que je vienne après la pleine lune et pourquoi nous devons accomplir la mission au moins une semaine avant la prochaine. Ranael doit me mordre deux fois, la deuxième morsure quelques jours après la première.

— Cela nous laisse quelques jours supplémentaires pour que je te ramène en lieu sûr avant de m'enfermer, murmurai-je avec une compréhension soudaine.

Elle hocha fermement la tête tout en me regardant droit dans les yeux.

— Oui. Cela ne peut pas être une coïncidence. La Tisseuse a toujours voulu que ce soit toi.

Je ne savais pas trop quoi penser de cela. Une partie de moi se réjouissait. C'était sûrement un autre signe du destin. Et si je n'étais pas à la hauteur ?

— Très bien, finis-je par concéder. Mais j'aurai besoin d'un peu de temps pour me préparer. Nous partirons après-demain.

— Merci ! s'exclama Amara.

Dans son enthousiasme, elle saisit inconsciemment ma main droite et la serra entre les siennes. Le feu qui coulait dans mes veines – et qui s'était atténué pendant notre conversation – se raviva, enflammant ma peau. Je déglutis péniblement et serrai doucement sa main en retour de manière rassurante.

À cet instant, je sus que rien ni personne n'allait m'empêcher de l'aider à atteindre son objectif. Nous allions lui procurer le remède dont elle avait besoin, même au prix de ma propre vie.

CHAPITRE 4
AMARA

Après une première nuit agitée, la journée suivante s'éternisa sans aucun signe de Rémus. Plus d'une fois, je me forçai à faire taire la petite voix paniquée qui me criait qu'il m'avait abandonnée et qu'il n'allait pas se présenter le lendemain matin. Et pourtant, une autre voix, beaucoup plus forte, me disait d'arrêter d'être idiote.

Cet inconnu avait éveillé en moi une confiance profonde que je ne pouvais expliquer. Certes, Rémus était incroyablement beau, grand et musclé, au point de me faire me sentir fragile. L'aura bestiale qui émanait de lui était à la fois intimidante et séduisante. Une créature véritablement sauvage se cachait en lui, bridée par un homme doux et très protecteur.

Le fait qu'il devienne enragé pendant la pleine lune aurait dû me terrifier et l'éliminer automatiquement en tant que candidat potentiel. Cependant, même si je ne la connaissais pas non plus, je faisais implicitement confiance à Misty. Le fait qu'elle se porte garante pour lui et les paroles de la Tisseuse selon lesquelles je devais trouver quelqu'un à qui je pouvais confier ma vie le lendemain de la pleine lune renforçaient ma conviction qu'il était l'élu.

À mon grand regret, je ne pris pas vraiment le temps de visiter le village ni même de traîner dans la salle commune. Les meutes en visite me mettaient mal à l'aise. La pitié et la désapprobation dans leurs yeux me froissaient. Même si j'appréciais qu'elles découlent d'un désir de me protéger de l'homme qu'elles percevaient comme une menace – pour ne pas dire une abomination – leur façon de le traiter m'horripilait.

Tout au long de notre conversation cette première nuit, leurs regards ne s'étaient jamais détournés de nous, tous condamnant notre démarche, et beaucoup luttant visiblement contre l'envie d'intervenir. J'avais presque souhaité que l'un d'entre eux le fasse lorsque Rémus avait finalement consenti à être mon guide. Même si je n'aimais pas les confrontations, je leur aurais volontiers passé un savon pour avoir tenté d'empêcher celui qui voulait m'aider dans ma démarche après avoir eux-mêmes refusé de le faire.

Compte tenu du long voyage qui nous attendait, je me reposai autant que possible dans le lit confortable que Misty avait mis à ma disposition et pris la plupart de mes repas dans ma chambre.

Le deuxième jour, je me rendis à la salle à manger, l'estomac noué par la nervosité et l'excitation. Rémus avait indiqué que nous allions partir vers huit heures du matin. Je voulais profiter d'un petit déjeuner copieux avant de prendre la route et emporter quelques collations.

À mi-chemin dans les escaliers, j'entendis une conversation animée. Je faillis marcher bruyamment pour signaler mon approche afin de les avertir s'il s'agissait d'une conversation privée. Cependant, je reconnus immédiatement la voix d'Ulric qui s'adressait avec colère à Misty. Cette seule phrase me fit comprendre qu'ils parlaient de moi.

— Il ne peut pas l'emmener ! siffla Ulric. Tu sais aussi bien que moi que tout ça, c'est du suicide !

— Laisse tomber, Ulric, dit Misty d'un ton sévère. La décision est prise.

— Tu sais bien qu'il veut juste la baiser ! rétorqua Ulric.

Je réprimai à grand-peine un halètement, outrée pour Rémus.

— Arrête ! grogna Misty.

— C'est vrai ! insista Ulric avec obstination.

— Ce n'est pas vrai. Et même si c'était le cas, quelle importance ? Rémus ne forcerait jamais une femme. Ou insinues-tu le contraire ?

— Bien sûr que non, répondit-il avec colère, ce qui me surprit et me rassura à la fois. Mais sa semence est immonde. Il aurait dû être éliminé il y a des décennies.

— Par Férazan, pourquoi ne peux-tu pas simplement le laisser tranquille ? s'exclama Misty, découragée.

La même pensée me traversa l'esprit tandis qu'une colère protectrice montait en moi. Une telle virulence à l'égard de Rémus me semblait personnelle. Que s'était-il passé entre les deux hommes pour susciter une telle haine ?

— Rémus va la détruire, dit Ulric avec force, comme si cela suffisait à justifier son propos.

— As-tu oublié qu'elle est en train de mourir ? rétorqua Misty avec agacement. Et s'il parvient à la sauver ? Ne serait-ce pas une bonne chose ? Au moins, il lui donne une chance.

— Non, il ne fera que retarder l'inévitable, car il la tuera avec sa semence, argumenta Ulric avec obstination. Et même si elle survit, ce dont je doute fortement, elle lui donnera des petits maudits. Veux-tu vraiment voir d'autres comme *lui* courir partout ?

Une nouvelle vague de colère m'envahit lorsque j'entendis le mépris avec lequel il prononça le mot « lui ». Alors que je me demandais pourquoi il était si convaincu qu'il y aurait une sorte de relation amoureuse entre nous deux, Misty m'apporta la réponse.

— Tout d'abord, j'aime ce garçon. En avoir d'autres comme

lui autour de moi serait une bénédiction, pas une malédiction, dit Misty avec une conviction qui remplit mon cœur d'affection pour elle et de gratitude au nom de Rémus. Deuxièmement, toi et tous les autres savez qu'elle est sa Flamme Jumelle. Tu as vu les symptômes dès qu'il est entré dans la pièce. Le lien conjugal est sacré. Nous avons le devoir de l'honorer.

— Ce démon ne devrait pas avoir de Flamme Jumelle ! siffla Ulric.

— Ça suffit ! rétorqua Misty sur un ton feutré, tout en jetant un regard nerveux vers l'escalier.

Mon estomac se noua. Je n'avais pas voulu épier leur conversation. Vu le temps que j'avais passé là, je ne pouvais que supposer que j'avais inconsciemment réagi d'une manière qui avait trahi ma présence. Mais peut-être aussi que mon odeur avait fini par leur parvenir. Quoi qu'il en soit, il était inutile d'essayer de cacher davantage ma présence.

Haussant les épaules avec dédain, Ulric se tourna vers l'escalier, le regard déterminé.

— Ne me fais pas taire. Elle mérite de connaître la vérité !

— Et quelle est cette vérité ? rétorquai-je en descendant les dernières marches, toute envie de m'excuser d'avoir écouté s'évanouissant.

— Rémus est dangereux !

— Dangereux comment ? En m'aidant alors que personne d'autre ne veut le faire ?! dis-je d'un ton provocateur.

— En te convoitant alors qu'il est malade ! s'exclama Ulric comme si cela allait de soi.

Je haussai les épaules en m'arrêtant à une distance respectable devant lui.

— En supposant que tu aies raison, aucune de ces deux choses n'est un crime. Au moins, il est prêt à m'aider alors que vous autres me laisseriez mourir.

— Seulement pour pouvoir te mettre dans son lit !

Je roulai des yeux.

— Et alors ? Quelles que soient ses motivations, il est le seul à avoir répondu à mon appel dans ma situation difficile. La question est : pourquoi cela t'importe-t-il autant ? Pourquoi es-tu si déterminé à nous mettre des bâtons dans les roues ?

— Rémus pense que vous êtes des Flammes Jumelles, articula lentement Ulric, comme s'il commençait à me croire trop bête pour comprendre ce qui devrait être évident. Il va donc essayer de te séduire et de te réclamer.

— Encore une fois, en quoi est-ce mal ? Il est beau, compétent, respectueux et il m'a été chaudement recommandé, ajoutai-je en jetant un regard significatif à Misty. Je pourrais imaginer des hommes bien pires avec qui être appariée, en supposant que lui et moi soyons vraiment des âmes sœurs. Et épargne-moi tes commentaires sur le fait qu'il soit malade. Je le suis aussi, tu te souviens ?

— Tu ne comprends pas, soupira Ulric, frustré.

— C'est toi qui ne comprends pas, rétorquai-je avec agacement. Si lui et moi sommes vraiment des Flammes Jumelles, alors le Destin fera en sorte que tout s'arrange pour nous. Si ce n'est pas le cas, alors nous nous séparerons. Si cette mission entraîne ma mort, qu'il en soit ainsi. Je suis déjà en train de mourir. Je n'ai rien à perdre, mais beaucoup à gagner. Donc à moins que tu ne connaisses quelqu'un d'autre qui m'accompagnera jusqu'au bout, je ne veux vraiment pas entendre ce que tu as à dire. Ne te mêle pas de mes affaires.

Ulric resta là, furieux, les doigts frémissants, comme s'il luttait contre l'envie de m'attraper par les épaules et de me secouer pour me faire entendre raison. Après quelques instants, il grogna de frustration, puis lâcha une série de jurons avant de sortir en trombe de l'auberge par ailleurs déserte.

Je fixai son dos qui s'éloignait, perplexe, avant qu'un petit rire de Misty ne réclame mon attention. Elle me souriait avec une expression tendre qui me donna instantanément envie d'un câlin de ma mère. C'était étrange, le lien fort que j'avais développé avec cette femme en si peu de temps.

— C'est quoi son problème ? demandai-je à la doyenne, sincèrement déconcertée.

— C'est une longue histoire, répondit-elle avec un soupir découragé. Demande à Rémus. C'est à lui de raconter son histoire.

J'ouvris et refermai la bouche plusieurs fois, hésitant sur la façon de formuler ma question avant de la poser.

— Suis-je en sécurité avec Rémus ? demandai-je timidement.

— Oui, répondit Misty avec une conviction et une fermeté qui balayèrent tous les doutes que j'aurais pu avoir. Tu ne trouveras jamais d'homme plus noble et plus digne de confiance que mon Rémus.

La possessivité maternelle avec laquelle elle prononça cette dernière phrase me fit sourire. Aussi inhabituelle que soit la manière dont leur relation s'était formée, cette femme l'aimait vraiment comme son propre fils.

— Est-ce vrai ce qu'il a dit ? me surpris-je à demander à nouveau. Rémus pense-t-il que nous sommes des Flammes Jumelles ?

Le visage de Misty s'adoucit, même si je ne manquai pas la lueur d'inquiétude dans ses yeux argentés. Je ne pouvais pas expliquer pourquoi, mais je pensais que c'était l'inquiétude quant à ma réaction à sa réponse qui avait déclenché cette réaction.

— C'est vrai, confirma-t-elle prudemment. Il y a des signes évidents lorsque les Lycans rencontrent leur douce moitié.

— Tu veux dire la fièvre, la bouche sèche, le pouls élevé, les pupilles dilatées et une sclérotique plus foncée ? demandai-je.

Les yeux de Misty s'écarquillèrent de surprise.

— C'est exact. Même si tu n'as pas mentionné les crocs douloureux et le changement d'odeur. Mais tu en sais beaucoup sur mon peuple.

Je haussai les épaules pour cacher à quel point j'étais flattée par son air impressionné.

— Je disposais de quelques jours avant de partir pour mon voyage ici. J'ai donc lu tout ce que je pouvais trouver sur les Lycans afin de mieux comprendre à quoi j'allais être confrontée.

— Astucieuse, dit Misty d'un ton approbateur. Mais chasse toute crainte que tu pourrais avoir. Rémus est un homme bien. Il est vraiment comme un fils pour moi. Tu n'aurais pas pu espérer trouver un meilleur guide pour t'accompagner dans ce périlleux voyage. Il ne fait aucun doute pour aucun d'entre nous que vous êtes des Flammes Jumelles. Il ne t'en aurait pas parlé avant la fin de la mission. Il ne te mettra aucune pression. Suis simplement ton cœur et ton instinct. Le Destin s'occupera du reste. Rien de tout cela n'est une coïncidence.

— Merci, dis-je, sincèrement reconnaissante.

— Assez bavardé. Assieds-toi pour que je puisse te nourrir correctement avant ton départ, dit Misty d'un ton qui ne souffrait aucune discussion.

Je gloussai tandis qu'elle me poussait vers l'un des tabourets du bar avant de disparaître dans la cuisine. Elle revint quelques instants plus tard avec une montagne de nourriture. Je me jetai dessus sans vergogne, mangeant bien plus que je ne m'en croyais capable. Mon côté gourmand voulait continuer, mais me rendre malade en me gavant aurait été contre-productif.

Au moment où je repoussais mon assiette, le discret grincement de la porte d'entrée attira mon attention. Mon cœur bondit lorsque je vis Rémus entrer. Par les dieux, il était à croquer. J'avais été trop bouleversée lors de notre première rencontre pour apprécier pleinement sa beauté, mais cet homme était vraiment magnifique.

Il devait mesurer au moins 1,95 m et peser 110 kg de purs muscles. Ses cheveux soyeux, d'un brun foncé, tombaient en douces ondulations sur ses épaules, et mes doigts me démangeaient de s'y enfoncer. La lueur possessive mais protectrice dans ses yeux dorés qui me parcouraient me fit instantanément friser les orteils. Voir le blanc de ses yeux s'assombrir progressivement à mesure qu'il s'approchait de moi me chamboula. Cette réaction physiologique confirmait sans l'ombre d'un doute que nous étions bel et bien faits l'un pour l'autre. Les Lycans n'avaient aucun contrôle là-dessus.

Au lieu de m'effrayer, cela fit naître une agréable chaleur dans ma poitrine. Je ne cherchais pas l'amour, et je ne pouvais nier que ma situation désespérée influençait probablement ma réaction positive à cette situation. Mais cela ne faisait que me donner une raison supplémentaire de vivre et de me battre. Je ne connaissais pas cet homme, mais j'étais entièrement disposée à explorer ce qui pourrait être.

Il se dirigea droit vers moi, un doux sourire étirant ses lèvres généreuses. Je n'avais jamais été très attirée par les hommes poilus. Bien qu'il ait une moustache et une barbe bien taillées qui embellissaient sa mâchoire carrée, il n'y avait que quelques touffes de poils sur les bords extérieurs de ses épaules et de ses bras, et quelques poils qui dépassaient du col faiblement lacé de sa chemise sans manches. Mon esprit sans vergogne se demanda immédiatement si ce poil se propageait plus au sud sous son vêtement.

Oui, Rémus est vraiment un homme délicieux. Et il est à moi... ?!

Je glissai nerveusement de mon tabouret pour me tenir devant Rémus alors qu'il réduisait la distance entre nous.

— Bonjour, Amara, dit Rémus en s'arrêtant devant moi.

— Bonjour, Rémus, répondis-je, me sentant stupide alors que j'essayais de réprimer une envie inexplicable de glousser comme une écolière.

— Je suis content de voir que tu as déjà mangé, dit-il, apparemment inconscient de mon trouble intérieur. J'espère que tu es bien reposée, car j'aimerais que nous partions immédiatement. Idéalement, nous allons galoper vite aujourd'hui, car les prévisions météo sont pour le moins incertaines, et je sens l'odeur de la pluie dans l'air. Si nous avançons rapidement, nous devrions pouvoir atteindre le Pavillon des Chasseurs avant la tombée de la nuit, et avec un peu de chance avant que l'orage n'éclate.

J'acquiesçai et jetai un regard furtif à l'extérieur par l'une des grandes fenêtres avant de reporter mon attention sur lui.

— Ça me semble être un bon plan. Mais que se passera-t-il si nous n'y arrivons pas ?

— Il y a des grottes le long du chemin où nous pourrons nous abriter. Ce ne sera pas aussi confortable, mais cela nous permettra de rester au sec et au chaud, expliqua-t-il d'un ton doux.

— Parfait, répondis-je, soulagée.

Évidemment, j'allais dormir là où c'était nécessaire, mais je n'avais jamais été très enthousiaste à l'idée de dormir à la belle étoile. Je n'étais pas vraiment à l'aise avec les bestioles rampantes.

Misty sortit de la cuisine avec deux sacs en cuir, qu'elle tendit à Rémus.

— Voici de quoi vous sustenter pendant la première partie de votre périple, dit-elle sur ce ton maternel auquel je m'habituais peu à peu. Ce n'est rien d'extraordinaire, juste du pain, de la viande séchée, des noix et des fruits.

— Merci, Misty, dit Rémus avant de l'embrasser sur le front.

Je souris, émue de la voir ébouriffer ses longs cheveux comme s'il n'était qu'un gamin. C'était d'autant plus attendrissant qu'elle semblait si petite et fragile comparée à la taille et au gabarit impressionnants de Rémus.

— Prends bien soin de ma fille, là-bas, lui dit Misty avec une fausse sévérité. Je vais préparer un festin pour fêter votre retour.

Ma gorge se serra tandis que je souriais à la doyenne. Elle me caressa la joue et nous poussa hors de l'auberge. À ma grande surprise, seuls deux chevaux nous attendaient dehors. Je jetai un coup d'œil vers les écuries, m'attendant à ce que Voss amène ma calèche, mais Rémus m'adressa un regard désolé.

— Nous ne pouvons pas utiliser ta calèche. Non seulement elle serait trop lente, mais nous allons laisser les chevaux à l'auberge une fois que nous y serons arrivés dans quatre jours. Nous devons voyager léger. J'ai déjà emballé tout ce dont nous avons besoin, expliqua Rémus d'une voix douce.

Même si j'aurais dû m'y attendre, je me sentis tout de même un peu désemparée à l'idée de n'avoir que si peu d'affaires avec moi. À part les bougies et les réactifs pour l'invocation, ainsi que quelques vêtements de rechange, je ne pouvais emporter aucun des autres conforts matériels que j'avais espéré avoir avec moi, y compris un matelas de camping enroulé.

Alors que nous faisions nos adieux, les premiers visages familiers commencèrent à se diriger vers l'auberge. Je levai le menton avec défi face à leurs regards désapprobateurs et suivis Rémus tandis que nous quittions le petit village. À mon grand regret, il adopta immédiatement un rythme rapide qui ne se prêtait guère à la conversation alors que nous nous dirigions vers le nord, vers notre destin.

CHAPITRE 5
RÉMUS

Pour la millième fois, je jetai un regard coupable à Amara. Nous chevauchions depuis des heures, ne ralentissant que pour permettre à nos montures de se reposer un peu, ainsi que pour faire de très brefs arrêts afin de manger et de boire. Malgré son inconfort évident à certains moments, ma femme faisait preuve d'une résilience impressionnante sans se plaindre une seule fois. Je détestais que sa première expérience d'exploration de la montagne de Wolfmoon se déroule dans des circonstances aussi difficiles et de manière aussi éprouvante.

Cependant, observer le ciel qui s'assombrissait renforça la validité du rythme effréné que j'avais imposé. Les nuages qui s'amassaient me contrariaient plus que les mots ne pouvaient l'exprimer. J'avais espéré que nous aurions parcouru une plus grande distance avant que la tempête ne nous rattrape. En d'autres circonstances, j'aurais retardé notre départ jusqu'à ce que le temps soit plus clément. Mais ma compagne était en sursis.

Au cours de cette seule journée passée loin d'elle, l'odeur de la mort qui l'entourait s'était sensiblement intensifiée, malgré sa subtilité. Le besoin de protéger et de sauver Amara me rongeait les entrailles. J'aurais aimé avoir des ailes pour l'emmener directement à notre destination et en finir avec tout cela pour son bien.

Lorsque je quittai le chemin de terre battue que nous suivions depuis notre départ du village, ma conjointe me lança un regard interrogateur. Je ralentis mon cheval pour le faire trotter lentement, et elle adapta immédiatement la vitesse de sa monture à la mienne.

— La tempête va bientôt commencer, expliquai-je en désignant du menton les nuages sombres qui planaient de manière menaçante au-dessus de nos têtes. Nous devons trouver un abri avant qu'elle n'éclate.

— D'accord, répondit Amara d'une voix douce qui ne parvenait pas à cacher le soulagement évident qu'elle ressentait.

Une nouvelle vague de culpabilité m'envahit. Je ne savais pas si cette réaction était due à la peur d'être surprise par les éléments ou à l'épuisement causé par notre voyage éprouvant jusqu'à présent. Mais il était tout à fait possible que ce soit un mélange des deux.

— Il y a une grotte à moins d'un kilomètre d'ici. Si nous nous dépêchons, nous y serons rapidement, dis-je en indiquant sa direction approximative.

— Ouvre la voie, répondit-elle avec un sourire reconnaissant.

J'accélérai la cadence, coupant à travers la forêt jusqu'à ce que nous atteignions notre destination. Cette zone était sûre, la faune locale étant principalement composée d'herbivores et de petits mammifères plus enclins à nous fuir qu'à nous attaquer.

Voir le visage d'Amara s'illuminer lorsque les arbres s'écartèrent pour révéler un haut affleurement rocheux me fit sourire. Bien que cet endroit fût tout sauf luxueux ou confortable, j'aimais le sentiment que j'avais de prendre soin de ma conjointe.

J'arrêtai les chevaux à l'entrée de la grotte naturelle. Au fil des ans, mes pairs avaient modifié l'ouverture pour former un mur protecteur qui empêchait les vents violents ou la pluie de pénétrer à l'intérieur lorsque nous avions besoin de nous y réfugier. Ils avaient creusé une section supplémentaire pour servir d'écurie temporaire à nos montures.

Je sautai de mon cheval et me précipitai vers Amara pour l'aider à descendre. La façon dont elle me souriait me donnait le tournis. Comment pouvait-on concentrer autant de gentillesse, de gratitude et de chaleur dans un seul sourire ? Mais ce fut la sensation de sa taille fine sous mes paumes lorsque je la soulevai de sa monture qui me chamboula l'esprit. Le souvenir de ses mains tenant les miennes me revint en mémoire. Je ne voulais pas la lâcher après l'avoir posée sur ses pieds. Je voulais juste la serrer dans mes bras et enfouir mon visage dans ses boucles gonflées.

Ma peau se réchauffa et ma vision s'éclaircit lorsque je me forçai à la lâcher. À ma grande surprise, une expression presque timide passa sur le beau visage de ma conjointe. Mais ce fut son sourire satisfait, presque suffisant, qui retint mon attention.

Sait-elle ce qui m'arrive ?

À en juger par mes réactions physiologiques, je ne doutais pas que ma sclérotique s'était assombrie. Savait-elle ce que cela signifiait ? Avait-elle remarqué à quel point ma peau se réchauffait chaque fois que je me trouvais près d'elle ? Si oui, aurait-il été trop audacieux de ma part de supposer que ce sourire satisfait signifiait qu'elle ne serait pas opposée à une relation avec quelqu'un comme moi ?

Mais ce n'était pas le moment de spéculer. Un grondement lointain indiqua que l'orage allait éclater d'une minute à l'autre. Je mis rapidement nos chevaux à l'abri dans le coin relié à la pièce principale par une porte sur le côté gauche, et je les déchargeai de leur fardeau pendant qu'Amara les nourrissait.

Elle me rejoignit peu après dans la pièce principale. Sa forme organique ressemblait vaguement à un ovale, avec un haut plafond au centre qui s'inclinait vers les bords. Les meutes avaient lissé les stalactites et les bords acérés qui rendaient autrefois le séjour ici légèrement dangereux. Cinq appliques éclaireraient la pièce de flammes magiques violettes, créant une ambiance intime et apaisante. Bien que presque vide, la grotte offrait une table et des bancs de fortune, qui avaient été sculptés directement dans la pierre.

— Assieds-toi et mange, lui proposai-je amicalement en sortant une partie de la nourriture fournie par Misty. Demain, je chasserai pour nous et je te servirai un repas fraîchement préparé une fois que nous aurons atteint le pavillon.

— Ne t'inquiète pas pour ça, dit Amara. Ce n'est pas une visite guidée pour le plaisir. Je ne m'attends pas à des repas gastronomiques ni à des hébergements luxueux. Tant que je me couche le ventre plein et que nous ne sommes pas exposés à la pluie, je suis heureuse.

— Je peux te promettre ces deux choses, dis-je d'un ton taquin. Mais un peu de confort supplémentaire est toujours le bienvenu.

— D'accord, répondit Amara. Mais je ne veux pas que tu t'en préoccupes ou que tu fasses des efforts particuliers pour y parvenir. Je te suis simplement reconnaissante d'avoir accepté de m'emmener dans ce périple.

— Tu es gentille, mais je me préoccuperai toujours du bien-être des personnes dont j'ai la charge, répondis-je, en restant neutre alors que j'avais vraiment envie de dire que je ferais tout pour le confort de ma conjointe.

— Je le vois bien, répondit-elle en montrant la grotte. Ce n'est pas une formation aléatoire. Cette table et ces bancs sont clairement construits manuellement, même s'ils sont encore rudimentaires.

Je hochai la tête.

— Les chasseurs utilisent souvent cet endroit, tout comme les randonneurs. Normalement, ils posent un sac de couchage sur cette dalle pour passer la nuit.

Elle fronça les sourcils en regardant le grand morceau de

pierre que je lui montrais. Deux autres dalles similaires avaient été grossièrement taillées en forme rectangulaire pour former un lit simple.

— Si les gens les utilisent régulièrement ici, pourquoi ne m'as-tu pas laissée apporter mon matelas de camping pour ce voyage ? demanda-t-elle, perplexe. Dormir directement sur la roche ou sur le sol sera plutôt inconfortable cette nuit.

— Parce que le matelas deviendra trop encombrant plus tard dans notre voyage, expliquai-je d'un ton navré. J'espérais vraiment que nous arriverions au pavillon ce soir pour que tu sois plus à l'aise. Comme je l'ai déjà mentionné, le chemin que nous devons parcourir va devenir de plus en plus difficile. En fait, je te porterai pendant la dernière partie du voyage.

Ses yeux s'écarquillèrent de surprise.

— Me porter ?!

J'acquiesçai avec un air taquin.

— Techniquement, tu chevaucheras mon loup.

Je lançai dans ma bouche le morceau de viande séchée que je tenais pour libérer ma main, puis je me penchai pour récupérer le harnais dans l'un de mes sacs posés contre le côté du banc. Amara me regarda avec incrédulité tandis que je le dépliais pour le lui montrer.

— C'est l'une des raisons pour lesquelles j'avais besoin d'un jour supplémentaire avant notre départ, expliquai-je avec suffisance, même si une pointe de nervosité m'envahit à l'idée de sa réaction potentielle. J'ai fabriqué ce harnais pour toi hier.

Sans voix, Amara regarda tour à tour le harnais et mon visage avec incrédulité.

— Te chevaucher comme un cheval ? demanda-t-elle d'une voix hésitante.

— Oui, répondis-je, soudainement gêné.

Elle me fixa une seconde de plus, semblant incertaine quant à ce qu'elle devait penser de tout cela.

— Tu fais souvent ça pour les gens ?

J'eus un mouvement de recul et la regardai comme si elle avait dit quelque chose de scandaleux. Même si cette question était légitime dans les circonstances, elle me froissa tout de même.

— Jamais ! Ce sera la première fois que je fais ça, dis-je, un peu vexé.

— Mais tu le feras pour moi ? insista-t-elle, une expression étrange passant sur son visage.

Je répondis par un grognement et un hochement de tête raide.

— Pourquoi ? demanda Amara, sincèrement perplexe.

— Parce que tu es malade, et que tu en auras absolument besoin si nous voulons atteindre notre destination. Le trajet sera beaucoup trop éprouvant pour toi sans mon aide. Je me suis engagé à t'emmener jusqu'au remède, et je suis un homme de parole, lui dis-je.

La même expression étrange apparut sur son visage. Elle se mordilla la lèvre inférieure, comme si elle se demandait si elle devait poser la question qui lui brûlait manifestement la langue.

— Ferais-tu la même chose pour un autre client malade ? demanda-t-elle enfin.

— Non.

Elle haussa les sourcils devant ma réponse rapide et caté-gorique.

— Emmènerais-tu une autre personne mourante à Ranael si elle te le demandait ? insista Amara lorsque je ne m'étendis pas davantage sur le sujet.

J'hésitai.

— Probablement pas.

Elle plissa le visage lorsque je pris un autre morceau de viande séchée et commençai à mâcher au lieu de donner plus d'explications sur ma position.

— Est-ce pour les raisons invoquées par Ulric ?

Je me figeai, m'arrêtai de mâcher et scrutai son visage comme s'il allait révéler ce qu'elle voulait dire. Mon esprit s'emballa tandis que je spéculais sur les horreurs qu'il avait pu dire à mon sujet.

— Qu'a-t-il dit ? demandai-je prudemment.

Elle soutint mon regard sans ciller, le visage impassible.

— Il a dit beaucoup de choses délirantes, répondit-elle d'un ton évasif.

— Comme quoi ? insistai-je, agacé qu'elle me rende la pareille.

— Il prétend que tu es dangereux et que tu ne m'emmènes que pour coucher avec moi.

Je me levai d'un bond, la colère et l'indignation montant en moi.

— Je ne suis pas un violeur ! Je ne piégerais jamais une femme ni ne l'attirerais dans les bois juste pour assouvir mes désirs !

Amara leva la main dans un geste apaisant et m'invita à me rassoir.

— Je sais. Ulric l'a confirmé. Assieds-toi, s'il te plaît, dit-elle d'une voix douce.

Ma mâchoire tomba, et je restai immobile, l'esprit en ébullition, jusqu'à ce qu'elle me fasse à nouveau signe de m'asseoir.

— Vraiment ? demandai-je, dérouté, en me rasseyant sur le banc.

Elle hocha la tête.

— Il prétend que tu crois que nous sommes des âmes sœurs.

Une vague de chaleur envahit mes joues, qui me donnaient l'impression d'être sur le point de s'enflammer. Je me tortillai sur mon siège et me grattai la nuque, mortifié.

— Cet idiot parle à tort et à travers, grommelai-je. Il devrait apprendre à s'occuper de ses affaires.

— Tu veux dire qu'il a menti ? insista-t-elle, clairement peu disposée à laisser tomber.

Je voulais changer de sujet, d'autant plus que son visage était impossible à déchiffrer. Et si je donnais la mauvaise réponse ? Et si je lui avouais la vérité et que cela la rebutait ?

— Je dis simplement que ce n'est pas important, répondis-je évasivement.

— C'est important pour *moi*, dit Amara, la voix légèrement plus dure.

Je maudis intérieurement Ulric, lui souhaitant d'atterrir dans les profondeurs des Neuf Enfers tandis que mon esprit s'efforçait de trouver une réponse appropriée.

— Amara, je ferai tout ce qui est en mon pouvoir pour te trouver un remède et te protéger de tout danger, y compris de moi-même, dis-je en choisissant mes mots avec soin.

Mon estomac se noua lorsque je vis son visage se fermer, son air déçu me coupant plus profondément que le couteau le plus tranchant. Vaincu, je poussai un soupir et mes épaules s'affaissèrent. Ce n'était pas ainsi que j'avais voulu aborder le sujet du lien qui nous unissait.

— Mes réactions physiologiques en ta présence indiquent que tu es bel et bien ma Flamme Jumelle, marmonnai-je, les yeux baissés de honte.

Je me préparai à une explosion de colère qui ne vint jamais. Toute ma vie, on m'avait dit que ce serait un blasphème, voire un crime, pour quelqu'un comme moi de prendre une conjointe, et pire encore, de se reproduire.

— Tu vois ? Ce n'était pas si difficile, dit Amara d'une voix douce.

Stupéfait, je levai les yeux vers elle. Je restai bouche bée en la voyant me sourire presque timidement.

— C'est pour ça que tu as accepté de m'aider ? insista-t-elle en penchant la tête sur le côté.

Toujours sidéré par sa réaction, je hochai la tête distraitement.

— En grande partie, oui. Mais je t'aurais probablement

convaincue de choisir une autre voie si la Tisseuse ne t'avait pas assigné cette mission.

— Donc sans ces deux facteurs, tu m'aurais rejetée comme les autres ? insista-t-elle.

À cet instant, je compris que cette série de questions allait au-delà de la simple confirmation d'une rumeur qu'elle avait entendue. Ma conjointe évaluait le type d'homme que j'étais. Je réprimai ma réaction instinctive qui consistait à essayer de deviner quelle réponse elle attendait de moi. Si le Destin voulait que nous soyons ensemble, nous allions tomber amoureux de qui nous étions, et non de qui nous prétendions être.

— Le fait que tu sois ma Flamme Jumelle signifie que je ferai tout ce qui est en mon pouvoir pour toi. Mais si tu ne l'avais pas été, j'aurais quand même essayé de t'aider. Je n'aurais probablement pas été aussi loin que je suis prêt à le faire pour toi. Mais honnêtement, je ne peux pas dire avec certitude ce que j'aurais fait. Ce que je peux dire sans aucun doute, c'est que sans l'intervention de la Tisseuse, je ne pense pas que j'aurais accepté d'aller jusqu'au bout. Même maintenant, cela me semble être une démarche insensée, avouai-je.

Amara plissa les lèvres et acquiesça lentement, tout en soupesant mes paroles.

— Je comprends. À vrai dire, je suis venue ici en pensant que personne n'accepterait. Je suis donc ravie que tu l'aies fait.

Je lui adressai un sourire timide, et un silence quelque peu gênant s'installa entre nous. À la façon dont elle me regardait, ma conjointe semblait attendre que je dise quelque chose de plus. Je m'éclaircis la gorge et me lançai.

— Cela te dérange-t-il que nous soyons... destinés l'un à l'autre ? demandai-je prudemment, me préparant à sa réponse.

À ma grande surprise, Amara sourit, cette même timidité adorable revenant sur son beau visage. Elle secoua la tête.

— Pas du tout. En vérité, je trouve cela très flatteur, dit-elle penaude. Tu es un très bel homme. Et d'après ce que l'on dit, les loups sont extrêmement fidèles et très protecteurs envers leur Flamme Jumelle. Quelle femme ne voudrait pas cela pour elle-même ?

— Je suis malade, objectai-je.

Elle haussa les épaules.

— Moi aussi.

— Mais tu ne le seras plus une fois que nous t'aurons guérie, rétorquai-je.

— *Si* nous me guérissons, répliqua-t-elle.

— *Quand* nous te guérirons, lui dis-je d'un ton sévère en lui lançant un regard désapprobateur.

Elle gloussa et inclina la tête en signe de concession.

— *Quand* nous m'aurons guérie, nous trouverons un moyen de *te* guérir.

Je lui adressai un sourire triste.

— Malheureusement, il ne semble pas y avoir de remède pour moi. La Tisseuse n'a même pas voulu me recevoir.

Amara fit un geste dédaigneux de la main.

— Parce que ce n'était pas le bon moment. Après tout, c'est elle qui m'a envoyée vers toi. Cela ne peut pas être une coïncidence.

Même si je ne voulais pas me faire de faux espoirs, je ne pus m'empêcher de les laisser s'enraciner profondément dans mon cœur.

— En fin de compte, c'est le Destin qui décidera, répondis-je de manière évasive.

Elle hocha la tête, son regard se perdant dans le vague tandis qu'elle réfléchissait à quelque chose, avant de reporter son attention sur moi, une lueur spéculative dans ses yeux sombres.

— En supposant que notre mission réussisse et que nous nous appréciions mutuellement, pourrions-nous mener une vie normale ensemble ?

Mon cœur bondit, et une émotion puissante m'étouffa presque de la voir si ouverte à un avenir possible avec moi.

— Je suis normal à presque tous les égards, répondis-je avec un peu trop d'enthousiasme. Si nous bâtissions une vie ensemble, je ne serais absent que les nuits de pleine lune, et nous ne pourrions pas avoir d'enfants.

Ma conjointe mordit pensivement sa lèvre inférieure et hocha lentement la tête à nouveau.

— Je me souviens que tu as mentionné quelque chose à propos de ta semence, tout comme Ulric.

La colère m'envahit à l'idée que ce misérable mâle se soit mêlé de mes affaires personnelles. Mais je la réprimai. Ce n'était pas le moment de le laisser gâcher ce qui pourrait être le début du reste de ma vie.

— C'est exact. L'exposition à ma semence et à mon sang serait hasardeuse. Mais tout le reste est sans danger, confirmai-je.

— Alors nous serons juste un couple normal qui utilise de la protection, dit Amara d'un ton neutre.

Je la regardai avec émerveillement, trop d'émotions se bousculaient en moi. Elle semblait si réservée et si pudique que je ne m'étais pas attendu à ce qu'elle discute aussi ouvertement de ces sujets avec moi. Mais une fois de plus, c'était la facilité avec laquelle elle semblait accepter que nous soyons faits l'un pour l'autre qui me coupait le souffle. De toute évidence, elle n'était pas plus amoureuse de moi que je ne l'étais d'elle, puisque nous venions de nous rencontrer. Et pourtant, elle reconnaissait notre lien comme n'importe quel autre Lycan l'aurait fait, même si elle ne pouvait pas ressentir les mêmes réactions physiologiques que moi.

Quelle qu'en soit la raison, je m'en réjouissais.

— Oui, nous le serons, dis-je, gêné par l'émotion perceptible dans ma voix.

Elle sourit à nouveau, mais son sourire s'estompa rapidement et son front se plissa.

— Je suis curieuse de savoir pourquoi Ulric te déteste autant.

Je tiquai, la douleur que j'avais refoulée des années auparavant refaisant surface.

— C'est une longue histoire, répondis-je d'un ton évasif.

Elle haussa un sourcil, me lançant ce regard que je commençais à reconnaître, qui signifiait qu'elle n'allait pas me laisser éluder la question.

— Nous avons le temps, dit-elle d'un ton neutre.

Je m'ébrouai et hochai la tête en signe de défaite.

Elle arracha un autre morceau de pain avec un peu de fromage et commença à mâcher pendant que je rassemblais mes pensées.

— Tout ce gâchis remonte à il y a bien trop longtemps. Cela a commencé avant ma naissance. Ulric est en fait mon cousin. Tu as rencontré son père, Rolf, qui est l'actuel chef de notre meute. Seul l'Alpha suprême peut occuper ce rôle. Ma mère était la sœur de Rolf. Il reproche à mon père de l'avoir tuée, et à moi aussi.

— Toi ?! Mais c'est le poison qui l'a tuée, pas la grossesse ! s'exclama Amara.

— Oui, mais ce poison lui a été transmis par la semence de mon père. Et à mesure que je grandissais, l'échange de fluides entre une mère et son enfant l'a empoisonnée davantage. Il n'a donc pas tout à fait tort, même si j'ai été autant victime de tout cela qu'elle et mon père. Malgré tout, il n'a jamais été méchant avec moi. Mais il ne peut pas étouffer le ressentiment qu'il éprouve à ce sujet.

— Je peux le comprendre.

— Mais il n'aimait pas non plus mon père. Tu vois, il n'est pas rare que le leadership de la meute passe de père en fils. Une compétition est organisée chaque fois qu'il est temps de changer de leader, ou si l'un des membres veut défier l'Alpha pour la position. Mon père a gagné contre oncle Rolf. Il a été l'Alpha de notre meute jusqu'à sa mort prématurée, ce qui a permis à mon oncle de monter au pouvoir.

— Ce qui signifie que tu aurais été l'Alpha si ton père avait vécu ! dit Amara avec une compréhension soudaine.

— J'aurais été le premier dans la ligne de succession et j'aurais été élevé en conséquence, rectifiai-je gentiment. J'aurais quand même dû vaincre des prétendants pour obtenir ce poste, et c'est ce que j'ai fait. Sauf que je ne voulais pas être l'Alpha à cause de ma maladie. J'ai donc renoncé à cet honneur.

— Si tu n'avais pas été malade, aurais-tu voulu diriger la meute ? demanda ma conjointe avec une curiosité sincère.

Je secouai la tête sans hésiter.

— À l'époque, j'aurais dit oui. Mais plus maintenant. Trop de gens rechigneraient à l'idée de me suivre. Et pour être honnête, j'ai pris goût à ma liberté et à ma vie de loup solitaire.

— Ulric t'en veut-il de refuser le rôle qui lui reviendra probablement ? Cela doit être embarrassant pour lui de savoir qu'il existe un loup plus doué que lui ?

Je lui adressai un sourire triste.

— Non. Il n'est pas rare que certains alphas puissants ne souhaitent pas endosser ce rôle. Tout le monde n'est pas fait pour diriger les autres. Le problème est survenu lorsque nous étions jeunes. Après que Misty m'ait ramené dans la meute, mon cousin a été mon seul ami. En fait, il me traitait comme un frère de sang. Malheureusement, les jeunes ont tendance à jouer brutalement. Les gens l'ont averti de ne pas jouer avec moi, et surtout de ne pas me mordre. Mais il l'a fait... Tous nos petits le font.

— Oh non ! murmura Amara en pressant sa paume contre sa poitrine. Il est tombé malade ?

Je hochai la tête, le cœur serré par le souvenir de ces jours sombres qui me revenait en mémoire.

— Il l'avait fait d'innombrables fois auparavant, mais ce jour-là, il a percé ma peau pour la première fois. Ce n'était que quelques gouttes de mon sang, mais cela a suffi à presque le tuer. Pendant des années, Ulric a boité. Ses poumons étaient trop faibles pour lui permettre de courir ou de faire le moindre effort physique. Il n'avait plus d'équilibre, souffrait d'une déficience visuelle et avait un odorat défaillant. Il était passé du statut de chasseur prometteur à celui de fardeau complet... du moins, c'est ainsi qu'il se percevait. Et il n'avait que huit ans.

— Par les dieux... cela a dû être horrible, surtout à un si jeune âge, dit Amara, la voix pleine de compassion. Mais ce n'était pas ta faute. Tu n'as pas cherché délibérément à lui faire du mal.

— Non. Mais quand il était petit, Ulric croyait que je ne lui ferais jamais de tort parce que nous étions frères. Et les frères ne se font pas de mal entre eux.

— Mais tu n'avais aucun pouvoir sur ta maladie du sang ! s'exclama Amara d'un ton évident.

— Je sais. Mais ce n'était qu'un enfant. Il s'est senti trahi. Et comme les adultes m'ont interdit de le voir, je n'ai jamais eu l'occasion de lui expliquer à quel point j'étais désolé, que je n'avais aucun contrôle sur cela et que je l'aimais. Au lieu de cela, il a cru que je l'avais empoisonné puis abandonné.

— Personne ne lui a expliqué la vérité ! s'écria Amara, l'indignation perceptible dans sa voix.

Je serrai les dents et secouai la tête alors que la vieille rancœur refaisait surface.

— Non seulement ils ne lui ont rien expliqué, mais ils ont également attisé sa colère. Ils n'ont jamais approuvé notre amitié. C'était pour eux l'occasion d'y mettre fin une fois pour toutes. Le fait que les autres petits l'aient harcelé pendant les années qui ont suivi parce qu'il était faible et inutile à la meute n'a fait que nourrir sa fureur à mon égard. Me voir m'épanouir et exceller dans tous les domaines physiques alors qu'il dépérissait l'a poussé à me détester davantage.

— Mais il a l'air en pleine forme et fort maintenant, argua Amara.

Je hochai la tête.

— Il va effectivement bien maintenant, loués soient les

dieux. Sa mère l'a emmené chez tous les sorciers, guérisseurs et chamans qu'elle a pu trouver. Ils ont fini par le soigner, mais ça a été un parcours long et douloureux. Il n'a survécu que parce qu'il était en bonne santé et qu'il n'avait avalé que quelques gouttes. S'il en avait reçu davantage, il aurait péri.

Amara fronça les sourcils, semblant lutter contre quelque chose.

— Je peux comprendre pourquoi il t'en voulait quand tu étais enfant. Mais je ne comprends pas pourquoi il te déteste encore autant aujourd'hui. Es-tu sûr qu'il ne t'en veut pas parce que tu es toujours plus fort que lui ?

Je plissai les lèvres et réfléchis soigneusement à la question.

— Honnêtement, je ne sais pas. Les gens se moquaient de lui en disant que le « loup maudit » était meilleur que lui et qu'ils devaient se contenter d'un Alpha de moindre importance. Mais ce genre de raillerie n'est pas rare. Les Lycans peuvent être de vrais enfoirés dans leur façon de se taquiner les uns les autres. Il s'est énervé une fois et m'a défié en un duel que j'ai remporté.

— Ce qui prouve que les rumeurs sont fondées, dit doucement ma conjointe.

Je soupirai profondément, me sentant abattu.

— J'aurais peut-être dû le laisser gagner.

— Non, dit Amara avec force, me prenant au dépourvu. Si tu avais fait ça et que quelqu'un l'avait remarqué, cela aurait été encore plus humiliant pour lui. Il vaut mieux qu'Ulric affronte la vérité. Au final, il reste plus fort que tous les autres, y compris les idiots qui essaient de le provoquer. Quoi qu'il en soit, il y a toujours quelqu'un de meilleur que nous. Je trouve simplement que sa rancœur à ton égard est mesquine.

— Ne pense pas trop mal de lui, dis-je doucement, puis je souris devant son expression stupéfaite. Même si son comportement à mon égard m'agace parfois, je ne le déteste pas. Ulric est un homme bon malgré tout. Il est juste profondément blessé et se sent trahi à cause du poison que tout le monde lui a fait avaler pendant la période la plus difficile de sa vie. Il était mon ami quand je n'en avais pas. Dans mon cœur, il sera toujours mon frère. Il me manque encore terriblement.

— Tu as bon cœur, dit Amara d'un air pensif, une étrange lueur dans les yeux. Penses-tu que votre relation puisse un jour être réparée ?

Je haussai les épaules tout en rangeant les restes de nourriture.

— Je n'en ai aucune idée. Mais pour moi, la porte reste ouverte. Cela dit, nous devrions probablement aller nous coucher. Je veux que nous partions dès l'aube.

Ma conjointe acquiesça. Elle se leva et se dirigea vers l'un de ses sacs, posé sur la plateforme de gauche qui servait de lit de fortune. Elle fouilla dedans et en sortit une bougie épaisse de couleur blanc cassé, parsemée de taches sombres. À ma grande surprise, elle la posa sur la table en pierre. Je l'observai avec curiosité, perplexe devant son geste. Comme nous nous apprêtions à dormir, il me semblait étrange d'ajouter une source de lumière alors que j'étais sur le point d'éteindre les torches.

Amara suivit du doigt le motif runique gravé sur la bougie tout en murmurant une incantation. Elle agita ensuite la main au-dessus de la bougie, et la mèche s'enflamma instantanément. Elle prononça une autre incantation avant de se tourner vers moi avec un sourire satisfait.

— Tu es une sorcière ? lui demandai-je, surpris.

Elle me lança un regard étonné, puis secoua la tête avec un air amusé.

— Pas du tout. Je suis juste une chandelière et parfumeuse.

— D'accord, c'est aussi ce que j'avais compris. Te voir jeter un sort m'a déconcerté, dis-je, toujours perplexe.

— C'est parce qu'au fil des ans, la demande en bougies de sorcière a augmenté de manière exponentielle. J'ai donc appris la magie des bougies et quelques sorts de base pour imprégner mes bougies de propriétés uniques. Ma mère désapprouve, ajouta-t-elle en grimaçant. Elle est très réticente envers tout ce qui touche à l'occulte. Mais c'est une tout autre histoire.

— Que fait cette bougie ? demandai-je, piqué par la curiosité.

— C'est une Bougie du Voyageur, fabriquée à partir de cire d'abeille et de poussière de sabots de centaure, expliqua-t-elle. Elle aide à marcher, courir, soigner les blessures aux jambes et redonner des forces aux voyageurs fatigués. Nous nous sentirons un peu plus reposés demain matin.

— C'est excellent, dis-je d'un ton approbateur.

— Nous en aurons besoin, ajouta-t-elle en jetant un regard peu impressionné aux dalles de pierre qui allaient nous servir de lits.

Je me reprochai mentalement de ne pas avoir apporté le matelas. Nous aurions pu le laisser à l'auberge. Mais nous étions déjà trop chargés.

Je me grattai la nuque en me dandinant nerveusement.

— Les blocs de pierre sont en effet assez durs et inconfortables pour dormir, dis-je prudemment. Je pourrais t'offrir une alternative, mais je ne voudrais pas que tu me trouves trop audacieux.

— Oh ? dit-elle en se redressant. Quelle alternative serait-ce ?

Je m'éclaircis la gorge, me sentant ridiculement gêné.

— Normalement, lorsque les Lycans dorment dans la nature, nous le faisons sous notre forme de loup. Nous sommes assez massifs et poilus. Ce serait beaucoup plus confortable et plus chaud pour toi que cette dalle de pierre, dis-je, les joues brûlantes d'embarras.

Les yeux d'Amara s'écarquillèrent.

— Tu me proposes de t'utiliser comme matelas ?

— Seulement si tu le souhaites, répondis-je rapidement. Je n'essaie pas d'être bizarre ou quoi que ce soit.

La voir glousser apaisa aussitôt la panique qui menaçait de m'envahir.

— Ça va. Je ne trouve pas que tu sois bizarre. Mais maintenant, je suis curieuse, car j'ai effectivement entendu dire que vos loups étaient énormes. Je peux voir ?

L'enthousiasme dans sa voix fit naître une sensation de chaleur dans ma poitrine.

— Avec plaisir. Mais je dois d'abord me déshabiller pour ne pas abîmer mes vêtements, ajoutai-je timidement.

— Oui, c'est logique. Je vais me retourner pendant que tu te déshabilles, dit-elle avec entrain avant de me tourner le dos.

Une partie de moi regretta qu'elle l'ait fait. Les Lycans n'avaient aucun problème avec la nudité. Nous nous déshabillions régulièrement devant les autres avant de nous transformer et nous nous pavanions nus après avoir repris notre forme humaine à la suite d'une chasse. Une autre partie était simplement reconnaissante qu'elle semble si à l'aise avec moi alors que les gens nous craignaient généralement à cause de toutes les rumeurs selon lesquelles nous étions farouches.

Je me déshabillai rapidement. Avant même d'avoir fini, mon sang se mit à bouillir à nouveau, ma peau s'échauffa lorsque l'odeur de ma femme changea très légèrement. Ce n'était pas une excitation totale, mais l'idée que je sois nu derrière elle excitait ma femelle.

C'était un bon signe pour l'avenir.

— Pour ton information, ajoutai-je rapidement avant d'entamer la transformation, une fois sous ma forme de loup, je ne peux plus parler. Je vais comprendre tout ce que tu diras et je resterai pleinement conscient. Je ne serai simplement plus capable de former des mots humains.

— Compris, dit Amara, s'empêchant in extremis de me jeter un regard par-dessus son épaule.

Je faillis lui dire que les loups pouvaient communiquer par télépathie entre eux, et que le jour où nous allions nous lier, elle allait acquérir la capacité de m'entendre en tant que loup. Mais cette conversation allait devoir attendre.

La douleur familière de la transformation m'envahit. Un léger halètement échappa à ma femme lorsque le bruit de mes os qui craquaient et se réorganisaient parvint à ses oreilles. J'y étais tellement habitué que je n'y prêtais plus attention. Mais à présent, je réalisai à quel point cela devait paraître effrayant et inquiétant pour un humain, surtout dans un endroit isolé comme celui-ci, et sans qu'elle puisse voir la transformation qui en était la cause. Amara frissonna et serra ses bras autour de sa taille, mais resta immobile et sans me regarder.

La transformation ne prit que quelques secondes, mais je ne doutais pas qu'elle lui eût semblé une éternité. J'émis un grognement doux suivi d'un gémissement pour lui faire savoir que j'étais prêt. Amara commença à se retourner, son mouvement lent clairement destiné à me donner la possibilité de me rebiffer si j'avais besoin de plus de temps.

Sa mâchoire tomba et son air subjugué lorsqu'elle découvrit ma forme de loup me chamboula.

— Par les dieux ! murmura-t-elle. Tu es magnifique !

La fierté m'envahit et je bombai le torse en m'approchant d'elle avec précaution. Elle vint à ma rencontre sans hésiter. Aucun mot ne pouvait décrire ce que je ressentais en la voyant m'accepter pleinement sous mes deux formes.

Ma gorge se serra lorsqu'elle leva instinctivement sa main droite pour caresser le côté de mon cou. À peine avait-elle commencé à me toucher qu'elle retira brusquement sa main, le visage empreint à la fois de choc et de culpabilité.

J'émis un grognement ronronnant et étirai mon cou de manière à lui faire comprendre qu'elle pouvait me caresser. Notre forme de loup avait quelque chose de magique. Soit les gens nous craignaient, soit ils fondaient immédiatement et souhaitaient nous serrer dans leurs bras et nous caresser comme ils le feraient avec un chien. Même si leur esprit comprenait que nous étions toujours des personnes, la retenue naturelle que l'on manifestait envers un autre individu disparaissait tout simplement.

Amara gloussa et tendit à nouveau la main vers mon cou. Bon sang, j'aurais pu mourir sur place lorsque la douceur de sa main caressa ma fourrure sombre avec une révérence qui me bouleversa. Je voulais sentir ses mains partout sur moi et être réclamé comme son conjoint.

Mon ronronnement s'intensifia, ce qui l'encouragea à me caresser plus hardiment. À ma grande déception, elle s'éloigna trop vite.

— Maintenant, je comprends pourquoi tu m'as proposé de te chevaucher. Tu es aussi grand qu'un poney, mais plus joli et nettement plus doux, dit-elle d'un ton amusé.

Je poussai un grognement à la place d'un rire. Je frottai le côté de mon museau contre le dos de sa main, puis sautai sur l'une des dalles qui servaient de lits. Je m'installai sur le côté. Amara sourit, puis fit le tour de la pièce, agitant la main devant les runes situées sous chaque torche pour éteindre le feu magique.

La pièce fut plongée dans une obscurité presque totale, à l'exception de la flamme vacillante de la Bougie du Voyageur au milieu de la table. Le cœur battant, je regardai ma femelle venir vers moi. Sans hésiter, elle grimpa sur la dalle et se blottit contre moi. Ma poitrine se serra lorsqu'une vague d'affection et de possessivité presque enragée m'envahit. J'enroulai mes pattes autour d'elle, la serrant plus fort contre moi, ma queue touffue se posant sur elle comme une couverture.

Un ronronnement sonore vibra dans la gorge de ma conjointe.

— Oh oui, tu es bien plus confortable que cette dalle de pierre. Je pourrais m'y habituer, murmura-t-elle.

Si le Destin le voulait, elle allait le faire.

CHAPITRE 6
AMARA

Enveloppée dans un cocon divin, je grognai de mécontentement face à ce mouvement agaçant qui tentait de me tirer du meilleur rêve que j'avais fait depuis trop longtemps pour m'en souvenir. Je me blottis davantage dans l'oreiller des plus moelleux. La chaleur qui s'en dégageait me réchauffait jusqu'aux os.

La chaleur d'un oreiller ?!

Alors même que cette pensée me tirait de mon sommeil, un grognement suivi d'un lent grondement me réveilla en un clin d'œil. Les yeux écarquillés, je fixai le visage d'un loup géant une demi-seconde avant que sa langue massive ne lèche tout mon visage.

— Hé ! Tu vas me rendre collante ! m'exclamai-je en éloignant mon visage de lui.

Rémus émit à nouveau ce grondement que je croyais être sa façon de rire sous sa forme de loup, puis il frotta sa tempe contre la mienne avant de me libérer. Il sauta agilement de la dalle de pierre sur laquelle nous avions dormi. Je me sentis instantanément frigorifiée et démunie, non seulement parce que j'étais privée de son étreinte, mais aussi parce que son corps rayonnait littéralement de chaleur comme un feu de joie. L'idée que ma proximité pouvait en être la cause fit s'envoler un essaim de papillons dans mon ventre.

Par les dieux, il était vraiment magnifique sous sa forme animale. Il mesurait bien plus d'un mètre cinquante du bout de ses pattes jusqu'au sommet de ses oreilles, son museau à la hauteur de mon visage lorsque je me tenais debout. Sa fourrure lustrée était d'une teinte plus sombre que ses cheveux brun foncé. Ses yeux dorés contrastaient fortement avec celle-ci, lui donnant un côté presque surnaturel. Le pelage autour de son cou était étonnamment épais. Il n'était pas comparable à celui d'un lion, mais me rappelait vaguement celui des chats Maine Coon.

Mes doigts me démangeaient avec l'envie de s'enfoncer dedans et de le caresser partout. Je gémissais presque d'envie rien qu'en me rappelant à quel point c'était doux contre mon visage lorsque je dormais blottie contre lui. S'il avait été un véritable animal de compagnie, je serais déjà en train de me coller sur lui. Ça me perturbait un peu de savoir qu'un homme se cachait derrière cette forme bestiale.

Un homme qui croyait que j'étais son âme sœur...

Il me fit signe de le suivre avant de se diriger vers la sortie de la grotte. Intriguée, je le suivis, aveuglée par la lumière vive du soleil matinal lorsque nous sortîmes. Il contourna un petit affleurement rocheux, révélant une alcôve en retrait où deux tonneaux avaient recueilli l'eau de pluie.

— Merci ! m'écriai-je.

Il me donna un petit coup sur le dos de la main avec son museau, puis se retourna et repartit vers l'intérieur de la grotte. Je m'éclaboussai le visage avec un peu d'eau et fis quelques ablutions rapides avant de le rejoindre. À mon grand regret, pendant ce court laps de temps, Rémus avait repris sa forme humaine et enfilé son pantalon.

Mes oreilles brûlaient de honte à cause des pensées coquines qui me traversaient l'esprit quant à ce qu'il pouvait bien cacher dans son pantalon. Avait-il un nœud comme les canidés ou l'équipement standard sous sa forme humaine ?

Mon regard remonta vers son torse nu, appréciant la vue. Son corps était d'une perfection absolue. Je ne luttai pas contre la vague de possessivité qui m'envahit. Après tout, c'était lui qui avait déclaré que nous étions destinés l'un à l'autre.

À ma grande consternation, je levai les yeux vers son visage et le surpris en train de m'observer avec un sourire discret teinté d'une suffisance indéniable. Je détournai les yeux, mortifiée d'avoir été surprise en train de le reluquer.

— J'espère que tu as bien dormi ? dit-il avec une pointe d'amusement tout en enfilant sa chemise.

— Merveilleusement bien, merci. Tu es le meilleur oreiller et matelas au monde, répondis-je d'un ton pince-sans-rire.

Il s'ébroua.

— C'est un titre que je ne m'attendais pas à mériter, mais je l'accepte volontiers.

Nous nous installâmes à table et mangeâmes rapidement du pain, de la viande séchée et des fruits. Nous accompagnâmes notre repas de cidre provenant d'une gourde, rangeâmes nos affaires et reprîmes notre voyage.

J'aurais menti en disant que ce ne fut pas pénible. Étant plutôt sédentaire, je n'étais pas habituée à de si longues randonnées à cheval, surtout à un rythme aussi rapide et intense. Franchement, l'endurance de nos montures m'impressionnait.

Malgré tout, j'appréciais beaucoup que Rémus veille constamment sur moi, évaluant mon état et s'assurant de mon bien-être. Nous ne nous arrêtâmes que le temps de nous dégourdir les jambes, de reposer les chevaux, de manger ou de répondre à l'appel de la nature.

Dire que je fus soulagée lorsque nous arrivâmes enfin au Pavillon des Chasseurs aurait été l'euphémisme du siècle. Tous les muscles de mon corps me faisaient souffrir. Mon dos et mes jambes étaient incroyablement raides. Je devais probablement ressembler à un canard qui se dandine en faisant quelques pas vers le grand bâtiment en bois de deux étages.

À ma grande surprise, il semblait totalement vide. Pas une seule lumière n'éclairait les innombrables fenêtres. Je lançai un regard interrogateur à mon compagnon, qui saisissait sans effort tous nos sacs sur nos chevaux.

— Tout comme la grotte dans laquelle nous avons dormi la nuit dernière, le pavillon est un lieu public que tout le monde peut utiliser librement, m'expliqua Rémus lorsqu'il remarqua mon expression perplexe. Il existe trois autres pavillons similaires dans la région. Tous les guides comme moi versent chaque mois une somme fixe pour leur entretien. Quelques fournitures de base sont toujours disponibles et régulièrement réapprovisionnées par les gardiens. Mais nous devons remplacer certaines choses avant de partir, comme les bûches si nous les utilisons.

— Oh ! C'est génial alors. Mais que se serait-il passé s'il y avait déjà eu d'autres personnes ici, demandai-je. Ils nous auraient refusé l'accès ?

Il sourit et secoua la tête tout en se dirigeant vers l'escalier principal.

— Il y a huit chambres dans le pavillon, et quelques canapés dans le salon qui peuvent également servir de lits. Plusieurs groupes peuvent partager les lieux. Cependant, cela arrive rarement, car les guides communiquent généralement entre eux pour éviter autant que possible les chevauchements.

— Très bien, répondis-je en le suivant alors qu'il tendait la main vers la poignée de la porte. Mais que se passerait-il si un intrus décidait de passer par hasard ? Nous sommes au milieu des bois. Un psychopathe pourrait s'introduire en douce pendant la nuit, prétendant chercher un abri, puis nous massacrer dans notre sommeil.

Au moment où je prononçais ces mots, ma peau se mit à picoter. Je levai brusquement la tête pour regarder les lumières qui apparurent soudainement au-dessus de moi alors que je franchissais le seuil de la demeure.

— Des protections magiques, murmurai-je avec une compréhension soudaine tandis qu'il agitait sa main devant un symbole ésotérique près de la porte.

Rémus hocha la tête puis s'avança plus loin dans le pavillon.

— Ce n'est que l'une des nombreuses protections. Tu ne les as pas senties, mais nous avons franchi plusieurs protections magiques en venant ici. Nos chamans les ont dispersées dans un rayon d'un kilomètre autour du bâtiment. Aucun animal dangereux ne peut s'approcher, et toute personne mal intentionnée sera immédiatement repoussée. Ce n'est pas pour rien que la montagne de Wolfmoon est considérée comme l'une des destinations les plus sûres et les plus prisées pour la chasse et la randonnée. Tu ne cours aucun danger ici, ma conjointe.

Je me mordis l'intérieur des joues pour ne pas rire quand Rémus tiqua de manière évidente après avoir utilisé inconsciemment ce terme affectueux. Il était tellement mignon.

Évidemment, il était beaucoup trop tôt pour que nous nous adressions ainsi l'un à l'autre. Et pourtant, j'aimais bien quand c'était lui qui le faisait. Je ne voulais pas que quelqu'un pense pouvoir me posséder ou me contrôler. Mais il y avait quelque chose d'incroyablement flatteur et réconfortant dans la possessivité sous-jacente avec laquelle il me revendiquait.

— Je suis contente de l'entendre, dis-je avec un sourire. Je tends à être un peu nerveuse quand des inconnus se présentent à ma porte.

— C'est compréhensible, répondit-il, soulagé que je ne semble pas offensée par son impair. Mais maintenant que nous sommes entrés dans la maison et que je l'ai réclamée, elle nous avertira si quelqu'un s'approche pendant notre séjour, même s'il ne devrait y avoir aucun visiteur avant deux jours. Mais nous serons déjà partis depuis longtemps d'ici là.

— Ça me plaît, répondis-je avec enthousiasme.

Il pensait manifestement que je faisais référence au fait que nous serions avertis si un intrus se présentait. Même si c'était vrai, c'était surtout le fait que nous allions avoir la maison pour nous deux qui me réjouissait. Étant introvertie, je n'étais pas très emballée à l'idée de côtoyer de grandes foules. Mais surtout, je voulais apprendre à connaître cet homme fascinant avec lequel je pourrais passer le reste de ma vie. Nous étions ensemble depuis deux jours maintenant, mais nous les avions principalement passés à chevaucher dans les bois. Cela n'avait pas été très propice à la création de liens.

— Il y a deux chambres à ce niveau, dit Rémus en montrant du doigt le fond d'un grand couloir situé de l'autre côté du salon et de la salle à manger ouverts, à l'entrée du pavillon. Les six autres chambres se trouvent à l'étage et sont accessibles par l'escalier qui se trouve là-bas. Il y a deux toilettes hygiéniques, une à chaque étage, et une latrine dans le jardin. Malheureusement, il n'y a ni baignoire ni douche. Nous nous baignons habituellement dans la rivière derrière la maison.

— Cela ne me dérange pas de prendre un bain de minuit, dis-je d'un ton rassurant, même s'il était encore tôt dans la soirée.

— Excellent !

Il jeta un coup d'œil par l'une des nombreuses grandes fenêtres avant de me lancer un regard spéculatif.

— J'aimerais aller chasser notre repas de ce soir afin de préserver nos réserves de nourriture de Misty. Serais-tu à l'aise avec le fait de rester ici en mon absence ? demanda-t-il avec précaution.

— Tu as dit que c'était sûr et que les protections magiques tiendraient à distance toute personne ayant des intentions hostiles. Je ne vois donc pas d'inconvénient à rester ici seule pendant un petit moment, répondis-je d'un ton amical.

Il me sourit.

— C'est certain. Autrement, je n'envisagerais pas de te

laisser ici. Cela ne devrait pas me prendre longtemps. Il y a beaucoup de petit gibier dans les environs.

— Prends ton temps. Je vais faire le tour et choisir une chambre en ton absence.

— À bientôt, dit-il avant de partir.

Je le regardai par la fenêtre alors qu'il attachait les chevaux et leur donnait à manger. Je me sentis coupable de ne pas y avoir pensé moi-même, ni même de lui avoir proposé de le faire. À ma grande surprise, il ne se déshabilla pas et ne se transforma pas en loup, mais se mit simplement à courir à une vitesse vertigineuse, sans arme apparente.

Je haussai les épaules et commençai à explorer les lieux. L'endroit avait un côté indéniablement masculin, typique d'un pavillon de chasse entièrement construit en bois, avec des décorations composées de crânes d'animaux, des tapis en fourrure et des meubles robustes plus axés sur la fonctionnalité que sur la mode.

Trois canapés, quatre chaises et quelques tabourets rembourrés offraient suffisamment de places assises dans le salon qui faisait face à une grande cheminée. À l'autre bout de la pièce, quatre tables rondes, chacune avec suffisamment de chaises pour accueillir dix personnes, occupaient le grand espace en face de la cuisine. À ma grande surprise, celle-ci était équipée d'une cuisinière à gaz. Les placards contenaient tout le nécessaire, notamment de la vaisselle, des casseroles, des ustensiles et des épices de base.

En m'engageant dans le couloir, je fus confuse de voir cinq portes alors que Rémus avait déclaré qu'il n'y avait que deux chambres à ce niveau. Mais tout devint clair rapidement. L'une d'elles servait d'armurerie et contenait divers accessoires de chasse, notamment des arcs, des flèches, des pièges, des poignards, du matériel de pêche et même du matériel de camping. La pièce suivante semblait servir de salle de transformation pour la découpe de la viande et le nettoyage ou le traitement des peaux. La troisième était une petite salle d'eau, dont je m'étais rapidement servie.

Mon envie instinctive de remplacer le savon sans parfum par l'un de ceux aromatiques que j'avais fabriqués s'évanouit aussi vite qu'elle m'était venue. Les chasseurs ne voudraient jamais ajouter des parfums artificiels qui pourraient révéler leur présence à leurs proies.

Les chambres peu remarquables étaient propres et plutôt petites. En fait, c'était plutôt l'énorme lit qui occupait la majeure partie de l'espace qui les faisait paraître plus petites qu'elles ne l'étaient en réalité. Les seuls autres meubles de la pièce étaient deux tables de chevet, une chaise dans un coin et une petite console sur laquelle on pouvait poser ses affaires. Aucune des chambres ne comportait de placard ou de commode.

Après mûre réflexion, je choisis l'une des chambres à l'étage, à l'arrière de la maison, qui offrait une vue imprenable sur le jardin et le sentier lumineux qui menait à la rivière, non loin de là.

Ne sachant pas combien de temps Rémus serait absent, je redescendis d'un pas léger et allumai un feu dans la cheminée. J'utilisai ensuite la cuisinière pour réchauffer du cidre de Misty avec des clous de girofle, de la cannelle, de la muscade et du sucre brun. Dommage que je n'aie pas trouvé de quatre-épices, mais cela allait convenir.

Je venais de terminer cette tâche lorsque la porte d'entrée s'ouvrit. Surprise, je me retournai pour voir Rémus entrer, tenant fièrement deux lapins de taille respectable.

— Je suis de retour, dit-il avec un sourire.

— Wow ! Ça a été rapide ! m'exclamai-je, une étrange chaleur envahissant ma poitrine à sa simple présence.

La partie rationnelle de mon esprit voulait croire que ce sentiment était dû au soulagement de ne plus être seule dans cet endroit inconnu. Mais une autre partie de moi reconnaissait qu'il y avait plus que cela. J'aimais simplement être en sa compagnie.

Rémus avait le don de me faire sentir en sécurité, même sans rien faire. Et la façon dont il me regardait quand il pensait que je ne faisais pas attention me donnait des papillons dans le ventre, d'une manière très agréable.

— Ce n'est pas pour rien que je suis le meilleur chasseur de notre meute, répondit-il en bombant le torse tout en s'approchant de moi. Mais quelque chose sent merveilleusement bon.

— J'ai préparé du cidre chaud épicé pour nous, dis-je timidement. Si tu veux, je te servirai une tasse pendant que tu décharges tes prises.

Mon estomac fit quelques culbutes face à la puissante émotion qui traversa son visage. Je réalisai alors que les gens ne faisaient généralement pas de gentillesses pour lui. L'envie de le gâter surgit instantanément au plus profond de moi.

— J'adorerais une tasse, dit-il presque timidement.

— Parfait ! Le cidre chaud arrive tout de suite ! répondis-je d'une manière un peu théâtrale qui le fit rire.

J'aimais la façon dont cela adoucissait son visage et lui donnait un air presque enfantin. Alors qu'il se tournait vers le couloir pour se diriger vers la salle de transformation, il jeta un coup d'œil à la cheminée avant de me regarder avec une expression impressionnée.

— Et tu as aussi allumé un beau feu !

Ce fut à mon tour de bomber le torse avec suffisance.

— Je ne suis peut-être pas une grande combattante ou chasseuse, mais tu découvriras bientôt que j'ai beaucoup d'autres talents.

— Je n'en doute pas, ma... Amara.

Je faillis rire en voyant son air embarrassé lorsqu'il se reprit juste avant de m'appeler à nouveau sa conjointe. C'était tellement adorable. Rien ne pouvait décrire à quel point c'était touchant de voir le côté doux et vulnérable d'un homme aussi fort et intimidant.

Il s'éclaircit la gorge et marmonna quelque chose d'incompréhensible tout en faisant un geste maladroit vers la salle de transformation. Je le regardai presque déguerpir, un sourire idiot étirant mes lèvres. Alors que je commençais à remplir deux tasses de cidre, une vague de vertige déferla sur moi.

Je posai rapidement le pot, renversant un peu de la boisson chaude sur le comptoir. Les deux paumes posées sur la surface en bois fraîche, je pris quelques profondes inspirations. Ma gorge se serra et ma poitrine me donna l'impression qu'un poids lourd s'était posé dessus, rendant ma respiration presque impossible. Mes entrailles se tordirent comme si un poignard acéré les transperçait à plusieurs reprises. Mon halètement douloureux ne fut qu'un murmure, un hoquet tout au plus.

Puis en un instant, tous les symptômes disparurent aussi vite qu'ils étaient apparus.

Je savais que le poison qui coulait dans mes veines n'avait pas disparu. Et pourtant, l'absence de symptômes flagrants autres qu'une fatigue constante m'avait presque amenée à penser que j'allais être relativement normale jusqu'à ce que je reçoive le remède. Mais la réalité était que ma santé allait se détériorer progressivement chaque jour. Le harnais de Rémus ne me semblait plus être un acte de gentillesse quelque peu excessif.

Serai-je même en assez bonne santé pour accomplir le rituel ?

La réalité de ma situation désastreuse me frappa de plein fouet. Je vivais en effet sur du temps emprunté.

Prenant une profonde inspiration, je fis quelques pas devant le comptoir pour m'assurer que la crise était bel et bien passée. Je finis de remplir les tasses, puis me dirigeai prudemment vers la salle de transformation. J'y trouvai Rémus en train de nettoyer rapidement les lapins.

Inconscient de ce qui venait de m'arriver, il me sourit, son regard doré s'adoucissant tandis que je m'approchais. Il posa son couteau et prit un chiffon pour s'essuyer les mains.

— Non ! m'écriai-je en l'arrêtant avant qu'il ne puisse le prendre. Je m'en occupe.

Surpris, il m'observa avec une curiosité non dissimulée. Je posai ma tasse au coin de la table et enroulai mes deux mains autour de la sienne. M'arrêtant devant lui, je portai la tasse en étain à ses lèvres.

Une fois de plus, la puissante émotion qui m'avait bouleversée plus tôt envahit son beau visage. C'était un mélange puissant d'émerveillement, d'affection et de gratitude, teinté d'une pointe de possessivité et d'incrédulité. Il se pencha en avant et prit quelques gorgées. Pendant tout ce temps, son regard ne dévia pas du mien.

Un ronronnement vibra dans sa large poitrine.

— Délicieux, dit-il d'une voix un peu plus grave que d'habitude en se léchant les lèvres.

— Je suis contente que tu l'aimes, dis-je, envahie par un tourbillon d'émotions.

J'aimais vraiment Rémus. Pourquoi ne l'avais-je rencontré que maintenant ? Et si les prochains jours étaient tout ce que nous n'aurions jamais ? Le lien entre nous était indéniable. Je voulais l'explorer pleinement, sans me précipiter ni me priver de ce qui aurait pu être. Mais ce bref épisode dans la cuisine m'avait rappelé avec force que la vie était éphémère et qu'il ne fallait jamais rien prendre pour acquis.

— Encore ? demandai-je.

Il hocha la tête. Je portai la tasse à ses lèvres pour qu'il puisse boire encore un peu. Cette fois, quelques gouttes coulèrent au coin de sa bouche. Sans réfléchir, je les essuyai avec mon pouce puis léchai mon doigt. Je me figeai pendant une fraction de seconde lorsque je réalisai ce que j'avais fait. Voir le blanc de ses yeux s'assombrir, comme si des nuages orageux avaient envahi le ciel, alluma une flamme au creux de mon estomac.

Malgré mon embarras, je ne détournai pas les yeux alors que

son regard plongeait dans le mien. Une communication silencieuse s'établit entre nous. Aucun de nous ne fit de commentaire sur ce que j'avais fait, mais quelque chose avait indéniablement changé entre nous.

Et cela me convenait parfaitement.

Je souris. Rémus jeta un coup d'œil à mes lèvres et son désir de m'embrasser était presque palpable. Je l'encourageai silencieusement à procéder, mais il se contenta de me rendre mon sourire, puis reprit le nettoyage de la viande.

Cela aussi me convenait très bien.

Beaucoup d'autres hommes auraient sauté sur la première occasion pour se montrer fringants. Sa retenue en disait long sur le type d'homme qu'il était, ce qui me faisait me sentir encore plus en sécurité avec lui. Une bonne dose de tension sexuelle avait aussi ses avantages.

Rémus s'arrêtait de temps en temps pour que je puisse lui donner une autre gorgée. Nous discutâmes aimablement pendant qu'il terminait son travail. Même si le cidre n'avait qu'une faible teneur en alcool, il m'aida tout de même à me détendre et à me décontracter un peu. J'aimais beaucoup l'intérêt marqué que Rémus manifesta lorsque je lui parlai de mon commerce de chandelière et de parfumière.

— Tu sais, les mages viennent souvent dans les montagnes à la recherche de réactifs rares pour leurs rituels, dit Rémus d'un air pensif alors que nous retournions à la cuisine. Nous avons plusieurs plantes et créatures très convoitées. Une fois que tout sera réglé, je serai heureux de t'apporter celles qui pourraient être utiles à ton commerce. Nous avons même un phénix qui passe de temps en temps.

— Ce serait génial !

Il sourit, ravi de ma réaction.

— Je devrais m'occuper de la cuisine puisque tu as chassé et nettoyé les lapins, proposai-je en désignant ses prises qu'il posait sur le comptoir.

Il secoua fermement la tête.

— C'est mon devoir de subvenir à tes besoins et de prendre soin de toi. Et tu nous as préparé du cidre chaud et allumé le feu.

Je m'ébrouai.

— Ce n'est pas comparable ! Ça ne m'a demandé que peu d'efforts !

— Tout comme la chasse pour moi. Tu as même remarqué à quelle vitesse je l'ai fait.

Il rit quand je grimaçai, incapable de trouver un contre-argument.

— Maintenant, arrête de t'inquiéter et repose-toi, dit-il d'un ton faussement sévère en me faisant signe de m'asseoir sur l'un des tabourets hauts près du comptoir. Comment aimes-tu ta viande ?

Vaincue, j'obtempérai et me hissai sur l'un des bancs. Je n'avais jamais beaucoup aimé ces sièges surélevés. Je préférais m'asseoir sur une chaise de hauteur normale, les pieds fermement posés sur le sol. Les repose-pieds des grands tabourets ne me convenaient pas du tout.

— Très bien, espèce de tyran, grommelai-je en feignant le mécontentement. Pour le lapin, bien cuit, s'il te plaît. Pour la viande rouge, je la prends généralement à point. Mais laisse-moi deviner, tu la manges saignante ?

Il gloussa.

— Sous ma forme humaine, oui, généralement saignante. Cela dit, je peux aussi apprécier la viande bien cuite, surtout dans un ragoût. Mais sous ma forme de loup, je la mange crue, répondit-il en sortant des épices.

Je penchai la tête sur le côté, intriguée.

— As-tu une préférence entre ta forme humaine et ta forme de loup ?

— Ma forme de loup, répondit-il sans hésiter.

Il m'adressa un sourire penaud en réponse à ma réaction stupéfaite.

— J'ai passé les deux premières années de ma vie entièrement sous forme de loup. Il m'a fallu un certain temps pour accepter d'être un homme à la place. Comme les gens ne m'aimaient pas, je trouvais souvent la paix et l'évasion en errant sous forme de loup. Cela m'est resté. La vie est plus simple dans la nature. Le fait que je sois plus rapide, plus fort et que j'aie des sens plus aiguisés en tant que loup y contribue certainement.

Je hochai lentement la tête.

— C'est logique. Je t'envie, ainsi que tous les métamorphes d'ailleurs. Cela doit être incroyable d'explorer le monde sous une forme complètement différente.

— C'est vrai, acquiesça-t-il. Désires-tu des accompagnements pour le repas ? Il y a un petit jardin dehors où je peux aller chercher des tomates et...

— Ce n'est pas nécessaire, dis-je doucement en l'interrompant. De la viande suffira pour ce soir. Et ce que tu cuisines sent vraiment bon. Une fois que nous aurons fini, je ne serais pas contre aller me baigner dans la rivière derrière la maison.

— D'accord.

Rémus découpa l'un des deux lapins afin que chaque morceau cuise plus rapidement. Le deuxième lapin ne fut pratiquement pas cuit. Le qualifier de saignant serait un euphémisme. S'il n'avait pas été écorché et éviscéré, ce lapin aurait bondi hors de son assiette pour retourner dans la nature. Au moins, il ne saignait pas.

Nous nous installâmes à l'une des quatre tables avec une autre tasse de cidre chaud à boire. Rémus dévora son lapin entier comme un affamé. Je remarquai que ses canines s'étaient rallongées lorsqu'il avait commencé à manger. Il mangea même la plupart des petits os, ne laissant que le crâne et les plus gros. Je mangeai moins d'un quart du mien. Outre le fait que c'était beaucoup trop pour moi, le poison qui me tuait affectait mon appétit. J'avais de plus en plus de mal à manger, mon estomac se rebellant trop souvent.

— Tiens, prends le reste, lui dis-je en poussant la viande vers lui.

— Tu n'aimes pas ça ? demanda-t-il, l'air déconfit, ce qui me donna envie de lui serrer le visage.

— Non, gros bêta, répondis-je en riant. C'est très bon. Mais je suis rassasiée. Je n'ai jamais beaucoup mangé, et ma mala...

Ma voix s'estompa lorsque je m'interrompis, ne voulant pas gâcher l'ambiance. Mais le mal était fait.

— Ta quoi ? demanda-t-il doucement. Ta maladie ? Elle affecte ton appétit ?

Je hochai la tête avec un regard désolé. À ma grande surprise, il tendit la main par-dessus la table pour saisir la mienne et la serra doucement.

— Alors ne te force pas. Une fois que tu seras guérie, j'ai l'intention de te nourrir de toutes sortes de mets délicieux que je suis devenu expert à préparer, même de la viande cuite à point, ajouta-t-il en faisant une grimace comme si c'était un sacrilège de préparer la viande de cette façon.

Je fondis instantanément, lui serrai la main en retour et lui adressai un sourire reconnaissant. Rémus commençait vraiment à me plaire.

— Mais je ne vais pas tout manger. Gardons une portion similaire à celle que tu viens de manger pour ton petit déjeuner, dit-il d'un ton qui ne souffrait aucune discussion. Je me ferai un plaisir de te débarrasser du reste.

Je gloussai en le regardant engloutir la moitié restante du lapin à la vitesse de l'éclair.

— Par les dieux ! murmurai-je, éberluée. Tu es un puits sans fond. Je parie que tu as encore faim !

Il s'ébroua et secoua la tête.

— Non. Certes, je pourrais manger davantage. Mais je n'ai pas vraiment faim. Je suis agréablement repu. Maintenant, viens. Il est temps de ranger tout ça avant de te faire tremper dans la rivière.

Nous nettoyâmes tout, et j'essuyai la vaisselle pendant qu'il la lavait. Il y avait quelque chose de réconfortant dans cette scène domestique. Je pouvais imaginer que cela allait devenir une routine que j'apprécierais beaucoup avec cet homme.

Une fois terminé, je me précipitai dans la chambre que j'avais choisie pour récupérer ma chemise de nuit et retrouvai Rémus dans le salon. Il avait déjà retiré sa chemise et ses chaussures et tenait deux serviettes et un savon. Nous sortîmes du bâtiment par la porte arrière, qui se trouvait au bout du couloir, passé l'armurerie et les deux chambres du rez-de-chaussée.

Même si la vue depuis la chambre à l'étage était magnifique, sortir du pavillon et entrer dans la cour donnait presque l'impression de pénétrer dans un conte de fées. Le mur au-dessus du cadre de la porte brillait. Au début, je crus que les protections magiques s'étaient activées. Mais c'était en réalité un ensemble de runes différent que notre présence avait déclenché. Simultanément, deux rangées de pierres lumineuses s'éveillèrent, éclairant un large chemin menant à la rivière.

Sur le côté droit du chemin, un jardin abondant proposait une variété de fruits et légumes. Compte tenu de l'absence totale de mauvaises herbes et de l'aspect sain de chaque plante, les gardiens devaient passer fréquemment pour les entretenir. Cependant, je soupçonnais qu'une sorcière verte y avait également contribué. Sur le côté gauche du chemin, un magnifique belvédère orné de quelques vignes et entouré de fleurs parfumées offrait un endroit accueillant pour se détendre et profiter d'une conversation agréable tout en sirotant une boisson rafraîchissante.

D'innombrables lucioles dansaient dans une chorégraphie hypnotique et lumineuse au son du chant des grillons. Je me rendis compte que j'avais glissé ma main dans celle de Rémus lorsque son pouce effleura délicatement le dos de ma main. Son tendre sourire me fit l'effet d'une douce caresse.

L'eau limpide chantait joyeusement en ruisselant dans la

rivière semi-large. Même si j'aurais aimé qu'il y ait une cascade, je ne pouvais pas me plaindre du tableau enchanteur qu'elle présentait. Plusieurs rochers décoratifs et quelques bancs en pierre sculptée offraient des sièges stratégiquement placés pour permettre aux gens de profiter de la vue.

— Tu peux te déshabiller ici, dit Rémus en montrant un bâtiment rectangulaire situé à droite du chemin, que j'avais d'abord pris pour des latrines étrangement placées. L'endroit est sûr. Tu peux te rendre directement à la rivière quand tu seras prête. Je vais aller là-bas, de l'autre côté de ce grand arbre. Ne t'inquiète pas, je serai à portée de voix.

Je fronçai les sourcils.

— Tu n'es pas obligé de t'en aller, lâchai-je, me surprenant moi-même. Je ne suis pas prude, et je me sentirais mieux si tu restais ici, même si je sais que les protections magiques assurent notre sécurité.

— Euh...

Il me dévisagea, l'air incertain. Je ne savais pas si c'était parce qu'il était mal à l'aise quant au fait que nous nous baignions ensemble ou s'il n'était pas sûr que ce soit une bonne idée.

— Mais ne t'inquiète pas, je me débrouillerai, si cela te met mal à l'aise, ajoutai-je, me sentant soudain gênée d'avoir été si directe.

— Ce n'est pas le cas ! répondit-il rapidement, comme s'il craignait de m'avoir offensée. Je suis un Lycan. La nudité ne signifie rien pour nous. C'est pour *toi* que je m'inquiète. Si tu préfères simplement que je reste dans ton champ de vision, je peux m'asseoir sur l'un de ces bancs pendant que tu te baignes, et...

— Non, l'interrompis-je à nouveau d'une voix douce. Je veux vraiment dire que cela ne me dérange pas que tu te baignes avec moi. Tant que tu n'es pas mal à l'aise, je ne le suis pas non plus.

— Alors, nous le ferons ensemble, dit-il avec un sourire tendre.

Mon estomac frémit tandis que je le regardais poser délicatement les serviettes sur l'un des bancs et commencer à retirer son pantalon. Ne voulant pas être surprise en train de le dévorer des yeux, je me forçai à détourner le regard, posai ma chemise de nuit sur le gros rocher à côté de moi et commençai à me déshabiller. Malgré l'heure tardive, l'air de cette nuit d'été était agréablement chaud, avec seulement une légère brise.

Je retirai d'abord mon pantalon, puis ma chemise. Comme je n'avais pas le fardeau d'avoir une poitrine trop généreuse, j'évitais les corsets rigides et inconfortables comme la peste et m'en tenais généralement à un bustier ou à une chemise. Pour plus de commodité pendant notre voyage, j'avais opté pour un bustier et des culottes courtes. Les yeux toujours détournés, je retirai mes sous-vêtements et les pliai soigneusement sur le dessus de mes autres vêtements avant de me tourner enfin vers Rémus.

Il se tenait debout, dans toute sa nudité glorieuse, à quelques mètres de moi. Contrairement à moi, il ne semblait avoir aucun scrupule à m'examiner. Bien que sa sclérotique se soit à nouveau assombrie et malgré la lueur évidente de désir dans ses yeux dorés, il n'y avait rien de sordide ou de vulgaire dans la façon dont il m'observait.

Évidemment, je fis de même. La pensée qu'il avait étonnamment peu de poils sur le corps me traversa l'esprit. À part sa barbe et sa moustache soigneusement taillées, Rémus n'avait qu'une touffe de poils sexy sur la poitrine, qui se rétrécissait en une ligne fine le long de ses abdos sculptés, puis s'épanouissait en fines boucles sous le bassin. Les bords extérieurs de ses épaules et de ses bras étaient également recouverts d'une douce traînée de poils qui ne demandait qu'à être caressée.

À mon grand désarroi, je ne pouvais pas me vanter d'avoir la même retenue que lui. Mon regard se focalisa avec une volonté propre sur sa virilité. Mes orteils se frisèrent en découvrant qu'il était partiellement en érection. Il était long et épais, avec des veines saillantes sur la longueur et une paire de testicules. Bien qu'il ait globalement la forme du pénis d'un homme, il avait un gland plus étroit. Cependant, ce fut le renflement arrondi près de la base du pénis qui retint mon attention.

— Alors tu as bien un nœud ! m'écriai-je.

À peine ces mots eurent-ils franchi mes lèvres que je tiquai, mortifiée.

— Par les neuf enfers ! Je suis vraiment désolée ! m'empressai-je d'ajouter.

À mon grand soulagement, Rémus éclata de rire. Il jeta un coup d'œil à son membre, totalement imperturbable, avant de me regarder à nouveau, une lueur espiègle dans ses yeux dorés.

— Oui. Tous les Lycans en ont. Mais tu n'as pas à t'excuser. Ta curiosité à mon égard est plutôt flatteuse. J'espère seulement que tu n'es pas déçue.

Malgré le ton taquin avec lequel il prononça ces mots, je ne manquai pas de remarquer la pointe d'inquiétude sous-jacente.

— Déçue ? répétai-je, incrédule. Tu es magnifique.

Une fois de plus, je n'arrivais pas à croire que ma bouche continuait à parler à ma place, même si je pensais chaque mot. Cependant, la façon dont il baissa les yeux et sourit timidement effaça toute la honte que je ressentais. Par les dieux ! Je ne me lasserais jamais de voir ce côté vulnérable et peu sûr de lui qui me donnait envie de le serrer très fort dans mes bras.

— Merci, Amara. Tu es également à couper le souffle.

— Merci, répondis-je en faisant une révérence exagérée.

Il éclata de rire à nouveau. Et juste comme ça, la gêne entre nous s'estompa. Il sourit et me tendit la main. Sans hésiter, j'y plaçai la mienne. Il la serra doucement et m'entraîna vers l'eau en courant lentement.

Un cri m'échappa lorsque nous entrâmes dans la rivière. Pour une raison quelconque, mon cerveau s'était irrationnellement attendu à ce qu'elle soit tiède. Elle n'était pas glaciale, mais beaucoup plus froide que ce à quoi je m'étais préparée. Avant que je ne puisse céder au choc, Rémus lâcha ma main et m'éclaboussa d'eau. Je le regardai avec indignation, ce à quoi il répondit par un sourire narquois avant de s'éloigner rapidement de moi. Évidemment, cela déclencha en moi le besoin instinctif de riposter. Je me lançai à sa poursuite, pataugeant dans la partie peu profonde de la rivière tout en essayant de lui éclabousser le visage. Dès que j'y parvins, il se retourna, les yeux jaune brillant et les crocs sortis. Cela aurait dû me terrifier. Au lieu de cela, mon estomac fit un délicieux saut périlleux arrière, et je poussai un cri aigu avant de tenter de m'enfuir.

Il me poursuivit, faisant semblant que je sois parvenue à lui échapper une fraction de seconde avant qu'il ne m'attrape. Je criais et riais jusqu'à ce qu'il me saisisse finalement par la taille, me lance en l'air comme si je ne pesais rien, puis me rattrape juste avant que je touche l'eau.

— Maintenant, je vais me régaler ! dit-il d'un ton menaçant avant de claquer des dents vers moi, à un cheveu de ma peau, faisant semblant de me mordre.

Riant toujours, je feignis de manière espiègle d'être à l'agonie tout en implorant sa pitié. Lorsqu'il abandonna, je hoquetais de rire. Il me fallut un moment pour réaliser à quel point il me serrait fort dans ses bras et comment je m'accrochais à ses épaules à deux mains. En même temps, je compris que ce petit jeu avait eu pour but de me distraire de l'inconfort de l'eau froide. Et cela avait fonctionné à merveille.

Nos regards se croisèrent, et nous restâmes immobiles tandis que nos pouls se calmaient. Être pressés l'un contre l'autre, entièrement nus, aurait dû être gênant. Et pourtant, cela ne semblait pas seulement naturel, mais prédestiné. Nos corps s'épousaient parfaitement.

Je n'aurais su dire qui avait fait le premier pas. L'instant d'avant, nous étions perdus dans le regard l'un de l'autre, et l'instant d'après, ses lèvres douces s'emparaient de ma bouche. Je fondis contre lui, et il me serra plus fort dans ses bras. Sa main droite glissa doucement le long de mon dos avant de se poser sur mes fesses. Je me demandai vaguement pourquoi sa main gauche était crispée sur le haut de mon dos. Mais à ma grande déception, plutôt que d'approfondir le baiser, Rémus y mit fin. Il s'écarta, me lança un regard possessif qui me bouleversa, puis se pencha pour déposer un doux baiser sur mon front.

Sans un mot, il me relâcha et me tendit quelque chose. Je réalisai alors seulement qu'il tenait le savon dans sa main gauche depuis le début.

— Merci, murmurai-je, submergée par des émotions contradictoires.

Il sourit, le regard intense, mais indéchiffrable. Il caressa mes lèvres du dos de deux doigts d'une manière qui criait qu'il voulait m'embrasser à nouveau. J'aurais aimé qu'il le fasse. Malheureusement, Rémus se retourna et s'éloigna à la nage.

Me sentant délaissée, je commençai à me laver tout en regardant faire quelques longueurs autour de moi. J'avais presque l'impression de voir un requin tourner autour de sa proie, attendant le bon moment pour attaquer.

Et cela aussi m'excitait.

Après avoir fini de me savonner, je tendis le savon à Rémus. La rapidité avec laquelle il s'approcha confirma qu'il m'avait observée tout ce temps. Cela aurait dû me mettre mal à l'aise. Au lieu de cela, je me reprochai silencieusement de ne pas en avoir fait tout un spectacle pour qu'il se maudisse d'avoir écourté notre étreinte.

Rémus émergea de l'eau tel un dieu aquatique. Ses sclérotiques étaient d'un noir profond alors qu'il réduisait la distance entre nous. Mon souffle s'étrangla dans ma gorge lorsque de minces volutes de fumée commencèrent à tourbillonner autour de lui.

Sa chaleur !

Sa peau était devenue si chaude en ma simple présence que l'eau s'évaporait immédiatement sur lui. Mes ovaires en explosaient presque. Mes parois internes se contractèrent et une pulsation sourde se fit sentir entre mes cuisses.

À ma grande surprise, au lieu de commencer à se laver, Rémus me saisit par l'épaule et me fit pivoter.

— Qu'est-ce que... ?

La question mourut sur mes lèvres lorsqu'il commença à me laver le dos. Je me penchai vers son toucher et baissai la tête pour lui faciliter l'accès à ma nuque. Par les dieux ! Ses mains étaient si brûlantes que la chaleur s'infiltrait profondément en moi, jusqu'à mes os. Je ne savais pas si je me sentais plus alanguie ou excitée.

Il s'arrêta trop tôt. Je jetai un coup d'œil par-dessus mon épaule et le vis utiliser lentement le savon sur lui-même.

Cela m'agaça.

Une partie de moi se demandait si tout cela était vraiment aussi innocent qu'il y paraissait, s'il était simplement attentif à mes besoins ou s'il me taquinait délibérément. Quelle que soit la réponse, je m'en moquais. Sans réfléchir, je lui pris le savon des mains. Son sourcillement perplexe se transforma en surprise lorsque je fis mousser le savon et commençai à le frotter sur son torse.

Rémus serra les dents et le coin droit de sa lèvre supérieure se retroussa en un rictus. Les pulsations dans mon bas-ventre s'intensifièrent à la vue de ses crocs qui pointaient entre ses lèvres entrouvertes. Il n'essayait pas de m'intimider. Je doutais même qu'il soit conscient de son expression actuelle. La façon dont ses muscles abdominaux se contractaient sous mes paumes semblait confirmer mon hypothèse selon laquelle c'était un effort pour réprimer ses pulsions sexuelles qui avait provoqué cette réaction.

Il déglutit péniblement, un mélange de tension et de déception brillant dans ses yeux dorés lorsque je frottai mes paumes sur son pelvis avant de faire le tour vers son dos au lieu de poursuivre mon voyage vers le sud. Rémus se pencha vers mon contact tandis que je lui lavais le dos. Ses muscles semblaient se gonfler et gagner encore plus de masse, m'incitant à lui faire un semi-massage improvisé.

Bon sang ! Aucun homme ne devrait être aussi parfait. J'avais envie de me frotter contre lui. Au lieu de cela, je caressai sa colonne vertébrale en un tracé vers le bas, attirée par son derrière rebondi qui ne demandait qu'à être empoigné. Il retint son souffle lorsque je passai mes mains sur ses deux globes parfaitement ronds et les serrai comme il se doit.

Un grognement grave s'échappa de sa gorge qui me fit parcourir un délicieux frisson. Mon estomac fit un saut périlleux lorsque Rémus tourna la tête pour me regarder par-dessus son épaule, les crocs à nu et le blanc des yeux noir comme de l'obsidienne. Il avait l'air de vouloir me dévorer sur-le-champ.

À vrai dire, je voulais qu'il le fasse.

Je n'étais pas du genre à embrasser quelqu'un dès le premier rendez-vous. Et pourtant, j'étais là, prête à aller jusqu'au bout avec un Lycan que je n'avais rencontré que quelques jours auparavant. La profondeur de la confiance qu'il suscitait en moi défiait toute logique. Lorsque la Tisseuse m'avait dit que j'allais devoir trouver un guide à qui je confierais ma vie, je l'avais prise pour une folle. Et pourtant, nous étions là, nus dans une rivière tandis que j'imaginais déjà un avenir avec cet homme.

Les yeux rivés aux siens, je glissai ma main sur son devant dans une caresse audacieuse. Il siffla lorsque mes doigts se refermèrent autour de son membre. Les deux renflements de son nœud pressaient contre ma paume. Je baissai les yeux pour observer mon trophée alors que je me lançais dans un voyage de découverte. Mais celui-ci fut interrompu avant même d'avoir vraiment commencé.

Un petit cri de surprise m'échappa lorsque Rémus se retourna brusquement, posa ses deux mains sur mon postérieur et me souleva d'un mouvement puissant. Pendant une fraction de seconde, je craignis qu'il ne m'empale sur son gros membre d'un seul coup sauvage. Mais il se contenta de me plaquer contre son corps avant de s'emparer de ma bouche dans un baiser brutal et avide. Instinctivement, j'enroulai mes bras et mes jambes autour de lui.

Me tenant sans effort d'une main sous les fesses, Rémus agrippa mes cheveux sur la nuque puis pencha la tête sur le côté pour approfondir le baiser. Une vague de désir explosa dans mon bas-ventre lorsque nos langues s'entremêlèrent. Le goût sucré du cidre chaud que j'avais préparé pour nous plus tôt persistait dans son haleine. Cependant, c'était la texture inhabituellement rugueuse de sa langue qui retenait toute mon attention. Chaque caresse résonnait directement dans mon clitoris. Mon esprit débridé se mit immédiatement à imaginer ce que cela ferait entre mes cuisses.

Alors que nous continuions à nous embrasser, les pointes acérées de ses crocs effleurant ma langue ou ma lèvre inférieure firent bouillir mon sang. Je ne m'étais jamais imaginée comme une accro à l'adrénaline. Et pourtant, cette touche de danger m'excitait au-delà des mots. L'eau fraîche qui nous entourait contrastait de la manière la plus étrange avec sa peau de plus en plus fiévreuse. Il était désormais indéniable que ma présence provoquait la chaleur de mon homme.

L'eau clapotait autour de nous tandis que Rémus pataugeait vers le rivage, nos lèvres toujours scellées. Contrairement à mes attentes, il ne retourna pas au pavillon, mais s'arrêta à quelques mètres du bord de la rivière et m'allongea sur ce que je pris d'abord pour un banc. Trop distraite par la chaleur brûlante de son corps contre le mien et ses mains calleuses qui me parcouraient, il me fallut un moment pour réaliser que la forme irrégulière sous moi appartenait à un gros rocher recouvert de mousse.

Mon conjoint interrompit notre baiser, me faisant gémir de protestation. Mais sa bouche qui descendait le long de ma mâchoire jusqu'à mon cou fit rapidement taire toute désapprobation que j'aurais pu envisager. Il embrassa et mordilla mon cou jusqu'à mes seins, tandis que ses mains traçaient un sillon brûlant sur ma peau, sur mon ventre et jusqu'à mon bassin. La double attaque sensuelle de sa main glissant entre mes cuisses et de sa bouche se refermant sur mon mamelon gauche me fit perdre la tête. Je ne savais pas sur quelle sensation me concentrer entre la texture rugueuse de sa langue léchant et caressant mon mamelon et ses doigts épais taquinant ma fente avant de dessiner des cercles autour de mon petit bouton engorgé.

Mon souffle s'étrangla et j'enfonçai mes doigts dans les mèches lustrées de sa crinière épaisse. Incapable de décider si je devais presser ma poitrine contre sa bouche pour augmenter la sensation de ses soins ou soulever mon bassin pour un plus grand contact avec ma région inférieure, je finis par alterner. En un rien de temps, mes hanches ondulaient tandis que des mots suppliants s'échappaient de ma bouche avec urgence. J'en voulais plus...

Non. J'avais *besoin* de plus.

Comme s'il avait deviné mes désirs inexprimés, Rémus inséra délicatement ce que je supposais être son index en moi, tandis que son pouce continuait à masser mon clitoris. Il accéléra progressivement le rythme tandis que je me préparais à chavirer. Mes jambes tremblaient et le feu brûlant qui grandissait au plus profond de moi menaçait de me consumer.

Mon orgasme me frappa avec une soudaineté qui me laissa étourdie. Je criai et mon dos se cambra sur le rocher recouvert de mousse. Je planais, des vagues de félicité continuant de me submerger grâce au plaisir intense qu'il m'avait procuré. Mes paupières étaient lourdes et mes membres trop faibles pour bouger alors que je luttais pour revenir à la réalité.

Rémus se redressa sur ses avant-bras et embrassa mon corps encore frémissant. Cependant, au lieu de s'allonger sur moi pour passer à l'étape suivante, il m'embrassa longuement et passionnément, puis se redressa.

Ma vision encore floue, je lui lançai un regard interrogateur. La tendresse possessive avec laquelle il me regardait me fit instantanément friser les orteils. Mes parois internes se contractèrent d'anticipation tandis que je resserrais mon étreinte autour de lui, lui signalant clairement que j'étais prête et disposée à aller plus loin.

À ma grande consternation, Rémus me souleva et me porta comme une mariée. J'étais sur le point de protester quand je compris soudain qu'il voulait probablement que nous fassions l'amour pour la première fois dans le confort d'un vrai lit.

Pendant un bref instant, j'envisageai de lui rappeler nos vêtements soigneusement pliés sur un rocher au bord de la rivière. Ne voulant pas interrompre ce moment, j'écartai cette pensée et couvris son torse musclé de baisers et de caresses tandis qu'il se dirigeait vers le pavillon. De toute façon, le temps était magnifique et rien n'annonçait de pluie dans un avenir proche.

Le grognement profond qui vibrait dans sa poitrine me fit palpiter aux bons endroits. Je faillis le presser d'accélérer le pas alors qu'il montait tranquillement les escaliers menant au deuxième étage. Mais je gardai le silence, me contentant de pincer et de mordiller ses mamelons dressés. Je sentais son membre dur comme de l'acier se presser contre mon flanc à chaque pas.

Trop occupée à caresser mon homme, je ne prêtai guère attention à notre environnement. Ce ne fut que lorsqu'il m'allongea sur le matelas que je réalisai que nous étions entrés dans la chambre. Un frisson d'excitation me parcourut lorsque je rampai plus loin sur le lit et tendis la main vers lui d'un geste invitant.

Une flamme brûlante me consumait le ventre, son intensité attisée par le regard prédateur sur le magnifique visage de Rémus. Ses sclérotiques étaient devenues noires comme du charbon sous l'effet du désir. L'appel de sa Flamme Jumelle faisait briller ses yeux dorés d'une lumière surnaturelle à la fois terrifiante et exaltante.

Une fois de plus, mon conjoint me surprit en ne s'allongeant pas sur moi. Bien qu'il m'ait rejointe sur le lit, il passa l'éternité suivante à embrasser et caresser chaque centimètre de mon corps, me vénérant avec ses mains, sa bouche et sa langue. Chaque fois que je tentais de lui rendre la pareille, il me clouait les poignets au matelas ou me retournait sur le ventre pour poursuivre ses caresses. Il ne me remettait sur le dos que lorsque je me soumettais à sa volonté.

Mais lorsque la texture rugueuse de sa langue rencontra mon bouton engorgé, mon esprit se brisa presque. Chaque coup de langue me donnait l'impression qu'un éclair frappait mon clitoris et propageait ses délicieuses vrilles dans tout mon corps.

Les grognements satisfaits et approbateurs de Rémus résonnaient directement dans mon clitoris tandis que je criais son nom d'extase. Ses doigts épais glissèrent en moi, bougeant à un rythme effréné alors qu'ils me faisaient l'amour. Ma tête roulait d'un côté à l'autre tandis qu'un flot incessant de gémissements gutturaux s'échappait de moi. Avant que je ne puisse me remettre de ce dernier orgasme, une lumière aveuglante explosa devant mes yeux lorsqu'il courba deux doigts en moi, effleurant mon point sensible juste comme il fallait pour me faire défaillir.

Ma tête tournait, ma peau picotait et un brasier déchaîné enflammait mes veines. Mon amant continua à me dévorer tout en me baisant avec ses doigts jusqu'à ce que je m'affale comme une poupée désarticulée. Alors seulement me fit-il grâce.

Enfin, Rémus s'allongea sur moi. Même dans mon état hébété, je pouvais sentir son énorme membre appuyer contre mon ventre. Une petite voix au fond de ma tête, presque noyée par la béatitude, voulait paniquer à l'idée que j'allais essayer de recevoir son énorme circonférence. Mais je la réprimai.

Nous étions des âmes sœurs, ce qui signifiait que nos corps étaient parfaits l'un pour l'autre.

À ma grande surprise, Rémus ne se positionna pas entre mes cuisses. Il nous retourna afin d'être allongé sur le dos et moi au-dessus de lui. Je levai la tête, encore étourdie, pour le regarder d'un air interrogateur.

— Repose-toi, ma conjointe, dit-il d'une voix douce, rendue plus grave et plus rauque par ce qui devait être un désir inassouvi. Un périple ardu nous attend demain matin.

— Mais... Et toi ?

Il sourit tendrement, caressa ma joue, puis embrassa le bout de mon nez.

— Je vais bien, Amara. Tu n'as pas idée du plaisir que je tire simplement de tes réactions à mon toucher. Te voir atteindre l'orgasme est sans aucun doute devenu ma nouvelle drogue.

Mes joues s'empourprèrent, et un mélange étrange d'excitation et d'embarras m'envahit à l'idée de la façon dont j'avais réagi à son contact. On ne pouvait certainement pas dire que j'étais prude et sage.

Malgré tout, je fronçai les sourcils en réponse.

— Quoi qu'il en soit, tu n'as pas atteint l'orgasme. Je sens à quel point ta « troisième jambe » est encore dure contre mon ventre.

Il éclata de rire.

— Ma Flamme, ma « troisième jambe », comme tu l'as si bien dit, est constamment dure en ta présence. Ne t'en fais pas pour ça.

Même s'il voulait détendre l'atmosphère, je continuai à le fixer intensément.

Rémus redevint sérieux et poussa un soupir.

— Je suis sincèrement heureux et satisfait de cet échange.

Malgré la sincérité dans sa voix, je n'avais pas besoin de lire dans ses pensées pour savoir qu'il se retenait.

— Est-ce à cause de ta maladie ? lui demandai-je d'une voix douce.

À ma grande surprise, il ne tiqua pas et ne détourna pas les yeux. Pendant quelques secondes, il soutint mon regard sans broncher, l'air sérieux, tandis qu'il choisissait soigneusement sa réponse.

— Je ne ferai rien qui puisse t'exposer à ma semence. C'est dangereux pour n'importe qui, mais encore plus pour toi dans ton état actuel de faiblesse, dit Rémus calmement, mais fermement. Une fois que tu seras guérie, nous pourrons envisager d'utiliser des préservatifs imprégnés de sorts de protection couramment utilisés avec les démons et autres créatures des ténèbres. Mais pas avant.

Ayant l'impression de le priver d'une réciprocité plus que méritée, je voulais protester. Mais après ma crise de tout à l'heure, je ne pouvais pas risquer quoi que ce soit qui puisse compromettre davantage ma santé déjà fragile.

Je pinçai les lèvres avec un mécontentement évident, et acquiesçai à contrecœur.

— Ne boude pas, ma conjointe, dit doucement Rémus. Tu n'as aucune idée de ce que tu m'as déjà donné. J'ai rêvé d'être touché et étreint comme tu l'as fait par quelqu'un qui sait exactement qui je suis et m'accepte tel que le Destin m'a fait. Tu m'as donné plus de joie en quelques jours que je ne peux m'en souvenir dans toute ma vie merdique.

Mon cœur se serra en entendant la sincérité et l'émotion dans sa voix. Cependant, en plus de la vague de sympathie que cela suscita, un puissant sentiment protecteur surgit en moi à son égard. Je ne savais pas quand ni comment, mais j'allais trouver un moyen de lui apporter la paix et le bonheur qu'il méritait.

— D'accord, grommelai-je en faisant une moue espiègle. Nous ferons comme tu le souhaites *pour l'instant*. Mais une fois que je serai guérie, je ferai tout mon possible pour que tu le sois aussi.

Malgré le sourire indulgent qu'il m'adressa, je ne ratai pas la lueur de tristesse et de résignation qui traversa ses yeux dorés.

— Crois-moi, Amara, j'ai sollicité l'aide de tous les guérisseurs, chamans et arcanistes possibles. Je suis au-delà de toute aide.

— Tu n'as pas parlé à la Tisseuse, rétorquai-je avec obstination.

— Elle refuse de m'ouvrir ses portes, me rappela Rémus d'un ton légèrement réprobateur.

Je haussai les épaules et lui lançai un regard taquin.

— Elle ne l'a pas fait auparavant. Mais j'ai désormais un contact avec elle. Elle veut mon sang une fois que je serai guérie. Je vais lui susurrer des mots doux pour la convaincre de te recevoir.

Il s'ébroua et me caressa la joue, les yeux brillants d'une tendresse infinie.

— On verra, répondit-il d'un ton évasif. Mais quoi que l'avenir nous réserve, la Tisseuse m'a déjà béni en t'envoyant à moi. Je suis heureux.

Je fondis en me blottissant davantage contre lui.

— Moi aussi.

— Dors, ma conjointe. Un voyage difficile nous attend.

CHAPITRE 7
RÉMUS

Je dus faire appel à toute ma volonté pour me soustraire à l'étreinte de ma conjointe qui continuait à dormir profondément. Il nous restait encore quelques heures avant de devoir nous mettre en route. Je me sentais transi jusqu'aux os sans la chaleur de son corps entourant le mien.

Mais cette même pensée effaça les merveilleux souvenirs de notre intimité. Tout au long de la nuit, le corps d'Amara était devenu anormalement chaud, et pas de la même manière que le mien lorsque la présence de ma Flamme Jumelle déclenchait ma chaleur. Une ou deux fois, ma compagne avait grimacé et même gémi de douleur. Heureusement, cela ne l'avait pas réveillée.

Ces signes indéniables de la progression de sa maladie me mettaient au bord de la panique.

Nous étions encore très loin de notre destination. Je soupçonnais Amara de cacher à quel point elle se sentait mal. J'allais nous pousser à avancer encore plus vite, mais je ne savais pas si cela allait suffire. Pire encore, et si cela précipitait son déclin ?

Je ne pouvais pas la perdre.

Me forçant à chasser ces sombres pensées, je sortis pour ramasser nos vêtements abandonnés près de la rivière, puis je passai ma frustration et mon sentiment d'impuissance à couper du bois pour remplacer les bûches que nous avions utilisées la veille. J'attrapai et préparai un autre lapin pour le petit déjeuner et j'ajoutai quelques baies et légumes du jardin avant de retourner dans notre chambre.

Comme il restait une heure, je me recouchai auprès de ma conjointe. La façon dont elle se blottit instinctivement contre moi, même dans son sommeil, me fit sourire. Par Férazan, comment faisait-elle pour me faire sentir si aimé et désiré par le moindre de ses gestes ?

Je commençais tout juste à somnoler quand Amara s'agita contre moi. Ne voulant pas la priver du peu de temps de repos qu'il nous restait, je demeurai immobile. Mais elle, non. Ce que j'avais d'abord pris pour sa main droite caressant distraitement ma poitrine dans son demi-sommeil s'avéra rapidement être un geste délibéré et calculé. Mon estomac fit un saut périlleux quand ma conjointe frotta doucement sa joue contre ma poitrine, puis tourna son visage pour la couvrir de doux baisers.

Mon souffle s'étrangla lorsque ses lèvres se refermèrent sur mon mamelon droit. J'enfonçai mes doigts dans les boucles serrées de ses cheveux crépus, dont la douceur était comme un nuage sous ma paume. Un gémissement rauque vibra dans ma poitrine lorsque la chaleur brûlante de sa langue commença à titiller mon bouton. J'aurais dû l'arrêter, mais chaque fibre de mon être avait soif de son attention.

La culpabilité et la honte me poussaient à la repousser. Toute ma vie, on m'avait quotidiennement rappelé qu'une abomination telle que moi n'avait pas droit à ce type d'intimité. Je serrai le poing dans ses cheveux avec l'intention de lui tirer la tête en arrière. Ses dents effleurant mon mamelon puis le mordillant me vidèrent l'esprit.

Sa main droite parcourait avidement mon corps tandis qu'Amara bougeait la tête pour s'occuper de mon autre mamelon. Un frisson puissant me parcourut lorsqu'elle balaya mes abdominaux de ses ongles. Une vague de désir explosa au creux de mon estomac, et le bout de mes doigts me fit mal tant j'avais envie de sortir mes griffes.

Mon pouls s'accéléra et ma peau s'échauffa lorsque sa main vagabonde s'aventura plus au sud. Un grognement étranglé m'échappa lorsque ses doigts délicats enserrèrent mon membre qui durcissait rapidement. J'agrippai la couverture de ma main libre, mes griffes jaillissant et s'enfonçant dans le tissu lorsqu'Amara commença à me caresser.

Tous mes sens me criaient d'arrêter. Mais c'était tellement bon ! Techniquement, cela restait sans danger. Tant que je ne déversais pas ma semence, elle ne risquait rien. Et même si c'était le cas, tant qu'elle ne l'avalait pas ou qu'elle n'en recevait pas dans son vagin ou sur une plaie ouverte, elle serait en sécurité. Tant que...

Je criai lorsque le brasier de sa bouche se referma sur mon gland. Entre le plaisir intense de son toucher et mes efforts désespérés pour justifier pourquoi je pouvais me permettre de profiter encore un peu de ses caresses, je n'avais pas réalisé que sa bouche avait descendu le long de mon bassin.

Amara me suça trois ou quatre fois avant que je ne me remette suffisamment du choc et de la sensation sublime pour repousser sa tête loin de moi.

— Non, Amara ! m'écriai-je, la voix douloureuse à cause de mon besoin brûlant de la supplier de continuer.

— Je ferai attention, dit-elle d'un ton presque suppliant. Je n'avalerai pas.

— C'est trop risqué ! Et si une goutte s'échappait ? protestai-je en essayant de m'éloigner d'elle.

— Alors je resterai loin de la tête, rétorqua-t-elle avec obstination. Tu es à moi, Rémus. Je ne me laisserai pas priver de ce qui m'appartient.

Sans attendre ma réponse, Amara replongea, glissant sa langue de la jonction de mes testicules jusqu'à la base de mon pénis, avant de titiller le joint de mon nœud. Mes jambes se contractèrent et mon estomac se noua douloureusement lorsqu'elle recommença à me caresser avec ardeur. Comme promis, la bouche de ma conjointe ne s'aventura jamais plus haut que la moitié de ma longueur. La façon dont elle serrait mon nœud, tournant son poignet à la perfection à chaque mouvement ascendant, faisait couler un feu liquide dans mes veines.

Mes testicules étaient lourds et sur le point d'éclater lorsqu'elle en aspira un dans sa bouche, sa langue tournoyant autour tandis qu'elle caressait l'autre avec sa main libre. La tension monta rapidement alors que je tombais dans un tourbillon de plaisir sans fin. Je n'allais pas tenir longtemps, mais je ne voulais pas qu'elle s'arrête.

Sans réfléchir, je tirai sur le coin de la couverture et la plaquai sur la pointe de mon membre, le recouvrant partiellement. Ignorant le tissu qui gênait ses mouvements, Amara poursuivit ses caresses à un rythme encore plus effréné, ayant sans doute compris que mon orgasme était imminent.

Je le sentis une demi-seconde avant qu'il ne me frappe comme un éclair à la base de la colonne vertébrale. Je repoussai ma conjointe avec un peu plus de force que voulu, mais loin d'être suffisante pour lui faire mal. S'y étant visiblement attendue, Amara suivit le mouvement et roula sur le côté. Alors même que je me redressais en position assise au bord du lit, je serrai ma main avec une force dévastatrice autour de mon membre encore partiellement recouvert par la couverture. Avec un rugissement sauvage, j'éjaculai ma semence en jets extatiques qui me laissèrent désorienté. Avec une volonté propre, ma main me caressa brutalement, serrant mon nœud qui gonflait inutilement.

Pendant que je remplissais la couverture, Amara s'agenouilla derrière moi, la peau chaude de sa poitrine pressée contre mon dos. Elle passa ses bras autour de mon torse, me caressa et m'embrassa la nuque jusqu'à ce que je sois complètement vidé.

Quand je cessai enfin de me caresser, je me sentis faible et désorienté. Mais surtout, je me sentis chéri alors que je m'adossais contre ma Flamme Jumelle, qui resserra son étreinte autour de moi.

— Femme téméraire, grognai-je d'un ton désapprobateur. Tu avais dit que tu ferais les choses à ma façon.

Loin d'être repentante, Amara gloussa avec suffisance.

— Oui, *hier soir*. Aujourd'hui, c'est un autre jour. Et j'ai fait attention.

— Pas assez ! grommelai-je.

— Très bien, alors nous allons trouver ensemble des moyens qui te conviennent. Mais tu ne me priveras pas de ton plaisir.

Je marmonnai quelque chose entre mes dents, ce qui la fit rire davantage. La partie rationnelle de moi voulait être en colère, et elle aurait probablement dû l'être. Mais la partie affamée en moi était profondément reconnaissante envers cette femme merveilleuse.

— Bon, je dois aller me débarrasser de ce biorisque, dis-je à contrecœur en désignant du menton la couverture souillée, tout en m'essuyant. Tu devrais t'habiller et descendre prendre ton petit déjeuner. Il est presque l'heure de partir.

— D'accord, dit-elle d'une voix docile avant de me serrer à nouveau dans ses bras.

Je fondis sous le poids d'une émotion puissante qui montait en moi. Tournant la tête sur le côté, je jetai un coup d'œil à son beau visage par-dessus mon épaule. Elle me sourit affectueusement, puis écarta une mèche rebelle de mon front.

— Merci, ma Flamme, dis-je doucement.

— Avec plaisir, murmura-t-elle avant de se pencher vers moi.

Nos lèvres se rencontrèrent dans un baiser profond et passionné. Quelque chose se mit en place en moi. Je n'avais pas besoin de mes réactions physiologiques pour savoir que cette femme était ma Flamme Jumelle. Même sans cela, je serais tombé éperdument amoureux d'Amara. Les dieux m'en étaient témoins, j'allais faire tout ce qui était en mon pouvoir pour la sauver et la garder pour toujours.

Nous nous séparâmes à contrecœur, puis nous nous attelâmes à nos tâches respectives. Après avoir brûlé la couverture – car la laver avec du savon ordinaire et de l'eau ne garantissait pas la neutralisation des toxines – je réchauffai notre repas et nous mangeâmes rapidement.

Une fois la cabane remise en ordre, avec des draps propres sur le lit, nous reprîmes la route. Ma poitrine se serra lorsque la silhouette du bâtiment disparut rapidement derrière le feuillage épais des arbres.

— Nous arriverons à la Forêt Hantée dans environ dix minutes, dis-je d'un ton sérieux alors que nous atteignions le chemin de terre battue qui traversait la majeure partie de la région. Dans d'autres circonstances, j'aurais emprunté un autre chemin, mais celui-ci nous fera gagner au moins deux jours.

— Avec un nom pareil, ça ne semble pas particulièrement sûr, dit-elle avec méfiance.

— C'est assez sûr, tant que nous restons sur le chemin, répondis-je d'un ton rassurant. Divers sorts et protections magiques empêchent la plupart des créatures maléfiques de s'aventurer sur le chemin.

— La plupart, mais pas toutes ? insista Amara.

Je souris en signe d'approbation.

— Bien vu. La plupart des démons, revenants et abominations de bas niveau seront repoussés par les protections magiques. Un démon ou une créature mythique de haut niveau pourrait être capable de les ignorer. Mais ils ne viennent jamais ici. Les gens qui empruntent cette route n'ont rien qui les intéresse. Cependant, certains animaux sauvages surgissent parfois en chassant. Je n'aurai aucun mal à les éliminer.

— D'accord, dit Amara, toujours inquiète.

— Tiens, porte cette amulette, lui dis-je en rapprochant mon cheval du sien afin de lui remettre le collier. Elle bloquera les pouvoirs de la plupart des mystificateurs de la forêt, si jamais cela devait arriver.

— Des mystificateurs ? répéta Amara en prenant le pendentif.

— Ce sont des animaux, des plantes ou des créatures sensibles dotées du pouvoir de l'illusion, expliquai-je. Si tu entres dans la forêt, ils pourraient te faire croire que tu suis la route alors qu'en réalité, tu t'enfonces dans les bois, où ils t'attendront en embuscade pour te dévorer.

Je détestais la peur qui passa sur le visage d'Amara tandis qu'un frisson la parcourait. Mes paroles et mes actions devaient lui apporter la paix, la confiance et la sécurité.

— Tant que tu porteras l'amulette et que tu resteras près de ton cheval, celui-ci restera calme et immunisé contre l'attrait des mystificateurs, ajoutai-je. Concentre-toi simplement sur le chemin devant toi et ignore tout ce qui pourrait essayer de t'attirer dans les bois.

— Compris.

Cela étant réglé, j'établis un rythme rapide mais soutenable pour nos chevaux. Bien qu'aucun signe physique ou repère n'indique le début de la Forêt Hantée, un changement indéniable se produisit au moment où nous franchîmes sa frontière invisible. L'air était épais, humide et presque visqueux. Il dégageait une odeur écœurante qui révoltait mon nez sensible.

Amara frissonna et sa peau délicieusement sombre se couvrit de chair de poule. La tension qui émanait d'elle était presque palpable. Je ressentis une grande fierté en la voyant avancer avec détermination malgré ses appréhensions. En apparence, ma conjointe pouvait tromper les gens qui confondaient son attitude réservée avec une personnalité docile et soumise. Mais ma femelle n'était pas une proie facile. Elle possédait une force tranquille qui se manifestait quand il le fallait, déstabilisant ceux qui la sous-estimaient stupidement.

Je me souvenais de la manière affirmée dont elle m'avait

revendiqué comme sien et avait déclaré avec autorité que je n'allais pas lui refuser ce qui lui revenait de droit. Cette simple pensée me faisait encore frissonner à tous les bons endroits. Très vite, la malveillance de cet endroit misérable s'intensifia. La plupart des gens auraient été incapables de dire ce qui n'allait pas, mais un sentiment indéniable de malaise les aurait envahis. Bien qu'encore verte, l'herbe avait pris une teinte terne. Les branches des arbres, chargées de feuilles luxuriantes, semblaient d'une normalité trompeuse. Cependant, en y regardant de plus près, on pouvait voir à quel point elles étaient tordues et déformées.

Une mélodie discrète mais séduisante chatouilla mes oreilles sensibles. Je jetai un coup d'œil à ma compagne. Ses oreilles humaines ne pouvaient pas la percevoir. Et pourtant, un frisson la parcourut alors qu'elle scrutait avec inquiétude la forêt dense. Amara était nerveuse et inconsciemment angoissée. Ce n'était pas la première fois que je remarquais sa capacité à percevoir les choses avec beaucoup plus de précision que le commun des mortels. Je soupçonnais qu'elle était peut-être empathique.

J'entamai une conversation informelle pour l'aider à se distraire de notre environnement maudit tout en accordant un répit à nos chevaux en ralentissant notre allure.

— Quels sont tes projets une fois que tu seras guérie ? lui demandai-je avec une nonchalance feinte.

Amara mordilla sa lèvre inférieure, le regard perdu dans le vague pendant un bref instant alors qu'elle réfléchissait à sa réponse. Je me sentis stupide d'être blessé qu'elle ne réponde pas immédiatement qu'elle allait vivre avec moi. Avant même que je puisse chasser cette pensée, ma conjointe se recentra si soudainement sur moi que j'eus presque l'impression d'avoir été pris en flagrant délit de faire quelque chose d'illicite. Une expression étrange passa sur son visage. Une fois de plus, je me demandai si elle avait perçu mes émotions ou si je réfléchissais trop.

— J'ai hérité d'une très belle maison à Willow Grove. En

vérité, c'est plutôt un manoir gothique, répondit ma conjointe d'un air pensif. Ce serait parfait pour mon commerce de bougies, surtout avec autant de sorcières et de gens versés dans les pratiques ésotériques dans la région. Depuis mon arrivée, j'ai attiré de nombreux nouveaux clients intéressés par les bougies enchantées et les bougies d'invocation.

— Je vois, répondis-je d'un ton évasif, l'esprit en ébullition. Ton métier devrait en effet être très prisé par les marchands du district des Enchanteurs.

Willow Grove n'était pas très loin. Si Amara m'accueillait chez elle, je pourrais facilement retourner dans la montagne pour chasser et exercer mon métier de guide.

Elle hocha la tête, tout en me regardant avec une expression indéchiffrable qui semblait teintée d'une pointe de raillerie. Savait-elle ce qui me passait par la tête ?

— Mais je pourrais aussi vivre ailleurs, ajouta-t-elle en haussant les épaules. Je me contenterais de retourner une fois par semaine à la maison ou à la boutique que je souhaite ouvrir. Je n'ai pas besoin d'une maison aussi luxueuse. Heureusement, je gagne suffisamment bien ma vie grâce à mon métier. Comme j'aime être libre d'aller où je veux et de pouvoir laisser libre cours à ma créativité, je suis prête à aller là où le vent me mène ou là où le Destin me conduit.

Chacune de ses paroles répandait une chaleur merveilleuse dans ma poitrine. Il n'était pas nécessaire d'être un génie pour comprendre le sens caché de ses paroles. L'intensité de son regard lorsqu'elle parlait du Destin confirmait qu'elle serait prête à me suivre dans ma vie plus nomade. Ce qu'elle ne comprenait pas, c'était que, même si j'aimais aussi la liberté de vagabonder dans la nature sauvage, ma situation m'obligeait à mener cette vie d'ermite. Je voulais m'installer quelque part avec quelqu'un qui allait m'aimer aussi inconditionnellement que je l'aimerais et élever ensemble tous les enfants que nous aurions le bonheur d'avoir.

J'étais sur le point de répondre quand Amara tourna brusquement la tête vers la droite, les yeux oscillant dans tous les sens. Elle semblait chercher quelqu'un tout en tendant l'oreille pour mieux écouter quelque chose.

Elle avait enfin entendu les chants de sirènes.

— Tu entends ça ? demanda Amara, l'air incertain sur son beau visage.

Je hochai la tête avec une expression sérieuse mais calme.

— Ce sont les chuchotements charmeurs des esprits maléfiques de la forêt.

Elle écarquilla les yeux et me dévisagea, bouche bée, tout en essayant de discerner les sons qui étaient encore un peu trop subtils pour ses oreilles humaines.

— Wow. Comment une mélodie aussi jolie peut-elle provenir de quelque chose de maléfique ? Ça donne vraiment envie de s'approcher pour mieux écouter, dit ma conjointe en fronçant les sourcils.

— C'est justement le but. Tu dois résister, l'avertis-je sévèrement.

Le sourire indulgent qu'elle m'adressa fit instantanément taire la peur qui grandissait en moi.

— Ne t'inquiète pas, Rémus. Je n'ai pas l'intention de devenir la proie des démons des bois, dit-elle d'un ton taquin. C'est vraiment tentant. Si tu ne m'avais pas prévenue, je serais très probablement allée voir de plus près. Mais tes paroles ne sont pas tombées dans l'oreille d'une sourde. Je ne me suis pas lancée dans la folle aventure d'être guérie par un loup démon pour finir dévorée par un mystificateur à la place.

— Brave fille, dis-je d'un ton approbateur.

J'essayai de reprendre notre conversation désinvolte, à savoir m'enquérir de sa vie avec sa mère dans leur ancienne ville, mais ma compagne était de plus en plus distraite. Ce n'était pas la mélodie enjôleuse qui la rendait nerveuse, mais l'intensité croissante de la magie noire qui imprégnait les lieux. Elle se collait à nous comme de la saleté sur une peau en sueur. Même l'air semblait trop épais pour être respiré facilement.

Amara hoqueta et tira si brusquement sur les rênes de son cheval qu'il se cabra. Pendant un instant, je craignis qu'il ne la désarçonne. Heureusement, j'avais choisi pour elle l'un des chevaux les plus expérimentés et les mieux dressés des écuries. Il s'était souvent aventuré dans des endroits similaires et n'était donc pas facilement effrayé ou irrité.

Ma conjointe pointa du doigt quelque chose devant nous, sur le côté gauche de la route. Je jetai un coup d'œil dans cette direction et une vague de colère m'envahit instantanément lorsque j'aperçus un magnifique petit garçon assis sur un gros rocher, à quelques centimètres seulement du chemin. Ses beaux vêtements étaient déchirés, comme s'il avait couru à travers une forêt d'épines. Serrant ses genoux contre sa poitrine, il se balançait d'avant en arrière en pleurant discrètement.

— Ne te laisse pas berner, ma conjointe, lui dis-je d'un ton impérieux. Ce n'est pas un vrai garçon, mais un esprit maléfique de la forêt. C'est une illusion destinée à t'attirer dans les bois. Le fait qu'aucun de leurs membres ou aucune partie de leur corps ne touche réellement le chemin est un indice évident. Le mystificateur qui a créé cette illusion ne fait que projeter l'apparence d'une de ses anciennes victimes.

Ma femme hoqueta.

— Un doppelgänger ?!

Je secouai la tête.

— Non. Les doppelgängers s'aventurent rarement dans ces contrées. Ils restent plutôt près des auberges et des zones peuplées. Les proies y sont beaucoup plus abondantes. Comme ils prennent l'apparence de leurs victimes et acquièrent toutes leurs connaissances, les doppelgängers préfèrent se nourrir de personnes.

— C'est vrai. Il n'y a pas grand-chose à gagner à dévorer un monstre sans cervelle que les gens éviteraient à vue, répondit

Amara avec un frisson. Alors qu'un humain, surtout s'il est séduisant, leur permettra d'attirer plus facilement une autre victime.

Je hochai la tête, heureux qu'elle comprenne si bien, même si je détestais qu'elle soit exposée à cet aspect lugubre des montagnes merveilleuses qui étaient ma demeure depuis ma naissance.

Alors que nous passions devant l'esprit maléfique, ses pleurs se transformèrent en hurlements déchirants qui me donnèrent presque envie d'aller vers le « garçon » pour le consoler. Mais j'accélérai le rythme, ma conjointe me suivant volontiers avec un air soulagé. Quelques secondes plus tard, le tapage s'arrêta brusquement. Je jetai un coup d'œil par-dessus mon épaule et constatai que l'endroit où était assise l'illusion était désormais complètement vide.

Au cours de l'heure qui suivit, près d'une vingtaine d'esprits de ce type se manifestèrent. L'enfant en pleurs, la femme enceinte, le vieillard déboussolé et même l'animal blessé firent chacun leur apparition sous diverses formes. Certains d'entre eux nous suivirent, courant à nos côtés dans la forêt tout en appelant à l'aide. Au lieu de briser ma compagne, chaque apparition sembla renforcer sa détermination et même son immunité à leur charme.

— Sérieusement ?! s'exclama Amara avec un air de dégoût et d'incrédulité.

J'éclatai de rire, à la fois à cause de son expression peu impressionnée et de celle stupéfaite de la dernière illusion. C'était un homme d'une vingtaine d'années, vêtu de vêtements ordinaires clairement trop grands pour lui. Il était agenouillé dans l'herbe, où il essayait frénétiquement de ramasser les pièces d'or et les pierres précieuses qui étaient tombées d'une grande bourse. C'était un voleur à la petite semaine qui avait fait un gros coup en dévalisant un riche marchand de bijoux, mais qui avait trouvé la mort dans les Bois Hantés. De nombreux imprudents avaient connu le même sort en tentant de récupérer son butin.

À vrai dire, j'avais moi-même envisagé de m'en emparer. En raison de ma maladie, la plupart des bêtes sauvages et des créatures démoniaques m'évitaient. Comme mon sang était un poison pour elles, elles ne s'intéressaient pas à moi. En fin de compte, j'avais décidé de ne pas le faire, car je n'avais pas besoin de richesse. À quoi cela servait-il si je n'avais personne avec qui la partager ?

Selon la rumeur, un puissant sorcier aurait réussi à le récupérer quelques années plus tard.

— Tu serais étonnée, ma conjointe, de voir combien d'imbéciles se seraient laissés prendre à ce piège. La cupidité est une chose puissante, dis-je d'un ton taquin, même si mon cœur était rempli de fierté.

La mélodie envoûtante jouait désormais à plein régime. En toute logique, ma femme aurait dû mener un combat perdu d'avance contre son attrait. Certes, l'amulette que je lui avais donnée travaillait d'arrache-pied pour la protéger de son appel. Mais cela aurait tout de même dû être difficile pour elle. Et pourtant, elle semblait imperturbable, mis à part son inconfort naturel d'être entourée d'autant de magie maléfique.

Une mère portant un nourrisson s'approchait du bord de la route, mais elle s'arrêta soudainement. Puis à ma grande surprise, elle se volatilisa et la mélodie obsédante s'arrêta brusquement. Je me raidis. La tension que je ressentais se reflétait sur le visage de ma compagne.

Les oreilles dressées, les narines frémissantes, j'essayai de détecter ce qui avait bien pu effrayer les esprits. Malheureusement, nous étions dans le sens du vent, ce qui m'empêchait de sentir ce qui se cachait devant nous, alors qu'eux pouvaient sentir notre odeur.

Je retirai ma chemise et sortis mes griffes, prêt à passer à l'action si nécessaire. Et puis je les vis. Trois Aegarims bondirent hors de la forêt et sur le chemin. Amara hoqueta, l'odeur de sa peur me frappant les narines alors même que je jurais à voix haute. Ces maudites créatures étaient rapides et chassaient en groupes de trois ou quatre.

— Ce n'est pas une illusion, n'est-ce pas ? demanda Amara, la voix lourde de frayeur.

J'arrêtai mon cheval et sautai à terre.

— Non, ce sont des bêtes sauvages, et elles viennent pour toi.

Les qualifier de « bêtes sauvages » était un euphémisme. Les Aegarims étaient des abominations. Ils avaient autrefois été de fiers Lycans, comme le reste de nos clans. Mais leur soif de puissance et de pouvoir les avait conduits sur une voie dangereuse. Ils avaient pactisé avec des forces maléfiques et mené des expériences obscures sur eux-mêmes. Peu à peu, ils avaient perdu leur conscience au profit d'instincts sauvages, comme en témoignait leur apparence changeante.

Leur fourrure brillante et leur corps musclé avaient disparu. Ils ressemblaient désormais à la progéniture difforme d'un rat et d'un Lycan chétif recouvert d'écailles vert foncé. Les cinq cornes dorées qui jaillissaient de leurs têtes de rats démoniques et les pointes dorées qui bordaient leur colonne vertébrale étaient les vestiges de leur union avec les démons. Ils couraient à quatre pattes comme au temps de leur ancienne gloire, mais leurs pattes avant étaient anatomiquement plus proches de celles d'un humain, avec des mains surdimensionnées qui ne possédaient que deux longs doigts terminés par des griffes acérées.

En tant que créatures infernales, les Aegarims ne craignaient pas les esprits de la forêt et étaient immunisés contre leurs illusions. Ils se nourrissaient régulièrement de mystificateurs, ce qui expliquait pourquoi ceux-ci fuyaient tous dès que les bêtes apparaissaient. Mais les Aegarims avaient soif de chair humaine, et en particulier de cerveaux d'êtres sensibles.

— Ils sentent que mon sang est mauvais, donc ils ne m'attaqueront pas. Ils seront acharnés à moins que je n'atteigne leur cheffe dans la forêt.

Tout en parlant, je retirai mon pantalon. Je n'avais pas le temps de me déshabiller complètement, car les créatures fonçaient vers nous à une vitesse vertigineuse.

— Dans la forêt ?! s'exclama Amara, comme si j'avais perdu la tête.

— Tout ira bien, ma conjointe. Rien ne m'attaquera ici. Je suis maudit. Une fois que j'aurai tué leur cheffe, ils se disperseront. Reste sur le chemin et continue d'avancer. Je te rattraperai, dis-je d'un ton autoritaire.

— Mais s'il y a d'autres bêtes devant nous ? s'exclama ma conjointe, tout en sortant le poignard de son étui à sa ceinture.

— Personne d'autre ne s'aventure sur leur territoire. Je tiens à toi, Amara. Promets-moi de rester sur le chemin. Je ne peux pas te perdre !

— Je te le promets ! répondit-elle d'une voix tremblante.

Me hissant sur la pointe des pieds, j'écrasai ses lèvres dans un baiser désespéré bien trop bref, puis je courus vers les bêtes qui approchaient, désormais à moins de vingt mètres. Je me transformai tout en courant, mes sous-vêtements se déchirant à mesure que mon corps grossissait. J'aurais dû les couper au préalable pour m'épargner la douleur du tissu s'enfonçant dans ma chair avant de finir par se rompre. Mais ma colère envers ces créatures qui osaient menacer ma conjointe accapara toute mon attention.

Je chargeai le mâle au milieu, le percutant avec suffisamment de force pour l'envoyer s'écraser contre un arbre voisin. Le deuxième tenta de me dépasser, mais je l'attrapai par la patte arrière, mes griffes s'enfonçant dans sa chair tandis que je le maintenais avant de pivoter et de le projeter de toutes mes forces vers le troisième qui fonçait vers Amara. Il frappa son compagnon avec une force considérable. Même de là où je me trouvais, j'entendis au moins deux de leurs membres se briser sous la force de l'impact.

Ils gisaient étourdis, leurs membres emmêlés, luttant pour se relever. Je courus vers eux tandis que ma conjointe galopait devant nous. D'un coup violent, je griffai le flanc du troisième Aegarim, l'éviscérant. Le deuxième, que j'avais utilisé comme projectile pour renverser son compagnon, ouvrit son énorme mâchoire dans une tentative de me mordre le visage. Je lui saisis la gueule à deux mains, en évitant soigneusement ses innombrables dents acérées, et l'ouvris de force jusqu'à ce que la partie inférieure se brise. Je jetai le visage détruit de la bête sur le sol et lui écrasai le cou avec mon pied. La créature poussa un gémissement gargouillant et un violent spasme secoua son corps avant qu'elle ne s'immobilise.

Mais j'étais déjà en mouvement.

Amara filait devant, suivie de mon cheval. Mais la première bête que j'avais projetée contre l'arbre s'était suffisamment remise pour se lancer à sa poursuite. Je me ruai vers eux, la fureur me donnant des ailes, et je rattrapai rapidement ma proie. D'un bond puissant, j'atterris sur le dos de la créature, l'aplatissant au sol. Elle poussa un son rauque tandis que ses poumons se vidaient de leur air. Mon poids écrasant la créature l'empêchait de gonfler suffisamment ses poumons pour respirer. Elle se débattit sous moi dans une vaine tentative de me désarçonner. Je plantai sauvagement mes crocs de chaque côté de sa nuque et lui brisai la colonne vertébrale. Après un bref gémissement aigu, la créature devint molle.

Un mouvement dans la forêt attira mon attention. Au moins deux autres Aegarims couraient à travers les bois vers ma conjointe. Pendant une fraction de seconde, j'envisageai de les poursuivre, mais cela n'aurait fait qu'encourager d'autres à les imiter. Au lieu de cela, je fonçai dans la forêt en hurlant pour m'assurer que les Aegarims m'entendent. Ils s'arrêtèrent net lorsqu'ils regardèrent dans ma direction et comprirent où je me rendais. Comme je m'y attendais, ils abandonnèrent la poursuite de ma conjointe et se lancèrent à mes trousses.

À ma grande surprise, à quelques mètres seulement dans les bois, j'aperçus près d'une douzaine d'autres bêtes dispersées à proximité. C'était extrêmement inhabituel. Les Aegarims vivaient généralement en petites meutes de six, rarement plus de dix. Celle-ci en comptait facilement plus du double. Une seule bouffée de mon odeur suffit à les disperser. Je ne les pourchassai pas, mais suivis mon odorat jusqu'à la matriarche. Je filai droit vers elle.

Comprenant mes intentions, la meute se rallia et se jeta en travers de mon chemin pour la protéger tandis qu'elle tentait de fuir. Comme nous, les loups, les Aegarims avaient un langage assez complexe basé sur les hurlements. Dans ce cas précis, elle donnait l'ordre de battre en retraite. Ma soif de sang m'incitait à décimer toute sa meute sous ses yeux, puis à la réduire en pièces. Si nous avions été plus près de la pleine lune, je l'aurais probablement fait dans ma rage aveugle. Mais ma conjointe était seule sur le chemin dans la Forêt Hantée. Mon besoin de la protéger l'emporta sur toute pulsion primitive de verser le sang.

Après un dernier grognement d'avertissement, j'abandonnai la poursuite et retournai en courant vers ma conjointe, ma soif de sang insatisfaite.

CHAPITRE 8

AMARA

L e cœur battant à tout rompre, je galopais à toute vitesse le
long de la route. Une partie de moi voulait aller plus vite,
mais l'autre craignait d'aller trop loin. Je jetais sans cesse des
coups d'œil par-dessus mon épaule pour voir si Rémus essayait
de me rattraper.

Aucun mot ne pouvait exprimer à quel point j'étais terrifiée
pour mon homme. Les chiens-rats-lézards qui nous avaient attaqués allaient me hanter pendant longtemps. Même si Rémus les
avait réduits en bouillie sans sourciller, je soupçonnais que beaucoup d'autres se cachaient dans les bois. Et s'ils étaient trop
nombreux pour lui ? Et s'il gisait en ce moment même dans une
mare de son propre sang pendant que je m'enfuyais
égoïstement ?

La chanson envoûtante revint avec vigueur dès que mon
homme disparut dans les bois. Elle ne m'attirait plus du tout
maintenant que je savais ce qu'elle était. Au contraire, elle me
donnait un mal de tête atroce.

Les esprits savaient que j'étais seule.

L'envie de faire demi-tour pour aller le chercher me taraudait sans relâche. Évidemment, c'était stupide et même suicidaire d'y songer. Je repoussai cette tentation malsaine et continuai d'avancer. Alors que j'envisageais de ralentir l'allure pour ménager les chevaux, un silence assourdissant s'abattit soudainement sur la forêt.

Paniquée, je tournai la tête dans toutes les directions pour voir ce qui avait bien pu effrayer les esprits cette fois-ci. La menace venait-elle de devant ou se cachait-elle derrière moi ? Je ralentis les chevaux, craignant de courir vers un piège, mais redoutant également de faire demi-tour.

— Reste sur le chemin, me murmurai-je, reprenant les paroles de Rémus.

Je détestais qu'il m'ait laissée seule pour courir dans les bois. Il ne faisait aucun doute qu'il avait agi ainsi pour assurer ma sécurité, mais je me sentais abandonnée. Et en ce moment, la peur me tordait les entrailles. Je ne savais pas me battre, et le peu de magie que je possédais ne me permettait que d'enchanter des objets avec de la magie de lumière et des sorts bénéfiques.

Le bruit lointain de branches cassées et de pas lourds me fit me retourner à moitié sur mon cheval pour regarder vers le côté est de la forêt. Mon cœur faillit bondir hors de ma poitrine lorsqu'une ombre sombre et massive fila à toute vitesse entre les arbres.

Puis un hurlement bienvenu rompit le silence effrayant.

— Rémus ! soufflai-je, submergée par le bonheur et le soulagement.

J'arrêtai complètement les chevaux et fis partiellement pivoter ma monture pour faire face à la forêt. Le loup géant continua d'avancer, puis disparut derrière un arbre gigantesque. Quelques secondes plus tard, Rémus réapparut de l'autre côté sous sa forme humaine. Je sautai de cheval, des larmes de joie coulant sur mes joues, tandis qu'il avançait nonchalamment, mi-marchant, mi-trottinant vers moi.

Il me sourit et ouvrit grand les bras. Un rire nerveux m'échappa tandis que je lui rendais son sourire. Je fis deux pas vers lui avant de m'arrêter net. Mon sang se glaça lorsque je baissai les yeux vers ses pieds.

Il était toujours dans la forêt.

Je levai les yeux vers son visage et le vis me regarder d'un air perplexe. Je n'avais pas besoin d'un miroir pour savoir à quel point mon expression était suspecte.

— Sors de la forêt, ordonnai-je en reculant involontairement d'un pas.

Rémus s'ébroua. À ma grande surprise, plutôt que d'essayer de me convaincre de le rejoindre, il m'adressa un sourire approbateur avant de sortir résolument du bois. Un immense soulagement m'envahit lorsqu'il s'engagea calmement sur le chemin.

— Brave fille, dit Rémus en réduisant lentement la distance qui nous séparait. Pendant un instant, j'avais craint que tu ne tombes dans le piège.

— Espèce de misérable ! dis-je, à moitié en plaisantant, à moitié sincèrement désapprobatrice. C'était méchant de me tester dans des circonstances aussi sérieuses.

— Il n'y a pas de meilleur moment que maintenant quand on est confronté à un danger réel, rétorqua-t-il avant d'ouvrir à nouveau grand les bras.

Cette fois, je n'hésitai pas et me jetai dans son étreinte. Ce faisant, je me surpris à jeter un coup d'œil dans les bois à la recherche d'un signe des bêtes sauvages. Je fondis presque lorsque ses bras puissants m'enlacèrent et me serrèrent fort contre lui. Par les dieux, comme il m'avait manqué, même si nous n'avions été séparés que quelques minutes.

— Ça va ? demandai-je en m'éloignant à contrecœur pour le regarder.

— Bien sûr, répondit-il avec suffisance. Les Aegarims ne sont pas un défi pour moi.

Il se pencha pour m'embrasser, mais juste au moment où nos

lèvres allaient se rencontrer, je détournai instinctivement le visage. Quelque chose n'allait pas. C'était lui, et pourtant ce ne l'était pas. Son baiser atterrit sur ma joue à la place, et je le sentis se raidir dans mes bras. De toute évidence, il savait que j'avais délibérément évité son baiser. Nos regards se croisèrent, et tous mes sens se mirent en alerte.

Ce n'est pas lui !

La certitude avec laquelle cette pensée fusa dans mon esprit me laissa sous le choc. Son visage se durcit au moment où j'essayais de le repousser. Il resserra son étreinte autour de moi tandis qu'un sourire malveillant se dessinait sur ses lèvres.

Et puis je compris enfin.

Il est tout habillé ! Rémus s'était dévêtu avant de courir dans les bois.

Je tentai de le repousser, mais c'était comme essayer de pousser un mur de briques. Il ricana méchamment avant de m'agripper les cheveux d'une main et de les tirer vers l'arrière pour exposer mon cou. Ses yeux dorés prirent une teinte rougeâtre, ses pupilles se rétrécirent en une fente verticale tandis que ses crocs descendaient.

— Lâche-moi ! criai-je en luttant en vain pour me libérer.

— Jamais, ma douce. Rien ni personne — et surtout pas ces runes pathétiques — ne peut te protéger de moi, murmura-t-il d'une voix pleine de menaces et de promesses.

Je hurlai lorsque ses crocs s'enfoncèrent dans mon cou. De la glace liquide envahit mes veines. Une demi-seconde plus tard, un voile d'obscurité descendit devant mes yeux et je m'affaissai.

Ma peau me picotait de cette manière étrange qui l'on ressentait souvent en émergeant lentement d'un profond sommeil. Il me fallut un moment pour réaliser qu'un bruit menaçant à proximité m'avait réveillée. J'ouvris brusquement les yeux et inspectai les environs. À ma grande surprise, j'étais étendue sur un plateau rocheux près d'une falaise, entourée d'une forêt sombre à quelques mètres de là.

Je ne voyais personne à proximité, et pourtant, j'avais le sentiment très fort d'être observée par un prédateur. Je sursautai en entendant un bruit soudain. Mon sang se glaça lorsque je vis enfin la silhouette imposante d'un loup démon tournoyer au-dessus de ma tête.

Je jetai un coup d'œil au sol en dessous de moi et faillis m'évanouir en constatant qu'il était nu, sans le cercle protecteur que j'aurais dû dessiner avant d'affronter Ranael. Un grognement sauvage au-dessus de ma tête réclama mon attention. Nos regards se croisèrent et je me sentis paralysée lorsqu'il plongea vers moi.

D'instinct, je me relevai d'un bond et tentai de m'enfuir. Mais je ne pouvais pas le distancer et je n'avais nulle part où me cacher. Le plateau dénudé s'étendait sur au moins deux cents mètres avant que la lisière des arbres ne commence à la bordure sud. Une paroi rocheuse escarpée délimitait la bordure est, et une falaise mortelle terminait les côtés restants. Je ne pouvais même pas essayer de tracer un cercle magique, d'autant plus que je n'avais rien pour le faire.

Malgré cela, même en courant, j'essayai d'invoquer sa protection, comme me l'avait enseigné la Tisseuse. Mais le loup démon était trop enragé. L'ombre de son immense envergure bloqua le soleil au-dessus de moi quelques secondes avant qu'il ne m'atteigne. J'esquivai vers la gauche. Bien que Ranael me dépasse en volant, il réussit tout de même à me lacérer le dos avec ses griffes acérées.

Une douleur cuisante explosa entre mes omoplates, et je tombai à terre en hurlant. Malgré la douleur atroce, je me relevai et me mis à genoux. D'un puissant battement d'ailes, le loup démon décrivit un grand cercle avant de revenir vers moi. Je tentai de le chasser de mon esprit. Serrant les dents pour supporter la douleur, je passai mes doigts sur mes blessures afin de recueillir le sang qui coulait librement pour dessiner un cercle sur le sol.

Mon cœur battait à tout rompre dans ma poitrine lorsque je commençai à réciter la formule du cercle de protection. Mais la misérable bête plongea à nouveau, m'interrompant. Je roulai sur le côté pour l'éviter, ce qui me fit sortir partiellement du cercle. Une fois de plus, Ranael m'infligea une autre blessure en raclant mes mollets avec ses griffes. Je hurlai et faillis m'évanouir. Il m'avait entaillée si profondément que je pouvais voir l'os à travers la coupure.

Me sentant faible et à l'agonie, je m'agenouillai encore une fois à l'intérieur du cercle et utilisai davantage de mon sang pour réparer la partie du cercle que j'avais endommagée en roulant sur le côté. Me sentant étourdie, je me hâtai de réciter l'incantation. Sans bougies ni tous les réactifs appropriés, je ne savais pas dans quelle mesure la protection tiendrait, mais c'était tout ce que j'avais.

Ou du moins, tout ce que j'aurais pu avoir si j'avais eu la possibilité de la terminer.

Il ne me restait plus que deux mots à prononcer pour achever l'incantation lorsque le loup démon me percuta. J'eus l'impression d'être frappée par un bélier. Je fus projetée en arrière de plusieurs mètres et atterris lourdement sur le sol rocailleux. Le choc brutal sur mon dos lacéré m'aurait arraché un autre cri de douleur si la force de l'impact ne m'avait pas coupé le souffle.

Je n'eus pas même le temps de pousser un autre cri. Le loup démon cloua mes épaules au sol avec ses deux énormes pattes avant, puis sa queue de serpent me mordit à plusieurs reprises le cou et le visage. Une sensation de brûlure atroce embrasa tout mon visage et mon cou. Ma gorge se referma immédiatement. Je ne pouvais plus respirer ni émettre le moindre son.

Ranael se pencha vers moi et grogna de manière menaçante avant de passer ses griffes sur mon cou, me tranchant la gorge.

Suffoquée par mon propre sang, je le regardai battre des ailes. Il s'éleva à environ trois ou quatre mètres au-dessus de moi avant d'ouvrir grand la gueule. Alors qu'un jet de feu se précipitait vers moi, ma dernière pensée fut pour Rémus.

Nous aurions dû avoir plus de temps ensemble.

CHAPITRE 9
AMARA

J e me réveillai en sursaut, confuse de me retrouver dans une cabane en bois chaleureuse et confortable. Malgré les blessures horribles que je me rappelais vivement avoir subies, je ne ressentais aucune douleur ni aucune gêne dans mon corps.

Les flammes joyeuses d'un feu dansaient dans la cheminée. Des lampes à gaz éclairaient la pièce, lui donnant un halo presque onirique. L'odeur agréable des noix grillées et du chocolat chaud chatouillait mes narines. Je ne comprenais pas comment mon cerveau avait pu enregistrer que le poêle à ma gauche était vide, car toute mon attention était concentrée sur la créature surnaturelle qui se tenait devant moi.

Il était affalé dans un fauteuil Empire près de la cheminée. Il était beau d'une manière terrifiante. Ses yeux – d'un rouge profond et inquiétant, avec des pupilles verticales comme celles d'un serpent – me fixaient avec une intensité qui me donnait envie de me tortiller. Sous sa peau bleu grisâtre, des rayures en forme d'éclairs semblaient pulser d'une douce lueur. Des cheveux d'un bleu blanchâtre tombaient en douces ondulations jusqu'à ses clavicules. Ils encadraient un visage envoûtant, d'apparence très humaine – comme son corps – avec une mâchoire carrée, des lèvres pulpeuses étirées en un sourire narquois et un nez fier.

Il plissa les yeux en me regardant. Ses cils, d'une longueur exquise, projetaient une ombre, le rendant plus difficile à déchiffrer.

— Bon retour, Amara Sanni, dit l'inconnu d'une voix ronronnante.

Elle était tout aussi envoûtante que son visage, avec un accent qui n'était pas tout à fait britannique, mais certainement pas américain. Il se redressa sur son siège, ses impressionnants muscles abdominaux se contractant pendant une fraction de seconde. Il était nu, à l'exception d'une jupe grecque blanche qui lui tombait aux genoux, d'une ceinture dorée et de sandales romaines lacées jusqu'au milieu de ses mollets. Sans sa peau inhabituelle, il aurait pu être l'un des dieux de l'Olympe.

— Qui es-tu ? Pourquoi m'as-tu enlevée ? Comment connais-tu mon nom ? Et où sommes-nous ? demandai-je en rafale, tout en jetant un coup d'œil autour de moi.

Je n'avais pas prévu de réagir ainsi, mais les mots m'échappèrent.

Au lieu de me répondre sèchement, l'inconnu gloussa.

— Que de questions ! dit-il d'un ton moqueur. Je m'appelle Lyall. Un petit oiseau m'a parlé de toi. Et ceci est ma maison temporaire, ajouta-t-il en montrant la maison.

Je remarquai qu'il n'avait pas répondu à ma question sur les raisons pour lesquelles il m'avait enlevée. Même si j'avais l'intention de l'interroger davantage à ce sujet, je me réjouissais qu'il communique au moins de manière non menaçante. Me forçant à parler d'un ton non agressif et non accusateur, je continuai calmement à enquêter sur les événements récents.

— Tu as prétendu être Rémus, puis tu as créé cette horrible illusion où je mourais, n'est-ce pas ? demandai-je doucement.

— Oui, répondit-il en haussant les épaules.

— Pourquoi as-tu fait ça ? demandai-je, sincèrement perplexe.

— Pour m'amuser ? Pour voir ta réaction ? Pour tester tes capacités ? Ou peut-être simplement parce que je peux le faire... dit-il d'un air presque pensif.

Il cherchait manifestement à me provoquer, probablement pour susciter une réaction indignée de ma part. Mais cet homme était un prédateur de haut niveau. Je n'allais pas lui donner la moindre raison de s'énerver et de se déchaîner contre moi. Bien que je ne sois aucunement retenue physiquement, mon corps semblait anormalement alourdi, comme si une force invisible m'enchaînait à la confortable chaise rembourrée sur laquelle il m'avait installée.

Tout cela est-il bien réel ? Suis-je prisonnière d'une autre illusion ? Est-il encore en train de me tester ?

Trop de questions se bousculaient dans mon esprit. Pour l'instant, je ne pouvais que jouer le jeu et espérer en sortir gagnante. Avant tout, je devais comprendre quelles étaient ses intentions.

— D'accord. Mais cela ne m'explique toujours pas pourquoi tu m'as emmenée contre mon gré, dis-je prudemment. Si tu voulais simplement tester mes réactions à tes illusions, tu aurais pu me le demander.

— Je te laisse deviner pourquoi je t'ai enlevée, répondit-il d'une voix dangereusement douce, pleine de défi.

Je fronçai les sourcils, ne sachant pas quel genre de réponse il attendait. D'après la façon dont il avait formulé sa phrase, il semblait sous-entendre que la réponse était évidente.

— Honnêtement, je ne vois aucune raison pour laquelle tu l'aurais fait, dis-je en toute sincérité. Je soupçonne que tu sais déjà que je suis malade. Mon sang est empoisonné. Si tu avais l'intention de me manger, cela te tuerait presque à coup sûr. Cela pourrait expliquer pourquoi tu ne t'es pas donné cette peine, en supposant que telle était ton intention au départ.

Il éclata de rire. C'était un son riche et guttural que je trouvai assez agréable. S'il n'avait pas cherché délibérément à intimider, il aurait été un homme extrêmement séduisant.

— Oui, c'est un très vilain poison qui coule dans tes veines, concéda-t-il avec une joie presque malicieuse. Mais cela ne représente aucune menace pour moi. Je pourrais dévorer chaque morceau de ta chair tendre et rester indemne.

Je restai bouche bée en le dévisageant.

— Je suis ce que l'on pourrait appeler un doppelgänger. J'absorbe l'apparence, les connaissances, les pouvoirs et les compétences de tous ceux que je mange, dit Lyall avec suffisance.

— De manière permanente ?! m'exclamai-je.

Il gloussa et secoua la tête.

— Certaines choses, oui. Mais d'autres, non. Cependant, je suis immunisé contre tous les poisons. Donc te manger ne me fera aucun mal.

Il prononça cette dernière phrase avec une menace indéniable. Mais mon esprit revint au début de sa description précédente de ses capacités. S'il absorbait l'apparence de tout ce qu'il mangeait, cela signifiait-il que... ?

— Où est Rémus ?! Je t'en supplie, dis-moi que tu ne lui as pas fait de mal ! implorai-je, la peur me tordant les tripes.

Son regard s'assombrit et son visage prit une expression affamée, presque sensuelle. Les pointes acérées de ses crocs se pointèrent entre ses lèvres entrouvertes, et il posa sa main droite sur son entrejambe, comme pour se réajuster.

— Merde, l'odeur de ta peur est divine, siffla-t-il comme s'il luttait pour garder le contrôle sur certaines pulsions primaires. C'était prévisible, car ton odeur naturelle est également délicieuse. Même les relents de mort qui t'entourent ne parviennent pas à la gâcher. Pas étonnant que le cabot te désire.

— S'il te plaît, dis-moi qu'il est vivant ! suppliai-je. Dis-moi que tu ne lui as pas fait de mal.

Il pencha la tête sur le côté et étudia mon visage comme on le ferait d'une créature étrange qui défie toute logique.

— Je ne lui ai pas fait de mal... pour le moment, dit-il enfin.

Un soupir étranglé de soulagement m'échappa.

— Alors je te supplie de le laisser tranquille. Tu m'as déjà, moi. Si c'est de la nourriture que tu veux, mange-moi et laisse-le partir.

À ma grande surprise, ma proposition sembla le mettre en colère.

— Pourquoi le ferais-je ? demanda-t-il d'un ton sec.

— Rémus est un homme bon ! m'écriai-je.

Lyall renifla avec dédain et fit un geste vague de la main.

— Il est maudit et un paria. Ce cabot est un danger pour les autres. Même son sang pourrait tuer.

— Il est malade ! rétorquai-je, l'indignation perceptible dans ma voix. Ce n'est pas sa faute s'il est né ainsi. Malgré toutes les épreuves qu'il a traversées, il est quand même devenu un homme bon. Depuis le moment où nous nous sommes rencontrés, il a toujours été gentil, protecteur et honorable envers moi.

Ma mâchoire tomba et j'eus un mouvement de recul lorsque Lyall plaqua brutalement ses deux mains sur les accoudoirs de son fauteuil, le visage déformé par la fureur.

— Tu ne le connais pas ! cracha-t-il avec colère. Tu es vulnérable et désespérée, facilement manipulable par quiconque peut te donner un soupçon d'espoir. Pour autant que tu saches, il se joue simplement de toi.

Je secouai fermement la tête.

— Même si nous venons de nous rencontrer, je lui confierais ma vie. Nous sommes des Flammes Jumelles.

Lyall s'ébroua, sa colère semblant s'estomper aussi vite qu'elle s'était manifestée, et une expression méprisante se dessina sur son visage.

— Vraiment ? demanda-t-il d'un ton moqueur. Il pourrait très bien dire cela juste pour que tu le suives aveuglément.

Une fois de plus, je secouai fermement la tête.

— Ses réactions physiologiques à mon égard sont indéniables. Les autres membres de sa meute l'ont également remarqué. En fait, c'est l'un d'entre eux qui me l'a mentionné, et c'est moi qui ai forcé Rémus à avouer.

Lyall serra les dents et me dévisagea silencieusement pendant quelques secondes qui me parurent une éternité. Pourquoi était-il si mécontent de la relation entre Rémus et moi ?

— Et maintenant, tu es amoureuse ? demanda-t-il finalement, la voix pleine de mépris.

Je lui lançai un regard peu impressionné avant de répondre.

— Bien sûr que non. Comme tu l'as si bien dit, je ne le connais pas, car nous venons seulement de nous rencontrer. Mais j'aime ce que je ressens en sa présence et la merveilleuse façon dont il me traite. Si je survis à cette maladie, il ne fait aucun doute que je tomberai follement amoureuse de lui.

Il s'ébroua de nouveau, me regardant comme si j'étais stupide.

— Quelle idéaliste. Sauf que ta Flamme Jumelle parfaite est incapable de te protéger. Il t'a abandonnée au milieu de la Forêt Hantée, et je n'ai eu qu'à me pointer pour te capturer.

Même si j'avais effectivement détesté qu'il me laisse sur le chemin, il ne m'avait pas abandonnée. Rémus avait fait ce qu'il pensait être la chose la plus sûre à ce moment-là. Cette attaque flagrante contre mon homme ne fit que renforcer mon besoin de le défendre.

— Rémus ne m'a pas abandonnée. Il a fait un choix difficile dans des circonstances extrêmes. Il n'avait aucune raison de penser que tu rôdais dans les parages. En fait, il a dit qu'aucun être comme toi ne s'aventurait jamais dans cette région. Alors, que faisais-tu dans la Forêt Hantée ? demandai-je d'un ton provocateur.

— Je concède que son observation était juste, admit Lyall avec un sourire narquois. Je n'aurais pas dû être là, mais j'étais curieux à ton sujet.

J'écarquillai les yeux.

— À *mon* sujet ? répétai-je, perplexe. Pourquoi ? Comment as-tu seulement appris mon existence ? Je ne suis personne, juste une chandelière dans une petite ville.

— Je voulais savoir qui était assez audacieux et arrogant pour vouloir tuer Ranael, dit-il, la voix et l'expression durcies. Mon petit test a prouvé que tu n'étais absolument pas apte à affronter le loup démon. Et tu penses pouvoir simplement te présenter et le maîtriser ?

— Quoi ?! Non ! Je ne veux pas le tuer ! m'exclamai-je, abasourdie. Je ne sais pas qui t'a dit cela, mais c'est complètement faux. Je vais là-bas pour demander sa protection. N'as-tu pas vu que je récitais cette incantation dans ton illusion ?

— Sa protection ? demanda Lyall, déconcerté. Pour quoi faire ?

— Pour qu'il me morde avec sa queue de serpent afin de contrer le poison qui me tue, sans me causer d'autres dommages, répondis-je de manière factuelle.

De toutes les réactions qu'il aurait pu avoir, je ne me serais jamais attendue à ce qu'il reste assis là à me dévisager, bouche bée, comme si un membre supplémentaire venait de me pousser sur le front.

— Tu es folle ! murmura Lyall avant de sembler se remettre de son choc. Son venin te tuera, pauvre idiote. Personne ne survit au venin de la queue de Ranael !

— Cela ne me tuera pas si je reçois la deuxième morsure après que son venin ait neutralisé mon poison, dis-je avec assurance. Je sais à quel point cela peut paraître fou. À vrai dire, j'ai pensé la même chose la première fois que j'ai entendu parler de la nature du seul remède auquel je pouvais espérer avoir accès pendant le temps qu'il me restait à vivre. Mais c'est la Tisseuse qui m'a envoyée. Elle m'a appris comment invoquer la protection de Ranael et les étapes à suivre pour atteindre mon objectif.

Son visage se ferma complètement. Il se pencha en arrière sur sa chaise, presque comme s'il avait besoin de mettre de la distance entre nous. Son regard se perdit dans le vague et il sembla plongé dans une profonde réflexion, comme s'il essayait de résoudre une énigme impossible. J'avais très envie de lui demander ce qui lui passait par la tête, mais je me tus.

Au bout de quelques instants, il reporta son attention sur moi.

— Pourquoi la Tisseuse t'aurait-elle envoyée dans cette mission impossible ? murmura-t-il.

Bien qu'il m'ait posé la question, cela ressemblait davantage à une réflexion à voix haute.

— Tu ne survivras pas, dit Lyall d'un ton neutre, dépourvu de toute malveillance ou moquerie. En fait, tu mourras probablement avant même d'atteindre le plateau. Et même si tu y parviens, Ranael te tuera, ou tu mourras de son venin. Le poison qui t'afflige se propage extrêmement rapidement. Même d'où je suis assis, je peux littéralement le voir se multiplier à l'intérieur de toi. Tu as encore dix jours de voyage devant toi. Mais il ne te reste plus que sept ou huit jours à vivre. À ce stade, te manger serait te faire une faveur.

— Tu mens ! criai-je, même si le désespoir m'envahissait.

Alors qu'auparavant, il m'avait délibérément taquinée et provoquée, cette fois-ci, je ne sentais aucune duperie de sa part.

— Je ne mens *jamais*, dit-il d'un ton neutre. Tu peux le sentir toi aussi. Le temps file, et il ne t'en reste plus beaucoup.

Mes épaules s'affaissèrent et je clignai des yeux pour endiguer les larmes qui me piquaient les yeux. Je n'étais pas prête à mourir. Outre le fait que j'étais trop jeune pour quitter déjà ce monde, je venais de rencontrer mon âme sœur. Je n'étais pas arrivée jusqu'ici pour échouer maintenant. Et pourquoi la Tisseuse aurait-elle accepté de me voir si j'étais une cause perdue ? Elle m'avait envoyée en mission parce qu'il existait une voie vers le succès, aussi mince fût-elle.

Et puis ça me frappa.

Je relevai brusquement la tête pour le regarder, un espoir impossible fleurissant dans mon cœur.

— Toi... tu pourrais m'aider ! Tu es doué avec le poison ! ajoutai-je rapidement lorsqu'il me dévisagea, perplexe.

Il eut un mouvement de recul et me regarda comme si j'étais folle.

— Pourquoi diable t'aiderais-je ?

— Parce que tu le peux ! Parce que c'est la bonne chose à faire ! répondis-je comme si cela allait de soi.

— Je suis un monstre, rétorqua-t-il d'un ton qui sous-entendait que cela aurait dû être évident. Je n'aide pas les gens. Je joue avec eux jusqu'à ce qu'ils deviennent fous, ou jusqu'à ce que je finisse par m'en lasser. Et ensuite, je les mange habituellement.

Je soutins son regard pendant quelques secondes, puis un étrange sentiment de paix m'envahit.

— Non, Lyall, dis-je d'une voix calme mais assurée. Tu es un doppelgänger. Être un monstre est un choix. Tu peux choisir d'être bon.

Il souffla avec mépris, son expression ne laissant aucun doute sur le fait qu'il pensait que ma maladie affectait mon raisonnement.

— Pourquoi le ferais-je ? Il n'y a aucun plaisir à cela. La peur et la douleur ont le goût du nectar des dieux.

— Tout comme le bonheur, objectai-je.

Il fit un geste dédaigneux.

— Le bonheur est trop difficile à obtenir. Les mortels sont masochistes. Même lorsqu'on leur offre une vie idyllique, ils s'en détournent et cherchent le chemin de la tristesse et des épreuves.

— Les gens font de mauvais choix, mais cela ne signifie pas pour autant qu'ils recherchent la souffrance, rétorquai-je. Plus quelque chose est difficile à obtenir, plus cela en vaut la peine. Quel intérêt y a-t-il à se contenter tout le temps du fruit le plus facile à cueillir ?

— Parce que courir après un fruit hors de portée signifie

qu'il y a une forte probabilité que tu ne puisses jamais l'atteindre, répliqua Lyall. Et en supposant que tu finisses par y parvenir, il sera soit trop mûr, soit tombé tout seul pour pourrir à tes pieds. Mais pour le moment, j'ai vraiment envie de te faire mal alors que tu es encore parfaite pour être moissonnée.

Je ne savais pas comment réagir ou répondre à ces paroles. Il était sincère. Son côté sombre avait soif de libérer la violence qui l'habitait. Et pourtant, je n'avais pas peur. Du moins, pas qu'il me fasse du mal. De la même manière qu'une connexion presque immédiate s'était formée avec Rémus peu après notre rencontre, je ressentais quelque chose de similaire, bien que différent, avec Lyall.

Cela n'avait aucun sens.

Avant que je ne puisse trouver une réponse, Lyall se raidit soudainement. Il tourna légèrement la tête vers la droite et son regard se perdit dans le vague. Au début, je pensais qu'il essayait d'écouter quelque chose qui dépassait mon ouïe humaine. Puis ses pupilles verticales se dilatèrent, et je compris qu'il visualisait quelque chose dans son esprit. Quelques instants plus tard, il reporta son attention sur moi, le visage presque impassible, mais une pointe de colère avait refait surface. Ses pupilles se rétrécirent à nouveau, et la rougeur de ses yeux, qui envahissait toute sa sclérotique, sembla prendre une teinte plus sombre et plus inquiétante.

— Ton toutou te cherche, dit-il d'un ton neutre.

Je me redressai et me serais penchée en avant si la force magique qui me maintenait clouée à ma chaise ne m'en avait pas empêchée.

— Rémus est là ?!

— Mmhmm, répondit-il, le visage d'abord impénétrable, avant qu'un sourire malveillant ne se dessine sur ses lèvres. Le cabot joue à mon jeu. Il a beau chercher, il ne te trouvera jamais sans mon consentement. En fait, je pense que je vais d'abord me régaler de lui.

— Non ! Laisse-le partir ! Il ne représente aucune menace pour toi ! m'écriai-je.

— Je le sais bien, dit-il avec dédain. Mais j'ai faim.

— Alors mange-moi ! Comme tu l'as dit, je ne m'en sortirai pas de toute façon. Mais il a toute sa vie devant lui. S'il te plaît, laisse-le tranquille.

Une fois de plus, mes paroles le mirent en colère. Même si une petite voix dans ma tête me disait que je n'avais rien à craindre de Lyall, je me collai contre le dossier de ma chaise lorsqu'il se rua vers moi. Les deux mains posées sur les accoudoirs de ma chaise, les ongles transformés en griffes effroyablement longues, il arrêta son visage à quelques centimètres du mien.

— Tu ne le connais même pas, et pourtant tu serais prête à mourir pour lui ?! siffla-t-il.

Je déglutis péniblement, mais relevai le menton avec défi.

— Oui, je le ferais, répondis-je en soutenant son regard sans ciller. Il a pris un risque énorme pour moi alors que personne d'autre ne voulait le faire. Ma survie a toujours été incertaine. Mais au moins, il a essayé, et pendant un moment, il m'a donné de l'espoir alors qu'il n'y en avait plus. Donc si je dois mourir, je le ferai volontiers pour lui. Mais je refuse d'être la cause de sa mort.

Le coin droit de sa lèvre supérieure se retroussa en un rictus. Un million de pensées différentes traversèrent son visage surnaturel tandis qu'il me fixait avec colère.

— Tu penses que c'est lui *ou* toi, dit-il d'une voix mielleuse.

— Tu ne peux pas nous manger tous les deux ! m'écriai-je, sidérée.

— D'après qui ? rétorqua-t-il d'un ton moqueur.

— S'il te plaît, Lyall, laisse-le partir, suppliai-je.

À ma grande surprise, la teinte rouge de ses yeux changea, prenant une légère nuance bleu-rouge. Un ronronnement prolongé vibra dans sa gorge. Une expression sensuelle envahit son visage, et ses yeux se posèrent sur mes lèvres.

— J'adore la façon dont tu me supplies. Supplie-moi encore, Amara, murmura-t-il.

J'ouvris la bouche pour lui dire d'aller se faire foutre, mais au lieu de cela, je me surpris à obéir.

— S'il te plaît, Lyall. Je t'en supplie, murmurai-je.

Son ronronnement résonna encore plus fort. Sa lèvre supérieure frémit, comme s'il luttait contre l'envie de montrer ses crocs. Je compris qu'il ne savait pas s'il voulait m'embrasser ou me mordre.

— Je devrais simplement te garder, songea-t-il à voix haute.

Même si je ne croyais pas qu'il avait prononcé ces mots pour moi, je répondis quand même.

— Tu ne peux pas me garder. Je suis en train de mourir, tu te souviens ?

Son regard remonta vers le mien, et il me fixa avec une intensité qui me fit me sentir nue et exposée.

— Je peux te garder en vie, dit-il d'un ton neutre.

Mon cœur bondit.

— Tu peux me guérir !

Il secoua la tête.

— Je n'ai pas dit ça. J'ai seulement dit que je pouvais te garder en vie. Je peux contrer le poison qui se propage en toi.

— Bon sang ! Pourquoi ne l'as-tu pas dit plus tôt ? Je t'achèterai ce remède !

Il s'ébroua et secoua la tête.

— Non, pauvre sotte. Ce n'est pas quelque chose qui s'achète, dit-il avant d'exposer ses crocs acérés et de passer lentement sa langue sur celui de droite. Je devrai te mordre, probablement une ou deux fois par semaine.

Mes épaules s'affaissèrent alors que l'étincelle d'espoir s'éteignait. Un grognement de colère vibra dans la poitrine de Lyall, me faisant sursauter.

— Pourquoi es-tu triste ? Tu ne veux pas vivre ? Je t'offre une solution, siffla-t-il.

— Mais ce n'est pas vivre, rétorquai-je d'une voix douce. Si j'acceptais, je vivrais en fait dans l'incertitude et serais entièrement à ta merci. Tu pourrais refuser de me mordre pour me punir chaque fois que je te déplais ou pour me contraindre à me plier à toutes tes exigences.

— Je suis peut-être un monstre, mais pas ce genre de monstre, grogna-t-il. Je peux te rendre heureuse, Amara. Je peux être tout ce que tu veux, quand tu veux. Même ce cabot que tu aimes tant.

Sans voix, je le fixai avec incrédulité tandis que ses traits semblaient fondre comme de la cire sous une chaleur intense. Simultanément, les rayures en forme d'éclair sous sa peau brillèrent avec une grande intensité, m'aveuglant pendant une fraction de seconde. Je clignai deux fois des yeux, puis hoquetai lorsque je me retrouvai face aux yeux dorés bien-aimés de Rémus.

— Rémus, murmurai-je.

Mon esprit savait pertinemment que ce n'était pas vrai, mais mes yeux voulaient désespérément croire à cette illusion. Il se pencha pour m'embrasser. Chaque fibre de mon être voulait le rencontrer à mi-chemin pour lui rendre son baiser, mais quelques secondes avant que nos lèvres ne se touchent, je parvins à détourner le visage. Il s'arrêta à quelques centimètres de ma joue.

— S'il te plaît, ne fais pas ça, murmurai-je.

Il siffla de colère et me montra les dents.

— Qu'est-ce qu'il a de plus que moi, bordel ? s'écria Lyall. Je serais un meilleur guérisseur et protecteur que ce cabot malade ne pourra jamais l'être !

— C'est ma Flamme Jumelle ! m'écriai-je comme si cela allait de soi. Je ne suis pas la femme qui t'est destinée. Ton âme sœur est quelque part ailleurs.

Il s'ébroua avec dégoût et s'éloigna de moi, se redressant alors qu'il reprenait sa forme naturelle.

— Je suis un monstre, dit-il avec autodérision.

— Par choix, pas par nature, rétorquai-je. Il y a quelque chose de beau en toi. Cela transparaît chaque fois que tu mets ta colère de côté.

— Les flatteries ne marchent pas avec moi, humaine, dit-il d'un ton sévère.

— Je ne mens jamais, répondis-je, reprenant ses propres mots.

— Vraiment ?

À ma grande surprise, il saisit mon poignet avec colère et enfonça ses crocs dans la partie intérieure. Je poussai un cri sous l'effet de la douleur aiguë. Puis un bonheur liquide envahit mes veines lorsqu'il commença à boire mon sang. Il ne se gavait pas, mais buvait à petites gorgées. À travers le brouillard d'euphorie provoqué par ce qu'il m'avait injecté, je contemplai avec émerveillement sa beauté divine. Ses yeux avaient complètement perdu leur couleur rouge et arboraient désormais la plus belle nuance de violet. Une lumière envoûtante émanait des éclairs sous sa peau. Ils semblaient onduler légèrement, le baignant d'un halo apaisant. Derrière lui, deux faisceaux de lumière jaillirent de son dos, formant vaguement la silhouette d'une paire d'ailes éthérées gigantesques.

Il n'est pas un doppelgänger.

Quoi qu'il fût, il possédait sans aucun doute du sang divin. Était-il le descendant d'un ange déchu ? Ou l'enfant hybride d'un doppelgänger et d'un ange ? Mais alors même que ces pensées fusaient dans mon esprit, je réalisai qu'il ne se nourrissait pas réellement en buvant mon sang. Lyall pillait mes souvenirs.

Je ne savais pas combien de temps s'était écoulé. Cela pouvait être quelques secondes ou plusieurs heures. Je flottais dans un état de béatitude trop profond pour me soucier d'un concept aussi insignifiant. Lyall retira ses crocs de mon poignet et lécha les blessures. Fascinée, je les regardai se refermer en un clin d'œil.

Lyall se redressa et se tint debout, me dominant de toute sa hauteur. Mon cœur se serra en voyant la profonde tristesse et la résignation sur son beau visage, tandis que la lueur angélique qui l'entourait s'estompait. Qu'avait-il vu pour être aussi abattu ?

— Deux morsures... murmura-t-il. La Tisseuse et ses fichus jeux d'esprit...

— Quoi ? demandai-je, perplexe.

— Réfléchis bien à ses paroles, dit Lyall d'un ton mystérieux. Elles ne signifient pas ce que tu penses.

— Que veux-tu dire ? insistai-je.

Il me fixa silencieusement pendant un moment, comme s'il réfléchissait à la réponse à donner, avant de secouer la tête.

— Il est temps pour moi d'aller voir ton cabot, dit-il enfin.

— Je t'en prie, ne lui fais pas de mal !

La colère s'empara à nouveau de lui. À ma grande surprise, il m'agrippa les cheveux à la nuque et m'embrassa brutalement. Cela dura moins d'une seconde et ressemblait davantage à une punition qu'à une tentative de séduction. Son visage à quelques centimètres du mien, il me fixa du regard, ses yeux rouges de colère ne laissant aucun doute sur son état d'esprit actuel.

— Le sort du cabot dépend de lui, grogna-t-il. Prie pour qu'il fasse le bon choix.

— Qu'est-ce que cela signifie ?

Il ne répondit pas. Il relâcha mes cheveux puis sortit résolument de la maison, me laissant seule, confuse et désemparée.

CHAPITRE 10
RÉMUS

Alors que je retournais en courant vers le chemin, j'utilisai toutes les techniques de relaxation que j'avais développées au fil des ans pour m'aider à maîtriser mon côté sauvage à l'approche de la pleine lune. Mon sang bouillonnait encore d'une soif de tuer. Même si je ne craignais pas de faire du mal à ma conjointe, je ne voulais pas qu'elle voie ce côté déchainé de ma personnalité. Du moins, pas si tôt dans notre relation.

Elle me faisait confiance, cela ne faisait aucun doute. Elle éprouvait également beaucoup d'affection pour moi. Je voulais que cela se transforme en un amour profond et éternel. Avec tous les défis auxquels nous étions confrontés en ce moment, la dernière chose dont nous avions besoin était qu'elle ne se sente pas en sécurité en ma présence.

Je bondis hors des bois sur le chemin, courant à quatre pattes sous ma forme de loup. J'aurais préféré la rejoindre sous ma forme humaine, mais je ne courais pas aussi vite ainsi. Curieusement, je me sentais aussi gêné à l'idée de courir nu devant elle. Cela n'avait absolument aucun sens étant donné que la nudité était normale chez les Lycans. De plus, je pouvais honnêtement dire que j'avais un très beau corps. Cette timidité soudaine était donc complètement irrationnelle.

Mais alors que je courais sur le chemin, ces pensées vagabondes s'estompèrent rapidement de mon esprit. À présent, j'aurais dû soit entendre le bruit de nos chevaux galopant au loin, soit au moins apercevoir sa silhouette devant moi. Certes, j'avais poursuivi les Aegarims assez loin dans la forêt. Mais je n'étais pas parti depuis si longtemps que ma conjointe aurait pu parcourir une telle distance, même en poussant les chevaux à leur maximum.

Mon estomac se noua d'un sentiment de malaise et je redoublai d'ardeur dans ma course. Le silence complet alimentait encore davantage ma panique grandissante. Les mystificateurs et les esprits maléfiques ne chanteraient pas pour moi, car mon sang était un poison pour eux. Mais j'aurais dû entendre leurs murmures à ma femme si elle était à portée.

La bile me monta à la gorge à l'idée qu'une autre meute d'Aegarims avait pu se tapir encore plus loin devant nous. Cela n'aurait pas dû être le cas, car ces bêtes chassaient sur un vaste territoire qu'elles défendaient farouchement contre les autres meutes.

Mais cette meute comptait beaucoup plus de membres que d'habitude.

Je n'aurais pas dû la laisser. J'avais été imprudent et arrogant de penser qu'elle serait en sécurité, car je pouvais facilement éliminer la menace. Si quelque chose lui était arrivé à cause de ma négligence...

Mon sang se glaça dans mes veines et je hurlai de désespoir lorsque je remarquai enfin les empreintes d'Amara sur la terre battue, là où elle était descendue de cheval. Mais ce fut la présence d'une deuxième série d'empreintes qui me détruisit véritablement. Quelque chose, ou plutôt quelqu'un, était sorti des bois et s'était engagé sur le chemin.

Rien de bon ne pouvait traverser en toute sécurité la Forêt Hantée.

Pire encore, je ne pouvais détecter aucune odeur qui aurait pu m'aider à identifier l'intrus. Tout ce que je percevais, c'était l'odeur d'Amara et celle de nos chevaux. Mon esprit s'emballa tandis que je passais en revue mentalement le nombre limité de créatures que je connaissais qui ne possédaient aucune odeur ou qui excellaient à la masquer suffisamment pour la rendre presque impossible à détecter. Toutes étaient redoutables.

Je me précipitai dans la forêt, suivant ce qui restait de l'odeur distinctive de ma femme. Traverser ces bois maudits me donnait toujours l'impression de plonger dans un concentré de malveillance. À ma grande consternation, je ne vis aucune trace des sabots des chevaux ni des pas de ma conjointe sur le sol. Une partie de moi commença à se demander si je n'étais pas victime d'une illusion qui me faisait croire que je suivais réellement son odeur. Mais je ne sentais aucune magie m'affecter directement.

La créature qui l'avait enlevée peut-elle avoir des ailes et voler à faible altitude ?

Sans ralentir, je levai les yeux vers les arbres au-dessus de moi. Il n'y avait aucun signe de branches cassées ou abîmées qui auraient pu indiquer qu'un gros animal ait volé à travers elles. Chaque branche était si épaisse et si longue qu'elles formaient presque une voûte au-dessus de ma tête. Seules les petites créatures pouvaient voler sans risquer de s'écraser contre l'une d'elles.

Puis son parfum disparut complètement.

Je m'arrêtai net et reniflai l'air en vain. Le cœur battant, je rebroussai chemin jusqu'à ce que je retrouve son parfum. À ma grande consternation, il me conduisait désormais dans une direction complètement différente de celle que j'avais suivie. Cinq ou dix minutes plus tard – je n'aurais su le dire avec exactitude car le temps semblait avoir perdu tout son sens – la même chose se reproduisit. La rage, la confusion et un désespoir grandissant me comprimèrent la poitrine au point que je pouvais à peine respirer. Je revins sur mes pas jusqu'à ce que je retrouve sa trace, qui partait une fois de plus dans une autre direction.

À ce moment-là, je ne doutai plus d'être pris au piège dans une sorte d'illusion. La question était de savoir de quel type. Comme je ne percevais toujours aucune magie employée contre moi, je ne pouvais que supposer que j'étais soit contrôlé physiquement par une créature ou une plante, soit qu'un puissant mystificateur avait pris le contrôle de moi.

Étais-je en train de me déplacer dans le monde réel ou restais-je immobile comme une statue ? Étais-je enveloppé dans le cocon d'une créature maléfique ? Une bête était-elle en train de me dévorer vivant alors que j'errais sans but dans ce cauchemar ?

Quoi qu'il en soit, je devais continuer à avancer. Céder au désespoir allait garantir ma mort et celle de ma conjointe. Ne serait-ce que pour elle, je ne pouvais pas échouer.

Je repris ma forme humaine avant de grimper à l'un des arbres pour avoir une meilleure vue d'ensemble de mon environnement. Abasourdi, j'aperçus au loin ce qui semblait être une confortable maison en bois. La légère fumée qui s'élevait de la cheminée indiquait qu'un feu brûlait à l'intérieur.

Cette maison ne devrait pas exister.

Tous mes instincts me disaient qu'il s'agissait d'un appât destiné à m'attirer dans un piège. Mais je n'avais pas d'autre choix. Je sautai de la branche sur laquelle j'étais perché avec l'intention de reprendre ma forme de loup pour courir vers ma nouvelle destination. Cependant, dès que je touchai le sol, une douleur aiguë me transperça l'arrière de la jambe. Je trébuchai en avant. Juste au moment où j'allais retrouver mon équilibre, des vignes épineuses s'enroulèrent autour de ma jambe et la tirèrent vers l'arrière. Le sol se précipita vers moi et je parvins à peine à jeter les mains devant moi pour éviter de tomber face contre terre.

Une souffrance atroce poignardait chaque centimètre de mon corps tandis que les lianes continuaient à s'enrouler autour de moi comme un boa constrictor, leurs innombrables épines acérées m'injectant de leur venin paralysant.

Je n'arrivais pas à croire qu'un Arraphilon m'ait attaqué. Ces créatures misérables ressemblaient à des mille-pattes de quatre mètres de long dont le corps cylindrique ressemblait à une branche épineuse recouverte de feuilles. Le haut de leur corps comportait quelques membres supplémentaires qui pouvaient presque passer pour deux paires de bras sans mains. Ils n'avaient pas d'yeux à proprement parler, ni même quoi que ce soit qui puisse être considéré comme un visage. Sans la série de cornes autour de leur tête, celle-ci aurait pu appartenir à une lamproie avec sa bouche circulaire remplie de dents acérées.

La plupart des gens n'auraient pas remarqué la présence de cette créature, car elle restait généralement allongée sur le sol, souvent au pied d'un arbre. Elle restait à l'affût, enveloppée de manière à ressembler à un tas de feuilles mortes ou à de la végétation aléatoire dans les sous-bois. Dans mon désespoir de rejoindre ma femme, j'avais négligé de prêter davantage attention à mon environnement.

Cela étant, cette créature n'aurait jamais dû m'attaquer. Elle pouvait sentir la toxine en moi. Et pourtant, elle continuait à me piquer avec ses épines et me donna même quelques morsures dans son impatience à se nourrir. Je ne gaspillai pas mon temps et mon énergie à essayer de la combattre sous ma forme humaine. Bien que l'Arraphilon et moi possédions une force comparable – la mienne probablement un peu supérieure – ses épines allaient m'infliger beaucoup trop de blessures et son venin paralysant allait me ralentir si je tentais de poursuivre ce combat ainsi.

Au lieu de cela, je me transformai immédiatement en loup. Non seulement ma fourrure m'offrait une protection non négligeable contre les épines, mais je me régénérais aussi plus rapidement sous cette forme. En outre, ma taille plus imposante augmentait la difficulté pour cette créature de me contraindre ou de me broyer. Comme je m'y attendais, l'Arraphilon relâcha rapidement son étreinte pour éviter d'être déchiqueté par ma circonférence nettement plus large.

Je lui décochai un coup de griffe, le coupant en deux. Le cri strident de la créature me blessa les oreilles. Sous l'effet de la douleur et du choc, l'Arraphilon me relâcha pendant quelques secondes, ce qui me suffit pour échapper à son étreinte. Cependant, la créature n'était pas du genre à se laisser vaincre aussi facilement. Les deux moitiés se tortillèrent encore un instant sur le sol avant de se lancer à ma poursuite.

Ma peau fourmillait sous l'effet paralysant des toxines de mon agresseur. Heureusement, elles n'étaient pas assez puissantes pour vraiment me gêner ou me neutraliser. Mais une exposition prolongée à une plus grande quantité allait finir par me mettre en position de vulnérabilité.

À ma grande consternation, le sol se mit à grouiller tout autour de moi et de nombreux autres Arraphilons émergèrent de leur cachette et passèrent à l'action. Je me maudis intérieurement de m'être laissé piéger ainsi. Certes, même avec mon odorat très développé, il était extrêmement difficile de détecter leur présence, car leur odeur se confondait avec celle des autres plantes et végétaux de la forêt. Le fait que la plupart des créatures ne s'intéressaient pas à moi en raison de mon état m'avait également rendu un peu négligent et trop confiant quant à ma propre sécurité lorsque je m'aventurais dans des endroits dangereux.

Deux de ces satanés monstres bondirent sur moi, l'un d'eux atterrissant sur mon dos. Je sautai, me contorsionnant dans les airs tout en lui donnant des coups de patte pour l'empêcher de s'enrouler autour de moi. Bien que je ne l'aie pas coupé en deux, je parvins à lui infliger une longue entaille sur un tiers de son corps, ce qui suffit à le faire tomber et se tordre de douleur.

Grâce à quelques sauts et manœuvres d'évitement, j'esquivai les autres assaillants. Cependant, cela n'allait pas fonctionner longtemps. Avec autant d'entre eux à mes trousses, l'effet combiné de leur venin paralysant allait garantir ma mort.

Je les tailladai et lacérai, serrant les dents malgré la douleur des morsures qu'ils parvenaient à me porter. Bien que leur attaque n'ait aucun sens, ils allaient devoir ingérer trop de mon sang ou de ma chair avant que mes toxines ne les tuent. À ce moment-là, il allait être trop tard pour moi. J'aurais eu besoin de feu pour les éliminer tous d'un seul coup.

Alors même que je commençais à faiblir, une idée fusa soudain dans mon esprit. Je bifurquai vers l'est, courant aussi vite que possible tout en repoussant mes poursuivants. Pendant que je cherchais ma conjointe, je me souvins avoir vu un champ de morilles amères. À moins de trente mètres de mon salut, une douleur aiguë dans ma jambe droite me fit perdre pied. Un Arraphilon m'avait sauvagement mordu le tendon d'Achille, et j'eus l'impression d'avoir été frappé par la foudre à cet endroit. Je m'écrasai lourdement au sol tandis que mon agresseur utilisait ses membres antérieurs pour grimper sur moi.

Tirant parti de mon élan, je roulai sur moi-même pour me remettre sur mes pattes. Ma jambe droite ne répondait pas complètement, mais je n'y prêtai pas attention. J'attrapai la créature qui rampait sur moi avec ma patte avant et la poignardai violemment de mes griffes. Cette fois, je n'essayai pas de la couper en deux, mais je l'arrachai de sur moi. Je criai de douleur lorsque ses épines me déchiquetèrent et jetai la créature de toutes mes forces dans le champ de morilles amères. Elle atterrit avec une telle force au milieu de ces dernières qu'elle en écrasa quelques-unes. Les morilles crachèrent leurs spores toxiques et l'Arraphilon poussa un hurlement de douleur. Il tenta de s'éloigner en rampant, mais il ne parvint à franchir que quelques centimètres avant de se mettre à se tordre de douleur, ses épines tombant au sol et ses feuilles noircissant et se flétrissant.

Un deuxième Arraphilon se rua vers ma gorge, mais je l'attrapai avec ma gueule et le balançai dans la même direction que son compagnon déchu. En quelques secondes, il connut le même sort horrible. Je me rapprochai à moitié en courant, à moitié en boitant, du champ de morilles, mais pas assez pour que leurs spores m'affectent, et je me tournai vers les autres créatures qui me poursuivaient. À ma grande surprise, elles avaient toutes disparu.

Tout comme ma douleur.

Au lieu de cela, je dévisageais un beau doppelgänger qui se tenait à moins de dix mètres de moi. Il était appuyé sur ses avant-bras contre le cadre de la porte d'une charmante cabane en bois et en briques. Des protections magiques complexes, comme je n'en avais jamais vu auparavant, ornaient l'entrée de l'habitation. Je n'avais pas besoin d'être un arcaniste pour savoir qu'elles étaient suffisamment puissantes pour tenir à distance les créatures maléfiques qui hantaient ces bois.

Elle n'aurait pas dû être là. Lorsque j'avais observé la forêt depuis la branche d'un arbre, la cabane se trouvait dans une autre direction et à une distance bien plus grande que celle que j'avais parcourue en fuyant les créatures qui me pourchassaient.

— Pas mal, cabot, dit le doppelgänger d'un ton moqueur. Tu sais faire preuve de créativité et tu as une bonne perception de la situation.

Je me redressai en reprenant ma forme humaine.

— Où est-elle ? demandai-je en guise de réponse, sans me soucier de ma nudité. Si tu lui as fait du mal...

— Alors quoi ? m'interrompit-il d'un ton provocateur. Que feras-tu ? Ou plutôt, que peux-tu faire contre quelqu'un comme moi ?

Je le fusillai du regard, cherchant une réponse appropriée, mais échouant lamentablement. Les Lycans étaient naturellement immunisés contre de nombreuses formes de contrôle mental, plus encore lorsqu'ils bénéficiaient de la protection d'un talisman comme celui que je portais. La facilité avec laquelle il m'avait plongé dans cette illusion sans que je m'en rende compte dès que j'y étais entré me sidérait.

Si les stries lumineuses sous sa peau le trahissaient claire-ment comme étant un doppelgänger, il ne ressemblait à aucun de ceux que j'avais vus ou dont j'avais entendu parler auparavant. Ceux-ci avaient généralement une peau très pâle, grisâtre ou blanc cassé. Les stries étaient également plus fines et plus discrètes. De loin, on aurait pu les confondre avec de vieilles cicatrices. Sa peau était d'une fascinante teinte bleu poudre. Ses stries étaient beaucoup plus prononcées et semblaient pulser d'une lumière intérieure. Contrairement aux autres membres de son espèce, il n'avait pas les yeux gris orageux. Les siens étaient entièrement rouges, y compris la sclérotique, avec des pupilles verticales comme celles d'un reptile.

Même de là où je me tenais, je pouvais sentir la puissante magie qui tourbillonnait autour de lui. Ce n'était pas un simple doppelgänger, mais quelque chose de bien plus puissant et mortel.

— C'est drôle que tu te soucies maintenant de son bien-être alors que tu l'as abandonnée avec désinvolture, songea-t-il à voix haute avant que je ne puisse trouver une réplique appropriée – non pas que j'en avais une, d'ailleurs.

Mais ces mots me firent l'effet d'une gifle. Ils me piquèrent d'autant plus que je m'étais déjà fait le même reproche.

— Je ne l'ai pas abandonnée, dis-je d'un ton cinglant. Je la protégeais d'une meute d'Aegarims. En restant sur le chemin, elle aurait dû être en sécurité pendant que je les éloignais.

— De toute évidence, rester sur le chemin ne l'a pas proté-gée, rétorqua-t-il d'un ton moqueur.

— Tu n'aurais pas dû être là ! crachai-je avec colère. Les gens de ton espèce ne s'aventurent pas dans ces contrées.

— Et pourtant, me voilà, répondit-il en écartant les bras et en avançant de quelques pas vers moi, le visage durci. Tu avais une mission, et tu as complètement échoué. À quoi sers-tu ?

Je tressaillis, ses paroles me blessant profondément. Je dus faire appel à toute ma volonté pour ne pas riposter à sa provocation. Il essayait clairement de m'énerver, sans doute pour me pousser à l'attaquer afin de pouvoir me tuer. Certes, les êtres de son espèce n'avaient pas besoin d'excuse pour ôter la vie, mais ils adoraient manipuler et jouer avec l'esprit de leurs proies avant de se régaler de leur chair.

— Où est-elle ? répétai-je d'une voix maîtrisée, malgré la colère et l'inquiétude qui me nouaient les tripes. Je ne sens pas son odeur.

Il haussa les épaules.

— Pas très loin.

— Emmène-moi à elle, exigeai-je.

Il haussa un sourcil, de la même teinte bleu blanchâtre que ses longs cheveux ondulés, d'une manière qui suggérait que j'étais un peu trop arrogant.

— Non, répondit-il simplement.

Je tentai de me ruer vers la cabane à la recherche d'Amara mais restai complètement paralysé.

— C'est quoi ce bordel ?! murmurai-je entre mes dents.

Il s'ébroua et secoua la tête.

— Sérieusement ? demanda-t-il, comme s'il était déçu par ma stupidité.

— Qui es-tu ? Et qu'est-ce que tu es ? demandai-je, détestant me sentir aussi impuissant.

— Je m'appelle Lyall, et je suis un doppelgänger, répondit-il d'un ton neutre.

Je secouai la tête, la seule chose sur laquelle j'avais apparemment encore le contrôle.

— Tu es bien plus que ça. Les doppelgängers n'ont pas le genre de capacités que tu démontres actuellement et ne sont certainement pas aussi puissants. C'est une autre illusion, n'est-ce pas ?

Il se contenta de sourire sans répondre. Son espèce ne mentait pas. Chaque mot qu'ils prononçaient était soit la vérité, soit ce qu'ils croyaient sincèrement être la vérité. S'ils ne voulaient pas révéler quelque chose, ils tournaient autour du pot ou jouaient avec les mots pour nous embrouiller. Ils aimaient particulièrement formuler les choses de manière à nous induire délibérément en erreur si elles étaient mal interprétées, ce qui était souvent le cas.

— Je veux voir Amara, finis-je par dire, agacé par le silence qui s'éternisait.

— Ce que tu veux n'a aucune importance, répondit Lyall avec mépris. Tu as perdu tous tes droits dès l'instant où tu as permis qu'elle soit capturée.

— Je n'ai pas *permis* qu'elle soit capturée. Quelqu'un comme toi n'aurait jamais dû être ici, répétai-je.

— Tu as raison. Et je n'aurais pas été ici si tu n'avais pas laissé courir la rumeur au sujet de ta mission. Techniquement, c'est toi qui m'as attiré ici.

— Quoi ?! Comment t'ai-je attiré ici ? demandai-je, abasourdi. Amara et moi sommes tous deux empoisonnés. Les prédateurs sensibles nous évitent, car nous manger leur causerait un grand tort, voire les tuerait. Alors pourquoi venir spéciale-ment pour nous ?

— Parce qu'elle est spéciale, tout comme son sang, a répondu Lyall d'un ton neutre.

Je me sentis pâlir et mon sang se glaça.

— Que lui as-tu fait ? Dis-moi que tu ne lui as pas fait de mal, s'il te plaît.

Il s'ébroua.

— Je ne lui ai rien fait... pour l'instant.

— Je t'en prie, laisse-la partir. Il y a de bien meilleures proies ailleurs.

— Oui, mais je ne les veux pas, répondit Lyall d'un ton mystérieux.

— Alors que *veux*-tu ? Dis-moi ton prix.

Il pencha la tête sur le côté et m'examina comme si j'étais une sorte d'anomalie.

— Qu'est-ce qui te fait croire que je n'ai pas déjà ce que je veux ? Vous êtes tous les deux à ma merci.

Je secouai la tête.

— Tu n'as pas besoin de nous deux, dis-je avec conviction. Ta race ne se gave pas et ne gaspille pas la nourriture. Mon sang est plus rare que le sien. Te nourrir de moi te rendra plus puissant. Si tu dois choisir l'un de nous deux, alors prends-moi et libère-la.

Il plissa les yeux en me regardant, leur rougeur prenant une teinte plus vive qui le rendait encore plus effrayant.

— Te prendre à la place ? demanda-t-il d'un ton menaçant.

— Oui. Mais après avoir accompli ma mission, ajoutai-je.

À en juger par la façon dont il me fixa, bouche bée, mes paroles l'avaient réellement choqué. Je pouvais comprendre pourquoi. Il éclata de rire. Le son ample et guttural résonna bruyamment dans la forêt anormalement calme qui nous entourait.

Il secoua la tête d'un air totalement incrédule.

— Tu es soit extrêmement stupide, soit gravement déficient mentalement si tu penses que moi ou quiconque te tenant à sa merci accepterait une telle chose.

— Je vais faire un serment de sang promettant de revenir une fois la mission accomplie, quel qu'en soit le résultat final. Les jours d'Amara sont comptés. Je dois l'emmener sur le plateau pendant qu'il est encore temps. Il ne reste que quelques jours. Je m'engage à revenir.

À ma grande surprise, mes paroles semblèrent le mettre en colère.

— Tu donnerais ta vie pour une femme mourante que tu

connais à peine ? Te crois-tu si spécial que tu penses pouvoir survivre à un tel périple ? Penses-tu vraiment que c'est *toi* qui es destiné à la protéger ?

— Je ne me considère pas comme particulièrement spécial, répondis-je prudemment, déconcerté par sa rage irrationnelle. Mais je suis déterminé à aller jusqu'au bout. Amara est ma Flamme Jumelle. Je ferai tout pour la sauver.

— Tu ne l'aimes même pas ! grogna-t-il, augmentant encore ma confusion face à sa réaction étrange.

— Tu as raison. Je ne suis pas amoureux d'elle... pour l'instant. Mais je tiens profondément à Amara. Mes réactions physiologiques à son égard ont peut-être été le déclencheur initial, mais les derniers jours passés en sa compagnie m'ont suffi pour comprendre que nous sommes bel et bien destinés l'un à l'autre et que je vais tomber follement amoureux d'elle. Je n'ai jamais rencontré une âme aussi extraordinaire de toute ma vie, ni une personne dont la simple présence me rend plus heureux.

À ma grande consternation, ses crocs descendirent et les griffes les plus longues et les plus acérées que j'avais jamais vues sortirent du bout de ses doigts. Compte tenu de la fureur avec laquelle Lyall me fixait, je pensais qu'il luttait contre l'envie de se jeter sur moi et de me mettre en pièces.

Mais qu'est-ce qui se passe, bordel ?

Après ce qui me parut être une éternité, Lyall sembla reprendre le contrôle de ses émotions. Même si ses crocs demeurèrent visibles, ses griffes reprirent une longueur plus normale. Elles restaient tout de même un peu pointues, mais pas aussi acérées qu'auparavant.

— Si tu tiens vraiment à elle, alors tu me la laisseras, dit-il d'un ton mystérieux, le regard intense.

J'eus un mouvement de recul, toutefois entravé par la paralysie qu'il continuait de m'imposer.

— Quoi ?

— Je peux la maintenir en vie, continua-t-il, les yeux rivés aux miens.

Mon cœur bondit. Les doppelgängers ne mentaient jamais. Pouvait-il vraiment aider à la sauver ?

— Tu peux la guérir ? demandai-je, l'espoir perceptible dans ma voix.

Il s'évanouit presque instantanément lorsque Lyall hésita avant de secouer la tête.

— Je ne peux pas la guérir, dit-il prudemment. Mais je peux neutraliser le poison chaque fois qu'il refait surface. Amara pourrait mener une vie longue et sûre. Tu ne peux pas en dire autant. Contrairement à toi, rien dans ces bois ou dans ces montagnes ne peut me nuire, ni à quiconque sous ma protection.

— Pas même Ranael ? le défiai-je.

Une fois de plus, il hésita. Il baissa les yeux pour réfléchir à sa réponse avant de me regarder à nouveau fixement.

— Ranael ne pourrait jamais m'atteindre à moins que je ne le permette, répondit-il finalement.

Je voulais en savoir plus, mais l'expression de son visage m'indiquait clairement que je n'obtiendrais aucune autre information sur l'issue potentielle d'une confrontation entre lui et le loup démon. De toute façon, c'était le cadet de mes soucis. Tout ce qui comptait, c'était ma conjointe.

— Tu dis que tu pourrais neutraliser le poison qui tue Amara. Et après ça ? Pourra-t-elle reprendre sa vie d'avant ? demandai-je.

— Non. Elle devra rester avec moi, répondit Lyall en soulevant le menton avec une subtile pointe de défi.

Une puissante vague de jalousie m'envahit, et soudain, tout devint clair. Cela expliquait sa colère chaque fois que je professais ma dévotion à la sauver et que nous étions des âmes sœurs. Le sourire presque malveillant qui s'étira sur ses lèvres lorsqu'il remarqua que j'avais enfin compris son intention de garder ma femme pour lui-même me mit en colère.

— Tu ne peux pas l'avoir ! grognai-je. Tu peux la convoiter, mais Amara est à moi ! C'est ma Flamme Jumelle, pas la tienne.

— Une Flamme Jumelle que tu laisses mourir, cracha-t-il en avançant vers moi de deux pas rageurs. Amara n'a plus que sept jours à vivre, huit au maximum. Tu n'arriveras jamais à Ranael à temps !

— Tu prétends te soucier d'elle, et pourtant tu nous retiens ici, nous retardant encore plus ? Pourquoi ne nous aides-tu pas plutôt ? lui criai-je en retour.

— Et te la livrer ? répondit-il d'un ton dédaigneux.

Ce fut mon tour de le regarder avec mépris.

— D'après ton commentaire précédent, je présume que tu as goûté son sang, ce qui t'a permis de découvrir à quel point elle est merveilleuse, tous ses souvenirs et toutes ses expériences passées. Et pourtant, tu la laisseras mourir si tu ne peux pas l'avoir ?

— Je suis le meilleur choix ! s'écria-t-il en frappant son torse nu de la main. Je peux être tout ce qu'elle veut ou tout ce dont elle a besoin.

— Tu peux être une *illusion* de ce qu'elle veut ! rétorquai-je. Le destin m'a choisi pour Amara. Ton âme sœur est une autre personne que tu rencontreras en temps voulu.

Lyall poussa un soupir méprisant, mais je ne ratai pas la lueur de douleur qui traversa son regard. À cet instant, une partie de ma colère envers lui fit place à un brin de compassion. Je ne savais pas ce qu'il était, mais je soupçonnais que, comme moi, il était un paria parmi ses pairs. La solitude coupait plus profondément que les paroles acérées de ceux qui nous rabaissaient.

— Si tu l'aimes, tu feras passer son bien-être avant le tien, dis-je d'un ton doux. Si Amara n'était pas ma Flamme Jumelle, je m'effacerais à contrecœur et te laisserais prendre soin d'elle. Mais le Destin nous a réunis. Personne ne pourra jamais l'aimer plus que moi, et vice versa.

— Comme si c'était vrai ! siffla Lyall. Tu t'accrocherais à elle, même au prix de sa vie, comme tu le fais en ce moment !

Je secouai la tête.

— Comme toi, je ne mens pas. Je ferai toujours passer le bonheur de ma conjointe avant le mien. En fait, je suspecte que tu as déjà fait la même proposition à Amara, et qu'elle l'a refusée. Sache que si elle avait accepté, j'aurais respecté ses souhaits, même s'ils étaient erronés.

— Et tu t'attends à ce que je croie à ces balivernes ?! rétorqua Lyall.

— La Tisseuse ne se trompe jamais, Lyall, dis-je calmement. Si tu étais la solution, elle aurait envoyé Amara vers *toi*, pas vers *moi*.

À ma grande surprise, Lyall poussa un grognement sauvage et se jeta sur moi. Paralysé, je restai impuissant tandis qu'il m'agrippait douloureusement les cheveux à la nuque. Il me tira brutalement la tête en arrière et enfonça ses crocs dans mon cou exposé. Je hoquetai sous l'effet de la douleur aiguë. Je savais que son peuple possédait un venin qui engourdissait le point de ponction et pouvait même plonger sa victime dans un état d'euphorie qui l'encourageait à se soumettre tout en laissant ses pensées et ses souvenirs les plus profonds être pillés.

Il ne m'accorda pas cette courtoisie.

Il voulait me faire du mal et il y parvenait très bien. Mais je ne pouvais pas le détester pour cela. La morsure d'un doppelgänger leur permettait de connaître une personne encore plus intimement qu'elle ne se connaissait elle-même. C'était comme avoir passé toute une vie avec cette personne. Ses sentiments pour Amara n'étaient pas superficiels. Si j'étais déjà aussi fou de ma femme après avoir passé seulement quelques jours à ses côtés, je ne pouvais qu'imaginer à quel point son affection pour Amara devait être plus puissante après avoir partagé une connexion aussi profonde avec elle.

Je sifflai lorsqu'il retira brutalement ses crocs de mon cou, déchirant une partie de ma peau au passage. Il recula de quelques pas, me fixant d'un regard furieux, proche de la haine. Et pourtant, je n'en remarquai pas moins la douleur, la tristesse et même la résignation dans ses yeux. Une fois de plus, il sembla lutter contre lui-même pour ne pas céder à ses pulsions primitives et violentes.

— Je pourrais te tuer, ici et maintenant, et rendre toute cette discussion caduque, dit-il d'une voix dangereusement grave.

Je déglutis péniblement, ce mouvement me faisant ressentir une vive douleur dans mon cou. J'ignorai le filet de sang qui s'écoulait de ma blessure et acquiesçai lentement.

— Tu pourrais le faire, et je ne pourrais évidemment pas t'en empêcher. Mais si tu le fais, Amara le saura, et elle ne te le pardonnera jamais, dis-je d'un ton raisonnable. Tu pourrais choisir de nous aider à la place. Et elle t'en sera éternellement reconnaissante.

— Je ne veux pas de sa reconnaissance, cracha Lyall. Elle ne m'est d'aucune utilité.

— Mais tu ne veux pas non plus qu'elle meure, répondis-je d'un ton neutre. Son bonheur est entre tes mains. C'est à toi de décider de la suite. C'est *ton* choix.

Cette dernière phrase sembla le frapper durement. Je me demandai si ma conjointe lui avait fait une remarque similaire.

Ses épaules s'affaissèrent et il sembla vaincu. Cela me prit au dépourvu. Cette réaction vulnérable de la part d'un prédateur aussi intimidant, puissant et redoutable semblait impossible. Il se retourna pour regarder la porte ouverte de la cabane derrière lui. L'amertume, la colère et la tristesse se succédèrent rapidement sur son visage surnaturel.

Il reporta son regard sur le sol, puis sembla perdu dans ses pensées. Je réprimai l'envie d'essayer de le convaincre davantage. Mon instinct me disait qu'il était déjà parvenu à une conclusion – favorable pour nous – mais qu'il avait besoin d'un peu plus de temps pour l'accepter.

— Tu dois contrer le poison qui la tue, dit-il enfin d'une voix presque dénuée d'émotion, les yeux toujours baissés. À bien des égards, tu es le fils de Ranael. Une version atténuée du venin de son serpent coule dans tes veines. Tu la laisses mourir en le lui refusant. Il est trop faible pour la guérir, mais suffisamment concentré pour prolonger sa vie de quelques jours.

Je me figeai, l'esprit en ébullition. Évidemment, j'avais toujours su que mon sang, ma semence et mes autres fluides corporels contenaient une forme de poison due à Ranael. Mais il ne m'était jamais venu à l'esprit que cela pouvait être le même que l'un de ses deux venins. Si la morsure de la queue de serpent du Loup Démon Maudit pouvait neutraliser le poison qui coulait actuellement dans les veines d'Amara, alors je pouvais potentiellement faire la même chose pour elle.

— Tu me demandes de lui donner ma semence ? m'écriai-je, toujours sous le choc.

À ma grande surprise, Lyall me montra les dents, chacune d'entre elles s'allongeant pour former des dagues acérées, tandis que ses traits se déformaient pour former ceux d'un démon terrifiant, prêt à tuer. À cet instant, je crus sincèrement qu'il allait me mettre en pièces.

Il était vraiment amoureux d'Amara et ne supportait pas l'idée qu'un autre puisse la toucher.

Le temps s'arrêta pendant que Lyall luttait contre son démon intérieur. Je baissai les yeux pour ne pas le provoquer davantage. Il respirait bruyamment, ses doigts tremblant de l'envie de me poignarder avec ses griffes effilées. Même s'il ne les rétracta pas, le doppelgänger finit par reculer de quelques pas, le visage toujours déformé par la rage.

— Si tu lui fais faux bond une nouvelle fois, je te ferai subir des tourments sans fin, cabot, siffla Lyall d'une voix qui semblait presque doublée. Ne vous aventurez pas dans la forêt cette nuit. Dormez ici et partez à l'aube. Suivez la traînée bleue jusqu'au sentier.

— Quelle traînée bleue ? demandai-je.

Il me fixa d'un regard empreint de haine, mais ne répondit pas. Les éclairs sous sa peau se mirent à briller, et il se transforma en un oiseau géant que je n'avais jamais vu auparavant et s'envola. Quelques instants plus tard, l'illusion s'estompa. La forêt luxuriante qui entourait la cabane avait disparu. À la place, je me tenais devant une grotte dans une clairière. Nos deux chevaux se prélassaient nonchalamment à l'extérieur. Mais l'odeur d'Amara qui me frappa de plein fouet fut la seule chose qui retint mon attention.

Je criai son nom et courus vers la grotte.

CHAPITRE 11
AMARA

Après ce qui me parut être une éternité de silence assourdissant, la maison douillette en bois disparut soudainement autour de moi, tout comme la force invisible qui me maintenait enchaînée à mon siège. Sauf que le fauteuil confortable dans lequel j'étais coincée s'était également envolé. Je me retrouvai assise sur un gros rocher, entourée d'une grotte. Elle ressemblait beaucoup à celle où Rémus nous avait emmenés lors de la première nuit de notre périple.

Mais avant que je ne puisse me demander s'il s'agissait d'une nouvelle illusion ou d'un retour à la réalité, la voix de Rémus appelant mon nom me fit sursauter. Je me levai d'un bond pour le voir faire irruption dans la pièce. Son visage s'illumina et un intense soulagement envahit ses traits séduisants.

— Ma conjointe ! s'exclama-t-il, la voix pleine de joie.

Les bras grands ouverts, il fit quelques pas vers moi, mais s'arrêta net, l'air confus et blessé lorsque je m'éloignai de lui. Je n'avais pas besoin d'un miroir pour savoir quelle expression suspecte était plaquée sur mon visage. Il comprit soudainement et prit un air compatissant en me souriant.

— Tout va bien, Amara. C'est moi, ton Rémus.

Ma réaction avait évidemment été instinctive. Mais avant même qu'il ne parle, j'avais compris que c'était bien lui. Je courus vers lui alors qu'il finissait sa phrase et me jetai dans ses bras, manquant de le renverser. Stupéfait, il m'attrapa sans effort et ne résista pas lorsque j'écrasai ses lèvres des miennes dans un baiser presque désespéré. Il répondit avec la même ardeur, ses bras puissants me serrant fort comme s'il craignait que je ne disparaisse.

Le baiser prit fin, et il garda mon visage entre ses mains, étudiant mes traits comme pour s'assurer que c'était bien moi et que tout allait bien.

— Ça va, ma Flamme ? demanda-t-il, la voix empreinte d'inquiétude.

Je souris et hochai la tête.

— Oui, ça va. Et toi ?

— Ça va, répondit-il avant de froncer les sourcils. Mais comment sais-tu que c'est vraiment moi et pas lui ?

Mon sourire s'élargit et je caressai sa joue.

— Ton odeur et le fait que tu sois nu confirment ton identité.

Il cligna des yeux, dérouté par cette réponse, ce qui me fit sourire.

— Sur le chemin, quand Lyall m'a abordée pour la première fois, j'ai compris qu'il n'était pas toi parce qu'il était habillé. Tu avais retiré tous tes vêtements, sauf tes sous-vêtements, avant de te transformer lorsque les bêtes ont attaqué. Lui, il est sorti du bois tout habillé.

Il hocha lentement la tête, une lueur admirative dans les yeux.

— Je comprends. Soit il n'y a pas pensé, soit il a délibérément choisi de prendre ce risque, car il ne m'avait probablement jamais vu nu auparavant et ne pouvait donc pas reproduire mon apparence nue, en particulier mon entrejambe ou les cicatrices que je pourrais avoir, dit Rémus d'un air pensif.

— Bon point, opinai-je. Il n'a pas non plus la même odeur

que toi. En fait, je n'ai pas vraiment remarqué d'odeur chez lui. De plus, il ne me fait pas le même effet que toi, et ne me regarde pas comme tu le fais. Son élocution est différente. C'est subtil, mais il ne roule pas les R comme toi. Et il n'a pas ces jolies taches orange dans ton œil droit, ajoutai-je en traçant son sourcil droit avec mon index.

— Quelqu'un m'a vraiment observé attentivement, dit Rémus, le visage rayonnant de tendresse.

— Très certainement, répondis-je en bombant le torse. Mais comment sais-tu que je ne suis pas lui ?

Il éclata de rire.

— Impossible. Personne ne possède un parfum aussi enivrant que le tien. Personne d'autre au monde ne fait bouillir mon sang et ne m'excite autant que ta simple présence, répondit-il en tapotant le bout de mon nez avec son doigt.

Je lui souris. Puis il prit un air espiègle.

— De toute façon, Lyall ne se serait pas jeté dans mes bras. Il veut me dévorer, pas m'embrasser.

Mon sourire s'effaça en entendant ces mots, la dure réalité de notre situation balayant la joie de nos retrouvailles.

— Où est-il ? demandai-je en jetant un coup d'œil par-dessus son épaule pour scruter l'entrée de la grotte.

— Il est parti, et l'illusion s'est dissipée, répondit Rémus d'un ton lugubre. Je te cherchais désespérément, mais il m'avait piégé dans une sorte de cauchemar.

— Nous devrions partir au cas où il déciderait de revenir, dis-je avec un frisson.

À ma grande surprise, Rémus secoua fermement la tête.

— Non. La nuit est déjà tombée. Nous resterons ici et partirons demain matin.

— Ici ? répétai-je, jetant un coup d'œil méfiant autour de nous avant de replonger mon regard dans le sien. Est-ce sûr ? Ne sommes-nous pas au milieu de la Forêt Hantée ?

— Aussi étrange que cela puisse paraître, oui, mais je pense que nous sommes en sécurité.

Il me prit la main et me conduisit vers le gros rocher sur lequel j'avais préalablement été assise. Il s'y installa et m'attira sur ses genoux. Rémus me raconta ensuite sa recherche, son combat contre les Arraphilons, puis sa conversation avec Lyall.

Une fois qu'il eut terminé, je lui racontai ma propre rencontre avec le doppelgänger, l'épreuve terrifiante qu'il m'avait fait subir contre Ranael, puis ma conversation avec lui ici. Je dus le calmer pendant la partie avec Ranael et lui rappeler que ce n'était qu'une illusion. Malgré tout, il détestait que j'aie enduré la moindre souffrance, même si elle était factice.

— Tu sais, Lyall est amoureux de toi, finit par dire Rémus, son regard rivé au mien tandis qu'il observait ma réaction à ses paroles.

J'éclatai de rire.

— Non, il ne l'est pas. Il m'a rencontrée il y a à peine une heure. Je ne sais pas s'il est simplement entiché ou du genre à convoiter ce qu'il ne peut pas avoir, mais je n'appellerais pas ça de l'amour, dis-je avec un sourire indulgent.

À ma grande surprise, Rémus secoua fermement la tête.

— Tu te trompes. Ce n'est pas un engouement passager, rétorqua-t-il avec une conviction qui me prit au dépourvu. Lyall a bu ton sang. Grâce à cela, il a lu chaque instant de ton passé. Il te connaît plus intimement que tu ne te connais toi-même, et probablement mieux que je ne te connaîtrai jamais, même si nous passons le reste de notre vie ensemble. Il a absorbé toute une vie de souvenirs et d'émotions que tu as vécus, même ceux que tu as refoulés ou dont tu n'as pas conscience. Et ce qu'il a vu l'a fasciné.

Je fronçai les sourcils, troublée par ses paroles. Une partie de moi comprenait comment l'exploration de la psyché d'une personne à un niveau aussi intime pouvait créer un lien puissant. Dans ce cas, je compatissais avec le fait qu'il puisse maintenant ressentir ces émotions tout en sachant que je ne pouvais pas les partager. Cela pouvait expliquer l'expression abattue qu'il avait affichée à la fin. Mais une autre partie de moi se sentait violée par le fait qu'il ait pillé ce qui aurait dû être la chose la plus intime que l'on puisse posséder.

— Il voulait que je te cède à lui, ajouta Rémus doucement. Naturellement, j'ai refusé.

Je fronçai les sourcils en digérant ses paroles.

— Comment l'as-tu convaincu de partir ?

— Je ne peux pas dire que je l'ai convaincu à proprement parler. En fin de compte, il a pris cette décision de lui-même. Je n'ai pas vraiment refusé de te céder, mais je n'ai pas non plus donné mon consentement.

— Quoi ? Qu'est-ce que cela signifie ? demandai-je, perplexe.

— Je lui ai demandé de nous accompagner et de t'aider à rester en vie jusqu'à ce que nous atteignions Ranael.

Il sourit devant mon expression stupéfaite et me caressa doucement les cheveux.

— Ta survie est tout ce qui compte, Amara. Je ne peux pas décider à ta place si tu dois rester avec lui et bénéficier des soins qu'il peut t'offrir sans mettre ta vie en danger en affrontant le loup démon. Que tu restes avec lui ou que tu poursuives ton périple avec moi, c'est à toi de choisir.

— Mon choix est de poursuivre le trajet avec toi, dis-je d'un ton sans appel.

Il sourit et m'embrassa sur le front.

— Le fait qu'il ait essayé de me convaincre de te libérer m'a fait comprendre que tu l'avais déjà rejeté. Ce qu'il propose n'est pas une solution. Cela te rendrait simplement dépendante de lui pour toujours. Nous devons essayer de trouver le véritable remède afin que tu puisses vivre librement selon tes propres conditions, et non à la merci et par la grâce de quelqu'un d'autre.

— C'est exactement ce que je pensais, répondis-je. Mais

merci de ne pas essayer de décider à ma place ou de me priver de ma liberté de choix.

— Je te respecte trop pour cela, ma Flamme.

— Et je t'aime pour cela. Cependant, je ne peux m'empêcher de me demander s'il n'a pas raison.

— À propos du fait que tu n'arriveras pas au plateau ? demanda-t-il doucement.

Je hochai la tête avec un air sombre.

— Il a dit qu'il ne me restait que sept ou huit jours à vivre. Pour autant que je sache, les doppelgängers ne peuvent pas mentir. Pourrons-nous atteindre notre destination avant cela ?

Mon cœur se serra lorsqu'il secoua la tête.

— Il nous faudra au moins dix jours, même si nous nous dépêchons autant que possible. Mais Lyall a dit que je pouvais ralentir ta maladie.

Je me redressai.

— Quoi ? Comment ?

— Le venin de la queue de serpent de Ranael coule dans mes veines. C'est une version plus faible qui me rend toxique pour les autres.

— Mais c'est ce dont j'ai besoin pour combattre mon poison ! m'écriai-je, l'espoir explosant en moi. Alors tu peux me guérir ?

— Non, ma conjointe, je ne peux pas te guérir. Je peux seulement ralentir sa progression, pas l'arrêter ni l'inverser, répondit-il d'un ton désolé.

Je pinçai les lèvres, légèrement déçue. Mais rien n'était jamais aussi facile. Néanmoins, c'était un espoir que nous n'avions pas auparavant. Puis une pensée désagréable me vint à l'esprit.

— Es-tu sûr que c'est ce qu'il a dit ? Tu le crois ? demandai-je prudemment.

Il hocha la tête avec conviction.

— Lyall veut que tu vives. Il m'a dit sans ambiguïté que si je te faisais faux bond, il me traquerait et me ferait souhaiter la mort. Il est vraiment tombé amoureux de ce qu'il a vu en toi.

Je me tortillai sur ses genoux, le visage brûlant de gêne.

Même si je me considérais comme une bonne personne – en tout cas, je m'efforçais toujours de l'être – je ne me trouvais pas particulièrement exceptionnelle. Du moins, pas au point que quelqu'un tombe éperdument amoureux de moi après avoir jeté un simple coup d'œil à ma vie plutôt banale.

— Tu as apprivoisé un monstre, dit Rémus d'un ton taquin.

Je me raidis et fronçai les sourcils, ce qui le prit de court.

— Ce n'est pas un monstre, dis-je avec une ferveur que je ne pouvais expliquer.

Je détournai les yeux, fixant le sol sans le voir, tandis que je repensais à mes échanges avec le doppelgänger.

— Lyall croit sincèrement qu'il l'est, mais pas moi. Un monstre est dépourvu d'esprit, contrôlé par ses instincts les plus vils. Il a simplement une nature sauvage très forte. Au fond, je crois qu'il est vraiment gentil, mais très seul. Tu aurais dû voir comme il rayonnait quand il buvait mon sang. C'était comme être entourée d'une lumière divine. Je prie pour qu'il trouve un jour son âme sœur.

— Ce n'est pas toi, répondit Rémus d'un ton sévère.

Je m'ébrouai en reportant mon regard sur lui.

— Non, elle n'est certainement pas moi, dis-je d'un ton taquin, amusée par cette manifestation de jalousie. Mais revenons à ton venin, comment puis-je l'obtenir de toi ?

À ma grande surprise, Rémus rougit soudainement et baissa les yeux, embarrassé. Il y avait quelque chose d'incroyablement adorable, presque enfantin, dans sa timidité. Le fait qu'il soit si grand, musclé et intimidant quand il le voulait rendait cela d'autant plus surprenant.

Et puis, je compris.

— Oh, je vois ! dis-je avant de glousser nerveusement.

Une flamme d'excitation s'alluma au creux de mon ventre.

— Bon, nous devrions manger quelque chose et nous reposer pour la nuit, grommela Rémus pour cacher son embarras. Nous nous lèverons à l'aube et chevaucherons sans relâche pour atteindre l'auberge avant le coucher du soleil.

— Wow, quelqu'un est impatient ! dis-je d'un ton moqueur.

— Amara ! s'exclama Rémus, ce qui me fit éclater de rire. Compte tenu des jeux coquins auxquels nous nous étions adonnés la nuit précédente, je trouvais hilarant qu'il se montre si prude.

Mais il avait raison. J'avais besoin de manger et de me reposer. Le stress de la journée et ma maladie grandissante me minaient. Je me sentis coupable de voir Rémus s'occuper de tout et m'interdire de faire le moindre effort. Il choisit judicieusement de ne pas aller chasser dans les bois ce soir-là et nous mangeâmes à la place une partie des rations qui nous restaient dans nos sacs.

Après s'être occupé des chevaux, il se transforma en loup et je me blottis contre lui pour la nuit. Je n'arrivais pas à croire à quel point le sommeil m'avait envahie facilement. Étant donné que nous étions au cœur de la Forêt Hantée et que nous n'étions abrités que par une grotte sans portes, j'aurais dû être terrifiée. Mais la puissante protection magique qui entourait la grotte et le corps chaud de mon homme autour de moi me faisaient me sentir en sécurité.

Le lendemain matin, nous ne nous attardâmes pas. Il n'y avait pas de rivière à proximité où nous baigner, mais je n'aurais de toute façon pas pris le risque de m'aventurer dans un cours d'eau au sein d'une forêt maudite. Nous mangeâmes du pain sec et de la charcuterie, accompagnés du dernier reste de cidre que Misty nous avait donné. Rémus enfila ses vêtements, qu'il avait judicieusement laissés avec son cheval avant de se lancer à la poursuite des Aegarims, puis nous nous mîmes en route.

Fascinée, je contemplai l'étrange traînée de brume qui semblait se former sur notre chemin dès que nous montâmes à cheval. Elle avait une teinte bleutée, comme si de minuscules esprits ou des lucioles magiques volaient à l'intérieur. Quoi qu'il en soit, cela ne semblait pas être un hasard. Elle tournait et contournait certaines zones tandis que nous la suivions, agissant comme un guide magique qui nous ramenait en toute sécurité sur la route. Pas une seule fois au cours de ce parcours ne se manifestèrent les chants tentateurs qui m'avaient tourmentée la veille.

Avant son départ, Lyall avait demandé à Rémus de suivre la traînée bleue. Était-ce un phénomène automatique qui apparaissait chaque fois que quelqu'un cherchait refuge dans la grotte, ou Lyall l'avait-il personnellement mis en place pour nous ? Je n'allais probablement jamais connaître la réponse à cette question, mais mon cœur se réchauffa pour le doppelgänger. Si je parvenais à survivre à cette épreuve, je trouverais un moyen de le remercier.

Dès que nous atteignîmes le chemin, nous adoptâmes un rythme soutenu. Nous ne parlâmes presque pas, ne nous livrant à de brèves conversations que lorsque nous ralentissions pour laisser les chevaux se reposer. Aucun des esprits ne nous importuna pendant le reste du trajet à travers la Forêt Hantée. Une fois de plus, je ne pus m'empêcher de me demander si cela était dû à une intervention de Lyall ou s'il nous suivait, tapi dans l'ombre. Je ne doutais pas que sa simple présence suffisait à faire fuir toutes les créatures inférieures.

Tout comme lorsque nous étions entrés dans la Forêt Hantée, aucun signe distinctif n'indiqua le moment où nous en sortîmes. Et pourtant, un changement indéniable se produisit. L'air semblait plus pur et plus léger, comme si un poids avait été levé de mes épaules. Les couleurs paraissaient plus vives, et même la fatigue que je ressentais s'était considérablement atténuée. Je compris alors à quel point cet endroit maudit m'avait pesé, tant physiquement que mentalement.

Nous atteignîmes enfin l'auberge une heure après le coucher du soleil. L'endroit était bondé. Je me sentis mal à l'aise en entrant avec autant de regards posés sur nous comme si nous étions une sorte d'anomalie. À cet instant, je compris que la nouvelle de notre mission s'était également répandue ici. Pas étonnant que Lyall en ait entendu parler. Je ne comprenais toujours pas pourquoi cela l'avait poussé à nous rechercher. Même si nous avions eu l'intention de tuer Ranael, pourquoi s'en serait-il soucié ?

Ignorant les regards presque grossiers des clients, Rémus se dirigea droit vers le comptoir tenu par un aubergiste corpulent. Même si j'appréciais mon intimité, le fait d'attirer autant l'attention me laissait plutôt indifférente. Tant que personne ne m'importunait directement, ils pouvaient me dévisager autant qu'ils le voulaient. Mais les regards peu amènes lancés à mon conjoint me mettaient en colère. Cela réveillait la mère ourse protectrice que je ne soupçonnais pas sommeiller en moi. Je dus faire appel à toute ma volonté pour ne pas leur passer un savon.

Au moins, Rémus semblait totalement imperturbable, s'étant probablement habitué à ce genre de traitement au cours de sa vie. Je m'appuyai contre le comptoir pendant qu'il parlait à l'aubergiste. L'homme, âgé d'une cinquantaine d'années, était jovial et semblait fréquemment se régaler de son propre et célèbre hydromel chaud. Il nous invita à nous asseoir à l'une des rares tables encore libres pendant qu'il préparait notre chambre et nous faisait couler un bain chaud.

Après un copieux repas, que mon conjoint avait pratiquement englouti, nous montâmes dans notre chambre. L'insonorisation était excellente. Étant donné la foule nombreuse qui bavardait bruyamment et le petit groupe qui jouait de la musique d'ambiance, je m'étais attendue à ce que le bruit empêche quiconque de profiter d'un peu de calme et de tranquillité. L'aubergiste avait probablement demandé à une sorcière ou à un mage de jeter un sort de silence sur les chambres.

La pièce était agréablement spacieuse. Les auberges tendaient à proposer des chambres plus petites afin de maximiser le nombre de clients qu'elles pouvaient accueillir à tout moment. Celle-ci disposait d'un lit immense et d'un petit coin avec une baignoire sur pieds. Une commode occupait le côté gauche, en face d'un coin salon composé de deux fauteuils rembourrés et d'une table basse, à côté d'une grande fenêtre offrant une vue magnifique sur la silhouette des plus hauts sommets de la montagne au loin.

Une rune familière brillait sur le côté de la baignoire. Un sortilège basique maintenait l'eau chaude à l'intérieur. Rémus posa nos sacs sur la commode et commença immédiatement à se déshabiller. Comme moi, il jetait un regard approbateur sur notre environnement. Aucun des meubles n'était luxueux, mais ils étaient solides et propres. Et surtout, c'était mieux que de dormir à même le sol d'une grotte au milieu d'une forêt maudite.

J'étais à moitié dévêtue lorsque Rémus repoussa doucement ma main pour pouvoir le faire lui-même. Une fois de plus, je fondis en regardant ma bête d'homme. Il était si grand, si musclé, qu'on n'aurait jamais pu imaginer qu'il puisse traiter quoi que ce soit ou qui que ce soit avec autant de délicatesse. Mais par-dessus tout, c'était l'émerveillement constant et la tendresse infinie qui se lisaient dans ses yeux qui me bouleversaient.

S'il me regardait ainsi alors qu'il n'était pas encore amoureux de moi, je ne pouvais qu'imaginer ce que cela allait être une fois qu'il le serait. Personne – et surtout aucun homme – ne m'avait jamais fait me sentir aussi précieuse. Il me déshabilla et jeta distraitement mes vêtements sur l'une des deux chaises près de la fenêtre. Il me souleva ensuite sans effort et me porta jusqu'à la baignoire.

Un frisson me parcourut lorsque je sentis la chaleur intense de sa peau nue contre la mienne. Une partie de moi regrettait le fait qu'une fois notre lien pleinement établi, il cesserait probablement d'être en chaleur dès qu'il serait en ma présence. J'aimais

RÉGINE ABEL

égoïstement la sensation de chaleur et de confort que je ressentais lorsque je me blottissais contre lui.

Il m'installa dans l'eau avant de me rejoindre. Je fus surprise de constater que nous y tenions tous les deux assez confortablement. À première vue, la baignoire semblait beaucoup plus petite qu'elle ne l'était en réalité. Rémus prit tout son temps pour me laver, comme il l'avait fait dans la rivière près du Pavillon des Chasseurs. Mais cette fois, il ne se contenta pas d'un toucher clinique.

Son regard suivait le mouvement de ses mains qui parcouraient librement mon corps. Elles s'attardèrent sur mes seins, ses pouces traçant le contour de mes aréoles et titillant mes mamelons jusqu'à ce qu'ils durcissent. Ma respiration était faible tandis que je le regardais explorer chaque centimètre de mon corps. Ses paumes poursuivirent leur voyage vers le bas, sur mon ventre, puis plus au sud.

À ma grande déception, il ne s'aventura pas vers mon centre palpitant, mais continua à laver chacune de mes jambes avec des mouvements lents et sensuels. Mes muscles abdominaux se contractèrent lorsqu'il souleva mon pied droit, me forçant à me pencher en arrière dans la baignoire. Il me massa le pied avant de l'embrasser doucement. Un frisson me parcourut lorsque ses lèvres effleurèrent la longueur de mon mollet, s'arrêtant juste assez longtemps pour qu'il puisse délicatement en mordiller la partie charnue, juste en dessous de mon genou. Il continua son avancée, son visage partiellement immergé dans l'eau pour accorder la même attention à l'intérieur de ma cuisse.

Il releva la tête pour reprendre son souffle. Une vague de désir explosa au creux de mon ventre lorsque nos regards se croisèrent. Le blanc de ses yeux était à nouveau noir comme du charbon, et ses yeux dorés brillaient tandis qu'il me montrait les crocs. Je hoquetai lorsque le bout de son doigt commença à explorer ma fente. J'étais tellement hypnotisée par son regard envoûtant que je n'avais même pas remarqué le mouvement de ses mains sur moi.

J'inspirai brusquement lorsqu'il en inséra un deuxième, les faisant lentement aller et venir en moi tandis que son pouce massait mon clitoris. Il resta simplement agenouillé là, le menton toujours dans l'eau, le regard plongé dans le mien. Tout ce que j'entendais, c'était ma respiration haletante, les éclaboussures provoquées par ses mouvements et un grognement grave, presque menaçant, qui vibrait de sa poitrine dans un flot continu. Mes mains agrippèrent les deux côtés de la baignoire alors qu'il accélérait le mouvement. Le plaisir grandissait progressivement en moi. Il me fallut un moment pour réaliser que les éclaboussures autour de nous n'étaient pas uniquement dues au toucher de mon homme, mais aussi à mes propres hanches qui avaient commencé à se tortiller alors que je me frottais contre sa main pour plus de friction.

Un plaisir intense me frappa comme un éclair lorsqu'il recourba ses doigts pour effleurer mon point sensible. Je poussai un cri aigu, fermai les yeux et renversai la tête en arrière.

— Non ! grogna Rémus, me faisant sursauter.

Il glissa sa main libre derrière ma nuque, me forçant à le regarder avec une expression presque sauvage sur le visage. Je le fixai, stupéfaite.

— Je veux voir ton plaisir. C'est à moi pour m'en régaler les yeux, dit-il d'un ton menaçant.

Et vlan ! Explosion des ovaires.

Je refermai ma main droite sur son poignet qui tenait toujours ma nuque. Mes ongles s'enfoncèrent dans sa chair alors que je commençais à atteindre à nouveau le sommet. L'envie de fermer les yeux me tenaillait, mais je ne pouvais détourner mon regard de lui. Il était à la fois magnifique et terrifiant avec ses crocs dénudés dans un rictus carnassier.

Mon orgasme me balaya si brusquement que j'aurais probablement coulé sous l'eau s'il ne m'avait pas soutenue. Un gémissement prolongé suivit mon cri de félicité alors que mon conjoint frottait mon clitoris avec encore plus d'intensité pour continuer de me faire planer. Ce ne fut qu'après avoir senti la texture rugueuse de sa langue sur mon mamelon que je réalisai que j'avais rompu le contact visuel avec lui. Il suçait goulûment mon petit bouton dur tout en continuant de me faire l'amour avec sa main.

Sa bouche remonta vers la mienne et il s'empara passionnément de mes lèvres, avalant chacun de mes gémissements. Rémus finit par me faire grâce et releva la tête pour étudier mon visage avec un air suffisant. J'avais envie de le gifler, mais son arrogance était justifiée.

Il ne résista pas lorsque je le repoussai légèrement pour pouvoir lui rendre la pareille. Une fois de plus, son regard resta rivé sur mon visage tandis que je touchais chaque centimètre de son corps parfait. Je le lavais à moitié mais le tripotais surtout sans vergogne. Je fus surpris de me sentir aussi à l'aise et confortable dans ses bras, étant donné qu'il était probablement la personne ayant le corps le plus svelte que j'avais jamais vu. Pas une once de graisse, chaque muscle bien dessiné, mais pas de manière dérangeante.

Chaque fois que je me penchais pour embrasser ou lécher sa poitrine ou ses mamelons, Rémus posait sa main sur ma nuque, mais jamais de manière contraignante. Il grattait doucement la base de mon crâne avec ses ongles. Pour une raison étrange, chaque mouvement résonnait directement dans mon clitoris. Ce ne fut que lorsque je refermai ma main autour de son sexe qu'il siffla et agrippa mes cheveux un peu plus fort.

Il ne tenta toujours pas de contrôler mes mouvements, mais ses muscles abdominaux se contractèrent et il serra les dents comme s'il essayait de se maîtriser. Je le caressai doucement. À chaque mouvement de ma main, Rémus semblait se redresser de plus en plus dans la baignoire, finissant par se pencher en avant. J'avais l'impression de regarder un félin s'approcher lentement et silencieusement d'une proie qui ne se doutait de rien avant de bondir pour la tuer.

Mes mamelons me faisaient mal et mes parois intérieures se contractaient spasmodiquement sous l'effet de l'excitation. Je voulais être capturée, soumise et ravagée par mon homme. Cela se produisit plus vite et beaucoup plus tôt que je ne l'avais escompté.

Il me souleva avec une telle force et une telle rapidité que, pendant une fraction de seconde, je crus que j'allais voler à travers la pièce et m'écraser contre un mur. Mais il sortit de l'eau en même temps qu'il me soulevait, et je me retrouvai plaquée contre la chaleur brûlante de son corps. Il écrasa mes lèvres d'un baiser presque sauvage en sortant de la baignoire.

De l'eau dégoulinait de nous, et je me sentis vaguement coupable du désordre que nous causions. Mais les mains de mon conjoint qui caressaient fiévreusement mon corps et sa bouche qui dévorait la mienne effacèrent toutes ces pensées de mon esprit. J'aimais la sensation de sa langue qui tourbillonnait autour de la mienne, son goût délicieux et la façon affamée dont il m'embrassait toujours. Il s'empara de ma bouche comme s'il ne pouvait se rassasier de moi, comme si sa survie en dépendait.

Et merde, comme j'adorais ça !

Trop tôt, il interrompit le baiser. Quand ses mains glissèrent le long de mon dos pour se poser derrière mes cuisses, je pensai qu'il allait soit me porter jusqu'au lit, soit me soulever et m'empaler sur son membre. Il se pressait contre mon ventre depuis qu'il m'avait sortie de la baignoire. Cette pensée attisa les flammes du désir qui embrasaient chaque partie de mon corps. Même si je redoutais son gabarit, je mourais d'envie d'être remplie par lui, de ne faire qu'un avec mon âme sœur. La bosse de son nœud qui s'appuyait contre mon bassin me rendait encore plus impatiente de le sentir en moi.

Lorsque Rémus me souleva à une vitesse vertigineuse, un cri de surprise m'échappa et mon estomac se retourna comme quand on effectuait une ascension ou une descente rapide. J'essayai de m'agripper à ses épaules alors que le plafond se précipitait vers moi, mais je finis par m'agripper à ses cheveux lorsque mon homme m'installa sur ses épaules, face à lui. Avant que je ne puisse pleinement comprendre ce qui se passait, le brasier de sa bouche suça mon clitoris.

Je poussai un gémissement étranglé et renversai la tête en arrière. Sans sa main gauche sur mon dos, je me serais probablement effondrée. Rémus continua à me dévorer avec un appétit vorace. Chaque coup de langue sur mon petit bouton engorgé était comme une injection d'extase liquide directement dans mes veines. Il la plongea en moi, la courbant juste comme il fallait pour effleurer mon bouquet de nerfs sensibles, me faisant supplier pour en avoir plus. Des gémissements voluptueux s'échappaient de ma bouche en une succession sans fin.

Mon orgasme ne monta pas lentement, mais fonça sur moi comme un train lancé à toute vitesse, me laissant désorientée et désarticulée dans les bras de mon homme. Je me sentis tomber pour être ensuite bercée dans son étreinte. Encore étourdie alors que les tremblements de plaisir continuaient de me parcourir, je sentis vaguement Rémus m'asseoir sur ses genoux et utiliser une serviette pour me sécher.

Ma peau se couvrit de chair de poule et un délicieux frisson me parcourut l'échine tandis que mon conjoint prenait soin de moi. Sa bouche suivait le sillage de la serviette partout où elle me touchait. Rémus m'allongea sur le lit pour essuyer mes jambes, sa barbe courte chatouillant ma peau tandis qu'il les couvrait de baisers sur toute leur longueur.

Les yeux mi-clos, je l'observais tandis qu'il se séchait rapidement avant de jeter la serviette en direction des deux chaises. La bouche salivante, je contemplai avec admiration son corps divin alors qu'il se tenait debout à côté du lit, son membre fièrement dressé. Je lui tendis la main d'une manière invitante. Il grimpa sur le lit et j'écartai les jambes pour lui faire de la place alors qu'il s'installait sur moi.

Pendant une éternité, nous échangeâmes des baisers et des caresses. À plusieurs reprises, je pensai qu'il allait enfin passer à l'étape suivante, mais il semblait toujours hésiter avant de reprendre ses tendres attentions.

Enfin, après un baiser profond et passionné, Rémus releva la tête pour croiser mon regard. Mon ventre frémit maintenant que le moment était venu. Ses yeux dorés oscillaient entre les miens, inquisiteurs. Je lui adressai un sourire encourageant. Sa réponse nerveuse me surprit.

Il a peur que sa semence me fasse du mal.

— Tout va bien, Rémus, dis-je doucement en écartant quelques mèches de ses cheveux humides de son visage. Tu ne me feras pas de mal. Au contraire, tu m'aideras à aller mieux jusqu'à ce que nous atteignions le plateau. Je veux cela avec toi.

Une émotion puissante traversa son visage, et je resserrai mon étreinte autour de lui.

— Je veux cela avec toi aussi, ma Flamme. Mais si c'était un piège, ou un jeu d'esprit tordu ? Et s'il se trompait ? Je ne peux supporter l'idée de te faire du mal. Pire encore, te perdre me tuerait.

— Tu ne me perdras pas, Rémus. Les doppelgängers ne peuvent pas mentir, dis-je d'un ton raisonnable. Et tu as toi-même dit que Lyall tenait vraiment à moi. Il ne te demanderait jamais de faire quelque chose qui me ferait du mal.

— Je sais. Tu as raison, dit-il d'une voix tremblante. C'est juste que...

Il poussa un soupir, vaincu. Je souris, le cœur gonflé d'affection pour lui. Je pris son visage entre mes mains et plongeai mon regard dans le sien.

— Nous sommes des Flammes Jumelles, Rémus. Le Destin nous a créés l'un pour l'autre. Il est tout à fait logique que ta malédiction soit mon salut jusqu'à ce que nous trouvions un remède. C'est juste. Je le sens. Sois mien et laisse-moi être tienne.

— Ma Flamme... murmura-t-il avec quelque chose qui ressemblait à de l'adoration.

J'attirai son visage vers le mien et réclamai ses lèvres. Il prit rapidement les choses en main et approfondit le baiser avec une pointe de désespoir. Après quelques caresses supplémentaires, Rémus positionna la tête de son membre à l'entrée de ma fente. Il ne s'enfonça pas immédiatement, mais croisa à nouveau mes yeux de son regard intense.

J'aimais qu'il me laisse toujours la possibilité de faire marche arrière et qu'il s'assure que j'étais d'accord à chaque étape. Cela ne faisait que renforcer le sentiment de sécurité qu'il m'inspirait. Je souris et hochai la tête pour donner mon consentement. L'inquiétude traversa ses yeux. Même lorsque Rémus commença à me pénétrer, il ne parvint pas à cacher complètement le tumulte qui faisait rage en lui.

Cependant, mon halètement de malaise le fit se recentrer entièrement sur moi. Mon homme était énorme. Je savais que ça allait être serré, mais je ne m'étais pas attendue à ce que ce soit à ce point. Je me forçai à me détendre en me concentrant sur la sensation chaude de sa peau douce autour de moi, ses mains qui me caressaient et les mots doux d'encouragement qu'il murmurait entre deux baisers.

Avec des mouvements superficiels et prudents, Rémus gagna progressivement centimètre après centimètre jusqu'à ce que mon corps cède. Je sifflai sous l'effet d'une légère douleur, tandis que la poitrine de mon homme vibrait d'un grognement profond. Je ne savais pas si cela lui avait fait mal, mais je me sentais tellement pleine que je ne doutais pas que son membre fût soumis à une pression intense.

Il ferma les yeux et posa son front contre le mien. Son corps puissant tremblait légèrement au-dessus de moi. Je me demandai si c'était la douleur, le plaisir, la lutte pour rester immobile pendant que je m'adaptais à son gabarit, ou un mélange de tout cela qui provoquait cette réaction. Je prenais de petites respirations en évaluant la sensation de le sentir profondément en moi. Bien qu'il ne fût pas encore gonflé, son nœud était parfaitement positionné pour exercer une pression sur mon point G. Je bougeai légèrement mon bassin et haletai quand une décharge électrique de plaisir se propagea en moi lorsque son nœud me frotta juste comme il fallait.

Rémus ouvrit les yeux pour me regarder. J'aurais dû être terrifiée par la dilatation de ses pupilles, le noir de ses sclérotiques ayant presque entièrement englouti l'anneau doré de ses iris. Mes orteils se recroquevillèrent instantanément et mes parois intérieures se contractèrent autour de son membre avec une volonté propre.

Mon conjoint inspira brusquement entre ses dents serrées et ferma à nouveau les yeux. Cette fois, je ne doutais plus qu'il menait un combat perdu d'avance contre le plaisir intense qui lui dictait de commencer à bouger. Mes propres gémissements s'élevèrent de ma gorge alors que chaque spasme involontaire envoyait une vague de sensations à travers mon corps provoquée par son nœud et par les nervures qui bordaient son membre.

Mes mains glissèrent le long de son dos musclé pour se poser sur son postérieur exquis. Je serrai fermement chacune de ses fesses, puis les pressai vers le bas tout en rapprochant mon pelvis du sien. Il n'eut pas besoin que je lui explique plus clairement ce que je voulais.

Un hoquet étranglé m'échappa lorsqu'il commença à me pénétrer doucement. Chaque mouvement me rendait folle tant le plaisir que je ressentais était intense. Certes, être étirée à ce point me causait un certain inconfort, mais cette étroitesse multipliait également les sensations de béatitude que me procuraient son nœud et ses crêtes contre mes parois intérieures sensibles. Les sons presque sauvages émanant de mon conjoint ajoutaient des litres de carburant au feu qui grandissait en moi.

Une mare de lave tourbillonnait au creux de mon estomac, la chaleur brûlante se propageant à travers mon corps et jusqu'à mes extrémités. Chaque poussée envoyait des décharges électriques à mes terminaisons nerveuses. Rémus accéléra rapidement le rythme, me prenant plus profondément, plus vite et plus fort. Et je le rencontrais à chacun de ses coups de reins. Bientôt, il me pilonnait. Le plaisir-douleur de sa possession sauvage me fit sombrer dans un vortex sans fin de délices dont je ne voulais jamais émerger.

Nos langues et nos gémissements se mêlaient tandis que le bruit de nos chairs qui s'entrechoquaient remplissait la pièce. Dans mes bras, le corps de Rémus prenait un peu plus d'ampleur. Il ne doubla pas de taille comme lorsqu'il se transformait en loup, mais sa masse globale augmenta sensiblement à mesure que ses muscles se gonflaient. Sa peau était fiévreuse. On aurait dit qu'il avait avalé le soleil.

Je brûlais à l'intérieur comme à l'extérieur, au bord de la combustion, alors qu'un plaisir presque insupportable me poussait au bord de la folie. Juste au moment où je pensais que mon esprit allait se fracturer, une lumière vive explosa devant mes yeux et mon corps se raidit lorsqu'un orgasme violent me submergea. Rémus répondit à mon cri d'extase par un hurlement sauvage qui semblait presque furieux. Alors que la félicité m'emportait, je sentis vaguement mon conjoint continuer à me pilonner, bien que ses mouvements soient devenus erratiques.

Quelques instants plus tard, il perdit la bataille. À travers mon hébétude voluptueuse, je l'entendis pousser un rugissement sauvage. Il s'enfonça profondément en moi. Sa semence ardente jaillit en puissants jets, me remplissant à fond. Simultanément, son nœud gonfla, nous liant l'un à l'autre. Avant même que je ne puisse redescendre de cet orgasme phénoménal, la pression accrue de son nœud, stratégiquement placé sur mon point G, me fit basculer une nouvelle fois.

Je n'aurais pas su comment décrire le son que j'émis en

chavirant. C'était à la fois un gémissement guttural, un cri étonné et un grognement inintelligible. J'étais anéantie, submergée par un plaisir trop intense, tandis que Rémus me prenait dans ses bras, me serrant avec une force presque brutale, comme s'il craignait que je tente de m'enfuir.

Il se retourna sur le dos, m'attirant sur lui. Son membre palpitait encore en moi. De légers soubresauts secouaient son corps tandis qu'il continuait à me serrer contre lui presque désespérément. J'étais trop démolie pour m'interroger sur sa réaction étrange. La tête posée sur son large torse, j'écoutais les battements de son cœur qui se calmait lentement, m'endormant peu à peu. Rémus couvrait mon front de baisers tout en me murmurant des mots d'amour.

— Ma Flamme, ma belle conjointe... Merci, dit Rémus, la voix pleine d'émotion. Je ne te laisserai jamais partir.

J'ignorais pourquoi il me remerciait, mais à cet instant précis, je m'en foutais. Il était mon âme sœur. Peu importe ce que l'avenir me réservait, que je vive ou que je meure, ici et maintenant, j'étais heureuse. J'étais chez moi.

CHAPITRE 12
RÉMUS

Pour la dixième fois cette nuit, je me réveillai en sursaut. Un simple coup d'œil à l'extérieur me suffit pour comprendre que je n'avais somnolé que quelques minutes. Amara était toujours blottie contre moi. Mais l'inquiétude qui m'avait tordu les entrailles à chaque fois que je m'étais réveillé auparavant se calma enfin. Ma Flamme était encore un peu chaude au toucher, mais elle ne brûlait plus et ne tremblait plus, même si elle transpirait abondamment tout en gémissant de douleur.

Cela avait commencé environ une heure après que nous eussions fait l'amour. Aucun mot ne pouvait décrire la terreur qui m'avait envahi à ce moment-là. J'avais été persuadé que ma conjointe allait mourir à cause de moi et de ma semence maudite. À ce jour, le souvenir de ces quelques gouttes de mon sang qui avaient failli tuer Ulric et qui l'avaient condamné à des années de maladie débilitante me hantait. Cela allait probablement continuer jusqu'à ma mort.

Certes, Amara avait été de plus en plus fiévreuse, agitée et manifestement mal à l'aise lors de nos précédentes nuits ensemble, mais ce soir, c'était différent. Elle présentait clairement les symptômes d'une personne empoisonnée.

À ma grande horreur, lorsque son état m'avait réveillé, mon nœud était encore trop gonflé pour que je puisse me retirer de ma femme sans nous causer à tous les deux des dommages importants. Le pire, c'était que, dans des circonstances normales, les Lycans pouvaient volontairement faire dégonfler leur nœud s'ils étaient en danger. Mais quoi que je fasse, mon nœud refusait de libérer ma conjointe. Je ne cessais de me dire que si je parvenais à me retirer et à laver ce qui restait de ma semence, cela aurait peut-être réduit le risque qu'elle en meure.

C'était une idée stupide, mais dans mon désespoir de la sauver, j'aurais fait n'importe quoi.

Comme c'était la première fois que je me nouais avec une femme, ça n'avait pas aidé. Les quelques femmes avec qui je m'étais accouplé auparavant avaient partagé mon lit plus par recherche de sensations fortes que par affection réelle pour moi. Elles avaient été honnêtes quant à leurs intentions, et j'avais accepté ces rencontres pour ce qu'elles étaient. Mais dans tous ces cas, en plus de porter un préservatif enchanté pour éviter tout risque de fuite, je m'étais également retiré avant d'atteindre l'orgasme afin de ne pas me nouer accidentellement avec elles.

Le souvenir de cette première expérience avec ma Flamme Jumelle embrasa mon sang. Combien j'avais attendu ce moment, rêvé de cet instant spécial et unique où deux âmes ne faisaient réellement plus qu'une physiquement. Cela dépassait tout ce que j'avais jamais espéré. Alors quand je me réveillai et la trouvai trempée de sueur, le corps brûlant, gémissant et se tordant de douleur, cela me détruisit presque.

Je m'étais maudit de ne pas avoir écouté mes doutes et j'avais maudit Lyall de m'avoir piégé pour que je fasse du mal à ma femme. Mais ensuite, alors que mon nœud continuait de refuser de me libérer, je commençai lentement à comprendre que notre loup intérieur protégerait toujours sa conjointe. S'il ne me libérait pas, cela signifiait que mon loup croyait que j'agissais de manière appropriée envers ma conjointe. J'observai Amara d'un

peu plus près. Et puis je réalisai que l'odeur de mort qui se dégageait d'elle s'était en fait atténuée. À chaque minute qui passait,
cette odeur fétide diminuait progressivement. Ce n'était pas une
réduction radicale, mais elle était suffisamment significative
pour être notable.

Je compris enfin que son inconfort actuel était dû au fait que
mon venin attaquait le poison qui la tuait lentement. Même si je
détestais voir Amara souffrir, ce processus désagréable lui était
bénéfique. Je remerciai simplement les dieux qu'elle demeure
inconsciente pendant tout ce temps. Et tout au long de la nuit,
chaque fois que je me réveillais, l'odeur de sa maladie s'était
encore affaiblie, tout comme sa température.

Maintenant, alors que je la regardais se reposer paisiblement
dans mes bras, j'adressai à contrecœur un remerciement silencieux à Lyall. La simple pensée de ce séduisant doppelgänger
attisait ma jalousie et mon manque de confiance en moi. Amara
était mienne. L'arrogance avec laquelle il avait tenté de revendiquer ma conjointe me mettait plus en colère que je ne pouvais
l'exprimer. Et pourtant, je ne pouvais pas lui reprocher d'être
épris d'elle. À lui seul, son arôme naturel était enivrant. Mais sa
personnalité était plus qu'addictive.

Je caressai doucement la peau nue de son épaule. Une
nouvelle vague de gratitude réticente envahit mon cœur pour
Lyall. La peau de ma conjointe semblait déjà plus saine et moins
grisâtre qu'au cours des deux derniers jours. Cependant, je m'en
voulais de ne pas lui avoir demandé quelle quantité de ma toxine
je devais lui administrer. Y avait-il un risque de surdosage ou de
sous-dosage ? Y aurait-il des signes externes qui allaient m'indiquer qu'elle avait besoin d'une autre dose ?

La deuxième fois que je me réveillai, mon nœud s'était
dégonflé, me permettant de me retirer. Découvrir que son corps
avait absorbé jusqu'à la dernière goutte de ma semence me fit
paniquer. Était-ce une mauvaise chose ? À ma connaissance, les
femmes n'absorbaient pas tout le sperme d'un homme. Elles

devaient en laver la majeure partie. Comme je n'avais jamais éjaculé à l'intérieur d'une femme auparavant, je n'avais aucune idée de ce qui était normal. De plus, ce n'était pas le genre de question que j'aurais posée à Misty, car cela n'avait jamais été une possibilité avant Amara.

La tête tourbillonnant de pensées bien trop angoissantes, je me forçai à céder au néant et tombai dans un sommeil agité.

Lorsque le matin arriva enfin, j'étais parvenu à profiter d'un peu de sommeil réparateur. Les doigts d'Amara qui caressaient délicatement mes sourcils puis les contours de ma barbe me tirèrent de ma torpeur. Une chaleur merveilleuse envahit ma poitrine lorsque je découvris ma conjointe qui me souriait. Sa peau semblait presque lumineuse, et ses yeux étaient débarrassés du voile sombre qui avait commencé à ternir leur éclat.

— Bonjour, ma Flamme, dis-je d'une voix encore un peu enrouée par le sommeil. Comment te sens-tu ?

— Étonnamment bien, répondit-elle avec un sourire radieux, la sincérité de sa voix balayant les dernières inquiétudes qui subsistaient dans mon esprit. Si j'avais su que batifoler avec mon homme pouvait être aussi revigorant, je me serais jetée sur toi bien plus tôt.

Je gloussai et frottai mon nez contre le sien.

— Je suis ravi de l'entendre. N'hésite pas à faire appel à moi chaque fois que tu as besoin d'un petit remontant, dis-je d'un ton taquin avant de m'emparer de sa bouche.

La passion s'enflamma immédiatement entre nous, et nous répondîmes tous deux à son appel. Nous n'aurions pas dû, car mon nœud s'activa dès que j'atteignis l'orgasme. Je craignais également qu'une deuxième dose de ma semence si tôt ait des effets néfastes sur elle. En revanche, l'odeur de la mort demeurait forte sur elle, même si elle s'était atténuée. Mon venin avait de quoi se régaler. Compte tenu de sa concentration plus faible, je voulais croire qu'une plus grande quantité, et non moins, allait s'avérer bénéfique pour ma conjointe.

Néanmoins, je ne pouvais pas regretter d'avoir fait jouir ma femelle deux fois avant d'atteindre moi-même la plénitude. Ça allait être la dernière fois que nous allions jouir d'un réel confort avant d'atteindre notre destination. Le reste du voyage allait être encore plus ardu que ce que nous avions affronté jusqu'à présent. J'espérais seulement qu'Amara allait pouvoir le supporter.

À ma grande surprise, il ne fallut qu'une demi-heure à mon nœud pour se dégonfler cette fois-ci. Une fois de plus, ma Flamme absorba tout ce que je lui avais donné. Son étonnement de ne pas avoir d'excédent à nettoyer confirma que ce n'était pas un phénomène normal. Je ne savais pas quoi en penser.

À cet instant, j'aurais donné n'importe quoi pour pouvoir interroger Lyall à ce sujet. Il détenait bien plus de réponses qu'il n'en partageait. Cependant, je soupçonnais que, si nous nous revoyions, il allait être très avare en informations. L'étendue phénoménale des pouvoirs qu'il avait démontrés m'amenait à croire qu'il n'était pas simplement un puissant démon ou créature surnaturelle. Même si je ne croyais pas qu'il fût un dieu, j'aurais parié qu'il était un demi-dieu. Dans ce cas, il était soumis à une série de règles strictes appelées le Pacte, qui leur interdisaient d'intervenir dans la vie des mortels d'une manière qui puisse contrecarrer les plans que le Destin leur réservait.

En répondant à trop de mes questions, il pouvait influencer mes choix dans un sens complètement différent de celui que j'aurais pris si j'avais eu toute liberté d'action. Mais ce n'était pas le moment de s'attarder sur le doppelgänger, ou quoi qu'il puisse être réellement.

Nous nous lavâmes rapidement et nous régalâmes du copieux petit déjeuner que nous servit l'aubergiste. Me connaissant bien, il ne remit pas en question la somme supplémentaire que je lui remis avant notre départ. Il allait brûler les couvertures sur lesquelles j'avais dormi afin d'éviter tout risque que ma sueur, issue de nos ébats passionnés, ait un effet néfaste sur de futurs clients, même si elles étaient parfaitement lavées.

Conformément à ma demande de la veille, il avait préparé un sac rempli de pains secs, de charcuterie, de noix et d'autres provisions pouvant durer quelques jours. Il y avait ajouté deux outres d'eau et une bouteille de cidre pour accompagner nos repas.

Lorsque nous sortîmes de l'auberge, Amara fronça les sourcils en voyant les chevaux que je chargeais de nos maigres possessions.

— Ce ne sont pas nos chevaux, dit-elle, perplexe.

— Bonne observation, répondis-je avec un sourire. Nous utiliserons les chevaux de l'aubergiste jusqu'à la lisière de Storm Hill. Ils sont spécialement entraînés pour rentrer seuls à la maison. De là, nous gravirons la montagne jusqu'à atteindre le plateau. Il n'y a pas de chemin facile à parcourir pour un cheval.

Amara se raidit.

— Gravir ? répéta-t-elle avec appréhension.

Je hochai la tête.

— Mais ne t'inquiète pas, ma Flamme. Il ne s'agit pas d'escalade, juste d'une ascension ininterrompue sur un chemin accidenté beaucoup trop étroit pour un cheval ou la plupart des montures standard.

— D'accord, dit-elle prudemment. C'est un peu rassurant, mais pas complètement.

Je gloussai et tapotai affectueusement le bout de son nez avec mon index.

— Ne t'inquiète pas. Ce ne sera pas trop difficile pour toi. Une fois arrivés à Storm Hill, nous utiliserons le harnais pour que tu puisses me chevaucher.

— Te chevaucher ? répéta-t-elle, une lueur espiègle brillant dans ses beaux yeux. Alors j'imagine qu'on aurait dû s'entraîner à cela ce matin au lieu que tu fasses tout le travail.

— AMARA ! m'écriai-je, les joues en feu.

Elle éclata de rire. Le son clair et musical de sa voix m'enveloppa comme une couverture chaude. Cette misérable femme prenait plaisir à me faire rougir. Ma Flamme avait l'air si pudique et convenable que cela me déconcertait toujours lorsqu'elle faisait délibérément des allusions grivoises pour me provoquer. Je ne me considérais pas comme prude, mais comme je n'avais jamais connu les flirts normaux auxquels les gens s'adonnaient à partir de la puberté, je me sentais aussi maladroit qu'un poulain nouveau-né essayant de se mettre debout pour la première fois.

— Quoi ? demanda-t-elle en ouvrant grand les yeux avec un air d'innocence pure des moins sincères. Je ne peux pas parcourir un chemin aussi difficile dans le temps requis. Je me lamentais simplement sur le fait que j'aurais dû m'entraîner à chevaucher un loup quand j'en avais l'occasion.

Je lui fis une grimace, ce qui la fit rire encore plus. Par Férazan ! J'aimais le fait que sa simple présence me rende heureux, y compris ses gentilles taquineries. Et surtout, j'aimais la façon dont le bonheur illuminait son visage et chassait les nuages sombres de la menace qui planait sur elle. Quoi qu'il en coûte, j'allais faire tout ce qui était en mon pouvoir pour m'assurer qu'ils ne reviennent jamais.

— Allons-y, petite coquine, dis-je avec une fausse sévérité. Nous avons un long chemin à parcourir.

Elle sourit et déposa un baiser très tendre sur le coin de ma mâchoire avant de me laisser l'aider à monter sur son cheval. Nous partîmes à bonne allure. Une vague de gratitude envahit mon cœur en voyant à quel point elle supportait mieux la longue chevauchée. De toute évidence, notre accouplement avait amélioré sa santé. Mais combien de temps cela allait-il durer ?

Nous fîmes plusieurs haltes en chemin avant d'atteindre enfin la lisière de la forêt. Celle-ci s'ouvrit sur une vaste clairière où les hautes herbes cédaient progressivement la place à de la terre battue et des rochers au pied de la montagne. Bien qu'habitué aux voyages éprouvants, je me sentais moi-même raide et courbaturé lorsque je descendis de cheval. Ma pauvre conjointe grimaça légèrement lorsque je l'aidai à descendre. S'appuyant contre moi, elle étira ses jambes et son dos avant de me laisser la conduire dans la grotte qui allait nous abriter pour la nuit.

Contrairement aux autres cavernes dans lesquelles nous avions dormi, celle-ci offrait beaucoup plus de confort, avec notamment deux lits équipés de coussins rembourrés qui faisaient office de matelas assez moelleux, une table et des chaises en bois, un foyer et des ustensiles de cuisine basiques. Pendant que ma conjointe s'installait à l'intérieur, je ressortis pour décharger les chevaux et les libérer.

Ils se dirigèrent vers la zone d'herbes hautes pour paître et se reposer. À leur rythme, ils allaient faire le voyage de douze heures pour retourner chez leur propriétaire. Toute la forêt entre l'auberge et Storm Hill était aussi sûre que la Forêt Hantée avait été dangereuse. Seuls de petits animaux, principalement des herbivores comme des lapins, vivaient dans cette zone. Les chevaux ne couraient donc aucun danger sur le chemin du retour. Leurs rênes et leurs selles étaient également enchantées, de sorte que tout voleur potentiel aurait eu une très mauvaise surprise s'il avait tenté de se les approprier.

Ne voulant pas épuiser trop rapidement nos réserves de nourriture, je partis chasser pour notre repas du soir. Nous mangeâmes et nous couchâmes tôt. Bien que nous nous soyons livrés à des caresses intenses, nous ne fîmes pas l'amour cette nuit-là. Non seulement le lit étroit n'était pas idéal pour de telles activités, mais nous étions également tous deux épuisés et ne voulions pas prendre le risque d'en faire trop avant d'avoir une meilleure idée de la façon dont elle réagissait à mes toxines.

Le lendemain matin, les chevaux étaient déjà partis depuis longtemps lorsque nous sortîmes. Avant de me transformer en loup, je donnai à ma conjointe des instructions détaillées sur la manière de s'attacher à moi à l'aide du harnais que j'avais préparé. Je lui indiquai également comment suspendre nos sacs de nourriture et de réactifs de manière sûre sur moi afin qu'ils ne la gênent pas.

— Quoi ? demandai-je lorsqu'elle fit une drôle de grimace pendant que je finissais de me déshabiller.

— Je ne sais pas. Ça me semble bizarre de t'imposer tout ce fardeau, en plus de moi, et de te monter comme un cheval jusqu'au sommet de cette montagne, dit-elle d'un air penaud. Je me sens coupable. Tu vas être épuisé.

Je m'ébrouai et secouai la tête.

— Premièrement, tu pèses trois fois rien. Deuxièmement, mon loup est extrêmement fort. Mon endurance, ma force et ma résistance sont au moins cinq fois supérieures à celles que j'ai sous ma forme humaine. Tu as vu avec quelle facilité je t'ai portée dans mes bras. Te porter sur mon dos ne sera donc pas une épreuve.

Elle suivit mon regard lorsque je jetai un coup d'œil au sentier étroit devant nous. Je le lui indiquai du menton.

— Ce chemin n'est toutefois pas particulièrement agréable. Vais-je me fatiguer ? Absolument. Mais ce ne sera pas à cause de ton poids ou de celui des sacs. Ce sera à cause du terrain accidenté et de la pente raide à certains endroits. Mais j'ai l'habitude de voyager sur des chemins similaires. Tout ira bien, dis-je d'un ton rassurant. Si je suis trop fatigué, nous ferons une pause et tu pourras me gratter le ventre pour m'apaiser.

Elle éclata de rire et secoua la tête.

— D'accord. Mais assure-toi de te reposer quand tu en auras besoin. Je commence à te connaître. Ton côté surprotecteur te poussera à t'épuiser juste pour prendre soin de moi.

— Peut-être... répondis-je d'un ton évasif qui la fit froncer les sourcils.

Je l'embrassai, mordillai sa lèvre inférieure, puis me transformai en loup. La rapidité et l'efficacité avec lesquelles elle attacha le harnais et fixa ses affaires et nos sacs sur mon dos étaient impressionnantes. En un rien de temps, nous nous mîmes en route.

Au début, l'ascension ne fut pas trop difficile, mais au bout de quelques heures, je commençai à ressentir la fatigue. C'était particulièrement difficile car nous suivions une paroi rocheuse presque verticale où un passage étroit avait été creusé. Il était assez large pour que je puisse me tenir debout normalement, mais ne laissait que quelques centimètres d'espace libre à ma droite. Je remerciai les dieux que ma conjointe ne souffre pas de vertige. Nous marchions littéralement sur un chemin de moins d'un mètre de large, avec un mur de pierre irrégulier à gauche et le vide à droite. Un seul faux pas pouvait nous faire plonger vers une mort certaine.

Je ne me détendais que lors des rares occasions où le sentier traversait la paroi rocheuse, créant un mur temporaire de chaque côté avant de s'ouvrir à nouveau sur un espace où nous étions complètement exposés. Heureusement, même si nous grimpions assez haut, la température restait agréable en cette période estivale. Aucun vent violent ne menaçait non plus de nous déstabiliser.

Pendant la première moitié du trajet, ma conjointe me divertit en me racontant des anecdotes sur sa vie, des histoires drôles sur ses clients les plus étranges et d'autres faits divers que je pouvais trouver amusants. Je détestais ne pas pouvoir lui répondre en tant que loup. J'espérais que nous serions bientôt pleinement liés afin de pouvoir communiquer par télépathie.

Cette partie de notre périple n'était pas particulièrement dangereuse, à condition que je marche prudemment, mais c'était sans aucun doute la plus difficile en termes de progression. Nous ne pouvions pas vraiment nous arrêter nulle part pour nous étirer ou nous reposer. Dans d'autres circonstances, la consternation d'Amara lorsqu'elle découvrit qu'il n'y aurait aucun endroit confortable où elle pourrait se soulager aurait été drôle. Nous attendîmes d'atteindre l'un des passages étroits entre deux parois rocheuses pour qu'elle puisse se libérer du harnais et faire ses besoins.

Son embarras à l'idée d'uriner devant moi fut néanmoins hilarant. Je fis grand étalage de mettre ma patte gauche sur mon museau pour me couvrir les yeux. Elle s'ébroua et marmonna quelque chose à propos de ma bêtise. Remonter sur moi et s'attacher à nouveau avec le harnais s'avéra beaucoup plus difficile dans cet espace restreint. Elle mangea pendant que je continuais à avancer et me donna des morceaux de viande séchée par-dessus mon épaule.

— Tu sais, tu pourrais t'arrêter quelques minutes pour manger, marmonna-t-elle.

Je secouai la tête et continuai d'avancer. Ma pauvre femme ne comprenait pas tout à fait notre situation actuelle. Je réalisai alors que je ne lui avais pas bien expliqué à quoi ressemblerait cette première partie du trajet. Alors que le soleil commençait à se coucher à l'horizon, Amara s'agita nerveusement.

— Sommes-nous près de l'endroit où nous allons passer la nuit ? demanda-t-elle avant de bâiller et de s'excuser profusément.

Je secouai la tête.

— Combien de temps encore, à ton avis ? insista-t-elle. Une heure ?

Je secouai à nouveau la tête.

— Deux heures ? Trois ? Quatre ? Cinq ? demanda-t-elle lorsque je secouai systématiquement la tête après chaque chiffre qu'elle citait. Bon sang, allons-nous y arriver ce soir ?

Je secouai la tête.

— Quoi ? Demain matin alors ? Si tu secoues encore la tête, je vais hurler ! s'exclama-t-elle.

Je lui jetai un coup d'œil par-dessus mon épaule et poussai un gémissement.

Elle me regarda d'un air accablé.

— Dois-je prendre ça pour un non ?

Je hochai la tête.

Une série de jurons sortit de sa bouche. J'émis le grondement que nous utilisions pour exprimer le rire sous notre forme de loup.

— Allons-nous au moins y arriver avant la fin de la journée demain ? demanda Amara d'un ton résigné.

Je ne pouvais pas en être certain. C'était probable, mais pas garanti. Comme je ne pouvais pas l'affirmer clairement, je bougeai la tête de gauche à droite et de haut en bas, formant presque un huit horizontal, ou le symbole de l'infini.

— Cela signifie-t-il « probablement » ? demanda-t-elle, résignée.

Je hochai la tête.

Elle soupira, et je me sentis immédiatement coupable. J'aurais aimé pouvoir lui offrir un moyen plus rapide et plus confortable de l'amener à destination. À ma grande surprise, elle se pencha en avant et passa ses bras autour de mon cou. Elle embrassa ma nuque et y frotta sa joue avant de s'y reposer.

— Je suis désolée de te faire subir tout ça. Je ne te remercierai jamais assez. Tu n'es pas seulement ma Flamme Jumelle, tu es mon ange gardien, murmura-t-elle.

Ma poitrine se serra lorsque je compris que ce soupir n'était pas dû à l'impatience et à l'agacement, mais à la culpabilité de me causer des désagréments, du moins le pensait-elle. Ma conjointe ne comprenait pas à quel point cette épreuve était en réalité le plus beau cadeau qu'on m'ait jamais fait. On avait besoin de moi, vraiment besoin de moi. Mes efforts allaient littéralement sauver une vie, mais pas n'importe laquelle. J'avais vécu sans véritable but ni objectif, me contentant de suivre la routine parce que je n'avais pas d'autre choix. Désormais, je me couchais chaque soir le cœur rempli d'espoir. Chaque matin, je me réveillais impatient de revoir son beau visage et de me délecter à la fois de son affection et de la façon addictive dont elle me regardait, comme si j'étais précieux.

Elle me considérait peut-être comme son ange gardien, mais elle était ma déesse et mon salut. Triste de ne pas pouvoir le lui dire, j'émis un gémissement et léchai doucement le dos de sa main autour de mon cou.

Je poursuivis mon chemin pendant de nombreuses heures encore, jusqu'à ce que mon corps réclame une pause. À un moment donné, Amara s'était endormie. Cela m'avait réjoui car elle avait besoin de se reposer autant que possible. Dès que nous atteignîmes un autre passage étroit, je m'allongeai sur le ventre, en prenant soin de ne pas bouger trop brusquement pour ne pas la réveiller. Je m'assoupis, envahi par des visions enchanteresses d'un avenir où ma Flamme courait après nos petits en riant.

Le deuxième jour fut tout aussi éprouvant, sinon plus. Mais les choses s'améliorèrent progressivement vers la fin, lorsque le chemin s'élargit. Cela me permit de courir au lieu de marcher rapidement, comme j'avais été contraint de le faire sur les corniches étroites. Entendre ma conjointe pousser des cris de joie lorsque nous atteignîmes un plateau me fit éclater de rire. Les dieux savaient que je partageais pleinement ce sentiment. Nous avions progressé beaucoup plus vite que prévu. La roche dure laissant place à la terre, puis à un délicieux tapis d'herbe, offrit à mes pattes un répit bienvenu.

Mon cœur s'emballa à la vue des premiers arbustes. Rapidement, ils se transformèrent en buissons, puis en arbres à part entière. Leur nombre suffisamment important justifiait de parler d'une forêt, même s'ils étaient assez dispersés. Notre refuge pour la nuit approchait. Comme il restait encore une bonne heure avant le coucher du soleil, nous allions pouvoir profiter d'un moment bien mérité pour prendre soin de nous.

Cela faisait longtemps que je n'étais pas venu ici, mais je me souvenais bien du petit havre situé juste après le bord de la paroi rocheuse, près du grand arbre dont le nœud ressemblait étrangement à un visage. Ce n'était pas un Arbre Gardien comme on en trouvait sur certaines terres bénies, ni le plus célèbre d'entre eux appelé le Veilleur, qui trônait près de l'autel à l'extérieur du cimetière de Duskwallow. Les Arbres Gardiens étaient extrêmement puissants et chacun possédait un visage unique. Ils ne parlaient pas avec des mots, et leurs visages ne bougeaient pas comme ceux des humains. Mais ils pouvaient exprimer des émotions. Malheur à ceux qui s'attiraient leur colère, mais bénis étaient ceux à qui ils accordaient leur protection.

Je passai en courant devant l'arbre, poussé par cette soudaine bouffée d'énergie que l'on ressentait souvent à l'approche de son foyer, ou de toute autre destination. Amara eut le souffle coupé lorsque je tournai au coin de ce qui semblait être un mur continu, mais qui était en fait une illusion d'optique cachant l'entrée d'une grotte.

L'étroitesse trompeuse de l'entrée donnait accès à un repaire étonnamment spacieux et relativement chaud par rapport à l'air plus frais de la montagne à cette altitude. Bien que confortable pendant la journée, il faisait un peu frais la nuit.

— Par les dieux ! Est-ce bien ce que je pense ? s'exclama ma conjointe alors que je traversais le grand espace semi-circulaire vers le fond.

La lumière naturelle nous permit d'apercevoir ce qui ressemblait à des volutes de vapeur près du sol. Une légère odeur de soufre, trop faible pour être désagréable, laissait deviner ce qui nous attendait. Je courus dans sa direction et émis un petit rire lorsque ma femme poussa un couinement de joie.

Une source chaude naturelle se révéla à nos yeux. Une grande ouverture dans la paroi rocheuse faisait office de fenêtre naturelle offrant une vue imprenable sur la vallée de Storm Hill en contrebas. Heureusement, une plateforme suffisamment large entourait la source thermale, ce qui permettait de la contourner en toute sécurité. Quelques rochers et blocs éparpillés sur les bords pouvaient servir à s'asseoir ou à s'allonger.

Dès que je m'arrêtai près de l'eau chaude, ma conjointe s'empressa de se libérer du harnais et sauta de mon dos. À ma grande surprise, au lieu de se précipiter vers l'eau pour la tester, elle retira les sacs et le harnais qui m'encombraient. Ce geste attentionné me toucha profondément. Trop peu de gens avaient jamais volontairement fait passer mes besoins avant les leurs. Alors seulement, elle s'aventura près du bord de la source. Je repris ma forme humaine tandis qu'elle s'accroupissait pour plonger une main dans l'eau. Encore à moitié métamorphosé, je gloussai joyeusement en entendant le gémissement voluptueux qu'elle poussa en constatant que l'eau était à une température agréable.

— Une fois que j'y serai entrée, tu vas devoir me traîner hors de cette source thermale de force, parce que je vais crier et donner des coups de pieds, dit-elle d'une voix enthousiaste.

— Non, ma Flamme. Je pense que c'est toi qui devras me traîner hors de là, répondis-je d'un ton taquin. Mais tu peux prendre de l'avance. Saute dedans. Je vais chercher du petit bois pour allumer un feu pour la nuit et peut-être réchauffer un peu de cidre.

— Pfft ! Comme si j'allais te laisser faire tout le travail tout seul, dit Amara d'un ton presque offensé. De toute façon, j'ai besoin de me dégourdir les jambes.

— Tu devrais te reposer, objectai-je.

Le regard sévère qu'elle me lança me fit taire.

— Je ne te demandais pas la permission, dit-elle d'un ton qui ne souffrait aucune discussion.

Bon sang, c'était incroyablement sexy ! Une fois de plus, la force intérieure qui se cachait sous l'apparence réservée et presque timide de ma conjointe m'impressionnait. J'aimais cette dualité chez ma femme. Une main douce et attentionnée enveloppée par une volonté de fer.

J'inclinai la tête en signe de concession.

— Considère-moi comme dûment réprimandé, dis-je avec une contrition exagérée.

Elle s'ébroua et secoua la tête tandis que je passais devant elle, toujours nu. Elle me donna une tape sur les fesses assez forte pour que ça picote, mais pas assez pour que ça fasse mal. Je poussai un cri de fausse indignation, et elle gloussa avant de courir vers la sortie. Je la poursuivis, la rattrapai facilement et la pris dans mes bras. Elle poussa un cri et rit encore plus fort tandis que je la portais dehors en faisant semblant de la mordre.

Par Férazan, comment arrivait-elle à illuminer mes journées avec les choses les plus insignifiantes ?

— Tu sais, si je t'ai suivie, c'était pour me dégourdir les jambes et faire un peu d'exercice, dit Amara d'un ton réprobateur.

Je haussai les épaules et lui adressai un sourire sans remords.

— Tu le feras dans une minute. Pour l'instant, j'ai besoin de satisfaire mon envie de te tenir dans mes bras. J'en ai été privé pendant deux jours entiers tandis que tu étais assise sur mon dos. À moins que tu ne sois en train de dire que tu en as assez de ma proximité et que tu as besoin d'une pause ?

— Neuf Enfers ! Tu n'as aucune honte ! s'exclama Amara lorsque je pris l'expression la plus pitoyable d'un toutou triste en posant cette dernière question.

— Aucune, répondis-je fièrement. Mais tu n'as pas répondu à ma question.

Elle me donna un coup de coude espiègle tout en faisant une grimace.

— Tu sais parfaitement que je ne me lasserai jamais d'être dans tes bras. Arrête de chercher des compliments.

— Ce n'est pas le cas, répondis-je sans la moindre once d'honnêteté. Je veux juste m'assurer que nous sommes sur la même longueur d'onde.

— Ouais, ouais. Et je suis la Reine du Neuvième Cercle, rétorqua-t-elle d'un ton moqueur.

— Votre Altesse, répondis-je d'un ton impassible.

Elle me mordit la joue, puis apaisa d'un baiser la douleur à peine perceptible. Je la serrai plus fort dans mes bras et frottai ma tempe contre son front pour la marquer de mon odeur. Par les dieux, je tombais follement amoureux de ma femme.

À contrecœur, je la remis debout lorsque nous arrivâmes dans la forêt clairsemée pour ramasser du bois d'allumage. Nous en rassemblâmes rapidement suffisamment pour faire un feu. Alors que je me baissais pour ramasser ce que nous avions empilé, je vis Amara regarder une brindille avant de la jeter, car elle était trop mince pour être utile.

Je n'aurais su dire ce qui me prit, mais je me transformai en loup et courus après elle. Je la ramassai avec mes dents et la lui rapportai.

L'expression sur le visage de ma compagne était plus qu'hilarante.

— Sérieusement ?! s'exclama ma Flamme, à la fois incrédule et confuse.

Il n'était pas nécessaire d'être devin pour savoir qu'elle se demandait si c'était un instinct naturel chez les Lycans, comme chez les chiens. De toute évidence, mon peuple ne ressentait aucune envie d'aller chercher. Mais être avec ma conjointe avait réveillé en moi un côté ludique que je n'avais pas exprimé au cours des deux dernières décennies, depuis ma brouille avec Ulric.

Remuant la queue, je poussai sa main avec mon museau pour qu'elle prenne la brindille. Je haletai, ma queue frétillant encore plus vigoureusement tandis que je la fixais d'un air expectatif. Son regard alterna entre la brindille et moi, comme si elle ne pouvait croire ce qui se passait. Puis elle haussa les épaules et la lança aussi loin qu'elle le pouvait. Je me lançai aussitôt à sa poursuite. Cette fois, Amara éclata de rire.

Elle la prit lorsque je la lui rapportai, secouant la tête comme si j'étais une cause perdue.

— Gros bêta, dit-elle affectueusement. Tu n'es pas fatigué ?

Je sautillai en cercles autour d'elle, puis fis semblant d'essayer de lui mordre les chevilles.

— Hé ! Arrête ça ! Non ! couina-t-elle en riant, avant de s'enfuir en courant.

Je la poursuivis joyeusement, prétendant que ses manœuvres évasives étaient en partie couronnées de succès. Finalement, elle trébucha et je sautai sur elle pour l'immobiliser. Je lui léchai le visage à plusieurs reprises tandis qu'elle protestait faiblement entre deux éclats de rire.

Je n'aurais su dire à quel moment les choses cessèrent d'être un jeu pour moi. Un instant, j'essayais de la faire rire, et l'instant d'après, une puissante faim s'empara de moi. Le désir brûlant de m'accoupler avec ma conjointe déclencha ma métamorphose. Sauf que je ne repris pas complètement ma forme humaine. J'avais toujours ma queue, une grande quantité de fourrure, principalement sur le dos, les bras et les jambes, et je sentais que mon visage n'était pas tout à fait revenu à la normale. À cet instant, j'étais mi-loup-garou, mi-humain.

J'écrasai ses lèvres dans un baiser bien plus brutal que je ne l'avais voulu. Elle se raidit de surprise. À mon grand soulagement, elle ne me repoussa pas, mais se détendit moins de deux secondes plus tard. La ferveur avec laquelle elle y répondit attisa ma passion jusqu'à la frénésie. À ma grande honte, je ne la déshabillai même pas complètement. En vérité, je fus surpris que son pantalon ne fût pas réduit en lambeaux dans mon impatience d'atteindre mon but. Son sous-vêtement ne bénéficia pas d'une telle clémence. D'un seul coup de griffes, je le déchirai et me souvins à peine de les rétracter avant de plonger deux doigts à l'intérieur de ma conjointe.

Amara gémit contre mes lèvres, ses ongles s'enfonçant dans mon dos. Elle souleva son bassin comme pour faciliter mon exploration audacieuse. Dans la chaleur soudaine qui embrumait mon esprit, je pris cela comme une invitation à continuer. Une petite voix au fond de ma tête m'avertit que, même si elle était déjà mouillée pour moi, ma conjointe n'était peut-être pas tout à fait prête à me recevoir. Mais je l'ignorai et fis appel à toute ma volonté pour ne pas m'enfoncer en elle d'un seul puissant coup de reins, comme tout mon corps en avait désespérément envie.

Néanmoins, je ne la pris pas de la manière lente et prudente dont je le faisais habituellement à l'aide de mouvements superficiels. Elle haleta contre mes lèvres tandis que je sifflais contre les siennes sous l'effet de la brûlure de son corps qui résista initialement à mon intrusion. Je n'aurais su dire si ce fut ma persévérance déterminée ou la coopération soudaine de son corps qui le fit céder rapidement à ma demande impérieuse.

Une fois encore, ma Flamme Jumelle ne s'opposa pas à la manière effrénée dont je la fis mienne. La ferveur avec laquelle elle me caressait et l'ardeur de sa langue qui tournoyait autour de la mienne criaient haut et fort son consentement et son enthousiasme. Je n'eus pas besoin d'encouragements supplémentaires pour déchaîner ma passion sur elle.

Je n'attendis pas qu'elle s'ajuste à ma circonférence ni même d'accélérer progressivement le rythme. Je me mis aussitôt à la pilonner, rendu fou par un plaisir presque insupportable alors que son étroit fourreau serrait mon membre de tous côtés. Chaque fois que mon nœud frottait contre ce faisceau de nerfs sensibles situé juste au-dessus de ses parois intérieures, cela envoyait une décharge électrique le long de mon membre et dans toute ma région pelvienne. Nous étions tellement faits l'un pour l'autre que même nos zones érogènes étaient parfaitement alignées.

La sentir tressaillir sous moi et entendre chacun de ses gémissements voluptueux réveilla la bête sauvage qui sommeillait au plus profond de moi. Je voulais la détruire, la dévorer tout entière, la marquer irrévocablement comme mienne et la voir s'effondrer encore et encore jusqu'à ce que son esprit se brise.

Son corps se raidit soudainement et elle poussa un cri alors que l'orgasme la submergeait. Un son sauvage s'échappa de ma gorge lorsque ses parois intérieures se resserrèrent autour de mon membre. Je faillis répandre ma semence. Mes griffes sortirent et s'enfoncèrent dans le sol alors que je luttais contre l'envie de céder à mon propre orgasme. Mon membre palpitait et une douleur aiguë me transperçait le bassin alors que j'utilisais toute ma volonté pour empêcher mon nœud de gonfler.

Sur le point de perdre cette bataille, je me retirai de ma conjointe et la retournai sur le ventre. La vue des courbes magnifiques de son derrière rond me fit saliver et mes instincts primaires jaillirent. Dans un bref moment de lucidité, je déplorai le fait qu'elle ne soit pas une Lycan. Baignés soit par la lueur de la lune, soit par les rayons du soleil, nous aurions échangé des morsures d'union, nous marquant l'un l'autre comme des conjoints liés.

Je la saisis par les hanches à deux mains, soulevai sa croupe pour la mettre à genoux, puis m'enfonçai en elle d'un seul mouvement puissant. Encore à moitié étourdie par son récent orgasme, Amara poussa un cri étouffé face à ma possession brutale, puis s'appuya sur ses avant-bras. Quelques instants plus tard, elle se balançait d'avant en arrière, répondant à chacun de mes coups de reins tandis qu'un feu liquide se répandait dans mes veines, décuplant la chaleur qui m'embrasait.

Je me penchai en avant, détestant qu'elle porte toujours son haut, me privant du contact peau contre peau dont j'avais tant besoin. De leur propre gré, mes crocs descendirent davantage, et je me surpris à les refermer sur sa nuque dans un geste de domination et de possession. Amara poussa un son aigu qui ressemblait au gémissement qu'un loup ou l'un de mes semblables aurait émis en signe de soumission. Ma Flamme ne s'était probablement pas rendu compte qu'elle l'avait fait. Mais même si c'était le cas, je doutais que ce soit intentionnel. Quoi qu'il en soit, cela résonna directement dans mon membre, et je faillis perdre le contrôle.

Serrant les dents, à la fois à cause de l'effort pour me retenir et du plaisir écrasant, je me perdis dans ma femme. L'envie de plonger mes dents dans sa chair et de la lier à moi pour toujours me taraudait. Mais quand ce jour serait venu – et il allait venir – je ferais les choses correctement et avec son plein consentement.

Mais ma femme se mit à trembler. À entendre ses gémissements voluptueux de plus en plus pressants, je sentais qu'elle était sur le point de s'effondrer à nouveau. Une fois qu'elle aurait atteint l'orgasme, je n'allais pas pouvoir résister à ma propre jouissance. Sachant trop bien ce qui allait se passer ensuite, je me retirai de ma femme, la retournai, puis l'attirai sur moi alors que je m'allongeais sur le dos. Je l'empalai sur mon membre d'un mouvement rapide. Avant même que je puisse donner plus de deux coups de reins, ma femme cria, emportée par la béatitude.

Ses parois internes se resserrant brusquement envoyèrent une décharge électrique qui explosa dans mon nœud. Elle irradia jusqu'à la base de mon membre avant de se propager le long de ma colonne vertébrale. Ma vision se brouilla et j'eus l'impression que mon âme même était en train d'être expulsée de mon corps. Ma semence jaillit en puissants jets d'extase qui me laissèrent chancelant. Mon nœud gonfla, me verrouillant à ma Flamme alors que je resserrais mon étreinte autour d'elle.

Le visage enfoui dans mon cou, le corps secoué par les spasmes du plaisir, Amara s'accrochait à moi avec la force d'une femme en train de se noyer. Son souffle haletant caressait ma poitrine tandis que je continuais à la remplir jusqu'à ce que je sois complètement vidé.

Que les dieux m'emportent, j'étais fou de cette femme.

Nous restâmes enlacés tandis que nos battements de cœur se calmaient. Amara était allongée sur moi, les genoux de chaque côté de mes jambes. J'embrassai son front puis me levai prudemment. Être encore enfoncé jusqu'aux couilles dans ma conjointe rendait les choses assez délicates, mais une fois debout, je savourai sa proximité et la façon dont elle enroula ses bras et ses jambes autour de moi. La confiance avec laquelle elle s'abandonnait à mes soins me touchait au plus profond de moi-même.

Poitrine contre poitrine, je la portai à l'intérieur de la grotte et dans la source thermale. Son gémissement voluptueux lorsque l'eau chaude nous enveloppa fit réagir mon membre. Férazan, emporte-moi ! J'avais honte d'être si accro à cette femme que le moindre contact, le moindre son, voire le moindre regard suffisait à m'exciter.

— Hmmm, ça fait du bien ! dit Amara d'une voix ronronnante. Je sens la chaleur s'infiltrer jusqu'à mes os. Avant cela, je n'avais pas vraiment réalisé à quel point j'étais endolorie.

Une vague de culpabilité m'envahit et je lui lançai un regard penaud.

— Je m'excuse, ma conjointe. Je n'avais pas l'intention d'être aussi brutal avec toi. Malheureusement, plus nous restons sous notre forme de loup, plus nous devenons sauvages. Je ne suis même pas parvenu à reprendre complètement ma forme humaine.

— Neuf Enfers ! Tu n'as pas à t'excuser. Au cas où tu ne l'aurais pas remarqué, j'étais plus que consentante, rétorqua Amara comme si j'avais dit quelque chose de stupide. Il faut dire que s'envoyer en l'air avec un loup-garou, c'est plutôt excitant.

— Lycan ! Pas loup-garou, m'écriai-je, outré.

Elle gloussa et frotta son nez contre le mien.

— Désolée, Lycan alors. Mais honnêtement, en ce moment, tu ressembles plus à un loup-garou qu'à un Lycan. Tu ne peux pas te retransformer ?

Je secouai la tête.

— Non, pas tant que nous sommes noués. Je dois attendre que ça se dégonfle. J'espère que tu n'es pas trop effrayée par mon apparence actuelle, ajoutai-je prudemment.

Elle sourit et me caressa la joue.

— Non, tu as l'air beaucoup plus intimidant, mais dans le bon sens du terme. Si je ne pouvais pas te reconnaître clairement, ce serait différent. Mais ce sont toujours tes traits, mon Rémus, avec juste un peu plus de caractéristiques lupines.

L'ampleur du soulagement que je ressentis en entendant ces paroles me stupéfia. J'étais gêné d'avoir constamment besoin d'être rassuré par ma femme.

— D'accord, dis-je.

Amara pencha la tête sur le côté, me jetant un regard inquisiteur.

— Peux-tu contrôler ton nœud ? C'est-à-dire, peux-tu l'empêcher de gonfler ou le dégonfler à volonté ?

Je secouai à nouveau la tête.

— Ses réactions sont plutôt instinctives. Je peux « essayer » de le retenir, mais c'est une bataille perdue d'avance. En gros, le seul « contrôle » que j'ai sur lui, c'est de m'empêcher d'éjaculer. Dès que je le fais, le nœud passe à l'action. Cependant, je n'ai absolument aucun contrôle sur le moment où il se dégonfle. Parfois, c'est plus rapide que d'autres fois. Je n'en sais pas plus que toi sur les raisons de ce phénomène.

— Je vois, dit Amara d'un air pensif, le front plissé. Mais que se passerait-il si nous venions de finir de jouer les coquins et qu'une menace apparaissait ? Nous serions tous les deux des proies faciles.

Je lui adressai un sourire indulgent.

— Même si je n'avais toujours aucun contrôle sur mon nœud dans une telle situation, mon instinct de survie prendrait le dessus et mon nœud se désenflerait de lui-même. C'est le seul cas où il libérerait notre conjointe avant que notre loup ne considère qu'il a rempli son rôle.

— Son rôle qui consiste à augmenter les probabilités que la femelle soit fécondée ? demanda-t-elle, le visage impassible.

Je tiquai et mon estomac se noua instantanément d'appréhension. Toute ma vie, j'avais rêvé d'avoir une conjointe et de nombreux petits. Les souvenirs de certains mâles de la meute dormant avec une demi-douzaine de petits empilés sur eux me hantaient encore aujourd'hui, provoquant une douleur sourde d'envie.

Ne veut-elle pas d'enfants ?

— Oui, répondis-je prudemment, mes yeux oscillant entre les siens, inquisiteurs. Mais tu n'as pas à t'inquiéter de tomber enceinte. Le poison qui coule actuellement dans tes veines rend cela impossible.

— Je vois, répondit Amara avec la même expression neutre.

— Je sais que nous n'en avons pas encore parlé, mais veux-tu avoir des enfants ? demandai-je avec hésitation.

Une immense vague de soulagement m'envahit lorsqu'elle acquiesça immédiatement.

— Absolument. J'aimerais en avoir au moins deux ou trois. Être enfant unique, c'est nul, dit fermement ma conjointe. Et toi ?

Le sourire stupide qui étira mes lèvres – et qui devait être plutôt effrayant sous ma forme partiellement transformée – lui donna la réponse avant même que je ne parle.

— En tant que loup, j'aimerais avoir au moins une demi-douzaine de petits, dis-je timidement.

Elle éclata de rire et me regarda comme si j'étais fou. Cependant, je remarquai également qu'elle n'avait pas rejeté cette idée.

— Donc, une fois que je serai guérie, nous pourrons avoir des enfants ?

J'hésitai, puis secouai la tête.

— Nous devons être liés avant que tu puisses porter mes enfants. En tant qu'humaine pur-sang, tu n'es pas compatible avec moi sur ce plan. Le lien conjugal te permettra de concevoir et de porter un bébé Lycan.

— Comment fonctionne ce lien ?

L'absence de peur ou de malaise lorsqu'elle posa la question me réjouit énormément.

— Le jour où tu seras prête à lier ta vie à la mienne de façon permanente, je te donnerai la morsure qui scellera notre union. Nous le faisons généralement ici, près de l'épaule, dis-je en caressant l'endroit situé à quelques centimètres de son cou, sur son épaule droite.

— Est-ce que je vais changer ? demanda Amara en fronçant légèrement les sourcils.

Sa réaction ne traduisait pas vraiment de l'inquiétude. Cependant, outre sa curiosité évidente concernant le processus et ses conséquences, je fus frappé par le fait qu'elle n'avait probablement jamais envisagé la possibilité que s'accoupler avec un Lycan puisse entraîner des changements radicaux dans sa personne.

Une fois de plus, j'hésitai.

— Tu ne changeras pas extérieurement, dis-je en choisissant mes mots avec soin. Mais tu seras dotée d'une plus grande force, d'une vitesse accrue et d'une régénération améliorée en cas de blessure ou de fatigue. Tu subiras également quelques changements anatomiques mineurs, notamment au niveau de l'appareil reproducteur. Tes glandes produiront des hormones spécifiques nécessaires à la croissance d'un louveteau en bonne santé, et la muqueuse de ton utérus s'épaissira et deviendra plus résistante afin de te protéger des éventuelles griffures des petits à l'approche de la fin de la gestation.

— Oh wow ! s'exclama Amara, apparemment impressionnée. Mais cela signifie-t-il également un risque accru de grossesse multiple ?

Une fois de plus, mon regard désolé en dit long.

— Mince ! murmura Amara.

À ma grande joie, son expression exagérément abattue laissait entendre qu'elle n'était en fait pas opposée à cette idée.

— Donc pas de queue poilue ni d'oreilles de loup pour moi ? ajouta-t-elle d'un ton taquin.

— Pas pour toi, répondis-je avant d'embrasser le bout de son nez. Ce sont les loups-garous qui te transforment lorsqu'ils te transmettent leur malédiction.

Elle pencha la tête sur le côté tandis que ses doigts jouaient distraitement avec les mèches de cheveux mêlées à ma fourrure de loup dans ma nuque.

— C'est ce que tu deviens à la pleine lune ? Un loup-garou ?

Je m'efforçai de garder une expression neutre. Aucun mot ne pouvait exprimer à quel point je détestais cette partie de moi. Je priais seulement pour que ma conjointe n'en soit jamais témoin.

— Oui. C'est exact. Mais cela ne dure que quelques heures, entre le moment où la lune atteint sa phase pleine et le lever du soleil, ajoutai-je rapidement. Il y a de nombreux signes avant-coureurs pendant les jours qui précèdent la pleine lune, alors ce n'est pas comme si cela m'arrivait par surprise. Tu n'as rien à craindre. Je ne te ferai jamais de mal et je ne suis pas une menace. Ou plutôt, je prends toutes les précautions possibles pour m'assurer que je ne représente aucun danger pour qui que ce soit pendant ces vingt-quatre heures.

Toute tension me quitta lorsque ma conjointe me sourit doucement d'un air rassurant.

— Je sais, Rémus. Je n'ai pas peur de toi. Même si nous venons seulement de nous rencontrer, je suis en train de tomber follement amoureuse de toi. Je ne me souviens pas avoir été aussi en harmonie avec quelqu'un. Le simple fait d'être avec toi me rend heureuse. Et non, ce n'est pas cette histoire de Flamme Jumelle qui parle en ce moment. C'est juste moi, Amara, qui craque complètement pour l'homme que tu es, Rémus. J'attends donc avec impatience cette morsure qui scellera notre union.

Une fois de plus, un sourire idiot se dessina sur mon visage tandis que ma poitrine débordait d'affection et d'un sentiment que je n'osais pas encore nommer.

— Je ressens la même chose pour toi, Amara. Mes réactions physiologiques à ton égard ne font que confirmer mes senti-ments. Avec toi, tout semble si naturel. Je n'ai jamais été aussi heureux que depuis que je t'ai rencontrée, dis-je, embarrassé par le léger tremblement de ma voix alors que je me sentais presque étouffé par l'émotion.

Amara ouvrit la bouche pour poser une question, hésita, puis sembla changer d'avis.

— Qu'y a-t-il ? Que voulais-tu demander ? m'enquis-je, curieux.

Son visage prit une expression adorablement timide.

— C'est juste que... Je ne veux pas paraître trop empressée.

— Parle, ma conjointe. Il n'y a rien que tu ne puisses discuter ouvertement avec moi, jamais. Tu es mon refuge, et je suis le tien, dis-je doucement.

Elle s'humecta nerveusement les lèvres, carra les épaules et se lança.

— Puisque nous voulons tous les deux la même chose, je me demandais pourquoi attendre pour nous unir.

Mon cœur fondit lorsqu'elle baissa immédiatement les yeux, comme si elle craignait de lire un éventuel rejet sur mon visage. Cette pauvre folle ne comprenait pas à quel point j'étais fou d'elle et à quel point je voulais la lier à moi pour le reste de nos jours.

— Crois-moi, ma conjointe, je ne désire rien de plus. Cependant, cela ne peut se faire maintenant. À bien des égards, nous sommes comme des vampires. Notre morsure d'union fige notre partenaire dans son état actuel, lui expliquai-je. C'est la raison pour laquelle nous ne nous unissons pas lorsque l'un des partenaires est malade ou trop jeune.

— Je ne comprends pas, dit Amara en fronçant les sourcils. Les Lycans ne sont pas immortels, n'est-ce pas ?

— Non, nous ne le sommes pas. Techniquement, les vampires ne le sont pas non plus, car ils peuvent mourir. Ils ont juste une longue durée de vie dans des conditions spécifiques, la corrigeai-je gentiment.

L'immortalité est réservée aux dieux. Mais les Lycans vieillissent naturellement beaucoup plus lentement que les humains. Nous avons en moyenne trois fois votre espérance de vie. Le lien augmente encore cette caractéristique, car nous échangeons des fluides de régénération et nos espérances de vie se synchronisent.

— Donc si nous nous liions maintenant, je serais figée dans cet état de maladie ? demanda Amara, horrifiée.

Je hochai la tête avec une expression lugubre.

— Malheureusement, oui.

— Oh, laisse tomber alors ! marmonna ma conjointe avec un frisson, me faisant glousser.

Elle redevint soudain sérieuse.

— Est-ce que je pourrais te rendre malade, toi aussi ?

Je secouai la tête.

— Non, mon sang neutralise ton poison. Mais au rythme où nous allons, je suis convaincu que nous atteindrons le plateau dans quatre jours. Et là, nous pourrons te soigner.

— J'ai hâte que ce cauchemar se termine et que nous commencions à construire notre avenir, dit ma Flamme d'un ton rêveur.

Je resserrai mes bras autour d'elle, et elle resserra les siens autour de mon cou. Par Férazan, comme j'aimais appartenir à cette femme.

— Ces derniers jours ont été difficiles pour toi. Et tu n'as pas idée à quel point tu me rends fier, à persévérer comme tu le fais, dis-je, ma voix empreinte d'admiration et de respect. Malgré ma semence qui neutralise une partie du poison, ta santé continue de décliner. Je m'excuse donc à l'avance pour les jours à venir. Ce soir est un répit bien mérité avant une nouvelle marche éprouvante.

— Ne t'excuse pas pour cela. Tu es littéralement en train de me sauver la vie. C'est moi qui devrais m'excuser de te faire subir tout cela. Cependant, si tu veux vraiment t'excuser pour quelque chose, tu peux le faire pour avoir été trop fringant avant que nous ayons pu ramener tout le bois que nous avions ramassé.

Je m'ébrouai, les joues en feu d'embarras et de culpabilité.

— C'est vrai ! Je suis vraiment désolé pour ça, mais j'irai le chercher quand nous serons sortis de l'eau. Après tout, j'ai découvert une nouvelle passion pour ça.

Amara éclata de rire et me donna une petite tape amicale sur l'épaule.

— Gros bêta. Tu m'as vraiment eue pendant un moment. Je ne savais pas si tu me faisais marcher ou si tu avais vraiment envie d'aller chercher.

— La vérité se situe quelque part entre les deux, répondis-je d'un ton mystérieux avant de m'emparer de sa bouche.

CHAPITRE 13
AMARA

A près cette merveilleuse escapade thermale, nous passâmes deux autres journées entières sur le sentier, Rémus courant avec moi sur son dos. Le troisième jour, nous trouvâmes un petit renfoncement dans la paroi rocheuse de la montagne, qui pouvait à peine être qualifié d'alcôve. Il offrait néanmoins un semblant d'abri pendant que mon pauvre conjoint s'octroyait un repos bien mérité.

Je me sentais mal de le voir se pousser autant. Cela n'aidait pas qu'il rationne sa nourriture pour s'assurer que nous en aurions assez jusqu'à ce que nous atteignions un autre plateau où nous pourrions trouver du gibier à chasser et ménager nos réserves.

Cependant, égoïstement, je n'insistai pas trop pour qu'il se repose. M'accoupler avec lui sous sa forme partiellement transformée m'avait donné un coup de pouce nettement plus fort que lorsque j'avais reçu sa semence sous sa forme humaine. Et pourtant, je sentais que je m'affaiblissais chaque jour un peu plus rapidement. J'ignorais si le poison devenait plus agressif en réaction à cet antidote plus puissant, ou si c'était simplement mon organisme qui s'affaiblissait de plus en plus. Aussi, pouvoir dormir sur Rémus pendant qu'il courait toute la journée s'avéra être une véritable bénédiction. Sa détermination à aller jusqu'au bout me touchait au-delà des mots. Il était si merveilleux et si aimant avec moi. Je m'étais lancée dans cette mission sans grand espoir, me contentant de suivre le processus parce que je refusais de baisser les bras face à l'adversité. Mais ma rencontre avec Rémus avait tout changé. Je voulais vraiment survivre pour explorer la vie avec lui. Malheureusement, alors que nous entrions enfin dans une véritable grotte pour passer la nuit, la peur de ne pas y arriver grandissait dans mon cœur.

Déjà dix-neuf jours s'étaient écoulés depuis ma rencontre avec la Tisseuse, quinze depuis la dernière pleine lune et onze depuis que j'avais entrepris ce périple. D'après les estimations de mon conjoint, nous devrions atteindre le plateau dans encore deux jours. Cela signifiait que notre trajet jusqu'à notre destination aurait duré treize jours, quatorze si l'on ajoutait le retard supplémentaire causé par l'enlèvement de Lyall.

Et c'était un problème.

Étant donné que j'avais voyagé sur mon propre cheval pendant les cinq premiers jours, combien de temps faudrait-il à Rémus pour parcourir toute cette distance seul ? Au moment de rencontrer Ranael pour ma première morsure, il n'allait plus rester qu'environ onze jours avant la prochaine pleine lune. Selon la Tisseuse, il allait falloir au moins deux à cinq jours pour que son venin brûle le poison qui coulait dans mes veines avant que je puisse obtenir sa deuxième morsure pour le neutraliser. En supposant le pire scénario, soit cinq jours, cela ne laisserait à Rémus que six jours pour retourner dans l'un de ses refuges avant de se transformer en loup-garou.

Sera-t-il capable d'y arriver en si peu de temps s'il n'a pas à s'occuper de moi ?

Mais cela soulevait également la question de savoir où j'allais rester pendant ce temps. Je ne savais pas dans quel état j'allais me trouver après cette deuxième morsure. Tout indiquait que je serais probablement dans un état pitoyable pendant des heures, voire des jours.

Je m'efforçai d'avaler une autre bouchée de pain sec et de viande séchée. Hier, j'avais remarqué à quel point la nourriture était devenue insipide pour moi. Aujourd'hui, j'aurais juré que je mangeais les cendres d'un feu de joie. Mon estomac ne supportait aucune nourriture. Boire du cidre me donnait l'impression d'avaler du vinaigre, et même l'eau ne me convenait pas.

Le poids du regard de Rémus sur moi réclama mon attention. La culpabilité m'envahit aussitôt lorsque je vis son expression désemparée. Malgré tous ses efforts, mon conjoint ne pouvait cacher son inquiétude à mon égard. Mais le pire dans tout cela était de savoir sans l'ombre d'un doute qu'il se reprochait l'aggravation de mon état.

Depuis notre nuit torride près de la source thermale, nous n'avions refait l'amour qu'une seule fois, après notre deuxième période de deux jours de course effrénée. Même si Rémus s'était à nouveau partiellement transformé, les effets bénéfiques de sa semence s'étaient estompés en quelques heures. Nous n'avions plus eu de relations intimes depuis, malgré le fait que nous disposions d'abris à peu près convenables pour chacune des trois nuits suivantes, y compris celle-ci, avec suffisamment d'espace pour nous permettre de batifoler.

Même si j'aurais aimé profiter davantage de ces moments avec mon âme sœur, j'étais trop épuisée et me sentais trop mal pour même y songer. Rémus n'avait pas non plus fait la moindre avance dans ce sens. Cela m'attristait que son nez sensible lui dise à quel point j'étais en mauvais état. En fait, je craignais qu'il ne lui ait révélé que mon état était encore pire que je ne le croyais.

— Quelque chose ne va pas, ma Flamme ? demanda Rémus d'une voix douce, son inquiétude sous-jacente étant subtile mais audible.

Je secouai la tête.

— Non, je vais bien. Mais je pensais que ce serait une bonne idée de te montrer le cercle magique et l'incantation nécessaires pour invoquer Ranael.

Ma poitrine se comprima en voyant la pure tristesse qui traversa le beau visage de mon conjoint. Je n'avais pas besoin d'entrer dans les détails pour qu'il lise entre les lignes. À en juger par son expression, il voulait clairement me donner les arguments et platitudes génériques que les gens déversent toujours lorsqu'ils essayaient de convaincre une personne mourante qu'elle allait s'en sortir d'une manière ou d'une autre. Heureusement, il m'épargna la douleur d'avoir un débat inutile à ce sujet.

— Ça pourrait être amusant, dit-il avec un sourire qui n'atteignit pas tout à fait ses yeux. J'ai essayé bien des choses. Mais l'invocation sera une nouvelle expérience. Montre-moi, ma Flamme.

Mon cœur fondit d'affection pour lui. Une fois de plus, il faisait passer mes besoins avant les siens et privilégiait mon bien-être mental au détriment du sien. Les larmes me montèrent aux yeux à l'idée que nous n'avions peut-être plus beaucoup de temps à passer ensemble. Le Destin ne pouvait pas être cruel au point de mettre enfin un homme aussi merveilleux sur mon chemin pour ensuite éteindre ma lumière avant que je puisse lui rendre l'amour et l'attention qu'il me témoignait.

Au cours de l'heure qui suivit, Rémus fit preuve d'une concentration phénoménale tandis qu'il s'entraînait à dessiner le cercle magique et à mémoriser l'incantation. Cela m'époustoufla, compte tenu de l'épuisement qu'il devait ressentir après s'être poussé presque jusqu'à ses limites en courant toute la journée. Lorsque nous nous arrêtâmes, il maîtrisait parfaitement le rituel. Cela me réconforta énormément de savoir que si je venais à être incapable de le réaliser moi-même, il serait en mesure de le faire à ma place.

Cette nuit-là, contre toute attente, nous fîmes à nouveau l'amour. Lorsque je pris l'initiative, il sembla hésitant. Je n'eus pas besoin de lui demander pourquoi. Mais je voulais cette intimité avec lui. Au fond de moi, une petite voix me disait que cela allait probablement être notre dernière fois.

Ce ne fut pas l'accouplement sauvage et effréné que nous avions connu les dernières fois depuis nos ébats torrides près de la source thermale. Ce soir-là, bien qu'il soit resté sous sa forme de loup pendant une grande partie de la journée, Rémus me fit l'amour sous sa forme humaine. Ce n'était pas passionné ni libidineux, mais tendre et presque désespéré. En vérité, cela me fit davantage penser à un adieu.

Au matin, il fut clair que sa semence n'avait rien fait pour moi.

J'étais fiévreuse, groggy et faible pendant le reste du voyage. Bien que le chemin se soit à nouveau élargi suffisamment pour nous permettre de trouver de nombreux endroits où nous reposer, Rémus continua d'avancer. Il ne s'arrêtait que pour me permettre de boire et de manger. Mais dans mon état actuel, je pouvais à peine avaler quoi que ce soit. Avec une détermination sans faille, mon conjoint courut pendant un jour et demi, jusqu'à ce que nous atteignions notre destination finale.

Nous foulâmes le plateau en début d'après-midi. Nous n'aurions pas pu arriver à une heure plus parfaite. Cela nous donnait suffisamment de temps pour nous reposer, créer le cercle et préparer notre abri pour la nuit.

Le plateau me rappelait vaguement une main ouverte, paume vers le haut, doigts serrés sauf le pouce qui saillait. Les pierres sombres me faisaient vaguement penser à de la lave refroidie, lissée et polie par les éléments. La surface brillait presque sous les rayons éclatants du soleil de début d'après-midi. En contrebas, la vallée de Storm Hill s'étendait à perte de vue. Je ne pouvais même pas commencer à calculer à quelle altitude nous nous trouvions. Mais elle était suffisamment élevée pour que les quelques bâtiments que je pouvais reconnaître en bas ne semblent pas plus grands qu'une pièce de monnaie.

Un frisson me parcourut lorsque j'inspirai profondément l'air vif mais trop mince du plateau. Je jetai un coup d'œil derrière moi vers le sentier par lequel nous étions arrivés. Alors que le plateau s'étendait à l'horizontale sur un rayon de cinquante mètres, le sentier lui-même ne faisait pas plus de deux mètres de large. Aucun arbre ni aucune autre végétation ne parsemaient cette zone. Seule une petite paroi rocheuse marquait la limite ouest de la montagne, qui continuait à s'élever. Cependant, il ne semblait y avoir aucun moyen pratique de monter plus haut à partir de là.

Rémus se dirigea vers la paroi rocheuse, vers ce qui semblait être un renfoncement peu profond pouvant offrir un abri raisonnable. En aucun cas cela ne pouvait être qualifié de grotte, mais c'était suffisamment profond pour nous protéger des éléments s'il commençait à pleuvoir ou si des vents violents se mettaient à souffler.

Il déposa la plupart de nos sacs dans le renfoncement avant d'enfiler ses vêtements. Une fois cela fait, il revint vers moi. Je marchais sur le plateau à la recherche du meilleur endroit pour tracer le cercle, lorsque je reconnus l'endroit où je l'avais fait dans l'illusion dans laquelle Lyall m'avait plongée. Cela avait-il été sa façon de me dire que c'était le meilleur emplacement ?

— Ici, dis-je à Rémus en pointant le sol lorsqu'il s'arrêta à côté de moi. C'est là que je vais tracer le cercle.

— Je m'en charge, répondit Rémus d'un ton impérieux.

À ma grande surprise, au lieu de me tendre le sac contenant le sel, les bougies et la craie, Rémus se mit au travail et dessina le cercle à la perfection, comme je le lui avais appris.

— Tu n'as pas à...

— En effet, mais je veux le faire, dit Rémus, interrompant ma faible protestation d'une manière ferme mais douce. Pour l'instant, tu dois te reposer et préserver tes forces pour ce soir. Tu peux superviser mon travail pour t'assurer qu'il est conforme à tes attentes.

Une fois de plus, les larmes me montèrent aux yeux devant tant de prévenance et de protection. À cet instant, je compris que personne d'autre ne m'aurait amenée ici comme il l'avait fait. Les autres auraient abandonné en cours de route ou auraient ralenti le rythme, ce qui aurait signifié ma mort avant même que nous arrivions à destination.

Je l'observai tandis qu'il accomplissait sa tâche à la perfection. Il avait été attentif pendant la brève formation, mais étant donné que près de quarante-huit heures s'étaient écoulées depuis, je m'étais attendue à ce qu'il oublie quelque chose ou qu'il se trompe dans une partie des motifs runiques à l'intérieur du cercle.

— Tu es vraiment doué pour ça, murmurai-je avec admiration. Si jamais tu décidais de réorienter ta carrière vers celle d'assistant invocateur, tu aurais beaucoup de succès.

Il s'ébroua et m'adressa un sourire amusé, même si je ne loupai pas la lueur plus sérieuse dans ses yeux.

— La seule sorcière pour laquelle je travaillerais, c'est toi. Donc à moins que tu ne décides de te reconvertir dans la sorcellerie, je pense que je vais m'en tenir à ma carrière de guide.

Il finit de disposer les bougies autour du cercle. Une fois que je lui eus donné mon approbation pour son excellent travail, il me porta jusqu'à la mini-cave où il avait laissé le reste de nos affaires. Il s'installa sur le sol dans une position qui lui permettait de garder un œil sur le cercle et m'assit sur ses genoux. Nous nous blottîmes l'un contre l'autre en attendant la tombée de la nuit.

— Nous devons discuter de ce qui se passera après, dis-je doucement, la joue posée sur son épaule.

— Après ? répéta-t-il.

Je hochai la tête.

— Il ne reste que dix jours avant la pleine lune. En supposant que le venin de la queue de serpent mette le temps maximum pour neutraliser le poison dans mes veines avant que je ne puisse recevoir la deuxième morsure, cela ne te laisserait que cinq jours pour atteindre l'un de tes refuges. Cela te suffira-t-il ?

À ma grande surprise, Rémus me sourit d'un air rassurant.

— C'est plus que suffisant. Ta principale préoccupation devrait être de savoir comment nous allons te mettre en sécurité pour que tu puisses te remettre après cette deuxième morsure, répondit-il d'un ton taquin.

Je clignai des yeux.

— Je pensais simplement rester ici jusqu'à ce que je sois rétablie, et que tu viendrais me chercher pour me ramener à la civilisation après la pleine lune.

Mes joues brûlèrent de gêne face au regard qu'il me lança. En vérité, j'avais été trop préoccupée par son bien-être pour me concentrer sur le mien. Sans compter qu'au fond de moi, je ne croyais pas vraiment survivre à cette épreuve. J'avais honte de penser ainsi, surtout maintenant que j'avais une raison de vivre. Mais chaque jour qui passait, cette mission me semblait de plus en plus insensée et saugrenue.

Personne ne pouvait survivre au poison de Ranael.

— Je ne te laisserai jamais ici. Même si cet endroit est techniquement sûr, tu vas combattre l'un des poisons les plus virulents au monde. Quelqu'un doit veiller sur toi pendant cette période. Je le ferai aussi longtemps que possible. Et ce ne sera pas dans cet environnement désagréable.

— Où cela sera-t-il ? demandai-je, perplexe.

— J'ai déjà prévu un endroit où tu pourras rester après la deuxième morsure. Ce n'est pas loin d'ici. Il me faudra un peu plus d'une journée pour te porter jusqu'à cet abri. Il appartient à la fille de Misty. Elle a accepté de veiller sur toi quand je ne pourrai pas le faire.

— Oh, wow ! C'est merveilleux. Mais je ne me souviens pas avoir vu d'habitations sur le chemin, rétorquai-je.

— Parce que nous n'en avons pas croisé, répondit-il d'un ton indulgent. Tu dormais lorsque nous avons dépassé le passage qui bifurquait du sentier menant à ce plateau. Cet autre passage nous mène dans la vallée de l'autre côté de la montagne.

— D'accord, dis-je prudemment. Mais cela ne résout pas ton problème.

Il sourit à nouveau.

— Il me faudra moins de deux jours pour atteindre l'un de mes refuges les plus proches de chez elle. J'ai donc largement le temps avant la pleine lune.

— Oh ! C'est génial alors ! m'écriai-je, soulagée. Tu as pensé à tout !

Il m'adressa un sourire suffisant des plus adorables.

— J'ai essayé. C'est pour ça que j'ai retardé notre départ. Je devais tout planifier et le mettre en place avant de partir.

Une expression étrange se dessina sur son visage tandis qu'il me fixait avec une intensité qui m'affecta d'une manière que je ne pouvais décrire avec des mots. Quelles que soient les pensées qui l'animaient, elles me plurent beaucoup.

— Je vais te sauver, Amara. Nous ne sommes pas venus jusqu'ici pour échouer maintenant.

Il prononça ces mots comme une promesse.

— Si tu essaies de me faire tomber amoureuse de toi, tu fais un excellent travail, dis-je, profondément émue.

— Tant mieux. Je te garde, Amara. Rien, pas même la mort, ne t'éloignera de moi. Tu es ma Flamme Jumelle. Je refuse de te perdre maintenant que je t'ai trouvée.

— Tout comme je refuse de te perdre, murmurai-je.

Il se pencha vers moi et captura mes lèvres dans un baiser rempli d'espoir, de dévouement et de détermination.

Nous ne serions pas vaincus.

CHAPITRE 14

AMARA

Avec beaucoup d'appréhension, je laissai Rémus me porter hors de notre abri jusqu'au cercle au milieu du plateau. Même si je me sentais un peu faible et épuisée, j'aurais pu marcher toute seule. Mais être tenue dans ses bras puissants, entourée de son corps chaud et écouter le son apaisant des battements de son cœur m'aida à calmer ma panique grandissante. De toute façon, j'avais tout à gagner à économiser autant d'énergie que possible.

En attendant la tombée de la nuit, je me forçai à manger et à boire un peu. J'allais avoir besoin de ces réserves pour m'aider à lutter contre la morsure venimeuse que j'étais sur le point de demander. La petite voix au fond de ma tête me criait de ficher le camp d'ici. La raison me disait que je devais lui obéir, mais la dure réalité m'obligeait à aller de l'avant.

J'étais en train de mourir.

Si Ranael ne me tuait pas, le poison qui coulait dans mes veines allait le faire dans les jours suivants. J'étais seulement reconnaissante de ne pas être à terre, me tordant de douleur. Selon Rémus, la douleur se manifestait pendant mon sommeil. Une vague de culpabilité m'envahit à l'idée que même la nuit, je l'avais privé de tout repos en le laissant s'inquiéter pour moi pendant que je me tournais en tous sens dans un délire fiévreux.

Il m'installa près du cercle, puis me tourna face à lui. Il ouvrit et ferma la bouche plusieurs fois. Aucun mot ne sortit, mais ce n'était pas nécessaire. Ses magnifiques yeux dorés en disaient long. Je lui adressai un sourire destiné à le rassurer. À en juger par le tremblement de mes lèvres, j'échouai lamentablement. Je passai mes bras autour de sa taille, enfouis mon visage dans son cou et inhalai profondément son parfum.

Rémus me rendit mon étreinte avec une force à en briser les os. Je n'aurais su dire combien de temps cela dura. À mon avis, près d'une minute, mais mon cœur criait que cela n'avait pas été assez long. À contrecœur, il me relâcha, prit mon visage entre ses mains et m'embrassa profondément, y mettant toute l'affection et le dévouement qu'il ressentait pour moi. Je lui rendis la pareille.

— Je t'attendrai tout près, dit-il enfin, la voix grave, empreinte d'une émotion contenue.

— D'accord, murmurai-je, la gorge presque trop serrée pour parler. Tout sera vite terminé.

La profonde douleur qui traversa son visage me serra le cœur. Je tiquai intérieurement en réalisant que mes mots pouvaient être interprétés de manière plus sinistre. Avant que je ne trouve un moyen astucieux de les corriger, Rémus me caressa une dernière fois la joue, puis s'éloigna vers l'endroit près de notre abri où nous avions convenu qu'il allait monter la garde.

Je fixai son dos qui s'éloignait jusqu'à ce qu'il ne soit plus qu'à quelques pas de sa destination. Prenant une profonde inspiration, je pénétrai dans le cercle après m'être assurée qu'il n'avait pas été perturbé. Je m'agenouillai au centre et commençai à réciter l'incantation que la Tisseuse m'avait enseignée tout en allumant les bougies à chaque pointe du pentagramme à l'intérieur du cercle.

— Loup Démon Ranael, fils du Seigneur Marchosias, entends mon appel ! Ô féroce guerrier des Enfers, viens à moi, je t'invoque ! En cette heure de grand besoin, je t'implore, viens et accorde-moi la bénédiction de ta protection. Je répétai ces mots, ou des variantes de ceux-ci, en une litanie. À chaque fois, ma voix devenait plus ferme et plus déterminée, tandis que je me débarrassais de ma peur et assumais la décision que j'avais prise. Il n'y avait pas de retour en arrière possible. Soit cela réussissait, soit cela échouait. Mais je n'allais pas laisser cette dernière option se réaliser parce que je ne pouvais pas contrôler mes émotions. Le visage de mon âme sœur qui flottait devant mes yeux renforça encore ma détermination.

J'étais presque tombée en transe lorsque le bruit lointain d'un battement d'ailes parvint enfin à mes oreilles. Mon cœur bondit, mais je m'obligeai à continuer de répéter l'invocation, en me concentrant cette fois-ci sur la partie de ma supplique concernant la protection. Un frisson me parcourut l'échine lorsqu'un long jet de feu traversa le ciel. Si je n'avais pas su que Ranael était un loup démon, j'aurais pensé qu'un dragon venait de cracher du feu. Je clignai des yeux devant la luminosité que cela provoqua dans le ciel nocturne, par ailleurs éclairé uniquement par la lune grasse dans une mer d'étoiles.

Émerveillée par la majesté de cette bête gigantesque, je me tus tandis qu'il volait vers moi. Il était vraiment magnifique. Presque aussi grand qu'un cheval, le loup avait le plus lustré et plus duveteux des pelages gris-brun, avec des reflets roux. La fourrure de sa queue se transformait progressivement en écailles jusqu'à sa tête de serpent. Ses ailes plumeuses avaient une envergure impressionnante, et un ensemble de cornes ornait son front. Ses yeux brillaient d'un rouge furieux qui aurait dû me terrifier. Mais c'était l'intelligence et la sagesse infinie qui brillaient en lui qui retinrent mon attention. Néanmoins, la touche de folie dans son regard ne pouvait être ignorée.

Il plana sur la distance restante avant d'atterrir avec la grâce d'un chat à quelques mètres de moi. Des volutes de fumée s'élevaient de son museau tandis qu'il émettait un souffle bruyant en avançant sur les quelques pas qui nous séparaient. Le coin de sa gueule se retroussa en un rictus menaçant, dévoilant une rangée de crocs redoutables et des dents terrifiantes, acérées comme des rasoirs, qui remplissaient sa bouche. Il luttait visiblement pour résister à l'envie de bondir sur moi et de me déchiqueter. J'ignorais si c'était le cercle magique qui le dissuadait ou si mon sort de protection tenait son côté enragé sur la touche.

— Qui ose m'invoquer ? demanda-t-il d'un ton impérieux.

Je frémis et ma peau se couvrit de chair de poule. Pour une raison quelconque, je m'étais attendue à ce qu'il prenne sa forme humaine ou qu'il me parle par télépathie. Après tout, Rémus ne pouvait pas parler sous sa forme de loup, alors j'avais présumé qu'il en serait de même pour Ranael. Et pourtant, sa bouche n'avait pas bougé, du moins pas comme celle d'un humain pour former des mots. Mais il ne faisait aucun doute que j'avais entendu ses mots avec mes oreilles et non dans ma tête.

Sa voix était grave, puissante, comme un coup de tonnerre.

Étonnée de pouvoir former des mots, je répondis avec un calme qui me surprit moi-même.

— C'est moi, Seigneur Ranael. J'invoque ta protection et ton aide en cette période difficile, dis-je d'une voix ferme mais respectueuse.

— Ma protection et mon aide pour quoi ? demanda-t-il d'un ton tout aussi dur.

— Je suis en phase terminale.

— Évidemment. L'odeur de la mort t'enveloppe, répondit-il d'un ton neutre.

Les griffes acérées au bout de ses énormes pattes semblèrent s'allonger davantage, creusant sans effort la roche dure du plateau. Les muscles épais de ses jambes et de ses épaules se gonflèrent légèrement. Je m'efforçai d'ignorer ce que je ne pouvais interpréter que comme des signes de son contrôle déjà déclinant et me concentrai plutôt sur son visage. La Tisseuse m'avait prévenue que nous n'aurions que peu de temps pour conclure notre affaire avant que sa rage ne prenne le dessus sur toute pensée rationnelle. Aussi, je me lançai sans préambule, abandonnant toute conversation informelle qui aurait pu aider à l'amadouer.

— On m'a dit que le venin contenu dans ta queue de serpent pouvait neutraliser le poison qui est en train de me tuer, dis-je d'une voix maîtrisée.

— C'est exact. Et une fois qu'il aura éliminé ce poison, mon venin te tuera, répondit-il d'un ton légèrement irrité, comme si je lui faisais perdre son temps avec quelque chose qui allait de soi.

— Mais il ne me tuera pas si ton autre venin le neutralise une fois que je serai débarrassée du poison, rétorquai-je.

Ranael eut un mouvement de recul marqué, choqué par cette remarque, ce qui me laissa perplexe.

— Quel autre venin ? demanda le loup démon, l'air confus.

— Celui qui se trouve dans tes crocs et ta salive, répondis-je d'un ton évident.

Il s'ébroua et fit un mouvement brusque de la tête. Je ne savais pas trop comment l'interpréter. Pour une raison quelconque, cela me semblait indiquer un rire incrédule.

— Le venin de mes crocs et de ma salive ne neutralisera absolument pas le venin de ma queue de serpent, dit Ranael d'un ton amusé, comme s'il remettait en question mon intelligence. Ce qu'ils feront, c'est te liquéfier de l'intérieur. On pourrait dire qu'ils sont bien plus puissants que l'acide le plus virulent connu de l'humanité.

— Quoi ?! C'est impossible ! m'exclamai-je en sentant le sang se retirer de mon visage. Ta morsure neutralisera ton venin de serpent. Tu es un loup démon. Tu ne peux pas mentir !

Il me montra les dents et un grognement furieux s'échappa de sa gorge. À cet instant, je ne doutai pas que sans ma demande de protection, il aurait tenté de m'attaquer. Comme je n'avais jamais dessiné de cercle magique similaire auparavant, je ne pouvais qu'espérer que, comme l'avait affirmé la

Tisseuse, il me protégeait vraiment de lui s'il perdait le contrôle.

Au lieu de me répondre, Ranael tourna brusquement la tête vers la droite, en direction de la semi-grotte où mon conjoint et moi nous étions réfugiés plus tôt. Je suivis son regard et le vis fixer Rémus. Partiellement caché par les ombres, il était presque invisible.

— Ranael ! Concentre-toi sur moi, lui ordonnai-je, abasourdie par ma propre audace.

Mais lorsqu'on avait affaire à des êtres issus du monde des ténèbres, montrer sa faiblesse signifiait presque à coup sûr notre perte. À mon grand soulagement, le loup démon obéit et reporta son attention sur moi.

— Je ne mens pas, pauvre folle. Comme tu l'as dit toi-même, les loups démons sont tenus de dire la vérité, siffla-t-il.

— Mais... mais la Tisseuse a dit que ta morsure neutraliserait le venin ! m'écriai-je, complètement désemparée.

— Ce n'est pas ce que la Tisseuse a dit, répondit-il d'un ton qui ne souffrait aucune discussion. Tu as simplement mal interprété ses paroles.

— Quoi ?! Mais...

Ma voix s'éteignit tandis que mon cerveau s'efforçait de donner un sens à ses paroles. La sincérité dans sa voix était indéniable. Et comme nous l'avions tous deux déclaré, il ne pouvait pas mentir, même s'il le voulait.

— Conclue ton affaire, femme. Je ne tiendrai pas beaucoup plus longtemps, dit-il d'un ton grognant.

Ses muscles se gonflèrent davantage, tandis que la lueur rougeâtre dans ses yeux s'intensifiait, créant un halo effrayant autour de son immense visage de loup. Derrière lui, sa queue de serpent ondulait d'un côté à l'autre, dans un mouvement presque hypnotique, comme si elle essayait d'endormir sa proie avant de frapper.

— Mais alors, que voulait-elle dire ? insistai-je. Elle a dit que la queue de serpent du loup démon neutraliserait le poison en moi. Et puis la morsure de...

Je me figeai, les yeux écarquillés, et fixai Ranael avec incrédulité.

— La morsure d'un loup malade... murmurai-je davantage pour moi-même avant de jeter un coup d'œil à Rémus, même si je le distinguais à peine dans l'ombre.

— Oui, répondit Ranael. Je ne suis pas un loup malade. Je suis maudit. Maintenant, dépêche-toi !

La peur m'envahit enfin lorsque sa gorge rougit à cause du feu qui brûlait dans sa poitrine. Les crocs à nu, les ailes déployées, il enfonça ses griffes encore plus profondément dans la pierre à ses pieds. Des éclats de roche volèrent là où la pierre se fractura.

— DÉPÊCHE-TOI ! cria-t-il.

Cela me sortit de ma torpeur terrifiée. Sans réfléchir, je me penchai en avant et passai ma main sur le bord du cercle pour créer une ouverture. À peine avais-je terminé mon geste que la queue de serpent du loup démon se rua vers moi. Ses crocs s'enfoncèrent dans ma gorge avant même que je puisse cligner des yeux.

Instantanément, la douleur la plus atroce que j'aie jamais ressentie explosa dans mon cou, se propageant rapidement à mon visage, à ma poitrine et à chacun de mes membres. J'avais l'impression que mon âme se faisait arracher de mon corps, tandis que des éclats de verre couraient dans mes veines, me détruisant de l'intérieur. Je hurlai de douleur et m'effondrai au sol, secouée par de violents spasmes.

À travers ma vision brouillée, je vis Ranael se jeter sur moi, la gueule grande ouverte. Dans la seconde qui suivait, il allait m'arracher la tête et me réduire en pièces. Je me réjouissais de la mort rapide que cela allait m'accorder plutôt que cet enfer qui me consumait de l'intérieur. Mais avant qu'il ne puisse m'accorder cette miséricorde, une ombre floue le percuta, projetant le loup démon hors de sa trajectoire.

Ranael ouvrit grand la gueule pour cracher du feu sur Rémus.

— Noooooon ! essayai-je de crier.

Mais seul un gargouillis sortit de ma bouche tandis qu'un voile d'obscurité descendait devant mes yeux. Dans mon dernier moment de lucidité, je maudis la stupidité de la mission dans laquelle j'avais entraîné Rémus. Je l'avais fait mourir avec moi.

CHAPITRE 15
RÉMUS

Mon cœur battait à tout rompre tandis que je regardais Ranael s'approcher. Mon côté sauvage, qui se manifestait de plus en plus à mesure que la pleine lune approchait, alimentait la vieille colère qui brûlait au plus profond de moi. Cette créature avait tué mes parents, m'avait maudit et avait détruit la vie heureuse que j'aurais pu avoir. Cependant, c'était la peur pour ma conjointe qui dominait. La perspective qu'il puisse également prendre la vie de mon âme sœur me rendait fou. Si cela arrivait, cela me briserait de manière irréparable.

Je dus user de toute ma volonté pour ne pas courir vers Amara et la protéger de mon corps lorsque le loup démon atterrit devant elle. Lors de mes quelques rencontres précédentes avec lui, j'avais été sous ma forme de loup. Ainsi, même s'il avait été imposant par rapport à moi, je n'avais pas pleinement apprécié sa taille, car mon propre loup était assez massif. Mais maintenant, le voyant dominer ma conjointe agenouillée, il ressemblait à un géant s'apprêtant à dévorer une enfant.

Même s'il semblait avoir une conversation relativement contrôlée avec ma Flamme, la terreur que je ressentais ne diminua pas. À en juger par son langage corporel, la tension montait rapidement en lui. Ranael menait un combat perdu d'avance contre la rage dont il était affligé. J'exhortai silencieusement ma conjointe à conclure rapidement cette terrible mission. Même si sa réaction à son venin me terrifiait, elle avait au moins une possibilité de sauver ma Flamme. Mais si le loup démon cédait à ses instincts enragés, Amara ne survivrait jamais à son attaque.

À ma grande consternation, malgré mon ouïe accrue, je ne pouvais pas entendre ce qu'ils disaient. Mais bon, les métamorphes loups ne parlaient généralement pas à voix haute. Je supposais qu'il lui parlait par télépathie. Mon dos se raidit lorsque, quelques instants après le début de leur conversation, Amara eut un mouvement de recul et sembla choquée, puis effrayée.

Que pouvait-il bien lui avoir dit pour provoquer une telle réaction ? Les loups démons ne pouvaient pas mentir lorsqu'ils étaient invoqués pour protéger quelqu'un. Quelle terrible vérité lui avait-il révélée ? Cependant, ses réactions physiologiques retinrent mon attention. Ranael allait bientôt perdre le contrôle, comme en témoignaient ses griffes qui s'enfonçaient dans le sol et ses muscles qui se contractaient, prêt à bondir sur sa proie.

— Prends la morsure et finis-en avant qu'il ne soit trop tard, lui intimai-je dans un murmure tendu, même si elle ne pouvait pas m'entendre d'ici.

À mon plus grand choc, Ranael tourna brusquement la tête vers moi, comme s'il avait entendu mes paroles. Je me maudis silencieusement. En tant que demi-dieu, son ouïe était bien plus fine et plus sensible que la mienne. Nos regards se croisèrent, et la connexion troublante que j'avais ressentie les fois précédentes où je l'avais cherché pour me venger revint avec une puissance qui me laissa chancelant. Le lien immonde que je partageais avec cette créature me frappa de plein fouet. Comme auparavant, je ne craignais pas pour ma vie en ce qui le concernait. Il n'allait pas m'attaquer, mais ma présence risquait de déclencher quelque chose en lui, une fureur impuissante qu'il pourrait retourner contre ma femme.

À mon grand soulagement, le loup démon reporta son attention sur ma conjointe lorsqu'elle l'appela. Ils échangèrent encore quelques mots, puis Amara rompit le cercle avec frayeur. Sa queue de serpent frappa avec une telle vitesse qu'elle ne fut plus qu'un flou. Avec une certitude que je ne pouvais expliquer, je sus que le cercle brisé et le goût de son sang sur les crocs de son serpent avaient anéanti le peu de volonté qui restait à Ranael.

Je ne me souvins pas avoir couru vers eux. Je ne réalisai que j'étais en mouvement que lorsque le bruit de mes vêtements qui se déchiraient parvint à mes oreilles. Dans un effort pour résister, une partie du tissu s'enfonça douloureusement dans ma chair avant de se rompre lorsque je me transformai instinctivement en loup. À quelques mètres seulement de lui, je terminai ma métamorphose et me jetai sur lui, juste avant qu'il ne mette en pièces ma conjointe qui se tordait de douleur.

Le son de ses cris agonisants déchira mon âme. Je voulais aller vers elle, mais je devais d'abord éliminer la menace la plus sérieuse.

Je me relevai d'un bond, mais la patte massive de Ranael me frappa. D'un seul coup, il m'envoya valser plusieurs mètres en arrière. Je m'écrasai sur les pierres dures du plateau, le souffle coupé. Étourdi, je me relevai tant bien que mal pour voir sa poitrine rougeoyer alors qu'il s'apprêtait à m'incinérer.

Attendant jusqu'à la dernière seconde, je roulai sur le côté lorsqu'il ouvrit grand sa gueule pour cracher un puissant jet de feu. La douleur cuisante à laquelle je m'attendais ne vint pas. Mon cerveau se figea lorsque je réalisai qu'il m'avait délibérément manqué. Étant donné que la rage l'avait envahi, je m'attendais à subir au moins quelques dommages, même si je doutais qu'il me tue.

Le loup démon rejeta la tête en arrière et poussa un cri sauvage qui ressemblait plus au rugissement d'un dragon qu'au hurlement d'un loup. Puis d'un puissant battement d'ailes massives, Ranael s'envola.

Ne lui accordant pas une autre pensée, je courus vers ma conjointe tout en reprenant ma forme humaine. Je la pris dans mes bras, la serrant fort pour contenir la violence des spasmes qui la secouaient afin qu'elle ne se blesse pas davantage. Les larmes me montèrent aux yeux et une vague d'impuissance et de désespoir m'envahit tandis que je la regardais se débattre dans mes bras. Je savais qu'Amara allait souffrir, mais la voir ainsi me détruisait.

Un million de pensées se bousculèrent dans mon esprit, la plupart tournant autour de ma stupidité d'avoir aidé ma femme dans cette entreprise téméraire. En même temps, j'essayais de me raisonner en me disant qu'elle serait morte de toute façon si nous n'avions pas tenté la seule option possible. Mais la voir écumer de la bouche, la peau cendrée, l'odeur de la mort s'intensifiant de façon exponentielle, son corps brûlant et sa respiration réduite à un sifflement semblait confirmer à quel point cette mission avait été insensée.

Mais la Tisseuse avait raison au sujet de l'invocation.

Peut-être avait-elle raison à ce sujet aussi.

Tout en serrant ma Flamme contre moi, je refermai le cercle pour tenir à distance toute menace potentielle. Je doutais que Ranael revienne pour terminer ce qu'il avait commencé, mais je ne voulais pas avoir à m'inquiéter à son sujet. Ma conjointe avait besoin de toute mon attention.

Ainsi commença l'attente la plus cauchemardesque de ma vie.

Amara brûla d'une fièvre incroyablement élevée toute la nuit, même si ses dents claquaient. Ses gémissements de douleur n'étaient interrompus que par une toux étranglée occasionnelle. Celle-ci m'effrayait le plus car Amara semblait s'étouffer. Le pire moment fut lorsque son corps se cambra soudainement de manière violente, comme si elle avait reçu une puissante décharge électrique, avant de s'affaisser. Je criai son nom, lui tapotant la joue, craignant qu'elle ne soit morte. Après quelques secondes qui me parurent interminables, elle prit brusquement une inspiration sifflante avant de répéter le cycle des gémissements et des étouffements.

Ce ne fut qu'une fois le soleil levé que je ramenai Amara dans la cavité qui nous servait d'abri. Avec les nuages qui s'amassaient au loin, ce petit espace nous offrait une certaine protection. Je conservai un peu d'eau de pluie pour reconstituer nos réserves et en utilisai une partie pour rafraîchir ma femme et la réhydrater.

Il fallut encore une journée entière avant que l'odeur de la mort ne s'estompe enfin avant de disparaître complètement. Pendant quelques heures, mon cœur se réjouit et se remplit d'espoir lorsque sa fièvre tomba et que sa respiration se stabilisa. Même si sa peau restait terne et cendrée, ma Flamme ne semblait plus souffrir. On aurait presque pu croire qu'elle dormait simplement.

Épuisé après plus de deux jours de veille constante, je me surpris à somnoler, me réveillant toutes les deux heures pour m'assurer que tout allait bien avec ma conjointe. Je détestais avoir besoin de me reposer, mais si je ne le faisais pas, je ne serais jamais capable de la mettre en sécurité et de me rendre à mon refuge avant la pleine lune.

Le matin du troisième jour après la morsure du serpent, je me réveillai en sursaut, alerté par une odeur aigre qui me fit presque paniquer. Puis je vis la première veine sombre se propager autour de son cou, près du point de ponction. Je maudis intérieurement le fait que cela se soit finalement produit aux petites heures du matin.

Je devins presque fou à compter chaque minute de chaque heure jusqu'à la tombée de la nuit. Comme nous l'avions tous deux soupçonné, ma conjointe n'était pas en état d'effectuer elle-même l'invocation. Au cours des trois derniers jours, elle était parfois sortie de son état comateux, mais elle avait été complètement incohérente et à peine consciente de ce qui se passait.

Même si j'aurais aimé pouvoir lui parler, j'étais soulagé qu'elle perde à nouveau connaissance afin qu'elle n'ait pas à ressentir la douleur du venin qui la ravageait.

À peine le soleil eut-il disparu à l'horizon que je me précipitai vers le cercle, ma conjointe dans les bras. Je m'assurai que tout était à nouveau parfait avant d'invoquer Ranael. Comme Amara l'avait fait, je récitai l'invocation en boucle. Mais alors que les minutes s'écoulaient sans aucun signe du loup démon, un sentiment d'angoisse s'installa au creux de mon estomac, grandissant de façon exponentielle au fil du temps.

Après plus de vingt minutes sans résultat, je sortis du cercle, laissant ma conjointe à l'intérieur, et l'appelai à nouveau.

Mais cela échoua également.

Je pris sa place et répétai tout le rituel, en vain. Que faisais-je de travers ? Je vérifiai le cercle. Chaque rune, chaque ligne était parfaitement dessinée, comme elle me l'avait enseigné. Les bougies étaient allumées et positionnées correctement. J'avais mémorisé l'incantation et l'appel de sommation. Je n'avais commis aucune erreur. Alors pourquoi ne répondait-il pas ?

Des larmes de colère et d'impuissance me piquèrent les yeux, tandis qu'une rage dévorante grandissait peu à peu en moi. Ranael ignorait-il l'invocation parce que c'était moi qui l'appelais ? Que diable devais-je faire maintenant ? Je n'avais pas le temps d'aller chercher Malina, la fille de Misty, et de la ramener ici pour qu'elle effectue l'invocation à ma place.

Je pris Amara dans mes bras, et mon cœur se brisa en mille morceaux lorsque je vis le réseau de veines sombres qui s'étendait sur ses joues et descendait jusqu'à sa poitrine. Rejetant la tête en arrière, je hurlai à la lune avec toute la profondeur du désespoir que je ressentais.

Et puis je l'entendis.

Des battements d'ailes au loin. Je relevai brusquement la tête pour regarder vers la vallée d'où Ranael était arrivé la fois précédente, avant de réaliser que le bruit venait en fait de derrière moi. Je me retournai et restai bouche bée en apercevant un Gharlakan. La créature volante géante avait un corps quelque peu canin, même si ses longues pattes et ses longs bras auraient pu appartenir à un loup-garou. Son visage ressemblait vaguement à celui d'un renard, avec les mêmes oreilles pointues et le même long museau. Cependant, sa bouche s'apparentait davantage à un bec qu'à une gueule. Elle n'avait pas d'yeux, se guidant par ultrasons comme une chauve-souris. Ses ailes auraient également pu appartenir à une chauve-souris, sauf qu'elles étaient recouvertes d'une fourrure blanche parsemée de taches bleues, tout comme le reste de son corps. Une queue excessivement longue et épaisse traînait derrière elle, avec une longue fourrure blanche et bleu foncé en éventail à son extrémité.

Mais que fait donc un Gharlakan ici ?

Ces créatures ne vivaient pas dans cette région. Elles préféraient le climat froid des régions nordiques. Mais à peine cette question fusa-t-elle dans mon esprit qu'elle trouva sa réponse.

La créature se dirigea droit vers nous, reprenant sa forme humaine alors même qu'elle atterrissait gracieusement devant moi.

— Lyall ! m'écriai-je, le choc et l'espoir se disputant en moi.

— Stupide cabot, grogna Lyall avec colère. Ranael ne viendra pas pour toi.

— Ce n'est pas pour moi ! protestai-je.

— Tu ne peux pas invoquer la protection d'un loup démon pour quelqu'un d'autre, rétorqua-t-il. Le serment n'est accordé qu'à celui qui l'invoque.

— Mais elle est en train de mourir ! m'écriai-je. Il *doit* venir à elle ! Ranael lui a accordé sa protection lorsqu'elle l'a invoqué la première fois. Il doit savoir que son devoir n'est pas encore terminé.

Le regard furieux que Lyall me lança me décontenança.

— Ranael ne peut pas la guérir, siffla Lyall. Il ne revient pas précisément parce qu'il s'est engagé à la protéger. Toute interaction supplémentaire avec elle ne fera qu'accélérer sa mort. Il la protège de lui-même.

— Tu mens ! Ce que tu dis n'a aucun sens ! criai-je avec colère. Il doit la mordre une deuxième fois pour neutraliser son venin.

— Non, il ne le doit pas, grinça Lyall entre ses dents. Je t'ai dit de repenser aux paroles de la Tisseuse. Tu les as mal interprétées.

Je clignai des yeux, mon esprit tournant à toute vitesse tandis que je repassais dans ma tête les paroles qu'Amara m'avait dites au sujet de sa rencontre avec Cliona Nox.

— La Tisseuse a dit à Amara qu'elle devait être mordue par la queue de son serpent, et qu'une fois que les veines noires seraient apparues, elle devait être mordue par ses crocs, dis-je en cherchant dans ma mémoire, les yeux oscillant d'un côté à l'autre.

— Non, Rémus. Elle n'a jamais parlé de ses crocs. La Tisseuse a dit « la queue de Ranael et la morsure d'un loup malade ».

Je me figeai, mon sang se glaçant alors que je comprenais enfin le sens de ses paroles. L'intensité de son regard rouge me mettait au défi de contester la vérité que je ne voulais pas accepter.

— Non, dis-je en secouant inconsciemment la tête tout en m'éloignant involontairement de lui. Ce que tu dis n'est pas possible.

— Je ne dis rien, rétorqua-t-il. Tu dois tirer tes propres conclusions.

— Tu insinues que c'est *ma* morsure dont elle a besoin. Moi, le *loup malade*, sifflai-je. Mais c'est impossible. Ma salive contient le même venin que sa queue de serpent, mais en version beaucoup plus faible. C'est *toi* qui me l'as fait comprendre. Donc la mordre maintenant ne l'aidera pas.

— C'est exact, dit-il avec une expression indéchiffrable.

— Alors ça ne peut pas être *moi* ! m'écriai-je.

Mon sang bouillit de rage lorsqu'il resta là sans dire un mot, me fixant comme s'il voulait me fracasser le crâne pour le vider de ma stupidité.

— Par le sang de Férazan, parle, bon sang ! criai-je. Assez avec tes énigmes stupides. Amara est en train de mourir ! Nous n'avons pas le temps pour tes foutus jeux.

— J'ai dit tout ce que je pouvais dire, mortel idiot, répondit Lyall avec colère. Je suis lié par le Pacte. Tu as toutes les informations dont tu as besoin. Trouve la solution avant qu'il ne soit trop tard.

J'ouvris et fermai la bouche, ne sachant pas quoi dire, tandis qu'une vague de désespoir déferlait sur moi. Avec cette déclaration sur le Pacte, Lyall venait de confirmer mes soupçons : il était soit un demi-dieu, soit l'un des Anciens, même si je pensais qu'il s'agissait plutôt du premier. Il leur était interdit d'interférer dans la vie des mortels si cela risquait de compromettre les plans que le Destin avait prévus pour nous. Enfreindre le Pacte avait des conséquences désastreuses pour eux.

— Je ne sais pas quoi faire, dis-je, abattu, tout en serrant plus fort dans mes bras le corps inanimé de ma conjointe.

Je contemplai son beau visage, le cœur brisé. Elle m'avait aveuglément fait confiance, et je l'avais complètement laissée tomber parce que j'étais trop bête pour comprendre.

— Alors retourne à la source, grommela Lyall.

Je relevai brusquement la tête pour le regarder d'un air interrogateur.

— La source ?

— La Tisseuse. C'est elle qui a dit à Amara quoi faire. Peut-être devrais-tu lui demander de clarifier les choses, dit Lyall avec une expression indéchiffrable.

— La Tisseuse est beaucoup trop loin ! m'écriai-je en le regardant comme s'il avait perdu la tête. Même si je me tuais à courir sans m'arrêter aussi vite que possible, cela me prendrait au moins trois jours. Et encore, en courant seul ! Avec Amara, il faudrait au moins huit à neuf jours. Elle sera morte d'ici là. Et même si j'y allais en solitaire et revenais avec la réponse, la pleine lune se sera levée. Et de toute façon, la Tisseuse ne m'a jamais ouvert ses portes.

— À l'époque, tu n'avais rien qui l'intéressait, rétorqua Lyall en haussant les épaules. Maintenant, tu as quelque chose.

Il désigna ma conjointe du menton en prononçant cette dernière phrase. Mon cœur bondit. J'avais effectivement quelque chose qu'elle voulait. La Tisseuse n'aidait jamais personne à moins d'y trouver son compte. Elle voulait le sang de ma conjointe une fois qu'elle serait guérie. Par conséquent, Cliona allait vouloir m'aider à la sauver afin de pouvoir mettre la main sur ce qui allait être l'un des sérums les plus rares au monde une fois qu'elle l'aurait extrait du sang de ma femme.

— Tu marques un point, dis-je en m'humectant nerveusement les lèvres tout en essayant de trouver une solution au problème du temps. Mais je n'arriverai jamais à temps chez la Tisseuse en portant ma conjointe.

— Je pourrais emmener Amara chez elle en volant, proposa soudain Lyall avec le même air impassible. Le manoir dont elle a hérité n'est pas très loin de chez la Tisseuse.

Je le fixai, bouche bée, partagé entre l'espoir, la colère et une profonde frustration.

— Pourquoi tu ne l'as pas proposé plus tôt ? demandai-je. Et qu'en est-il du Pacte ? Pourquoi tu peux intervenir sur ce point, mais pas sur les autres ? Qu'est-ce que tu ne me dis pas ?

Sa colère flamba autant que la mienne, sinon plus.

— Arrête de perdre ton temps avec tes questions idiotes. Je te dis ce que je peux quand c'est approprié. Je n'ai peut-être pas le droit d'intervenir dans le destin des mortels, mais j'ai le droit de ramener une amie précieuse chez elle. Tu as jusqu'à la pleine lune pour découvrir quoi faire. Après cela, Amara mourra. Et crois-moi, si tu échoues, rien, pas même le Pacte, ne te sauvera de mon courroux.

— Tu es amoureux d'elle, murmurai-je, plus pour moi-même que pour lui.

Il me montra les crocs, les yeux rougeoyants de colère.

— La question est : est-ce que *tu* l'aimes ? grogna-t-il.

— Oui, je l'aime, répondis-je avec conviction.

Il plissa les yeux.

— Mais l'aimes-tu *assez* ?

— Quoi ? demandai-je, perplexe.

— Ne sois pas en retard, cabot, répondit-il simplement avant de se transformer à nouveau en Gharlakan.

Il me dominait d'au moins une tête lorsqu'il se tenait sur ses pattes arrière. Ses trois segments le faisaient ressembler encore plus à un loup-garou, si ce n'était son visage pointu et ses ailes de chauve-souris. Il me prit ma conjointe, la douceur et la délicatesse avec lesquelles il la tint dans ses bras confirmèrent encore davantage la profondeur de ses sentiments pour ma Flamme. Quoi qu'il arrive, il allait tout faire pour la protéger. Dès qu'il s'envola, je me transformai en loup. Je ne pris aucun de nos effets personnels dans l'abri, ni nourriture, ni eau.

Je me mis simplement à courir.

CHAPITRE 16
RÉMUS

M es muscles me brûlaient, mes jambes étaient devenues lourdes comme du plomb et chaque respiration me donnait l'impression d'inhaler des éclats de verre. Chaque mouvement réveillait une nouvelle douleur. J'ignorais depuis combien de temps je courais. La nuit avait laissé place au matin et, à en juger par sa position dans le ciel, le soleil allait bientôt se coucher.

Une partie de moi regrettait de ne pas avoir pris quelques-unes de nos rations avant d'entamer ma descente. J'étais complètement déshydraté. On aurait dit que du sable recouvrait ma langue et remplissait ma gorge. J'avais des crampes d'estomac, mais je ne savais pas si elles étaient dues à la faim ou à l'épuisement. En même temps, une autre partie de moi pensait que j'avais pris la bonne décision. Non seulement j'étais plus léger sans ce fardeau, mais cela me poussait à atteindre la vallée plus rapidement afin de trouver une proie pour apaiser ma faim et une source d'eau fraîche pour étancher ma soif.

Mais chaque pas devenait plus difficile et ma vision se brouillait alors que j'essayais d'avancer. Dans ma précipitation, je faillis perdre pied en empruntant le sentier étroit au bord de la montagne. Je poussai un cri et me plaquai contre la paroi rocheuse escarpée. À mon grand regret, je n'eus d'autre choix que de ralentir un peu pour éviter de faire une chute mortelle.

Je ne me souvins pas être entré dans le dernier passage étroit de la montagne, et encore moins de m'y être effondré. Lorsque je repris conscience, la nuit était tombée. Je me réveillai en sursaut, réalisant que j'avais dû m'évanouir d'épuisement. Compte tenu de l'obscurité ambiante, j'avais dû dormir au moins deux ou trois heures.

Je me fustigeai intérieurement pour avoir perdu tout ce temps et me remis à courir. Évidemment, je comprenais que ce repos avait été nécessaire et que je ne pouvais espérer atteindre la maison de la Tisseuse en un seul morceau si je ne prenais pas le temps de récupérer de temps en temps. Mais j'aurais aimé être beaucoup plus près avant de m'accorder ce répit.

Je repris mon pénible voyage avec une vigueur renouvelée. Le fait de retrouver enfin la sécurité de la vallée de Storm Hill, au pied de la montagne, me donna un regain d'énergie. Je traversai la forêt, attrapant au passage de petites proies que je mangeai entières, comme un loup. Depuis que j'avais adopté ma forme humaine, je n'avais plus aucun goût pour cela. Mais il était plus rapide de les manger crues que de prendre le temps de les dépecer et de les cuire un peu. Au final, tout ce qui comptait était de manger suffisamment pour me permettre de compléter le reste du périple épuisant qui m'attendait.

Si les quelques créatures que j'avais dévorées avaient comblé le vide qui me rongeait les entrailles, le sang épais n'étancha pas ma soif, mais l'augmenta plutôt. À moins d'un kilomètre de la Forêt Hantée, je me dirigeai un peu plus à l'est jusqu'à ce que j'aperçoive la rivière au loin. Je me ruai vers elle, bus un peu d'eau avant de m'y plonger brièvement. Cela m'aida à rafraîchir mon corps en sueur et endolori, ainsi qu'à réduire légèrement l'enflure de mes pattes.

À contrecœur, je sortis de l'eau et pris une dernière gorgée avant de reprendre mon chemin. Moins de cent mètres plus loin, le son étouffé d'une voix féminine paniquée parvint à mes oreilles sensibles. Au début, je présumai qu'il s'agissait des appels trompeurs d'un esprit maléfique des bois qui tentait de m'attirer, puis je rejetai rapidement cette idée. Non seulement les mystificateurs ne s'étaient jamais intéressés à moi, mais je n'étais pas encore entré dans la Forêt Hantée. Bien qu'aucun repère clair n'indiquât sa frontière, je savais qu'elle se trouvait encore à au moins un demi-kilomètre. Et puis on pouvait sentir le mal dans l'air dès qu'on franchissait le seuil de cet endroit maléfique.

Même si le temps pressait, j'allai enquêter, courant autour de la courbe pour voir quelle pouvait être la source de l'agitation. Alors que je contournais un arbre géant, j'aperçus une superbe femme debout près de l'eau. Sa calèche tirée par un cheval avait quitté le chemin avant de basculer dans la rivière. De là où je me trouvais, son cheval semblait toujours attaché à la calèche et s'enfonçait lentement dans l'eau, prisonnier du poids du véhicule et de son harnais.

D'instinct, je courus vers eux. Trop occupée à tirer en vain sur le harnais pour essayer de ramener son cheval sur la rive, la femme ne m'entendit tout d'abord pas arriver. Ses cris à l'aide et les éclaboussures de l'animal paniqué couvraient encore davantage le bruit de mes pas.

Sentant soudainement ma présence, à moins qu'elle n'ait perçu un mouvement du coin de l'œil, la femme tourna brusquement la tête dans ma direction. Elle hoqueta, pressa ses paumes contre sa poitrine et recula de quelques pas loin de moi, l'air effrayé. Son teint laiteux parut encore plus pâle, faisant ressortir ses yeux gris qui s'écarquillèrent. Mais sa peur fit rapidement place à un mélange d'émerveillement et d'espoir.

— Un Lycan... murmura-t-elle avant d'agiter la main et de projeter sa voix plus fort. Aidez-moi, s'il vous plaît ! Mon cheval est en train de se noyer !

Je jurai intérieurement. Dans des circonstances normales, je n'aurais pas hésité. Mais d'un seul coup d'œil, je compris qu'il allait falloir énormément de temps et d'efforts pour sortir sa calèche de cette situation précaire. Non seulement je ne pouvais pas me permettre un tel retard, mais cela allait aussi drainer davantage l'énergie limitée qui me restait. À vrai dire, dans mon état actuel, je doutais d'avoir la force nécessaire pour dégager la calèche.

Je faillis continuer mon chemin. À la façon dont elle se plaça directement sur mon passage et leva les bras comme pour me barrer la route indiqua qu'elle avait deviné mon intention.

— Je vous en supplie ! s'écria-t-elle d'un ton implorant. Ne me laissez pas ici comme ça. Je ne pourrai jamais retourner à l'auberge ni traverser la forêt pour rejoindre Kairn à pied et toute seule. Aidez-moi, je vous en prie !

Poussant un grognement agacé, je ralentis à contrecœur et m'approchai de l'eau. Comme je l'avais initialement estimé de loin, un examen plus approfondi confirma qu'il n'y avait aucun moyen facile de libérer sa calèche. Les roues avant étaient presque entièrement submergées, et la roue arrière droite s'enfonçait de biais dans la boue. Le cheval était également incliné, sa croupe dépassant en grande partie de l'eau tandis que l'avant de son corps était enfoncé jusqu'au cou. Étant donné que la calèche glissait progressivement vers la rivière, tôt ou tard, elle allait entraîner l'animal suffisamment profondément pour qu'il se noie.

Si je n'avais pas été aussi épuisé, j'aurais pu sortir le tout avec un peu d'effort. Mais cela ne pouvait pas se produire maintenant. Je ne pouvais que sauver le cheval afin que la femme puisse le monter pour se mettre en sécurité.

Ma décision prise, je me transformai partiellement en semi-humain afin de pouvoir parler à la femme et accomplir plus facilement la tâche de libérer sa monture.

— Votre calèche est trop enlisée dans la boue. Je ne peux pas vous aider à la dégager, lui dis-je sans préambule. Cela me demanderait trop de temps et d'énergie, que je n'ai pas. Cependant, je peux détacher votre cheval. Au moins, vous pourrez retourner à l'auberge ou continuer jusqu'au Pavillon des Chasseurs, de l'autre côté de la Forêt Hantée.

— Mais ma calèche vaut beaucoup d'argent, sans parler de toutes mes affaires qui se trouvent à l'intérieur ! s'exclama la femme, dépitée.

Son ton prétentieux de ceux qui croient que tout leur était dû m'énerva au plus haut point. Dans mon état physique et mental actuel, je n'avais aucune patience pour les exigences de qui que ce soit. À en juger par son élégante tenue d'équitation noire, avec sa longue jupe, ses bottes noires de luxe et son gilet sur-mesure, elle était clairement aisée.

Une broche sertie de pierres précieuses ornait ses longs cheveux blonds, tressés et noués en un chignon élégant. Alors, au nom de Férazan, que faisait-elle seule près de la Forêt Hantée ? Je pouvais imaginer une douzaine de réponses différentes à cette question. Je soupçonnais qu'on l'avait mise en garde contre une telle imprudence, mais qu'elle avait obstinément décidé que personne n'allait lui dicter sa conduite.

Mais ce n'était pas mon problème.

— Vous n'aurez que votre cheval. À prendre ou à laisser, sifflai-je.

Elle eut un mouvement de recul et pressa sa paume contre sa poitrine, l'air choqué et indigné. Oui, cette femme était habituée à ce que les gens se plient à tous ses caprices et ne répliquent jamais.

Agacé par son silence, je haussai les épaules et me retournai pour partir.

— Attendez ! S'il vous plaît ! Le cheval ! Je vais prendre le cheval ! s'écria-t-elle.

Sans un mot, je m'approchai de l'eau. Cependant, je ne pus m'empêcher de me demander ce qui avait pu causer cet accident.

— Qu'est-ce qui a fait sortir votre calèche de la route ? demandai-je par-dessus mon épaule en entrant dans l'eau. Qu'est-ce qui a effrayé votre cheval au point qu'il s'éloigne autant du chemin et se jette directement dans la rivière ?

La femme fit un geste de la main qui exprimait sa confusion.

— Honnêtement, je n'en sais pas plus que vous. Je n'ai rien vu. Mon cheval s'est simplement cabré et s'est mis à courir. Mais l'une des roues semblait un peu déréglée depuis un moment. Je pense qu'elle était peut-être en train de se desserrer.

Je grognai en réponse. Elle me semblait être le genre de personne naïve qui ne verrait pas la vérité même si elle lui sautait aux yeux. Cependant, alors que je pataugeais dans l'eau vers la croupe du cheval pour couper la bride, un sentiment de malaise naquit au creux de mon estomac. Tandis que je tendais la main gauche vers la sangle autour de ses quartiers arrière, je sortis les griffes de ma main droite. Une fois la sangle détachée, j'allais pouvoir diriger le cheval par son collier vers le rivage.

Mais avant que je ne puisse couper la sangle, un sentiment de danger me frappa de plein fouet. Quelque chose clochait... et même terriblement. Il me fallut un moment pour comprendre.

Toutes les odeurs étaient anormales.

En fait, c'était plus que cela. Bien que je ne me sois pas approché de la femme, je ne percevais absolument aucune odeur provenant d'elle. Non seulement elle ne semblait pas posséder l'arôme naturel propre à tout être vivant, mais je ne détectais aucun effluve de sueur ou de la peur qui émanait normalement d'une personne dans ce genre de situation. Son cheval ne sentait pas non plus comme il l'aurait dû. Il n'avait pas l'odeur musquée que j'associais habituellement aux grands mammifères comme les chevaux, les vaches et les cerfs. Au contraire, je percevais un subtil relent de pourriture.

Les seuls autres parfums qui chatouillaient mon nez étaient ceux de l'eau, de la boue, de l'herbe et une étrange odeur de poisson que je ne pouvais identifier.

— Allez, Rémus ! Libère mon cheval ! s'écria la femme alors que je restais figé sur place.

Rémus ? Comment connaît-elle mon nom ?

Ma colonne vertébrale se raidit et je tournai brusquement la tête vers la femme. Quelle que fût l'expression qu'elle vit sur mon visage, elle l'incita à abandonner son masque de damoiselle en détresse. Ses yeux gris s'assombrirent, devenant noirs comme du charbon, tandis qu'une expression de pure malveillance se dessinait sur son visage.

Elle leva les mains et fit un geste tout en prononçant des mots de pouvoir. Au même moment, je me ruai hors de l'eau. Alors que je sautais sur la rive, un mouvement au seuil de mon champ de vision me fit jeter un coup d'œil par-dessus mon épaule. Mon sang se glaça lorsque je vis trois tentacules jaillir de l'eau. Les lames en forme de croissant de lune à leur extrémité ne pouvaient appartenir qu'à un Tentrian. Le premier tenta en vain de m'attraper le bras, mais les deux autres tentacules s'enroulèrent autour de mes chevilles avec une précision mortelle.

Ils me tirèrent en arrière avec une force brutale, interrompant mon élan dans les airs. Le rivage se précipita vers moi et je m'écrasai face contre terre sur le sol boueux. Le choc me coupa le souffle. Les tentacules me tirèrent en arrière, essayant de me ramener dans l'eau. Malgré mon étourdissement, j'enfonçai mes griffes dans le sol et luttai pour m'agripper. La force de la créature aquatique me tira de quelques centimètres avant de s'arrêter. Mes griffes semblèrent sur le point d'être arrachées de mes doigts alors que le Tentrian continuait à tirer.

La créature de quatre mètres ressemblait à une anguille géante, avec une longue nageoire dorsale et une queue fluide. Normalement, elle utilisait les lames situées à l'extrémité de ses tentacules, ou dans les deux appendices en forme de bras situés de chaque côté de son corps, pour sectionner les tendons de ses victimes afin qu'elles ne puissent plus se battre. Ensuite, les trois tentacules qui jaillissaient de sa bouche ramenaient simplement sa proie dans sa gueule béante. Le fait qu'elle n'ait pas essayé de me couper indiquait qu'elle pouvait sentir le poison dans mon sang.

Je donnai des coups de pied et me tortillai dans une vaine tentative de me libérer de l'emprise des tentacules lorsqu'une ombre apparut au-dessus de moi, accompagnée d'une subtile odeur de pourriture et de soufre. J'écarquillai les yeux lorsque je jetai un coup d'œil sur le côté et vis le cheval debout à côté de moi. Il avait les yeux rougeoyants, la bouche remplie de dents acérées et une peau noire ressemblant à du cuir qui recouvrait son squelette, dont certains os étaient apparents. Une illusion avait masqué le fait qu'il s'agissait d'un cheval démon. La créature infernale se cabra sur ses pattes arrière, bien décidée à m'écraser avec ses sabots.

J'eus à peine le temps de rouler sur le côté avant qu'il ne piétine sauvagement l'endroit où ma tête s'était trouvée quelques instants auparavant. Cependant, cela m'obligea à lâcher le sol auquel je m'agrippais de ma main gauche. La traction violente du Tentrian me fit perdre prise de ma main droite. Je glissai dans l'eau, les rochers mélangés à la boue me lacérant douloureusement le dos. Dès que je fus submergé, le Tentrian s'éloigna du rivage et plongea plus profondément sous l'eau.

Il avait l'intention de me noyer.

Mes efforts pour me libérer ne firent que le pousser à enrouler ses tentacules encore plus étroitement autour de mes chevilles, bloquant ma circulation sanguine. Bientôt, mes poumons commencèrent à brûler, mes efforts faisant s'épuiser encore plus rapidement mon oxygène.

Comprenant que j'allais bientôt mourir, je fis la seule chose qui me vint à l'esprit. Je cessai de lutter contre l'attraction de la créature et la laissai m'attirer vers son visage. Je me penchai en avant, agrippai à deux mains le tentacule qui enserrait ma cheville droite et m'en servis pour me rapprocher encore davantage. Trop tard, le Tentrian comprit mon intention. Il tenta de me libérer et de s'enfuir, mais je m'accrochai et enfonçai mes crocs dans le tentacule, lui injectant autant de venin que possible.

Mais mon prédateur, désormais devenu proie, tira si fort sur ses tentacules que celui que je mordais se déchira sur mes crocs. Le sang se répandit dans l'eau alors même que la créature commençait à se tordre sous l'effet de mon poison qui se propageait dans son corps. Sous ma forme partiellement transformée, le poison était encore plus virulent que si j'avais été entièrement humain, sans parler de l'effet amplificateur de la pleine lune qui se profilait.

Sans me soucier davantage du Tentrian, je battis des pieds aussi fort que possible pour remonter à la surface. Dès que j'émergeai, je pris une grande inspiration, me sentant étourdi et avec les poumons en feu. La voix furieuse de la sorcière sur le rivage me fit tourner la tête brusquement dans sa direction. Elle gesticulait à nouveau, prononçant des mots que je ne comprenais pas tandis qu'elle lançait un autre sort. Je pris quelques respirations supplémentaires avant de plonger et de nager sous l'eau à une courte distance d'elle, mais vers le rivage.

Dès que j'émergeai, la femme cria un seul ordre. Je faillis bondir hors de ma peau lorsqu'une douzaine de racines acérées comme des lances jaillirent du sol. Quelques centimètres plus à droite, et l'une des lances m'aurait transpercé la jambe. Je sautai par-dessus, me transformant en loup dans le processus, et me mis à courir vers la forêt.

J'avais l'impression de courir dans un champ de mines alors que de nouvelles racines pointues jaillissaient abruptement du sol juste devant moi, formant un parcours d'obstacles mortel. Certaines m'effleurèrent, tandis qu'une autre me renversa carrément. Un morceau de bois s'enfonça dans mon épaule gauche.

Je jetai un coup d'œil derrière moi en entendant le bruit d'un galop qui se rapprochait rapidement. Mon cœur bondit à la vue de la femme montée sur le cheval démon, de la vapeur sortant des naseaux de la bête alors qu'ils gagnaient rapidement sur moi.

Dans ma forme optimale, j'aurais peut-être pu échapper à la monture infernale. Mais dans mon état actuel, je ne pouvais pas les distancer. Le changement soudain dans l'air, sa texture visqueuse et l'énergie magique putride qui tourbillonna autour de moi marquèrent le début de la Forêt Hantée. Dans ma hâte de fuir mes poursuivants, j'avais oublié que nous étions si près de cet endroit maudit.

Sans hésiter, je quittai le chemin et m'enfonçai profondément dans la forêt. Je n'avais aucune idée de ce qu'était cette femme, mais si elle était humaine, elle hésiterait à quitter le chemin. Mais alors même que cette pensée me traversait l'esprit, une autre, encore plus troublante, fit surface. La femme n'avait pas d'odeur... tout comme Lyall. Se pouvait-il que ce soit lui ? En tant que doppelgänger, il pouvait prendre l'apparence qu'il voulait. Avais-je eu tort de lui faire confiance ? Me manipulait-il depuis le début pour voler ma conjointe et me tuer afin de m'éliminer ?

Mais pourquoi un plan aussi élaboré ?

En tant que demi-dieu, il pouvait facilement me tuer. Je n'avais pas pu résister à ses pouvoirs de mystificateur. Son illusion avait été si puissante que je n'avais même pas senti la magie utilisée contre moi. Si son but avait été de me tuer d'une manière qui puisse ressembler à un accident ou à une tragédie, il aurait pu simplement créer l'illusion d'un chemin droit devant moi pendant que je descendais la montagne et me faire sauter vers la mort par-dessus la bordure.

En jetant un coup d'œil par-dessus mon épaule, je vis la femme loin derrière moi, toujours sur le chemin. Une vague de soulagement m'envahit. Lyall n'avait aucun mal à traverser la Forêt Hantée. Cela prouvait encore plus que la sorcière n'était pas lui. Une partie de moi l'avait déjà su, mais cela m'aida tout de même à mieux respirer d'avoir la confirmation qu'il ne m'avait pas trahi.

Mais qui est-elle, bon sang ? Et pourquoi essayer de me tuer avec un stratagème aussi calculé ?

J'aurais voulu faire demi-tour et l'affronter, mais je ne pouvais pas prendre ce risque, et je n'avais pas de temps à perdre. Ignorant la douleur supplémentaire causée par mes chevilles contusionnées et mon épaule blessée, je courus le reste du trajet à travers cette terre maudite tout en restant dans la forêt. Comme à leur habitude, les mystificateurs et autres esprits maléfiques m'évitèrent. Lorsque j'atteignis l'autre côté, j'étais complètement épuisé.

À cet instant, je finis par accepter le fait que j'avais surestimé mes forces. Il me restait encore beaucoup trop d'heures de voyage avant d'atteindre le domaine de la Tisseuse. Je n'avais pas d'autre choix que de me reposer si je voulais terminer mon voyage à temps. Ma poitrine se serra douloureusement à l'idée que je puisse faillir à ma femme. Au fond de moi, je sentais le changement s'opérer. Mon loup-garou faisait les cent pas, impatient de prendre le dessus. Le temps tournait, et pas en ma faveur.

J'envisageai de m'allonger là où je me trouvais et dormir jusqu'à ce que je puisse repartir, mais le souvenir de la sorcière me fit changer d'avis. Elle ne m'avait pas attaqué dans la Forêt Hantée, mais dans la vallée sûre de Storm Hill située au-delà. Si elle avait été si audacieuse là-bas, qu'est-ce qui allait l'empêcher de faire de même ici, dans la vallée « sécuritaire » de Kairn ?

Je la maudis, lui souhaitant de pourrir dans les profondeurs de l'enfer tandis que je me précipitais vers le Pavillon des Chasseurs. Avec un peu de chance, il serait inoccupé. Mais même si quelqu'un l'utilisait, je pouvais simplement rester à l'intérieur de la vaste zone protégée par les puissantes protections magiques qui allait tenir à distance toute personne mal intentionnée. Je détestais devoir faire ce détour, qui ajoutait au moins dix minutes supplémentaires à mon trajet. Mais assurer ma sécurité dans cette période de vulnérabilité était primordial si je voulais mener à bien ma mission.

Serrant les dents malgré la douleur lancinante dans mes chevilles et mon épaule, ignorant le goût du sang dans ma bouche et le sifflement de ma respiration, je me hâtai vers le pavillon. Je n'avais pas besoin d'un médecin pour savoir que j'avais sans doute éclaté des vaisseaux sanguins dans mes poumons, ce qui expliquait le bruit humide qui accompagnait chaque respiration. Dès que j'eus franchi le mur invisible des protections magiques qui entouraient un vaste rayon autour du pavillon, je m'effondrai sur le sol. L'obscurité m'engloutit immédiatement.

L e son de voix lointaines me tira de mon sommeil. Je me sentais comateux et mes paupières pesaient une tonne alors que j'essayais de les ouvrir. Des mains douces touchèrent mes jambes et mon épaule blessées. Mon instinct de combat ou de fuite disparut presque instantanément. Même si mon cerveau était encore trop embrumé pour identifier la présence qui m'entourait, l'odeur m'était familière... pas réconfortante, mais rassurante. Je reconnus vaguement le chant d'un chaman alors que la douleur dans mes chevilles diminuait progressivement.

— Rémus, où est la femme ? demanda une voix impérieuse une fois le chant terminé. Que t'est-il arrivé ? Qui t'a fait ça ?

J'ouvris la bouche pour répondre, mais seul un gémissement en sortit. Je réalisai alors que j'étais toujours sous ma forme de loup. Reprendre ma forme humaine était normalement aussi facile que respirer. Mais cela sembla épuiser toute l'énergie que j'avais réussi à regagner pendant le temps où j'étais resté inconscient.

— Un ami a ramené Amara chez elle, balbutiai-je.

— Quel ami ? insista la voix.

Après avoir lutté pour ouvrir les yeux, je vis Rolf penché au-dessus de moi, l'air inquiet.

— Je dois aller voir la Tisseuse, dis-je d'une voix à peine plus forte qu'un murmure.

— Quoi ? Pourquoi ? Que t'est-il arrivé ? demanda Rolf.

— Pas le temps, répondis-je, agacé, chaque mot me demandant un effort monumental. Méfie-toi de la... sorcière dans la Fo... rêt... Hantée.

— Quelle sorcière ? C'est elle qui t'a fait ça ?

— Je dois aller... chez la Tisseuse. La pleine lune... bientôt.

— Tu n'es pas en état de te rendre chez la Tisseuse, en supposant qu'elle veuille bien te recevoir, dit la voix sévère d'Ulric.

Mon cœur bondit. Je ne pouvais pas le voir depuis la position dans laquelle j'étais allongé. Mais cela faisait des années qu'il ne m'avait pas parlé directement. Quelle tristesse que cela arrive alors que je n'étais pas en état de m'engager davantage avec lui.

— Je dois...

Mes yeux se révulsèrent et je m'affaissai. Alors que je flottais dans un état de semi-conscience, j'entendis Ulric prononcer une série de jurons. Quelque chose n'allait pas chez moi. Le manque de nourriture et d'eau, ainsi que mon épuisement extrême, ne pouvaient expliquer ma réaction physiologique actuelle. Quelque chose m'affectait. Le Tentrian m'avait-il empoisonné d'une manière ou d'une autre ? Les lames situées à l'extrémité de ses tentacules possédaient un paralysant qui immobilisait davantage sa proie après lui avoir sectionné les tendons. Mais je ne me souvenais pas qu'il m'ait coupé à aucun moment.

J'ai mordu sa « langue » tentaculaire pour me libérer.

Était-ce la cause ? Avais-je ingéré une partie de son paralysant ou une autre forme de toxine en lui injectant mon venin ?

Plusieurs voix se mirent à argumenter, mais mon esprit était trop embrouillé pour comprendre le sens de leurs paroles. Puis deux bras puissants me soulevèrent, effaçant les pensées errantes de mon esprit confus. Quelques instants plus tard, je me sentis hissé sur un cheval. Derrière moi, un torse musclé se pressait contre mon dos. Une vague d'émotion m'envahit à l'odeur familière d'Ulric.

Même s'il était désormais un adulte, le sentir ainsi me ramena à notre jeunesse, lorsque nous étions inséparables. Nous nous relayions pour porter l'autre sur notre dos.

— Tu m'as manqué, mon frère, bredouillai-je avant de m'évanouir.

Je perdais et reprenais conscience, bercé doucement par les mouvements du cheval tandis qu'Ulric me tenait fermement. Ma gorge se serra lorsque je me réveillai alors que nous traversions le pont menant à la rive sud et à la route principale vers Willow Grove. Avant que je ne puisse dire un mot, mon ami d'enfance me tendit un gros morceau de viande séchée. J'acceptai son offre en silence et mastiquai à peine avant d'avaler, engloutissant le morceau en quelques bouchées. Il me tendit ensuite une outre d'eau que je vidai d'un trait.

— Désolé, dis-je enfin. Je ne voulais pas tout boire.

Il grogna en guise de réponse. Même si je me sentais encore un peu fatigué, le brouillard anormal qui m'avait assommé plus tôt s'était dissipé. Je ne doutais plus que le Tentrian m'avait injecté une sorte de sédatif. Je jetai un coup d'œil au ciel. Nous avions chevauché pendant des heures, car le soleil était déjà très bas à l'horizon et peignait le ciel de rubans enflammés bleus, violets et orange.

— Merci, dis-je enfin, toujours face en avant. Je ne pourrai jamais te remercier assez pour cela.

— Cette femme croyait en toi, grommela Ulric à contrecœur après un moment de silence pendant lequel je crus qu'il n'allait pas répondre. Sauve-la, et ce sera une compensation suffisante.

— Je ferai tout ce qu'il faut pour cela, promis-je.

Il resta silencieux pendant un moment.

— Je sais que tu le feras, finit par dire Ulric.

Un silence pesant s'installa entre nous tandis que le cheval poursuivait son chemin. À plusieurs reprises, j'ouvris la bouche pour tenter de relancer la conversation, mais les mots me manquaient. Une demi-heure plus tard, Ulric ralentit et finit par arrêter le cheval.

— Je ne peux pas t'emmener plus loin, dit-il d'un ton bourru.

Au loin, je pouvais voir le portail du domaine de la Tisseuse. À moins d'avoir affaire à elle, il n'était pas recommandé de s'attarder trop près de l'entrée. Les diablotins qui gardaient les portes étaient réputés non seulement d'être très puissants, mais aussi extrêmement impitoyables envers les intrus et les visiteurs indésirables.

Je me retournai pour lui jeter un coup d'œil par-dessus mon épaule. Il évita mon regard, fixant plutôt la crinière du cheval.

— Merci, Ric, dis-je en utilisant son ancien surnom. Je sais que tu ne me crois pas, mais je n'ai jamais voulu te faire de mal. Je t'aimais à l'époque, et je t'aime toujours. Tu étais plus qu'un ami ou un cousin pour moi. Tu étais mon frère. Dans mon cœur, tu l'es encore et le seras toujours.

Il ne répondit pas, mais ses yeux brillèrent, et il cligna des paupières pour retenir les larmes qui lui piquaient sans doute les yeux.

— Tu me manques. Peu importe le temps que cela prendra, je prierai pour retrouver mon frère, dis-je doucement.

Je me penchai en avant et l'embrassai sur la joue. Il ne se déroba pas, se contentant de rester raide. Et cela en soi était déjà une grande victoire. Il n'était peut-être pas prêt à reconnaître notre lien, mais il ne le rejetait plus. Je descendis du cheval, un sourire aux lèvres, tandis que l'espoir fleurissait dans mon cœur.

Ce soir, j'avais en partie retrouvé un frère. Et dans quelques instants, je ne pouvais qu'espérer que la Tisseuse allait me rendre ma conjointe.

Je repris ma forme de loup et jetai un dernier regard à Ulric.

— Bon voyage... mon frère, dit Ulric.

Un puissant hurlement de joie s'échappa de ma gorge. Il s'ébroua, m'adressa un sourire triste, puis fit faire demi-tour à son cheval. J'aurais voulu qu'il descende de sa monture afin que nous puissions courir ensemble comme des frères sous notre forme de loups, comme nous le faisions quand nous étions petits. Mais ce n'était pas le moment. Si le Destin le voulait, nous allions le faire dans un avenir proche.

Alors que je courais vers les imposantes portes en fer qui barraient l'entrée de la maison de la Tisseuse, l'ancienne tension revint avec force. J'avais encore mal partout, mais la crainte qu'elle me repousse une fois de plus me tordait les entrailles et dominait mes pensées.

Si je dois escalader ces maudits murs, je le ferai.

Si cela devait arriver, les diablotins gardiens allaient attaquer. Mais je m'en moquais. Rien ni personne n'allait m'empêcher de voir la Tisseuse et d'obtenir les réponses dont j'avais besoin. Si je devais mourir en essayant, qu'il en soit ainsi.

À ma grande surprise et à mon immense soulagement, le portail s'ouvrit alors que j'étais encore à une bonne centaine de mètres. J'aurais dû être ravi. Pendant trois décennies, j'avais rêvé de ce jour. Mais à présent, seule une panique grandissante envahissait mon cœur. Et si Lyall s'était trompé en m'envoyant ici ? Et si j'avais dû rester sur le plateau et poursuivre mes efforts pour invoquer Ranael ? Et si... ?

La vue de l'humble maison au toit de chaume – la cabane de sorcière cliché – qui apparut au bout du chemin me prit au dépourvu. La Tisseuse devait être extrêmement riche, ne serait-ce que grâce aux sommes folles que les gens étaient prêts à payer à quelqu'un de son pouvoir. Mais je mis également ces pensées de côté lorsque je repris ma forme humaine pour m'approcher de la porte.

Alors que je tendais la main vers la poignée, la porte s'ouvrit d'elle-même, me faisant sursauter. J'avançai de quelques pas à l'intérieur, fasciné par la femme sans âge assise derrière une table face à l'entrée. À sa droite, à quelques mètres derrière elle, se trouvait un imposant rouet. Un fil lumineux, clairement imprégné d'une grande magie, pendait du fuseau, attendant d'être filé.

Cliona Nox était à la fois magnifique et terrifiante. Je n'aurais su dire ce qui m'intimidait le plus : son regard intense aux yeux violets et aux pupilles verticales étroites, son sourire indéchiffrable qui pouvait être interprété comme moqueur ou carrément menaçant, ou encore le pouvoir fou qui émanait d'elle.

Si je soupçonnais Lyall d'être un demi-dieu, il ne faisait aucun doute que la Tisseuse était une déesse. Les gens pensaient qu'elle était peut-être simplement l'une des Anciennes. Même si c'était possible, j'en doutais fortement. Aucun être mortel ou immortel ne pouvait dégager autant de puissance de manière passive. Elle pouvait probablement me réduire en cendres d'une simple pensée.

À ma grande consternation, la Tisseuse haussa un sourcil dès que j'entrai et m'examina ouvertement, les coins de ses lèvres esquissant un sourire mêlé d'amusement et d'approbation. Ma peau s'échauffa aussitôt sous l'effet de l'embarras lorsque je me souvins que j'étais complètement nu devant elle lors de notre première rencontre. Le fait que son regard ne trahissait aucune convoitise ne diminua en rien ma mortification. C'était comme si votre grand-mère, connue pour son franc-parler, vous surprenait dans une position compromettante.

Je voulais m'excuser de m'être présenté devant elle dans cet état de dénuement, mais des mots complètement différents sortirent de ma bouche.

— Ranael ne peut pas la guérir, lâchai-je.

La Tisseuse prit un air peu impressionné.

— Bonjour à toi aussi, Rémus Beltaine. Tu ne veux pas t'asseoir ?

Elle fit un geste de la main vers quelque chose à ma droite, ses ongles acérés luisant sous la lumière, même si le terme « griffes » aurait sans doute été plus approprié.

Je sursautai au bruit grinçant provenant de derrière moi et me retournai pour voir une chaise que je n'avais pas remarquée près de la porte glisser sur le sol. Mue par une main invisible, elle s'arrêta devant la table, face à Cliona.

Même si j'aurais pu profiter de ce repos, je levai le menton avec défi et adoptai imprudemment un ton sévère pour exiger une réponse.

— Je ne veux pas m'asseoir, dis-je d'un ton sec. Je veux des réponses.

Tout amusement disparut instantanément du visage de la Tisseuse. Le regard menaçant qu'elle me lança me fit presque trembler.

— Assis. Toi, ordonna-t-elle entre ses dents d'une voix basse, presque chuchotée, qui laissait entendre qu'une douleur atroce m'attendait si je commettais l'imprudence de désobéir à son ordre.

Je déglutis péniblement et obtempérai silencieusement. Au-delà du fait que je n'avais pas failli me tuer en courant jusqu'ici pour être réduit en cendres à cause de mon entêtement face à une requête aussi simple, je réalisai également que mettre en colère la personne dont j'avais désespérément besoin de l'aide n'était pas une idée brillante. À ma grande honte, je dus admettre que m'asseoir alors que j'étais encore affaibli était plutôt formidable.

— Bon garçon, dit Cliona, ses traits intemporels s'adoucissant pour reprendre cette expression moqueuse. Je t'offrirais bien des vêtements, mais comme tu vas bientôt partir, ce ne serait qu'une perte de temps.

Je me tortillai sur ma chaise tandis que son regard violet glissait sur moi. Une fois de plus, il était dépourvu de toute connotation obscène. Je me sentais plutôt comme un animal bizarre exposé dans une foire locale. Cette misérable femme prenait clairement plaisir à me mettre mal à l'aise.

— Tu es arrivé ici beaucoup plus vite que prévu, continua-t-elle. Bravo !

Cette fois-ci, le mélange d'approbation et d'admiration perceptible dans sa voix et dans son expression lorsqu'elle prononça ces mots me toucha. Avec une certitude que je ne pouvais expliquer, je pensais que la Tisseuse était plutôt avare en compliments.

— Le temps presse, marmonnai-je.

— En effet, acquiesça-t-elle. Mais tu dois être assoiffé.

Sans attendre ma réponse, elle se leva gracieusement de son siège – qui s'avéra être un tabouret rembourré – et se dirigea vers le côté droit de la pièce, où se trouvait une impressionnante collection de potions, d'herbes et d'accessoires divers que tout amateur d'occultisme aurait rêvé de posséder. Ses longs cheveux argentés, tressés en une seule natte, se balançaient doucement derrière elle, leur extrémité effleurant presque le sol en bois. Elle saisit un pichet contenant un liquide clair avec une très légère teinte violacée et en versa une généreuse portion dans un grand verre.

— Ça va, dis-je nerveusement.

Oui, j'avais plus que soif. Mais j'avais entendu tellement d'histoires inquiétantes sur la Tisseuse. Qui savait quel type de concoction magique elle me servait ?

Elle revint d'un pas complètement silencieux, comme si elle glissait sur le sol plutôt que de marcher. Le seul bruit audible dans la pièce était le doux bruissement du tissu beige doré de sa robe longue. Elle avait un style légèrement médiéval avec ses manches longues, sa taille étroite et sa fourrure duveteuse autour du col et des poignets.

Cliona reprit place en face de moi et poussa doucement le verre dans ma direction. Mon estomac se noua lorsque le verre glissa tout seul, d'une manière qui indiquait clairement qu'une énergie télékinétique le propulsait vers l'avant.

Après quelques secondes sans que je ne le prenne, l'expression de mon hôtesse se durcit à nouveau.

— Il est extrêmement impoli de refuser l'hospitalité offerte, dit-elle d'une voix froide qui fit monter mon anxiété d'un cran.

J'avais envie de lui dire que contraindre quelqu'un à faire quelque chose contre son gré était encore plus impoli et inhospitalier. Mais une fois de plus, je me rappelai que l'aliéner ne m'apporterait rien et ne ferait que retarder davantage l'obtention des réponses dont j'avais désespérément besoin. Même si je venais de la rencontrer pour la première fois, je savais qu'elle n'allait pas changer d'avis. Elle n'allait pas m'aider tant que je ne me plierais pas à ses exigences.

Me préparant à ce qui allait suivre, je pris le verre et bus.

Mes yeux faillirent sortir de leurs orbites lorsqu'un puissant gémissement s'échappa de ma gorge. Quel que fût le contenu de ce liquide, son goût était divin. Le verre était à température ambiante dans ma main, mais la concoction que je buvais était parfaitement fraîche et rafraîchissante. Chaque gorgée me donnait l'impression que la lumière des dieux eux-mêmes coulait dans mes veines, apaisant chaque muscle endolori, me revigorant et insufflant à mon corps une énergie dont je ne me souvenais pas avoir jamais fait l'expérience.

Je vidai le verre trop vite. Me sentant dépourvu, je le posai sur la table, souhaitant pouvoir en avoir une deuxième portion. Je m'humectai les lèvres pour récupérer les gouttes qui pouvaient y subsister. Un gloussement m'incita à jeter un coup d'œil à la Tisseuse. Mes joues s'embrasèrent de honte lorsque nos regards se croisèrent. Je grimaçai devant son expression suffisante teintée de moquerie flagrante.

— N'est-ce pas mieux ? demanda-t-elle d'un ton railleur.

— Oui, merci, marmonnai-je.

À ma grande surprise, au lieu de me faire un sermon pour que je sois moins paranoïaque, Cliona passa à nouveau au sujet qui m'importait vraiment.

— La petite Amara s'est très bien débrouillée dans cette mission, dit la Tisseuse d'un air pensif. Vous vous en êtes tous les deux très bien sortis.

— Elle est en train de mourir ! m'exclamai-je.

— En effet, acquiesça la Tisseuse d'un ton neutre. Et elle *va* mourir.

— QUOI ?! m'écriai-je en me penchant en avant, sous le choc et incrédule.

— C'était inévitable, répondit-elle en haussant les épaules.

Je la fixai, estomaqué, à la fois furieux et confus.

— Tu as dit qu'elle vivrait une fois qu'elle aurait reçu le remède !

— J'ai dit qu'elle *pourrait* vivre *si* elle recevait le remède, corrigea Cliona. Mais d'abord, elle doit mourir et renaître. Personne ne peut survivre au poison de Ranael. Il tue *toujours* les personnes infectées. Tu le sais mieux que quiconque.

Mon esprit était en ébullition. Une partie de moi avait toujours su que ma conjointe n'allait pas survivre au poison. Tout le monde le savait, et c'était pour cela que les autres avaient refusé de l'accompagner dans cette aventure. Je m'étais bercé d'illusions en pensant que tout allait bien aller, car j'avais eu besoin de croire qu'elle allait s'en sortir et que je n'allais pas la perdre. La sombre vérité qui me trottait dans la tête depuis que Lyall m'avait dit que Ranael ne pouvait pas guérir Amara tenta de refaire surface. Mais je la fis taire. Je ne voulais pas reconnaître la réalité à laquelle la Tisseuse allait bientôt me confronter. Je ne serais jamais prêt pour cela...

— Mais comment va-t-elle renaître ? demandai-je.

Le regard déçu qu'elle me lança me frappa de plein fouet. Elle savait exactement ce que je faisais, mais je n'étais pas prêt. Je ne serais jamais prêt pour cela...

— Amara renaîtra en tant que ta conjointe idéale, bien sûr, répondit-elle avec une pointe d'irritation. Elle est ta Flamme Jumelle. Il est naturel que tu la ramènes d'entre les morts.

« *... la ramener d'entre les morts...* »

Je sentis mon visage pâlir tandis que ces mots repassaient dans mon esprit. Pour une raison stupide, j'avais supposé que la Tisseuse allait m'enseigner une sorte de rituel pour améliorer mes capacités de régénération, et que ma morsure allait relancer son cœur. Mais il n'y avait qu'un seul moyen pour un être comme moi de ramener quelqu'un à la vie.

— Tu veux que mon loup-garou la morde ?! m'écriai-je en bondissant sur mes pieds.

Imperturbable, elle me lança un regard presque ennuyé.

— C'est le seul moyen.

— Amara sera maudite ! Quel genre d'enfer cela sera-t-il pour elle ? Je ne ferai jamais ça à ma conjointe ! criai-je.

La Tisseuse fit un geste dédaigneux de la main.

— Elle ne sera pas maudite. Assieds-toi et je vais t'expliquer.

— Mais...

— Assieds-toi, Rémus. Tu me fais perdre mon temps... et ma patience, dit Cliona d'un ton sévère, avant de jeter un regard significatif vers la chaise.

Je me laissai retomber dans mon siège, le dos douloureusement raidi par la tension tandis que j'essayais de donner un sens à ses paroles. Comment Amara pouvait-elle ne pas être maudite ? La morsure d'un loup-garou était impitoyable.

— Amara ne sera pas maudite parce que tu la transformeras avec amour, expliqua la Tisseuse de cette manière agaçante, lente et trop articulée, comme on le ferait avec un enfant particulièrement difficile.

— Mais elle sera quand même maudite ! rétorquai-je.

Elle secoua la tête.

— La malédiction du loup-garou n'est qu'un poison dans tes veines. Un virus, si tu préfères. Tout comme le poison qui tuait ta conjointe, le venin de Ranael attaquera le virus qui rend ton loup-garou enragé chaque fois que la lune se lève. Ces toxines se combattront et se neutraliseront mutuellement, mais elles la tueront en même temps.

— Mais s'ils se neutralisent mutuellement, comment Amara pourra-t-elle renaître ? arguai-je.

— Le venin n'attaquera que le virus du loup-garou. Il n'affectera pas la partie régénératrice. La métamorphose pousse le corps de l'hôte à créer les anticorps appropriés. Au fur et à mesure de sa transformation, elle produira des anticorps qui la rendront immunisée à la fois contre le virus de la rage du loup-garou et contre le poison de Ranael.

Je hochai distraitement la tête à ses paroles. N'étant pas très versé en sciences médicales, je ne pouvais pas vraiment contester ce qu'elle disait. D'après ma vague compréhension du sujet, ses affirmations semblaient plausibles.

— Et une fois que tu seras lié à elle, vous échangerez des fluides, poursuivit la Tisseuse. Ta morsure n'aura aucun effet sur elle, mais la sienne te guérira de la rage de la pleine lune et purifiera ton sang du poison de Ranael. Tu pourras toujours l'injecter à travers tes crocs, mais ce sera désormais de manière délibérée et par choix, et non plus par accident.

Je la dévisageai, sous le choc, incapable de prononcer un mot. Étrangement, au lieu de me sentir exalté par ses paroles, une colère irrationnelle m'envahit.

— Tu savais depuis le début comment me guérir. Et pourtant, tu m'as laissé passer des années dans la misère. Pourquoi ne m'as-tu pas reçu toutes ces fois où je suis venu frapper à ta porte ? demandai-je.

Elle haussa les épaules.

— Outre le fait que je ne te *doive* pas mon aide, ce n'était pas le bon moment. Ta Flamme n'était pas encore malade.

— Il y a sûrement eu quelqu'un d'autre avec...

— Non. Ça n'aurait pas marché avec quelqu'un d'autre, car tu n'en aurais pas été amoureux, dit-elle en m'interrompant.

— En quoi est-ce important ? ripostai-je.

— Parce que tu dois la mordre au plus fort de ta rage, pendant la pleine lune.

Mon sang se glaça. Si j'avais compris qu'elle voulait que je la morde en tant que loup-garou, j'avais cru que ce serait le plus près possible de la pleine lune, mais pas au plus fort de ma rage, quand je n'étais plus qu'une bête sans cervelle.

— Tu n'es pas sérieuse ?! Je n'aurai aucun contrôle à ce moment-là. Je la tuerai ! criai-je.

— C'est justement le but, pauvre sot, rétorqua la Tisseuse en me regardant comme si elle commençait à douter de mon intelligence. Tu dois simplement t'abstenir de la tuer d'une manière qui mutilerait son corps au point de rendre toute régénération impossible, causant ainsi sa mort définitive.

— Comment cela serait-il possible ? arguai-je. Si je m'enferme dans une cage dotée d'une protection magique puissante, c'est précisément parce qu'au plus fort de la pleine lune, je n'ai absolument aucun contrôle sur moi-même. Je suis sauvage, une bête abrutie animée d'une soif de sang dévorante. Je vais la tuer définitivement.

— Tu ne le feras pas si tu l'aimes suffisamment, répondit Cliona d'un ton indifférent. C'est la seule solution à ce stade.

— Je ne peux pas, murmurai-je, dévasté par la vague de désespoir qui m'engloutissait.

— Alors ta Flamme mourra, répondit-elle avec une dureté frôlant la cruauté. Et je te promets que Lyall ne te le pardonnera pas.

J'eus un mouvement de recul, stupéfait par cette remarque inattendue.

— Tu le connais ? demandai-je.

— Mmhmm, répondit-elle d'un ton évasif.

— Qu'est-ce qu'il est ? demandai-je, incapable de réprimer ma curiosité.

Une émotion étrange traversa son visage avant qu'elle ne reprenne une expression neutre.

— Disons simplement qu'il est... une œuvre en cours.

J'ouvris la bouche pour en savoir plus, mais un geste irrité de sa main m'indiqua que le sujet était clos.

— Contre toute attente, tu as aidé Amara à parcourir la moitié du chemin vers la guérison, poursuivit la Tisseuse. Elle te fait aveuglément confiance. Tu devrais peut-être essayer de te faire un peu plus confiance à toi-même.

— Mais si j'échoue ? insistai-je, l'estomac noué par l'appréhension.

Je ne me souvenais pas de ce que j'avais fait dans ma rage. J'avais parfois des flashs, mais la véritable preuve résidait dans les dommages démentiels que j'avais causés à mes cellules en essayant de m'échapper de mes refuges. Contre la chair tendre de ma conjointe sans défense, j'allais causer des dommages incommensurables.

À ma grande surprise, la Tisseuse sourit avec une tendresse presque maternelle qui me laissa sans voix. Jamais au grand jamais je n'aurais cru qu'elle soit capable d'afficher un air aussi doux.

— Tu ne vas pas échouer, Rémus. Il est clair que tu l'aimes suffisamment pour la protéger. Je viens de te dire que créer un lien avec elle te guérira de la malédiction qui t'a tourmenté toute ta vie. Et pourtant, tu hésites pour son bien, faisant passer ses intérêts avant les tiens. Crois en toi. Tu n'es pas un monstre.

Cette dernière phrase me frappa de plein fouet. Elle faisait écho aux paroles prononcées par mon âme sœur à propos de Lyall et moi.

— Un conseil ? demandai-je enfin, vaincu.

— Imprègne-toi de son odeur. Le moment venu, cela t'aidera à percer la folie, expliqua la Tisseuse. Garde-la dans un environnement frais, voire froid, pour ralentir la progression du poison.

Une étrange lueur brilla dans ses yeux violets. Elle sembla hésiter avant de choisir soigneusement ses mots.

— Il serait peut-être bénéfique de faire brûler une bougie de bannissement à la cire de soja. Tu devrais en trouver dans son atelier, chez elle. Cela t'aidera à atténuer ton envie de rester dans la pièce plus longtemps que nécessaire. Allume-la quelques heures avant le lever de la pleine lune.

Pour une raison que je ne pouvais expliquer, peut-être à cause de l'intensité de son regard lorsqu'elle prononça ces mots, je soupçonnais que cette tâche cachait un autre objectif ou un message secret. Mais je ne parvenais pas à comprendre lequel. Avant que je ne puisse m'enquérir davantage, Cliona ouvrit un tiroir dont je n'avais pas remarqué l'existence dans la table et en sortit une petite boîte en or.

Elle la posa sur la table, puis sortit un collier en or du même tiroir. Il était très simple, avec un médaillon ovale en verre ou en cristal. Elle tira l'un des trois brins de ce qui ressemblait à des cheveux bleus de la boîte en or, puis le plaça dans le médaillon transparent.

— Tiens, prends ça et mets-le autour du cou d'Amara, dit la Tisseuse en me tendant le collier.

Je le pris instinctivement et le tins devant moi, l'examinant en fronçant les sourcils.

— C'est quoi, cette mèche que tu as mise dedans ?

— C'est un cheveu de spectre que ma fille m'a offert, répondit la Tisseuse avec nonchalance.

— Ta fille est un spectre ?! m'exclamai-je, estomaqué.

Elle gloussa et me fixa de ce regard indéchiffrable auquel je commençais à m'habituer.

— Elle est plutôt ce qu'on appelle une Marcheuse de l'Ombre.

Une fois de plus, je réprimai mon envie d'en savoir plus. Je sentais qu'elle ne m'en dirait pas davantage. En vérité, je soupçonnais Cliona de ne pas avoir réellement voulu révéler que cela venait de sa fille.

— À quoi ça sert ? demandai-je à la place.

— Il avertit de tout danger imminent. Chaque fois que la vie d'Amara est menacée par un ennemi proche, il émet une lumière aveuglante. Mais ton nez reste ton meilleur ami. Utilise-le à bon escient, dit la Tisseuse d'un ton mystérieux qui me fit froncer davantage les sourcils. J'ai hâte de vous revoir tous les deux une semaine après la pleine lune. D'ici là, prend bien soin de ta Flamme.

Un cliquetis résonna derrière moi. Je tournai brusquement la tête et vis que la porte était grande ouverte sur la chaude nuit d'été. Lorsque je jetai un coup d'œil vers la Tisseuse, je sursautai en constatant qu'elle n'était plus assise derrière la table. Elle se trouvait désormais devant son rouet, en train de filer un fil doré lumineux.

Ayant clairement été congédié, je me levai silencieusement de mon siège. Avec un léger grincement, la chaise glissa vers sa position initiale contre le mur près de l'entrée. Tournant sur mes talons, je pris le collier entre mes dents, me transformai en loup et courus dans la nuit vers la maison de ma conjointe.

CHAPITRE 17
RÉMUS

Il me fallut beaucoup trop de temps pour trouver la maison d'Amara. Elle m'en avait indiqué l'emplacement auparavant, lorsqu'elle m'avait parlé de l'héritage inattendu qu'elle avait reçu de son oncle. Mais ma conjointe n'avait pas donné les détails que l'on demande généralement lorsqu'on vient rendre visite à quelqu'un. Heureusement, je me souvins de quelques repères qu'elle avait mentionnés en passant et qui m'aidèrent finalement à atteindre ma destination.

Je remerciai silencieusement la Tisseuse en me dirigeant vers le pont menant à l'entrée principale de l'imposant manoir gothique. Sans cette boisson incroyablement vivifiante, j'aurais eu du mal à terminer mon voyage. Mais à cet instant précis, je me sentais encore en pleine forme, comme si je ne m'étais pas à moitié tué en descendant la montagne en un temps record.

Un rapide coup d'œil autour du domaine suscita quelques questions supplémentaires. Nous étions à un peu moins de trois jours de la pleine lune. Je devais trouver un endroit sûr où m'enfermer après avoir accompli la tâche impossible qui m'attendait. Comme je n'allais pas avoir le temps de construire un abri capable de résister à la puissance démentielle que j'acquérais sous ma forme de loup-garou enragé, j'allais devoir me contenter d'un cercle de confinement.

Je ne les utilisais qu'en cas d'urgence. Comme je n'étais pas un mage, la version basique que je pouvais créer en tant que profane était loin d'être aussi puissante que celles créées par un véritable arcaniste, mais elle allait suffire. Avec un peu de chance, Amara possédait certains des réactifs qui me permettraient de dessiner une version plus puissante du cercle. Sinon, j'allais devoir me contenter de sable ou de sel.

Le manoir de trois étages était plongé dans l'obscurité, à l'exception de la pièce supérieure gauche qui était éclairée. Mon cœur bondit lorsque j'aperçus une grande silhouette debout à la fenêtre gauche, regardant dehors.

Lyall...

Je pouvais presque sentir le poids de son regard sur moi alors que je m'approchais de la résidence. Néanmoins, cela me rassura qu'il ait tenu parole en ramenant ma conjointe saine et sauve chez elle, et qu'il soit resté pour veiller sur elle jusqu'à mon arrivée.

Je traversai rapidement le pont et repris ma forme humaine alors même que je gravissais les quelques marches menant au large porche. Je retirai le collier que je tenais encore entre les dents et tendis ma main libre vers la poignée de la porte. Un sentiment mitigé de soulagement et d'angoisse m'envahit lorsque je constatai qu'elle n'était pas verrouillée. En entrant, je fus accueilli par un silence assourdissant, seulement troublé par le tic-tac régulier d'une grande horloge sur pied.

Étrangement, il n'y avait pas cette odeur de renfermé caractéristique des lieux abandonnés. Pour une raison quelconque, je m'y étais attendu, car ma conjointe était partie depuis près d'un mois. Mais un arôme doux et subtil d'herbes et d'épices, avec une touche fruitée, imprégnait l'air. Cela m'apaisa instantanément. Il provenait probablement des bougies ou des pots-pourris confectionnés par Amara. Je ne voyais aucune bougie allumée au rez-de-chaussée, mais cela n'avait aucune importance à cet instant précis.

Je me dirigeai directement vers l'imposant escalier avec sa rampe en bois finement sculptée qui menait au premier étage. La lumière sous la porte au bout du couloir à ma gauche m'attira irrésistiblement. Je pensai frapper, mais je choisis plutôt d'ouvrir simplement la porte. Je n'avais fait aucun effort pour dissimuler mon approche, le craquement discret du parquet les avertissant davantage de mon arrivée imminente.

Mon regard se posa sur la frêle créature allongée dans le lit surdimensionné appuyé contre le mur du fond, à droite de la pièce. Je ne prêtai aucune attention à Lyall, qui était maintenant appuyé contre le rebord de la fenêtre face au lit et me précipitai vers ma femme. Mon cœur se serra dans ma poitrine lorsque j'examinai les ravages que le venin du loup démon lui infligeait.

Je m'assis au bord du lit et caressai la joue d'Amara. Elle brûlait d'une fièvre intense. Sa peau brune, autrefois si belle, avait pris une teinte encore plus grise que lorsque je l'avais tenue dans mes bras pour la dernière fois sur le plateau au sommet de la montagne Storm Hill. Des veines noires rampaient désormais encore plus haut sur ses joues, certaines atteignant même ses tempes. Elles s'étaient également répandues sur ses bras et ses jambes. Ma Flamme respirait péniblement, son corps secoué de petits tremblements. Me sentant impuissant à soulager sa douleur, je me penchai vers elle et embrassai ses lèvres.

Même si je savais que cela ne lui serait d'aucune utilité pour le moment, je passai le collier autour de son cou, ajustant soigneusement le médaillon sur sa poitrine. Derrière moi, Lyall remua, attirant à nouveau mon attention.

— C'est un cadeau intéressant que t'a fait la Tisseuse, dit-il d'un ton légèrement sarcastique. Il pourrait s'avérer utile le moment venu.

— Alors tu sais ce qu'elle attend de moi ? demandai-je d'un ton accusateur.

— Bien sûr, répondit-il en haussant les épaules. Je te l'ai sous-entendu autant que possible.

Le son de frustration qui vibra dans ma poitrine exprima l'agacement que je ressentais à devoir composer avec ces demi-vérités et ces jeux psychologiques auxquels Lyall et la Tisseuse nous soumettaient. Je comprenais les restrictions avec lesquelles ils devaient composer, mais cela ne rendait pas la situation moins exaspérante. Au lieu de faire un détour par le domaine de Cliona, j'aurais pu me rendre directement chez Amara.

Mais alors, je n'aurais pas eu le collier et je n'aurais pas été complètement revigoré par sa boisson.

Je poussai un soupir, réalisant la futilité de déplorer ce qui était et ce qui aurait pu ou dû être. En fin de compte, tout avait un but, comme le voulait le Destin.

Je jetai un coup d'œil au visage de ma conjointe, toujours aussi belle même dans cet état terrible, avant de me recentrer sur le doppelgänger.

— Ma tâche est impossible, dis-je d'un ton résigné. J'aime Amara de tout mon être. Mais une fois que la pleine lune se lève, je cesse d'être Rémus. La bête sauvage que je deviens n'a ni raison, ni amour, ni empathie. Elle veut simplement détruire tout ce qui se trouve sur son chemin.

— Alors tu devras l'aimer davantage, répondit Lyall d'un ton dédaigneux.

Je m'ébrouai et lui lançai un regard incrédule.

— Si c'était aussi simple que cela, je ne redouterais pas l'issue inévitable.

Je serrai les lèvres tandis que je soupesais la pensée qui tournait en boucle dans ma tête depuis que la Tisseuse m'avait confirmé ce que je devais faire. Lyall haussa un sourcil interrogateur lorsque je lui lançai un regard inquisiteur.

— Tu aimes Amara toi aussi, songeai-je à voix haute. Plus d'une fois, tu as fait tout ce que tu pouvais pour la protéger. Alors je te demande de le faire une fois de plus. Quoi qu'il en coûte, ne me laisse pas la tuer. Et si cela s'avère nécessaire, tue-moi d'abord.

Lyall eut un mouvement de recul, ses yeux écarquillés de stupeur.

— Promets-moi de me tuer si nécessaire, insistai-je lorsqu'il ne répondit pas.

Son visage se ferma tandis que ma demande le sortait de son état de choc. À ma grande consternation, il secoua la tête en s'appuyant à nouveau contre le rebord de la fenêtre.

— Je ne peux pas, répondit-il simplement.

— Mais tu l'aimes ! m'exclamai-je avec indignation. Et ne me sors pas ces absurdités à propos du Pacte. Il ne peut sûrement pas t'interdire de protéger quelqu'un que tu aimes !

Une expression étrange passa sur son visage avant qu'il ne secoue à nouveau la tête.

— Le Pacte s'applique à tout mortel qui n'est pas ma conjointe ou ma progéniture, expliqua Lyall. Il hésita, comme s'il choisissait ses mots avec soin. Je ne peux te tuer que si tu deviens une menace pour moi.

— Alors fais en sorte que je le devienne, rétorquai-je d'un ton autoritaire.

La même expression étrange traversa son beau visage avant de se transformer en quelque chose de plus provocateur alors qu'il penchait la tête sur le côté.

— Es-tu si impatient de mourir, cabot ?

Je réprimai l'envie de le gifler. Aussi odieux et exaspérant qu'il puisse être, je commençais à soupçonner Lyall d'utiliser le sarcasme et la provocation comme mécanisme de défense pour cacher ses émotions plus douces ou vulnérables.

— Non, mais je veux absolument qu'elle vive, quel qu'en soit le prix pour moi, répondis-je de manière factuelle.

Cette fois, ses yeux se remplirent d'une tristesse indéniable qu'il ne parvint pas à dissimuler. Il jeta un regard empli d'une immense envie à Amara avant de me tourner le dos. Il contempla l'extérieur par la fenêtre, les mains crispées sur le rebord. À cet instant, je compris qu'il avait besoin d'un moment pour se ressaisir. Je restai silencieux, me demandant quelle pensée avait provoqué une réaction aussi forte de sa part.

— Amara veut vivre avec toi, pas sans toi, dit enfin Lyall d'une voix basse et légèrement agressive. Alors fais en sorte d'y parvenir. Je ne souhaite pas avoir à lui expliquer pourquoi tu as dû être éliminé.

Malgré la colère et le ressentiment perceptibles dans sa voix, mon cœur se réchauffa pour lui, envahi par une vague de sympathie mêlée de culpabilité. Je ne pouvais pas regretter qu'Amara soit ma Flamme Jumelle, mais je comprenais le profond sentiment de perte qu'il devait ressentir à ce moment-là. Les paroles de ma conjointe me revinrent également à l'esprit. Elle avait raison, il n'était pas un monstre. Sinon, il se serait débarrassé de son rival pendant qu'elle était en incapacité et se serait concentré uniquement sur ses désirs au lieu de donner la priorité aux siens.

— Pour avoir le moindre espoir de réussir, je dois trouver un endroit sûr où me réfugier, répondis-je d'une voix douce. L'idéal serait un lieu de pouvoir capable de renforcer la magie fragile des protections magiques que je peux mettre en place. Mais un espace clos avec des murs solides pourrait également faire l'affaire.

Lyall me jeta un coup d'œil par-dessus son épaule, le visage impassible.

— Tu peux essayer dans son atelier, dit-il. La magie n'y est pas très puissante, mais c'est mieux que rien. Sinon, il y a quelques cercles de fées dans les bois voisins, mais ce sera plus difficile de t'y emmener une fois que tu auras perdu la raison.

— Son atelier ! m'écriai-je. La Tisseuse m'a conseillé d'y prendre des bougies de bannissement en cire de soja pour m'aider à m'apaiser cette nuit-là.

— Viens, je vais te montrer où c'est, me proposa Lyall d'un air mystérieux.

Quelque chose dans sa façon de prononcer ces mots me sembla étrange. Mais avant que je ne puisse essayer de creuser davantage, il s'empara d'un morceau de tissu plié posé sur la commode à sa droite, encadré par les deux grandes fenêtres de la pièce, et me le lança. Je l'attrapai instinctivement et y jetai un coup d'œil pour réaliser qu'il s'agissait d'un pantalon.

— D'abord, enfile ça, grommela Lyall. Je n'ai pas envie de regarder ta bite toute la journée.

Je m'ébrouai et obtempérai. En tant que Lycan, la nudité était quelque chose auquel nous ne prêtions souvent même pas attention. Mais si nos rôles avaient été inversés, je n'aurais pas non plus envie de voir l'homme qui m'avait « volé » ma femme exhiber ses atouts sous mon nez à toute heure du jour et de la nuit.

Alors que je finissais de boutonner le pantalon, Lyall sortit de la pièce. Je suivis dans son sillage tandis qu'il me conduisait vers le premier escalier menant au rez-de-chaussée, puis tourna pour traverser le couloir qui s'étendait sur toute la longueur de la maison. Nous passâmes devant le salon et la salle à manger formelle sur la gauche, puis il ouvrit la deuxième porte sur la droite. Elle donnait sur une grande pièce qui, je le supposais, avait servi auparavant de chambre d'amis, mais qui était désormais l'atelier d'Amara.

De nombreuses étagères occupaient tout le mur du fond. Elles étaient soigneusement organisées en sections dédiées aux bougies, aux parfums, aux savons, aux pots-pourris et aux huiles parfumées. De chaque côté de la porte, de longs comptoirs avec des placards contenaient les divers ingrédients et réactifs utilisés pour fabriquer ses produits. Certains étaient visibles à travers les portes vitrées des placards. Elle avait placé sa table de travail sur le côté gauche, appuyée contre le mur latéral. La large fenêtre au-dessus offrait une vue imprenable sur le jardin, ce qui devait être un paysage agréable à contempler en travaillant.

Un grand chaudron suspendu au-dessus d'un foyer occupait

le centre de l'atelier. Cela expliquait pourquoi le sol de cette pièce était recouvert de dalles de pierre plutôt que du parquet que l'on trouvait partout ailleurs. Un sourire rêveur se dessina sur mes lèvres tandis que je l'imaginais penchée sur sa table de travail, jetant de temps à autre un regard par la fenêtre vers nos louveteaux qui couraient dans le jardin pendant que je chassais. Mon regard se posa sur les différents ingrédients exposés. Alors que je faisais l'inventaire des réactifs qu'elle possédait, mon esprit bouillonnait à l'idée des divers ingrédients rares que j'allais pouvoir lui rapporter de lieux reculés où peu de gens osaient s'aventurer ou dont ils ignoraient même l'existence. En tant qu'ancien paria, puis guide, j'avais exploré des contrées lointaines et pénétré dans des lieux que les plus avisés auraient évités. Débordant d'excitation, je me dirigeai vers le côté opposé de la pièce où elle avait regroupé ses bougies en fonction de leur usage, de la sorcellerie avancée aux bougies parfumées et décoratives.

À mi-chemin, je me figeai, une odeur familière que je n'avais pas complètement identifiée me frappant les narines avec force. Elle était subtile mais indéniable. Je reniflai l'air, le dos raidi, comprenant pourquoi il avait attiré mon attention malgré les innombrables arômes présents dans la pièce, provenant des herbes, des épices et d'autres sources parfumées.

Je tournai brusquement la tête vers Lyall, l'air choqué. Appuyé nonchalamment contre le cadre de la porte, il m'observait avec une intensité qui m'était de plus en plus familière.

— Tu sens ça ? demandai-je.

Il soutint mon regard sans ciller. Pendant un instant, je crus qu'il n'allait pas me répondre. Puis il secoua la tête.

— Non, pas du tout. Que sens-tu ? demanda-t-il d'un ton neutre.

— C'est la même odeur que celle de la maladie d'Amara, mais elle est... je ne sais pas... plus pure ?

Il acquiesça lentement, les yeux rivés aux miens, ses pupilles verticales semblant encore plus étroites.

— Mais tu le savais, n'est-ce pas ? demandai-je, la colère se réveillant en moi.

— Non, je ne le savais pas. Mais je me suis douté que tu trouverais quelque chose ici dès que tu as dit que la Tisseuse t'avait envoyé chercher quelque chose dans l'atelier. Elle ne parle jamais sans raison. Chaque phrase a un but, dit-il en haussant les épaules.

Je grognai de frustration, puis reportai mon attention sur l'odeur. Elle semblait provenir de sous le chaudron. Je le déplaçai et examinai le foyer en dessous mais ne trouvai rien d'inhabituel. Comme l'odeur était indéniablement plus forte à mesure que je m'approchais du sol, cela ne pouvait signifier qu'une chose : la source était cachée en dessous. Cependant, malgré tous mes efforts, je ne trouvai aucun interrupteur, renfoncement ou levier qui aurait pu révéler la cachette secrète.

Voir le doppelgänger rester là à m'observer m'énerva au plus haut point. Était-ce vraiment à cause du Pacte qu'il ne m'aidait pas, ou prenait-il simplement plaisir à me regarder courir en vain dans tous les sens comme un idiot ?

— Est-ce que ce fichu truc est en train de l'empoisonner à nouveau ? demandai-je, soudainement frappé par cette pensée effrayante. Est-ce qu'il nous empoisonne ?

— Tu as mis le collier de la Tisseuse autour du cou d'Amara. Le cheveu du spectre n'a pas brillé. Elle n'est donc pas en danger pour le moment. Si mes soupçons concernant la source sont corrects, alors elle est actuellement inoffensive pour tout le monde.

Je poussai un autre grognement de frustration avant de reprendre mes recherches. Comme je doutais qu'Amara soit consciente de son existence, je supposai que l'interrupteur se trouvait à un endroit où elle était peu susceptible d'interagir fréquemment. En jetant un coup d'œil dans la pièce, je repérai quatre endroits potentiels, dont trois étaient les espaces vides sous les étagères situées à droite de la porte. Ils étaient juste assez hauts pour y ranger une paire de chaussures.

Mais le quatrième objet m'interpellait le plus. Il s'agissait d'un meuble lourd, dont la forme ressemblait presque à un berceau géant reposant sur quatre pieds à chaque extrémité. Il semblait être fait de bronze ou de cuivre. Quoi qu'il en soit, c'était le genre d'objet que l'on détestait déplacer, et certainement pas quelque chose qu'Amara pouvait soulever seule. Il contenait ce qui ressemblait à divers moules et coques sculptés, certains en bois, d'autres en métal, destinés à donner à ses bougies ces formes étonnantes et uniques. Le long du bord du berceau, une seule barre à l'avant et sur les côtés lui permettait d'accrocher des chaînes ornées et des cordes tressées, qui servaient probablement à appliquer d'élégants motifs sur la cire encore chaude.

Ces chaînes et ces cordes formaient un rideau qui cachait un espace beaucoup plus accessible en dessous. Je me dirigeai directement vers cet espace et repoussai délicatement les chaînes et les cordes sur le côté. Il n'y avait rien là, et les dalles de pierre du sol étaient aussi peu remarquables que les autres qui recouvraient le reste de la pièce. Je me penchai néanmoins en avant pour passer ma main sur le mur du fond, au cas où il y aurait quelque chose que je ne pouvais pas voir sous cet angle. Mais dès que ma main se posa sur le sol pour m'appuyer, mes oreilles hypersensibles perçurent un léger grincement.

Je me penchai en arrière pour regarder le sol. Aucun des carreaux ne semblait lâche et le coulis remplissait parfaitement les interstices entre chaque pavé. J'appuyai à nouveau, le bruit s'amplifiant ou s'atténuant selon l'endroit où j'exerçais la pression. La dalle ne bougeait toujours pas, mais semblait s'étendre sur au moins six carreaux. Après quelques tentatives supplémentaires, je me rendis compte que le bruit variait d'une fois à l'autre lorsque j'appuyais à nouveau sur une zone donnée. Il me fallut un moment pour comprendre que je devais appuyer sur chaque pierre dans un ordre précis.

C'était logique, car si une simple pression avait suffi pour activer l'interrupteur, le fait de déplacer un meuble aurait pu révéler accidentellement la cachette secrète. Mais la séquence exigeait un effort délibéré et calculé. Sans mon ouïe améliorée, je ne l'aurais jamais remarqué. Et même dans ce cas, ne sachant pas qu'il pouvait y avoir un mécanisme caché, si j'avais juste marché dessus, je n'y aurais pas prêté beaucoup d'attention et j'aurais supposé que le sol avait bougé avec le temps, comme les grincements des parquets et des escaliers.

Il ne me fallut que quelques essais pour trouver la combinaison, le son augmentant progressivement d'une pression à l'autre jusqu'à ce qu'un grincement dans mon dos me fasse sursauter. Je me retournai et vis une petite partie du dallage s'abaisser dans le sol à côté du foyer. Je m'y précipitai et restai bouche bée en voyant un bouquet de fleurs rougeâtres. Au début, je pensai qu'il s'agissait de fleurs Gloriosa, également connues sous le nom de lys de feu. Elles étaient aussi belles que mortelles. Cependant, leurs tiges tourbillonnantes et leurs feuilles fluides indiquaient qu'il s'agissait d'une espèce de plante différente.

— Qu'est-ce que c'est que ça ? demandai-je.

Lyall s'approcha nonchalamment et regarda à l'intérieur de la cachette, puis s'accroupit devant pour tendre la main vers les fleurs. D'instinct, j'attrapai son poignet pour l'arrêter tout en lui lançant un regard qui disait « Qu'est-ce que tu fous ? ». Il sembla surpris par mon geste protecteur avant de sourire à nouveau de cette manière odieuse qui lui était propre.

— Attention, toutou. Je vais croire que tu commences à tenir à moi, dit-il d'un ton narquois avant de libérer son poignet de mon emprise. Comme je l'ai dit, si mes soupçons étaient fondés, alors la source était présentement inoffensive. Et mes soupçons *étaient* fondés.

. . .

I l ramassa les fleurs puis se redressa pour les admirer. À ma grande consternation, il les porta à son nez avant d'inhaler profondément leur parfum. Il me jeta un coup d'œil et rit en voyant mon expression ahurie.

— Ces fleurs s'appellent le Fléau des Amants. C'est la version infernale des lys de feu, expliqua-t-il avec désinvolture. Et ce sont bien elles qui ont rendu Amara malade.

— Alors pourquoi dis-tu qu'elles sont inoffensives en ce moment ? demandai-je, la voix tendue.

— Parce qu'elles ne deviennent mortelles qu'une fois brûlées, répondit-il en jetant un coup d'œil au foyer. Une forte chaleur provoque une réaction chimique à l'intérieur, qui libère alors une fumée toxique inodore. Sinon, ce ne sont que de jolies plantes décoratives que l'on peut respirer sans danger.

— Donc les vapeurs se libéraient chaque fois qu'Amara faisait fondre de la cire dans son chaudron, murmurai-je avec une compréhension consternée. Mais qui ferait cela ? Et pourquoi ?

Il me fixa sans répondre. Je réprimai l'envie de lui griffer son joli visage et reportai mon attention sur les fleurs. Je fronçai les sourcils lorsqu'une autre pensée me traversa l'esprit.

— Si les fleurs doivent être chauffées ou brûlées pour libérer les vapeurs, celles-ci devraient être flétries. Mais elles ont l'air fraîches, objectai-je.

— Tout à fait fraîches, acquiesça-t-il. La personne qui fait cela a toujours accès à la maison et a remplacé les fleurs en son absence. Je pense qu'elles ont été apportées ici il y a trois ou quatre jours, juste avant mon arrivée avec Amara.

— Si tu soupçonnais tout cela, pourquoi n'as-tu pas fouillé la maison ? crachai-je avec colère.

Il me lança un regard ennuyé et agacé qui m'énerva encore plus.

— Combien de fois dois-je te rappeler que je suis lié par le

Pacte ? Pour ce que ça vaut, même si je soupçonnais qu'elles se trouveraient dans la maison, je pensais qu'elles seraient dans la cuisine ou près de la cheminée dans sa chambre. Les mettre ici était astucieux et diabolique.

Je marmonnai une série de jurons à l'encontre de ce maudit Pacte et de ses stupides jeux psychologiques.

Lyall gloussa.

— Pour ce que ça vaut, nous sommes tout aussi frustrés que quiconque ou quoi que ce soit nous dicte ce que nous pouvons ou ne pouvons pas faire.

Je grognai mon accord avant de lancer un regard noir aux fleurs qu'il tenait toujours dans sa main.

— Alors comment puis-je détruire ces saloperies sans causer davantage de dégâts, puisqu'elles ne peuvent pas être brûlées ?

Il haussa les épaules.

— Tu pourrais les donner à manger au cheval. Comme je te l'ai dit, elles sont totalement inoffensives tant qu'elles ne sont pas exposées à une forte chaleur.

— C'est une excellente idée, répondis-je, soulagé de ne pas avoir à accomplir un rituel compliqué, car j'avais déjà fort à faire.

— Je peux m'en occuper pour toi si tu veux, proposa Lyall, me prenant au dépourvu.

— Ce... ce serait très gentil de ta part, répondis-je, interloqué.

Il m'adressa un signe de tête raide, puis quitta la pièce sans bruit. Je fixai la porte ouverte, écoutant le léger battement de ses pas s'éloigner lentement, tout en essayant de comprendre cet homme étrange et la situation surréelle dans laquelle je me trouvais. Secouant la tête, je m'assurai qu'il ne restait rien dans la cachette secrète avant d'utiliser les interrupteurs cachés pour la refermer.

En parcourant l'inventaire des bougies, je trouvai rapidement les bougies de bannissement au soja que la Tisseuse m'avait suggéré d'utiliser. Cependant, lorsque je me retournai pour réexaminer la pièce, il devint évident que je n'allais jamais pouvoir utiliser l'atelier comme cellule de détention sécurisée. Même si je déplaçais le chaudron et dessinais le cercle magique dans un large rayon autour du foyer, je courais toujours un trop grand risque de détruire les lieux pendant ma folie ou même simplement en essayant d'entrer dans le cercle.

Avec les trois bougies sous le bras, je sortis de l'atelier et ouvris la première porte devant laquelle nous étions passés en arrivant. Comme je l'avais espéré, elle donnait sur un autre escalier menant au sous-sol. À ma grande surprise, ce n'était pas l'endroit sombre et humide auquel je m'attendais, mais un espace bien isolé et éclairé, divisé en plusieurs pièces qui pourraient éventuellement servir de chambres d'amis supplémentaires, même si elles étaient actuellement vides. L'une des pièces servait de garde-manger et de réserve.

Une épaisse porte métallique à l'arrière raviva une lueur d'espoir. Elle n'était pas verrouillée, bien qu'une lourde clé soit accrochée à un clou à proximité. Étonnamment, la porte ne grinça pas comme je m'y attendais, mais s'ouvrit silencieusement grâce à ses gonds bien huilés. Mon cœur s'emballa lorsque j'entrai dans ce qui devait être un ancien cellier. Il était vide, avec des murs épais en briques et une fenêtre voûtée surélevée avec des barreaux décoratifs en fer forgé. Frais, pas trop humide, il convenait parfaitement à mon projet.

Je posai les bougies sur le sol et retournai en courant à l'atelier, où se trouvait tout ce dont j'avais besoin pour installer les protections magiques, y compris les réactifs qui allaient accroître leur puissance. Je pris mentalement note de tout ce que je pillai afin de pouvoir le remplacer une fois cette épreuve terminée. Sans tarder, je retournai à la cave et dessinai le cercle, les runes et les protections magiques qui allaient me retenir prisonnier jusqu'à ce que je reprenne le contrôle de mon esprit et de mes sens.

La beauté de ce cercle était que je pouvais y entrer librement, quel que soit l'état dans lequel je me trouvais. Mais je ne pouvais pas en sortir tant qu'il détectait que j'étais sauvage ou enragé. Le défi consistait à y entrer après l'arrivée de la pleine lune. Normalement, j'entrais dans le cercle ou dans mon lieu sûr au moins deux heures avant celle-ci. La pensée de ce qui pourrait se passer cette nuit-là me nouait les tripes. Les seules choses qui me donnaient de l'espoir étaient la confiance de la Tisseuse en ma capacité à réussir et le fait d'avoir Lyall comme solution de rechange.

Même si le doppelgänger n'avait pas promis de m'éliminer si je devenais une véritable menace pour ma conjointe, je savais au plus profond de moi qu'il n'allait pas rester les bras croisés pendant qu'Amara se faisait massacrer. Après avoir jeté un dernier coup d'œil à mon œuvre, je quittai la pièce, satisfait, et retournai dans la chambre de ma Flamme.

Je trouvai un emplacement approprié pour chacune des trois bougies, éteignis le feu dans la cheminée, ouvris les fenêtres et déshabillai Amara de la chemise de nuit épaisse dont elle était vêtue. Comme ce n'était pas la tenue qu'elle portait initialement lorsque Lyall me l'avait prise pour la ramener chez elle, j'essayai de réprimer la jalousie instinctive que je ressentis à l'idée qu'il l'avait vue nue en la changeant.

D'une manière que je ne pouvais expliquer, je croyais sincèrement qu'il n'avait pas profité de la situation, qu'il ne l'avait pas fait de manière inappropriée et qu'il n'avait pas agi avec des motivations douteuses. Amara et moi avions voyagé dans la montagne pendant quelques jours sans avoir accès à un point d'eau pour nous laver. Puis nous avions dormi dehors pendant quelques jours supplémentaires alors qu'elle était trempée de sueur à cause de sa forte fièvre. La mettre au lit dans cet état aurait été pire.

Je la portai jusqu'à la salle de bains attenante et lui donnai un bain en utilisant de l'eau plus froide que tiède. Voir à quel point le venin se propageait me brisa le cœur. Comment allait-elle survivre deux jours de plus dans cet état ? Je la séchai soigneusement puis lui mis une chemise de nuit beaucoup plus légère. Entendre ses gémissements de détresse pendant que je m'occupais d'elle me déchirait le cœur. Il y avait sûrement quelque chose que je pouvais faire pour soulager un peu sa douleur ? Le fait qu'elle reste inconsciente ne signifiait pas qu'elle ne ressentait pas tout cela, comme l'indiquaient ses traits tendus et les sons qu'elle émettait.

Quelques instants après avoir ramené ma conjointe dans son lit, les pas de Lyall résonnèrent bruyamment dans le couloir. Je compris qu'il voulait m'avertir de son arrivée imminente. Une fois de plus, ce comportement attentionné contrastait avec l'image froide et impitoyable qu'il avait initialement projetée et qui était la norme pour les membres de son espèce. Comme pour ajouter à ma confusion, il frappa à la porte et attendit que je l'invite à entrer avant de franchir le seuil.

Ses yeux n'avaient pas la même couleur rouge intense qui lui était habituelle. Ils avaient pris une teinte beaucoup plus pâle, tirant vers le violet.

— Beau travail en bas, dit-il dès qu'il entra.

Pour une raison idiote, ce compliment de sa part toucha la corde sensible au plus profond de moi qui aspirait à une forme d'approbation paternelle. C'était d'autant plus ridicule que je considérais Lyall comme n'importe quel autre homme de mon âge. Mais bon, en tant que demi-dieu, il avait probablement déjà vécu plusieurs centaines d'années.

— Merci, répondis-je, un peu gêné. Je veux renforcer davantage la porte demain matin, au cas où mes protections magiques ne tiendraient pas aussi bien que je l'espère.

Il acquiesça avant de jeter un coup d'œil à ma conjointe, à la cheminée froide et à la fenêtre ouverte. Bien qu'il ne fît aucun commentaire et ne me regardât pas bizarrement, je ressentis le besoin irrationnel de justifier mes actions.

— La Tisseuse m'a recommandé de la garder au frais autant que possible.

Une fois de plus, il ne répondit pas et se contenta d'incliner la tête sur le côté tout en m'observant silencieusement.

Je remuai sur mes pieds tout en cherchant mes mots.

— Merci pour tout ce que tu as fait pour m'aider avec Amara. Nous n'y serions jamais arrivés sans toi.

Il serra les dents et grogna en guise de réponse. Je ne savais pas quelle émotion dominait sur son visage entre la tristesse, la colère et la résignation. Elles transparaissaient malgré ses efforts pour afficher une expression neutre.

— J'aimerais juste...

Ma voix s'éteignit lorsqu'une pensée me traversa soudainement l'esprit. Je regardai ma femme avant de reporter mon attention sur Lyall.

— J'aurais encore une faveur à te demander, dis-je d'une voix pleine d'espoir qui piqua sa curiosité, même s'il m'observait avec une expression méfiante. Comme tu peux le voir, Amara est à demi-consciente et souffre. Serait-il possible que tu la plonges dans une illusion heureuse ? Celle dans laquelle tu m'as piégé était si réaliste. Si tu pouvais faire quelque chose de similaire, mais sans qu'elle soit poursuivie par une créature maléfique, je te serais éternellement reconnaissant.

Lyall me dévisagea, bouche bée, visiblement stupéfait par ma demande. À cet instant, je compris que cette idée ne lui avait même pas effleuré l'esprit. À ma grande joie, il ne dit pas un mot et se contenta d'acquiescer. Quelques secondes plus tard, les stries en forme d'éclairs sous sa peau brillèrent légèrement, et ma conjointe se tut. Toute tension disparut de son beau visage. Sans les veines sombres et la teinte grisâtre de sa peau, on aurait pu croire qu'elle dormait paisiblement.

CHAPITRE 18

AMARA

Mes yeux papillonnèrent alors que je me sentais flotter sur un nuage. Je ne me souvenais pas de la dernière fois où je n'avais pas souffert ou agonisé. Pendant ce qui m'avait semblé être une éternité, mon monde n'avait été qu'une torture sans fin, mon corps brûlant comme si j'avais été jetée dans les flammes de l'Enfer. Je clignai des yeux face à la lumière aveuglante avant de réaliser que le nuage était en fait le matelas le plus divin sur lequel je m'étais jamais allongée.

Je m'étirai en poussant un grognement peu féminin, puis laissai mes membres retomber sur le coussin paradisiaque, me sentant presque trop groggy pour me lever. Toujours allongée, j'observai mon environnement, stupéfaite de me retrouver dans une pièce magnifique. Elle ressemblait à un ancien palais romain avec des plafonds incroyablement hauts, des colonnes sculptées et d'innombrables grandes fenêtres ornées de longs rideaux blancs transparents. Juste en face, à au moins dix mètres du lit, une immense porte-fenêtre s'ouvrait sur ce qui semblait être une grande terrasse ou un balcon.

Je glissai hors du lit, les carreaux de pierre beiges étant tièdes sous mes pieds nus. La longue robe blanche fluide que je portais

caressait doucement ma peau à chaque pas tandis que je me dirigeais vers le balcon. Ce ne fut qu'à ce moment-là que je réalisai
que nous devions être dans une sorte de palais dans le ciel, ou du
moins très haut dans la montagne, car je pouvais voir une vallée
infinie s'étendre loin en contrebas.

Mais ce fut Lyall, appuyé contre la balustrade et regardant la
vallée, qui accapara mon attention. Comme lors de nos précédentes rencontres, il était torse nu, avec une jupe blanche drapée
autour de la taille. Cette fois-ci, elle lui tombait jusqu'aux
chevilles, contrairement à celle qui lui arrivait aux genoux la
première fois que je l'avais vu. Il se retourna à mon approche et
me sourit avec une profonde affection teintée de tristesse qui me
bouleversa.

— Lyall, dis-je en réduisant la distance qui nous séparait.

— Bonjour, Amara. Je suis heureux de te voir réveillée, dit-il
d'une voix douce.

— Où sommes-nous ? demandai-je en balayant du regard
l'imposant palais aux allures de temple et le paysage à couper le
souffle qui nous entourait.

— C'est ma maison dans la vallée des Nephilims, répondit-il
d'un air songeur. Je ne suis pas venu ici depuis bien trop
longtemps.

J'eus un léger mouvement de recul.

— Les Nephilims ? Es-tu un ange ?

Il s'ébroua et secoua la tête avec un air amusé.

— Personne ne me qualifierait *jamais* d'ange. Je suis un
doppelgänger.

Je soufflai avec dédain.

— Tu es bien plus que cela, et nous le savons tous les deux.

Il sourit, son expression s'adoucissant. Bien qu'il ne répondît
pas, je pris cela comme une confirmation et décidai de ne pas
insister davantage. Nous avions tous droit à nos secrets.

Je m'approchai de la balustrade faite de pierres finement
sculptées et me penchai pour jeter un coup d'œil à la vallée qui

s'étendait à une distance vertigineuse en dessous. On aurait dit qu'un village avait été construit là-bas. À gauche et à droite, d'autres demeures impressionnantes émergeaient de la montagne.

— J'ai toujours cru que les Nephilims étaient des anges, ou plutôt des enfants hybrides issus d'humains et d'anges. Est-ce pour cela qu'ils ont donné ce nom à cet endroit ?

— On peut dire ça. Les Nephilims ne sont pas tous pourvus d'ailes. À l'origine, ils s'étaient installés dans la vallée tandis que leurs parents s'étaient établis dans ces montagnes afin d'être proches de leur progéniture. Mais aujourd'hui, une grande diversité de personnes vit ici. Il y a des anges, des démons, des déchus, des cambions et même des faucheuses.

— Wow ! Quelle société éclectique ! m'exclamai-je, impressionnée, avant qu'une pensée troublante ne me vienne à l'esprit. Comment suis-je arrivée ici ? Suis-je morte ?

Il posa son coude sur la balustrade, s'y appuya et me regarda avec une expression étrange.

— Non, Amara. Tu n'es pas encore morte.

— Mais je suis en train de mourir, insistai-je.

— Oui, en effet, dit-il d'un ton compatissant. C'est inévitable.

Mes épaules s'affaissèrent et une vague de tristesse m'envahit. Bien avant de me lancer dans cette aventure, j'avais accepté le fait que je n'y survivrais pas. Ma rencontre avec Rémus avait tout changé. Je ne craignais pas la mort. Je redoutais simplement ce que cela allait lui faire de se retrouver une fois de plus seul, alors qu'une personne qui lui était chère mourait du venin du Loup Démon Maudit.

— Alors, c'est une illusion ? demandai-je, comprenant soudain.

Il hocha la tête.

— Ton toutou m'a suggéré de t'amener ici pour que tu ne souffres pas inutilement dans le monde réel.

Mon cœur fondit d'amour pour mon conjoint. Une fois de plus, il prouvait qu'il ferait tout en son pouvoir pour me rendre heureuse ou me faciliter la vie. Je fixai Lyall d'un regard suppliant.

— S'il te plaît, prends soin de Rémus quand je mourrai. Il sera dévasté.

Toute douceur disparut de son visage, laissant place à une tension et à un soupçon de colère.

— Il se bat toujours pour te sauver, grommela-t-il.

Je clignai des yeux, perplexe.

— Il se bat ? Mais tu as dit...

— Je le laisserai t'expliquer tout cela. Je hais ton conjoint. Chaque fibre de mon être veut le tuer, dit-il avec colère, me prenant au dépourvu. Sans toi, je l'aurais probablement fait. Malgré tout, il a gagné mon respect.

Je le dévisageai pendant quelques instants. Je dus faire appel à toute ma volonté pour ne pas contester ses propos. Malgré ce qu'il disait, je savais au plus profond de moi qu'il ne détestait pas vraiment Rémus. Je me sentais simplement coupable d'être la cause de la tristesse qu'il ressentait.

— Rémus est un homme bon, dis-je doucement.

Il émit un son indistinct qui pouvait être à la fois un grognement de colère ou d'assentiment.

— Il serait prêt à mourir pour te sauver, c'est pourquoi il a gagné mon respect, dit Lyall à contrecœur.

Mais mon esprit resta bloqué sur la première partie de cette phrase.

— Ne le laisse pas mourir ! m'écriai-je. Quel que soit le plan fou qu'il est en train d'élaborer, protège-le, je t'en prie. Je ne veux pas vivre sans lui.

Je tiquai intérieurement dès que ces paroles sortirent de ma bouche. Même si je les pensais sincèrement, j'aurais pu choisir des mots plus délicats afin de ne pas remuer le fer dans la plaie.

— J'en suis bien conscient, dit-il d'un ton sec, mais je ne manquai pas de remarquer la douleur dans ses yeux.

Il me tourna le dos et posa ses deux mains sur la balustrade, ses griffes s'enfonçant dans la pierre.

— Tu sais, je serais mort pour toi aussi, Amara, dit-il amèrement en fixant le lointain. J'aurais pu t'offrir un parcours beaucoup plus facile et moins douloureux que celui que tu empruntes actuellement.

— Je sais, Lyall, répondis-je d'un ton apaisant. Mais nous l'aurions tous deux regretté par la suite. Tu as bon cœur. Quelque part, ton âme sœur te trouvera et verra à quel point tu es un homme merveilleux.

Il tourna brusquement la tête vers la gauche pour me lancer un regard noir par-dessus son épaule.

— Vraiment ? Tu vois mon bon cœur, et pourtant tu ne veux pas de moi. Alors pourquoi cette hypothétique âme sœur en voudrait-elle ?

— Parce qu'elle te sera destinée ! rétorquai-je d'une voix douce mais ferme. J'appartiens à une autre. C'est ainsi que le Destin l'a voulu.

— Pourquoi la Tisseuse t'a-t-elle envoyée vers moi pour ensuite t'enlever à moi ? demanda-t-il avec colère, le regard perdu dans le vague. Est-ce sa façon de me punir ?

— Non, Lyall. Elle ne te punit pas. Elle nous a bénis, Rémus et moi, en te mettant sur notre chemin, dis-je avec ferveur. Tes bonnes actions seront récompensées. Le Karma te rendra mille fois ce que tu as donné.

De son propre chef, ma main droite se posa sur sa joue dans un geste réconfortant. Lyall se tourna vers moi et pressa sa main contre le dos de la mienne et s'appuya sur mon toucher. Mon cœur se brisa lorsqu'il ferma les yeux, son visage prenant une expression de profonde douleur et de chagrin. Cela ne dura que quelques instants. Il me lâcha et recula de quelques pas, son visage soudainement dépourvu de toute émotion. Je me demandai presque si j'avais imaginé cette brève manifestation d'intense vulnérabilité.

— Je vais t'amener ton conjoint, dit-il d'un ton conversationnel avant de désigner d'un geste de la main notre environnement fascinant. Tu as carte blanche ici. Tout ce que tu peux imaginer ou désirer se réalisera. Si tu veux avoir des ailes et voler, visiter un endroit exotique ou profiter d'un festin digne d'un roi, il te suffit de le souhaiter. N'aie crainte, je ne vous espionnerai pas.

Avant que je ne puisse répondre, Lyall disparut. Une demi-seconde plus tard, Rémus apparut à sa place, l'air complètement perplexe.

— Amara ! s'exclama-t-il dès qu'il m'aperçut.

Je me jetai dans ses bras. Il me souleva sans effort et nous fit tournoyer tandis que nous nous embrassions. Lorsqu'il cessa de tourner, il ne me reposa pas, mais me garda dans ses bras, mes pieds suspendus au-dessus du sol. Les bras enroulés autour de son cou, je me régalai les yeux de son beau visage.

— Par Férazan, cela semble si réel ! murmura-t-il.

— C'est une illusion créée par Lyall, expliquai-je doucement.

Ses yeux s'écarquillèrent de surprise, puis son visage prit une expression d'incrédulité mêlée de gratitude.

— Ça alors... Ce doppelgänger ne cesse de m'étonner. Il t'a amenée ici pour que tu ne souffres pas. Je dormais à côté de toi quand j'ai été entraîné ici. Je pensais que c'était juste un rêve beaucoup plus agréable. On dirait que je vais devoir le remercier pour encore une autre chose.

— Encore une autre chose ? répétai-je avec curiosité.

— Mmhmm. J'ai beaucoup de choses à te raconter, dit-il avec une expression sombre.

Il me prit la main et m'entraîna vers l'un des trois canapés confortables qui se trouvaient sur l'immense terrasse. Il s'assit puis m'attira sur ses genoux. Je me blottis contre lui, mes doigts jouant distraitement avec les poils courts de son torse.

Il se lança dans un récit détaillé de tout ce qui s'était passé après que la queue de serpent de Ranael m'ait mordue. La façon dont il s'était tué à la tâche pour revenir me bouleversa, mais je faillis perdre la tête en apprenant sa rencontre avec la sorcière.

— Par les dieux ! Pourquoi t'a-t-elle attaqué ?! Qui est-elle ? m'écriai-je.

— Je ne sais pas, répondit Rémus avec frustration. Mais j'ai mes soupçons. Elle était grande, mince, avec une peau très pâle et de longs cheveux blonds.

— Avait-elle un trait particulier, comme une cicatrice ou une tache de naissance ? demandai-je, déçue lorsqu'il secoua la tête d'un air désolé. Malheureusement, je croise beaucoup de gens dans mon métier. Les femmes pâles, minces et blondes sont légion parmi les sorcières et les arcanistes, en particulier les nécromanciennes. Depuis mon arrivée à Willow Grove, j'en ai rencontré des dizaines.

Il hocha la tête d'un air sombre.

— Je m'en doutais. Mais je me demande si elle pourrait être la personne qui a tenté de t'empoisonner. Il semble terriblement opportun qu'une attaque sans précédent se produise juste au moment où je me précipitais vers Willow Grove pour obtenir les dernières instructions afin de te guérir.

Je plissai les lèvres, sceptique.

— Cela semble tiré par les cheveux et trop élaboré juste pour se débarrasser de moi. Je ne suis personne.

— Eh bien, quelqu'un n'est pas d'accord avec cette affirmation, au point d'avoir construit une cachette secrète dans ton atelier. Cette personne s'est régulièrement introduite dans ta maison pour y placer une nouvelle réserve de Fléau des Amants afin que ses vapeurs toxiques te tuent lentement chaque fois que tu utilisais ton chaudron.

Cela me laissa sans voix. Qui pouvait bien nous détester autant, ma famille et moi ? D'aussi loin que je me souvienne, nous ne nous étions jamais fait d'ennemis. Certes, nous avions eu quelques querelles de voisinage, mais rien qui puisse déclencher une vendetta au point de vouloir tuer mon père, puis moi. Sans parler de la possibilité, aussi improbable soit-elle, que mon oncle ait également été victime de cette sorcière.

— Ne t'inquiète pas, ma Flamme, me dit Rémus d'un ton rassurant alors que je restais sous le choc. Nous avons éliminé toute trace du Fléau des Amants de ta maison. J'ai inspecté chaque pièce pour m'assurer qu'il n'y avait pas d'autres cachettes ailleurs. Lyall est dans la maison, donc personne ne peut s'y faufiler sans être remarqué. J'ai dépêché un corbeau chez Misty. Elle enverra l'un de nos chamans à ta maison pour y ériger les mêmes protections magiques que celles qui entourent le Pavillon des Chasseurs. Personne animé de mauvaises intentions ne pourra plus jamais entrer chez toi.

— Merci, murmurai-je avec une sincère gratitude.

Il reprit son récit des événements. Apprendre l'aide inattendue qu'Ulric lui avait offerte me coupa le souffle. Même si j'avais senti qu'une profonde blessure alimentait les commentaires brutaux d'Ulric à propos de Rémus et ses efforts pour le discréditer, je ne m'attendais pas à ce revirement soudain. Il ne m'avait pas semblé malveillant, car il avait été honnête en disant qu'il ne croyait pas que Rémus se serait imposé à moi une fois que nous aurions été seuls. Mais je pensais que son ressentiment était trop profond pour lui permettre cet acte de gentillesse. Je voulais croire que cela marquerait le début du renouveau de leur ancienne fraternité.

— Tu ne sembles pas surprise, dit Rémus en fronçant les sourcils devant mon stoïcisme après qu'il m'eût révélé ce que la Tisseuse lui avait dit sur la façon de me guérir.

Je lui adressai un sourire penaud.

— Je l'ai découvert quelques secondes avant que la queue de serpent de Ranael ne me morde. Franchement, je suis gênée de ne pas l'avoir compris plus tôt. Le pire dans tout ça, c'est que lorsque tu as mentionné pour la première fois que tu étais un loup malade, je me suis souvenu que la Tisseuse en avait parlé. Mais j'ai écarté cette pensée avant qu'elle ne puisse se former complètement car je ne pensais pas que tu avais le type de venin virulent dont j'avais besoin. Je ne l'ai jamais vraiment analysé de cette façon, mais je pense que mon subconscient l'a fait. Je déteste te mettre dans cette position.

— Tu ne peux pas te blâmer pour ça, ma conjointe. J'aurais dû le comprendre aussi, sans compter que Lyall avait également fait allusion au fait que nous avions mal interprété les paroles de la Tisseuse lorsqu'il t'avait enlevée.

— Nous avons tous les deux été bêtes. Mais au moins, maintenant, nous savons quoi faire.

— L'autre bonne nouvelle, c'est que, selon la Tisseuse, créer un lien avec toi après ta guérison me guérira également.

Je me surpris moi-même en poussant un cri aigu.

— JE LE SAVAIS !! Je savais que la Tisseuse t'aiderait à guérir ! Je n'arrive pas à croire que cela viendra de moi. Mais c'est normal, car ma guérison viendra aussi de toi. Nous étions vraiment destinés l'un à l'autre.

À mon grand étonnement, au lieu de se réjouir avec moi, Rémus sembla troublé.

— Qu'est-ce que c'est ? Y a-t-il une complication potentielle ? demandai-je avec inquiétude.

— C'est juste que... j'ai peur, Amara. Tu sais que je t'aime et que je ne te ferais jamais de mal, n'est-ce pas ? demanda-t-il, ses yeux oscillant entre les miens.

— Oui, je le sais, répondis-je avec sincérité.

— Mais mon loup-garou...

— Non, Rémus, dis-je sévèrement, l'interrompant. Je te fais confiance. Je te fais entièrement confiance. Nous ne sommes pas arrivés jusqu'ici pour échouer maintenant. Ne nourris pas la bête en te complaisant dans l'incertitude. Manifeste le résultat positif que nous voulons tous les deux et que nous méritons. Personne d'autre que toi n'aurait pu m'aider à traverser cette épreuve. Et j'ai entièrement confiance en ta capacité à me ramener de l'au-delà. C'est notre destinée.

— Mon amour, murmura Rémus avant de capturer mes lèvres dans un baiser passionné.

Nous demeurâmes enlacés pendant un moment, savourant simplement cet instant de paix et d'intimité. Bien que Lyall m'ait donné carte blanche pour manipuler ce monde onirique et voyager où bon me semblait, Rémus et moi décidâmes de décliner cette offre. Au lieu de cela, nous nous concentrâmes l'un sur l'autre et sur l'avenir que nous souhaitions pour nous-mêmes. Ce n'était pas le moment de se laisser distraire par de jolis endroits. Tout ce qui m'importait, c'était de m'imprégner de la présence de mon conjoint bien-aimé.

CHAPITRE 19
LYALL

Je volais en cercles au-dessus de la maison d'Amara depuis des heures. Même si je doutais qu'un danger puisse menacer Amara et le cabot, je me sentais bêtement obligé de rester ici jusqu'à ce qu'elle soit guérie. Chaque fois que je passais devant sa chambre, l'envie d'entrer et de tuer son toutou montait en moi. Le Destin s'était trompé. Amara aurait dû être mienne.

Le goût de ses souvenirs ne s'était jamais effacé de ma langue. Je voulais la mordre à nouveau pour me délecter de sa perfection. Comment une simple mortelle pouvait-elle posséder une âme aussi belle ? Mon cœur se serrait en me rappelant comment elle m'avait caressé la joue sur mon balcon. Je pouvais encore sentir la douceur de sa paume sur moi. La tendresse dans ses yeux lorsqu'elle me regardait était autant de coups de poignard dans le profond désir qui me déchirait pour elle.

Sans ce maudit loup, elle serait tombée amoureuse de moi.

Une fois de plus, je luttai contre l'envie de céder à mes instincts primaires et de lui trancher la gorge. Oui, Amara serait dévastée par sa mort, mais je pouvais facilement remplir son esprit de bonheur. En fait, je pouvais le tuer et prendre son apparence. Elle n'en saurait rien. Avant, je ne pouvais pas la tromper, car je n'avais jamais goûté au sang du cabot. Mais maintenant, je connaissais chaque souvenir qu'il partageait avec elle, tout ce qu'il était, jusqu'à son odeur.

Elle ne le saurait jamais, et elle serait mienne...

Je fis un autre tour autour de la maison et m'arrêtai devant sa fenêtre. L'usurpateur se blottissait contre ma femme qui dormait paisiblement, profitant du paradis que j'avais créé pour elle. C'était moi qui aurais dû lui montrer les merveilles du monde des humains et du monde des ténèbres.

Je me posai sur le rebord de la fenêtre et pesai sérieusement le pour et le contre. Quelques semaines auparavant, je n'aurais même pas hésité. Le misérable aurait été mort depuis longtemps. Mais le sang d'Amara avait changé quelque chose en moi. Elle avait réveillé ce qu'elle décrivait comme un côté plus doux, que je considérais comme une faiblesse honteuse. Je ne voulais pas admirer le dévouement désintéressé qu'il lui témoignait. Je ne voulais pas me retenir pour honorer ses désirs personnels.

Toute ma vie, je m'étais toujours adonné à tout ce qui me plaisait. Si je voulais tuer, je le faisais. Si semer le chaos, provoquer le désordre et répandre la peur et la terreur était ma dernière forme de divertissement, je m'y plongeais tête baissée jusqu'à ce que je m'en lasse ou qu'un nouvel intérêt retienne mon attention.

Et c'était la principale raison pour laquelle je me retenais désormais.

Amara n'était-elle qu'une passion passagère qui brûlait en moi ? Allais-je me lasser de jouer à la vie de couple rangé avec elle au bout de quelques semaines ou quelques mois ? La petite voix dans ma tête me disait que cette fois-ci, c'était différent. J'allais l'aimer pour toujours. De plus, je pouvais lui offrir le genre de vie que le cabot ne pourrait jamais lui donner.

Mais si cette petite voix se trompait ?

L'ancien moi s'en serait moqué. Ce qui devait arriver allait arriver. Et si elle souffrait au cours du processus, eh bien, c'était la vie. Mais je ne pouvais supporter l'idée d'être la cause de la tristesse ou de la détresse qu'Amara pourrait ressentir. Pour aggraver les choses, ses paroles résonnaient encore profondément dans mon esprit. Même si je voulais qu'elle soit mienne, le Destin en avait décidé autrement. Créer une illusion où elle allait partager joyeusement sa vie avec moi ne ferait que l'empoisonner à long terme. Je voulais qu'elle m'aime pour ce que j'étais, pas parce que je le lui avais fait croire.

Nous méritions tous les deux mieux que cela.

Et même si je ressentais de la rancœur envers le Lycan, je ne voulais pas vraiment lui faire de mal. Dans un autre monde et à une autre époque, j'aurais peut-être voulu être son ami. Il m'avait accordé sa confiance comme personne ne l'avait jamais fait auparavant. Il m'avait confié la seule chose à laquelle il tenait plus que sa propre vie. Puis il m'avait remercié avec une sincérité qui me restait encore en travers de la gorge.

Neuf Enfers, comme je le déteste !

Ignorant la voix moqueuse dans ma tête qui me traitait de menteur, je retournai en volant à l'entrée de la maison. Il restait moins de trente minutes avant que la lune n'atteigne sa phase pleine et que le spectacle merdique ne commence. D'un pas lourd, je montai les escaliers jusqu'au deuxième étage. J'entrai dans la pièce et me dirigeai directement vers Rémus. Faisant taire les pensées peu charitables qui me traversaient l'esprit, je le pris dans mes bras et le portai dans une autre pièce, à l'autre bout du couloir.

Dire que je n'envisageai pas de le jeter par-dessus la balustrade ou de le laisser dévaler les escaliers aurait été mentir. Évidemment, Amara n'aurait pas approuvé. Mais il n'y avait aucun mal à caresser cette idée. Je le larguai sans ménagement sur le lit, puis sortis de la pièce en refermant la porte derrière moi. Quels que soient mes sentiments à propos de la situation, le laisser se réveiller sous sa forme de loup-garou à côté d'Amara présentait un risque trop élevé qu'il la tue instinctivement avant même d'avoir pu essayer de contrôler sa nature sauvage.

Alors que je m'approchais de la chambre d'Amara, toutes les pensées concernant le Lycan s'évanouirent de mon esprit lorsque je sentis une présence surnaturelle quelques secondes avant même d'entrer dans sa chambre. Mon cœur bondit lorsque je vis Pharos debout près du lit. Sinistre avec ses ailes noires, sa capuche sombre qui couvrait partiellement son visage et ses côtes saillant à travers sa peau, l'Ange de la Mort se penchait au-dessus de ma femme.

— Pourquoi es-tu ici ?! demandai-je avec colère en fonçant vers le lit.

Il leva la tête et m'adressa un sourire amusé. Ses yeux rouges brillaient d'espièglerie tandis qu'il haussait un sourcil, comme pour me faire comprendre que j'avais posé une question idiote. Comme tous les autres de son espèce, qu'ils soient des Anges de la Mort comme lui ou des Faucheuses comme notre frère Haroth, Pharos avait des yeux un peu enfoncés, la peau les entourant s'étant rétractée pour laisser apparaître les os, sans parler des trois pointes osseuses qui dépassaient de son menton.

Il était aussi beau qu'effrayant.

— Bonjour à toi aussi, petit frère, répondit Pharos d'un ton moqueur. Et tu sais parfaitement pourquoi je suis ici. Amara mourra dans les prochaines minutes.

— C'est peut-être vrai, mais tu ne peux pas l'emmener ! m'exclamai-je, outré. Elle doit renaître !

Il m'adressa le sourire odieusement doux et apaisant qu'il réservait normalement aux mourants pour les réconforter avant de les escorter de l'autre côté.

— Oui, Lyall. Elle va *peut-être* renaître. Que cela se produise ou non, ce ne sera pas tout de suite, expliqua-t-il d'une voix douce. Il faut quelques jours pour que la mutation s'achève. En attendant, l'âme d'Amara doit se rendre dans un endroit sûr.

— Les morts ne reviennent pas une fois qu'ils ont franchi le seuil ! arguai-je avec colère.

Il m'adressa un sourire indulgent tout en hochant la tête.

— S'ils vont dans l'au-delà, alors oui, tu aurais raison. Mais Amara va à Érèbe. Ce n'est pas les limbes, mais simplement un entre-deux pour les personnes dans des circonstances particulières. Charon lui trouvera un endroit agréable où elle pourra attendre sa renaissance.

Je grimaçai, luttant contre l'envie de continuer à discuter. D'une certaine manière, l'agacement que je ressentais venait davantage du fait que je savais parfaitement tout ce qu'il venait de dire, mais que j'avais laissé la panique obscurcir mon jugement. Bon sang, comme j'étais devenu pathétique à cause d'une femme qui ne voulait même pas de moi... Charon, le passeur des morts, allait effectivement trouver un bel endroit où son âme allait pouvoir attendre que son corps soit prêt pour son retour. Je n'en détestais pas moins l'idée qu'elle soit emmenée dans un endroit où je ne pouvais ni la suivre ni la sauver.

— Très bien, finis-je par marmonner.

Pharos eut un petit rire qui me hérissa immédiatement le poil.

— Qu'est-ce qui te fait rire ? demandai-je avec irritation.

— C'est bien de voir que tu te soucies enfin davantage de quelqu'un d'autre que de toi-même, dit-il doucement.

Je lui montrai les crocs, ce qui ne fit qu'élargir son sourire, m'énervant encore plus.

— Pour tout le bien que ça m'a fait, grognai-je amèrement.

Mon frère secoua la tête comme si j'étais une cause perdue.

— Si, imbécile ! Cela t'a rendu un immense service, rétorqua Pharos.

— Comment ? crachai-je avec colère. En me faisant languir pour ce que je ne peux pas avoir ?

— En te sauvant la vie, répondit Pharos, le visage et la voix durs.

Je reculai, choqué par sa déclaration. Même si les faucheuses et les anges de la mort n'étaient pas liés par la vérité comme les doppelgängers et les loups démon, Pharos n'avait jamais été du genre à mentir ou à exagérer. Il pensait toujours ce qu'il disait. Et cette fois encore, je ne doutais pas qu'il disait vrai.

— Tu t'engageais sur une voie sombre, Lyall, continua-t-il sans pitié. N'oublie pas que je peux voir le fil de la vie de tous. Toi, petit frère, tu te dirigeais vers une mort prématurée. Amara t'a donné l'opportunité de choisir une autre voie. Heureusement pour toi, tu l'as fait. Ta ligne de vie n'est plus tronquée.

Dire que ces paroles me frappèrent durement aurait été l'euphémisme du millénaire. Je pouvais être arrogant et prétentieux au point de parfois me croire invincible. Comme très peu de choses pouvaient me nuire, j'agissais souvent de manière imprudente. Je n'avais jamais même envisagé ma propre mortalité.

— Peut-être que cela aurait été une bénédiction, me surpris-je à marmonner. À quoi bon une vie vide une fois que l'on a goûté au bonheur ? Il y a une raison pour laquelle elle ne veut pas vivre s'il meurt.

— J'ai tellement envie de te gifler en ce moment, dit Pharos avec une irritation qui me stupéfia. Arrête de te comporter comme un enfant gâté. Tu n'as aucune idée du nombre de voies merveilleuses qui se sont ouvertes à toi ces dernières semaines. Et l'une d'elles te mènera au bonheur éternel. Mais tu dois garder le cap. Mère t'a donné exactement ce dont tu avais besoin en mettant Amara sur ton chemin.

— Mais garder le cap pendant combien de temps ? demandai-je, agacé par le ton geignard de ma voix.

— Aussi longtemps qu'il le faudra, répondit-il en haussant les épaules.

— J'ai déjà attendu deux cent cinquante ans ! Combien de temps dois-je encore attendre ?! m'écriai-je.

Mon frère roula des yeux, ce qui rendit son visage partiellement squelettique encore plus intimidant.

— J'ai déjà attendu deux cent cinquante ans ! répéta-t-il

d'une voix désagréablement prétentieuse. Et alors ? Tu traites Rémus de toutou, mais tu sembles oublier que tu n'es relativement guère plus vieux. N'oublie pas que j'ai plus de trois fois ton âge. J'ai été piégé dans l'enfer pur de l'esprit de Cornélius pendant deux fois ta durée de vie avant que Mère ne me libère. Et tu as le culot de te plaindre de ta solitude tout en profitant de ta liberté ?

Je grimaçai, dûment réprimandé.

— Mets ton égo de côté et apprécie ce que tu as, conclut-il sévèrement.

Je murmurai des excuses, ce qui était également rare de ma part. Parmi tous mes frères et sœurs, trop nombreux pour que je puisse les compter, tous issus de pères différents, Pharos était l'un des rares avec lesquels j'avais une relation étroite. Ranael avait été ma conscience jusqu'à ce qu'on me l'enlève.

Pharos posa une main sur mon épaule et la serra pour me réconforter.

— Courage, mon frère. Mère a fait d'une pierre deux coups. Personne n'était mieux placé que toi pour aider à secourir Amara. En la sauvant, tu as rapproché notre frère Ranael de sa propre libération. Mère a fait un grand acte de foi envers toi. Et tu as su être à la hauteur pour nous tous, y compris notre frère. Je suis fier de toi.

« Je suis fier de toi... »

Ce n'étaient pas des mots que l'on m'adressait souvent, voire jamais. Je soufflai avec dédain et haussai les épaules pour cacher à quel point ses paroles m'avaient touché. Nullement dupe, mon frère élargit son sourire, ce qui m'agaça encore plus.

Je cherchais une remarque sarcastique appropriée quand je sentis un frémissement à l'arrière de ma tête. Il me fallut une seconde pour réaliser que Rémus s'était échappé de mon illusion. Normalement, cela aurait été presque impossible pour n'importe qui, même pour des demi-dieux comme moi. Mais une des rares choses qui surpassaient mes pouvoirs s'était produite.

Je jetai un coup d'œil par la fenêtre à la pleine lune. Au même moment, un hurlement terrifiant retentit à une distance bien trop proche.

— Tu as l'une des décisions les plus importantes de ta vie à prendre, mon frère, dit Pharos d'une voix douce. Garde le cap.

Il me serra doucement l'épaule, puis se dirigea vers un coin sombre de la pièce d'une démarche si fluide qu'il semblait planer au-dessus du parquet, comme le faisait souvent notre mère lorsqu'elle passait de son rouet à sa table. Il disparut ensuite dans l'ombre, devenant complètement invisible. Même si je ne pouvais plus le voir, notre lien de sang me permettait de continuer à sentir sa présence. Il allait rester un observateur silencieux jusqu'à ce que le moment soit venu de faucher l'âme d'Amara.

Mon dos se raidit lorsque j'entendis le bruit d'une porte qui s'ouvrait avec fracas. Je me déplaçai silencieusement vers le coin opposé de la pièce, plus près de la tête du lit, et me métamorphosai partiellement pour me fondre dans l'ombre.

Ma poitrine se serra lorsque je contemplai le visage paisible d'Amara. Même avec les veines sombres qui marquaient son corps et sa peau désormais cendrée, elle restait d'une beauté à couper le souffle. Je ne pouvais pas faire grand-chose contre ce qui allait se passer ensuite, mais je pouvais lui épargner la douleur de la mort. En la maintenant dans l'illusion actuelle, elle n'allait pas souffrir lors de son décès.

Mon pouls s'accéléra et ma colonne vertébrale se raidit lorsque le bruit sourd des pattes griffues se rapprocha. Un grognement menaçant résonna juste à l'extérieur de la pièce avant que la porte ne s'ouvre brusquement. Je dus faire appel à toute ma volonté pour ne pas me jeter sur la créature qui entra.

Debout sur ses deux pattes, les griffes sorties, les crocs acérés à nu, le loup-garou se tenait dans l'embrasure de la porte, de la mousse blanche écumant au coin de sa gueule. Contrairement à un Lycan partiellement transformé, le loup-garou n'avait pas de visage humain reconnaissable. Il avait une tête de loup avec une mâchoire beaucoup plus grande, des yeux rouge brillant et des bras allongés. La seule chose qu'il avait encore en commun avec le cabot était la couleur de la fourrure courte qui recouvrait son corps et sa longue queue touffue.

À part cela, Rémus était introuvable dans cette bête.

CHAPITRE 20

RÉMUS

Je tombai d'un endroit que je ne comprenais pas vraiment et réintégrai mon corps. La douleur m'envahit alors que je passais d'une forme faible à celle d'un prédateur suprême. Je l'accueillis avec joie et l'étreignis. Bientôt, elle allait me permettre d'assouvir la soif de sang qui faisait rage en moi.

Avant même d'avoir fini ma transformation, le bruit de mes os qui craquaient et se remodelaient résonnant encore dans mes oreilles, je me dirigeai en boîtant vers la porte, ma démarche se rectifiant à mesure que je terminais ma transformation. Toutes pensées de courir à travers la nature et de chasser les innombrables proies qui suppliaient d'être dévorées par moi s'évanouirent à l'instant où j'ouvris la porte fragile qui cherchait à me garder emprisonné dans cette pièce.

Une odeur irrésistible m'attira vers une pièce située à quelques pas de là. Une faim sans pareille me tordit aussitôt les tripes. La salive inonda ma bouche et le sang afflua dans mes veines tandis que l'anticipation faisait battre mon cœur à tout rompre.

Je tendis la main vers la poignée de la porte. Mon besoin de violence se sentit trahi lorsque je constatai qu'elle n'était pas verrouillée. Cela ne m'empêcha pas de l'ouvrir brutalement. Elle heurta le mur avec un craquement, et une partie du bois se fendit sous la force de l'impact.

Cela me plut.

Je faillis utiliser mes griffes pour la réduire en lambeaux, mais l'odeur irrésistible de ma proie endormie m'appelait. Bien que ravi de ce repas facile qui s'offrait à moi, je me sentis une fois de plus floué, mais cette fois-ci par l'absence du frisson de la chasse, de l'odeur enivrante de la peur et les cris de terreur et de douleur de ma proie tandis que je la décimais.

Cependant, l'odeur de la mort qui flottait autour de la femelle m'arrêta presque dans mon élan. Sa chair était fétide, empoisonnée et en décomposition. Étonnamment, cela ne me répugna pas comme cela aurait dû être le cas normalement. Le poison qui coulait dans ses veines m'était familier. C'était le mien, mais pas tout à fait.

Néanmoins, l'odeur sous-jacente de la femelle me mettait toujours l'eau à la bouche et me nouait les entrailles. Mais ce n'était pas la faim qui déclenchait cette réaction. Quelque chose en elle ne me donnait pas envie de me nourrir ou de la mutiler... Je voulais la réclamer.

Mais pourquoi ?

La femelle était une créature faible et sans défense, visiblement à l'article de la mort. La tuer serait un acte de miséricorde. La tuer me procurerait le plaisir de la destruction dont j'avais tant envie. Et pourtant, ma peau se réchauffait de manière anormale, mon sang bouillonnait et mon membre gonflait, entrant progressivement en érection.

À coup sûr, la maladie qui la rongeait me perturbait l'esprit.

D'un bond puissant, je sautai sur le lit et atterris sur mes pattes arrière à ses pieds. Je tombai à genoux, les mains de chaque côté de ses mollets. Une vague de fureur m'envahit lorsque l'impact ne la réveilla pas, même si le matelas trembla sous mon poids. Cette damnée femelle me privait de la terreur qui m'était due avant que je ne mette fin à sa vie.

Mais cette odeur... J'arrachai la fine couverture qui la recouvrait et je reniflai ses jambes jusqu'à son entrejambe. Le sang afflua vers mon membre, qui se durcit douloureusement tandis qu'un désir puissant enflammait mes reins. D'un seul coup de griffe, je réduisis sa robe légère en lambeaux, griffant sa peau au passage. Quelques gouttes de sang s'écoulèrent d'une coupure superficielle juste au-dessus de son nombril. Un grognement douloureux s'échappa de ma gorge alors qu'une nouvelle vague de désir brûlant me tordait les entrailles.

Instinctivement, je léchai le sang et faillis répandre ma semence. Je poussai un puissant hurlement, puis frottai mon museau sur toute sa peau en inhalant son parfum, indifférent à l'odeur de la mort qui ne parvenait pas à masquer son arôme plus affriolant. Je m'attardai un bref instant entre ses seins, où l'odeur était un peu plus forte, avant de remonter jusqu'à son cou.

Une rafale d'images absurdes se mit à défiler devant mes yeux. La femme me souriait avec une expression tendre. Dans l'image suivante, elle m'embrassait. Je pouvais presque la goûter sur ma langue. Puis elle était nue, le dos cambré, et son visage se dissolvait dans un air de pur béatitude alors qu'elle criait d'extase. La femme se blottissait contre le flanc de mon loup, frottant son visage contre ma fourrure. Et puis elle riait en lançant un bâton.

Je secouai la tête, furieux de ce qui devait être une sorte de supercherie mentale. Ma proie créait une sorte de diversion tout en faisant semblant de dormir. Je frappai des deux mains le matelas de chaque côté de sa tête pour la réveiller. Elle resta immobile. La colère monta en moi d'être ainsi ignoré. Je l'attrapai par les épaules à deux mains, mes griffes s'enfonçant dans sa chair tandis que je la secouais.

Aucune réaction.

Cependant, l'odeur de son sang m'attira. Je me penchai pour le lécher. Mais un mouvement au coin de mon œil me fit tourner la tête vers la gauche. La vue de son artère palpitante attisa le désir brûlant dans mes reins jusqu'à la frénésie. Son odeur, plus puissante dans le creux de son cou, balaya le peu de contrôle qui me restait.

Le côté sauvage qui se cachait au fond de ma conscience prit le dessus. Je ne réalisai que je l'avais mordue que lorsque le goût divin du sang explosa sur mes papilles gustatives, même s'il était contaminé. Toute pensée rationnelle quitta mon esprit alors que je m'abandonnais à mon côté sauvage. Je poussai un grognement rageur, furieux de ne pas avoir pu profiter de sa terreur. Mais j'allais la punir en la mettant en pièces. Ouvrant grand la gueule, je me jetai sur elle pour lui arracher la gorge, mais une lumière aveuglante jaillit de sa poitrine.

Je hurlai de douleur et sautai en arrière hors du lit, loin de la lumière surnaturelle qui me poignardait les yeux. Le bras levé devant mon visage pour me protéger, je clignai des yeux et tentai d'évaluer la source de la menace.

À ma grande surprise, une silhouette élancée s'approcha du lit par la droite. Je ne pouvais pas voir clairement à qui elle appartenait sous la lumière aveuglante. Puis elle s'estompa soudainement pour ne laisser qu'une faible lueur sur la poitrine de la femme. Alors seulement, je réalisai qu'elle provenait d'un collier en or que j'avais ignoré auparavant. Mais je chassai également cette pensée de mon esprit. L'homme retenait toute mon attention.

D'où venait-il ? Il n'y avait pas d'autre entrée dans cette pièce. Était-il là depuis le début ? Si oui, comment avais-je pu ne pas le remarquer ?

Il n'a pas d'odeur...

Cette soudaine prise de conscience me stupéfia. Tout avait une odeur.

Pendant la fraction de seconde qu'il me fallut pour enregistrer toutes ces informations, l'homme s'assit sur le lit à côté de la femme. Il pencha la tête pour examiner la blessure que ma première morsure avait laissée sur la partie charnue de l'épaule de la femme, juste au-dessus de sa clavicule gauche. Ne semblant pas du tout perturbé ni gêné par ma présence, il me jeta un regard sans expression.

— Tut, tut. Quel gâchis ! Ce n'est pas une façon de traiter une dame, dit-il d'un ton conversationnel.

Son absence de crainte en ma présence me rendit furieux. Mais le voir se pencher en avant et embrasser les lèvres de la femme brisa quelque chose en moi. Un seul mot explosa dans mon esprit.

« *MIENNE !* »

Une rage aveugle m'envahit. Je me jetai sur l'homme, qui s'écarta à une vitesse incroyable, me faisant m'écraser contre la tête de lit. Il n'était qu'à quelques mètres à ma droite. Je bondis en avant et lui assénai un coup de griffes, mais une fois de plus, il se déplaça à une vitesse telle qu'il sembla presque disparaître et réapparaître près de la fenêtre. Il haussa un sourcil moqueur et sourit d'un air provocateur.

Je rugis de rage et sautai vers lui, espérant le plaquer au sol avant de festoyer sur son visage pour effacer ce sourire narquois. Cette fois, il ne se contenta pas d'esquiver mon attaque, il pirouetta pour s'éloigner vers la porte. Je percutai violemment la commode, mes dents claquant dans ma bouche alors que je m'effondrais sur le sol. Une douleur irradia dans mon épaule droite, qui avait heurté durement le coin de la commode. Je me relevai d'un bond pour trouver l'homme appuyé contre le cadre de la porte, les jambes et les bras croisés.

— Ça t'a fait mal, cabot ? Quelle violence inutile, dit-il avec un air de sympathie des plus hypocrites, teinté d'une pointe de désapprobation. Tu dois maîtriser ton tempérament, sinon Amara me choisira moi plutôt qu'un animal écervelé comme toi.

Amara !

Je connaissais ce nom. Il éveillait en moi un puissant désir et une possessivité féroce. Enragé, je donnai un coup de patte à la commode, arrachant un morceau de bois et envoyant la lampe qui se trouvait dessus voler vers cet homme abject. Il l'esquiva sans effort, puis recula rapidement lorsque je me mis à courir vers lui. Un bourdonnement résonna derrière lui alors qu'il semblait être tiré en arrière hors de la pièce. Ce ne fut qu'une fois qu'il eut tourné le coin que je remarquai une paire d'ailes d'insecte suspendues à son dos.

Je n'avais pas le temps d'essayer de comprendre comment ces appendices étaient soudainement apparus sur lui. Au lieu de cela, je me précipitai dans le couloir et le trouvai à seulement quelques mètres de moi. J'avais l'eau à la bouche à l'idée de sentir son sang couler dans ma gorge et d'entendre le bruit de ses os se briser entre mes dents tandis qu'il hurlait pour implorer une pitié qui ne viendrait jamais. À ma grande consternation, juste au moment où j'allais l'attraper, les rayures sous sa peau bleue se mirent à briller intensément, m'aveuglant. La seconde d'après, il avait disparu, remplacé par une chauve-souris géante qui s'envola au bout du couloir. S'il n'avait pas repris son apparence humaine peinte de façon étrange, je n'aurais pas cru que c'était vraiment lui qui s'était transformé en une autre forme.

Cette fois, il s'appuya contre la rampe de l'escalier, croisa à nouveau les jambes, puis se mit à curer une saleté inexistante sous ses ongles.

— Combats-moi, lâche ! grognai-je, mes mots à peine intelligibles à mes propres oreilles.

Je ne me souvenais pas d'avoir jamais eu à parler à une proie. Là encore, je ne me souvenais pas non plus d'avoir jamais pu m'adonner à la chasse. Le vague souvenir que j'avais de mes réveils passés impliquait une sorte de cage qui m'empêchait de répondre à l'appel de la lune.

Mais cette provocation, j'étais certain de ne l'avoir jamais vécue auparavant.

— Tu ne mérites pas que je te consacre mon temps, répondit-il avec dédain. J'ai écrasé des bêtes plus grosses que toi sans le moindre effort.

Tu paieras cher ce manque de respect.

Grognant, les crocs à nu, je me mis à quatre pattes et courus vers lui. Son attitude détendue alors qu'il me regardait calmement approcher fit descendre un voile rouge de rage devant mes yeux.

— Tu sais, je vais peut-être te tuer après tout et transformer ta peau en tapis décoratif, dit-il pensivement en me regardant foncer vers lui.

Quelques instants avant que je ne l'atteigne, il passa ses jambes par-dessus la rampe de l'escalier et glissa nonchalamment le long de la rampe jusqu'au rez-de-chaussée.

Je grognai de frustration avant de dévaler les escaliers à sa poursuite.

— Oui, je ferai l'amour à Amara sur ta peau devant un feu, se moqua-t-il, le coude appuyé sur la rampe au pied de l'escalier.

L'image de lui en train de s'accoupler avec ma femme me fit écumer de rage. Je poussai un rugissement sauvage et donnai un coup de patte au visage de l'homme, qui était toujours nonchalamment appuyé contre la rampe. À ma grande consternation, mes griffes traversèrent un mirage qui se dissipa en fumée. Puis je vis à nouveau la chauve-souris, qui vola sur la moitié du couloir avant de tourner à droite vers une porte ouverte.

Mon cœur s'emballa, réalisant que cet homme stupide allait bientôt manquer d'endroits où se réfugier. Il aurait dû sortir de la maison au lieu de chercher refuge dans ses entrailles. Une seule pensée occupait mon esprit : attraper et éventrer ma proie. J'allais me baigner dans son sang et me régaler de son cœur.

Le lâche continua de fuir, me conduisant au niveau le plus bas de la maison. Je ne pouvais même pas profiter de l'excitation de la chasse. Il m'avait trop mis en rage, et l'absence d'odeur de peur me privait de cette poussée d'adrénaline supplémentaire. Le misérable n'avait absolument aucune odeur. Il ne criait pas, il se contentait de se moquer de moi et de rire.

Un rugissement triomphant s'échappa de ma gorge lorsque l'imbécile courut sur toute la longueur du rez-de-chaussée pour se réfugier dans une pièce sombre au fond. Il n'y aurait aucune issue, aucune échappatoire pour lui. L'heure de la vengeance avait sonné.

Je courus à quatre pattes jusqu'à l'entrée de la pièce, puis me dressai sur mes pattes arrière pour remplir le cadre de la porte. L'homme se tenait dos au mur, une lueur de défi dans ses yeux rouges. Ce ne fut qu'à ce moment-là que je compris enfin qu'il n'était pas un puissant sorcier avec des runes lumineuses sur le corps. Il était autre chose, à en juger par ses yeux rouges et ses pupilles verticales. Mais quoi qu'il fût, sa mort viendrait de mes mains.

— Je vais me régaler de tes entrailles ! sifflai-je avant de me ruer vers lui.

Au lieu de s'enfuir, l'homme resta immobile. Un sentiment de malheur m'envahit lorsqu'il m'adressa un sourire satisfait, presque victorieux. Quelque chose n'allait pas, mais j'étais déjà en plein élan.

Puis je le sentis.

Un picotement me parcourut lorsque je traversai un champ magique. À quelques mètres avant d'atterrir à moitié sur ma proie, je percutai un mur invisible, puis tombai sur le sol en pierre dans un bruit sourd. À moitié étourdi, je secouai la tête et me relevai d'un bond, pour voir le cercle familier et redouté s'illuminer autour de moi tandis que des symboles magiques prenaient vie.

— Non, Rémus. Tu ne le feras pas, dit le mâle d'un ton presque ennuyé. Profite bien de ta période de réflexion, cabot.

Sans un mot, il sortit nonchalamment de la pièce, contournant la cage magique qui me retenait prisonnier. Je criai, hurlai et me débattis inutilement contre elle. Je connaissais cette magie. Je ne me souvenais pas quand ni comment, mais j'avais déjà été emprisonné par elle auparavant. Peu importe la violence avec laquelle je frappais le mur invisible, il ne céda pas.

J'étais piégé.

～

Je me réveillai, me sentant comme un cadavre ranimé, allongé sur le sol froid et dur, la joue appuyée contre la pierre inflexible. Tous mes muscles étaient endoloris, et mes doigts me faisaient souffrir comme si quelqu'un avait tenté de m'arracher les ongles. Mes paupières papillonnèrent tandis que je me redressais péniblement. Alors que le brouillard qui obscurcissait mon esprit se dissipait, je jetai un coup d'œil autour de moi.

Mon cercle magique !

Je ne me souvenais pas de ce qui s'était passé la nuit précédente. Mais je criai de joie en réalisant que, d'une manière quelconque, j'avais retrouvé le chemin du cercle de confinement. Je me relevai d'un bond, mais ma joie fut instantanément anéantie. Le goût du fer persistait sur ma langue, et des traînées de sang avaient séché autour de mes griffes et de mes doigts.

Du sang humain.

Le sang d'Amara.

— Ma Flamme, murmurai-je, horrifié.

Je me précipitai hors de la pièce, les protections magiques me laissant passer car je ne représentais plus une menace. Je gravis les escaliers à toute vitesse, manquant de perdre pied dans ma hâte de rejoindre ma femme. Je criai son nom, la peur me tordant les entrailles à la vue des dégâts que les griffes de mon loup-garou avaient causés à la rampe de l'escalier menant à l'étage. Je fis irruption dans la chambre d'Amara, encore plus bouleversé par la destruction de sa commode, avant que mon regard ne se pose enfin sur ma femme.

Un son étranglé de soulagement m'échappa lorsque je la trouvai allongée paisiblement dans son lit. Elle portait une chemise de nuit différente de celle que je lui avais mise. Celle-ci gisait désormais en lambeaux à côté de la commode. Je m'ébrouai, envahi par des émotions contradictoires, en voyant un pantalon soigneusement plié posé dessus.

J'adressai un remerciement silencieux à Lyall en m'approchant d'Amara. Mon cœur se serra lorsque je constatai que sa peau était complètement froide. Elle ne respirait plus et n'avait plus de pouls.

Ma conjointe était morte.

Mais plus important encore, elle était intacte. La vilaine cicatrice laissée par ma morsure sur son cou avait été soigneusement nettoyée. Je n'avais pas besoin de demander qui avait fait cela. Même les draps avaient été changés afin qu'elle ne repose pas sur des couvertures tachées de sang.

Une fois de plus, je remerciai silencieusement le doppelgänger. Je n'avais aucun souvenir de ce qui s'était passé la nuit dernière, mais les traces de griffes sur la commode et la chemise de nuit lacérée de ma Flamme laissaient deviner à quel point j'étais devenu féroce. Je ne savais pas comment Lyall avait réussi à m'enfermer dans ma cage tout en s'assurant que je ne mutile pas Amara au point de rendre sa renaissance impossible. Mais j'étais reconnaissant d'être en vie.

J'embrassai doucement les lèvres froides de ma conjointe, pris le pantalon et l'enfilai, puis commençai la longue attente jusqu'à sa renaissance.

CHAPITRE 21

AMARA

J e me réveillai après avoir connu le sommeil le plus merveilleux de ma vie. Une énergie inhabituelle bouillait en moi. Je me sentais forte, incroyablement reposée et revigorée. La luminosité intense qui me poignardait les yeux m'obligea à cligner plusieurs fois des paupières avant qu'ils ne s'habituent. Bien que j'aie vécu dans cette maison pendant plus d'un mois avant de me lancer dans cette aventure invraisemblable, j'avais l'impression de la voir pour la première fois.

Le monde semblait plus lumineux, les couleurs plus vives, avec des nuances que je n'avais jamais remarquées auparavant. Chaque détail ressortait encore plus distinctement, des motifs du parquet à la texture délicate du plâtre sur les moulures aux angles du plafond. L'acuité de mon ouïe m'impressionna également, me permettant de percevoir le léger bruissement des rideaux diaphanes qui flottaient sous l'effet d'un courant d'air à peine perceptible s'infiltrant par la fenêtre, ainsi que les pas qui se rapprochaient rapidement à l'extérieur de la pièce, même s'ils étaient étouffés.

Mais la plus grande différence était sans doute ma capacité à détecter les nuances subtiles de chaque parfum. Et à ce moment-là, le parfum que j'aimais le plus me parvint à travers la porte fermée, révélant l'identité du nouveau venu avant même qu'il n'entre dans la pièce.

Après avoir frappé discrètement, Rémus ouvrit la porte. La vague d'émotion qui m'envahit me serra la gorge au point de m'empêcher de parler.

— Ma Flamme ! murmura Rémus.

Son visage se crispa d'une manière qui rendait difficile de savoir s'il voulait sourire ou pleurer. Mais en quelques longues enjambées, Rémus se rua à mes côtés et me serra dans ses bras. Il écrasa mes lèvres d'un baiser désespéré dans lequel il versa tout l'amour, la détresse, la tristesse, l'espoir et la joie qu'il avait endurés au cours des dernières semaines.

Je le serrai fort dans mes bras, lui rendant tout l'amour et le dévouement qu'il m'inspirait. À cet instant précis, dans les bras de cet homme, je me sentais chez moi. Il interrompit notre baiser et j'enfouis mon visage dans son cou, inspirant profondément son parfum. Bon sang ! Il était tellement enivrant. Cela allait bien au-delà d'un agréable arôme épicé. C'était l'émotion que son odeur suscitait en moi, celle que l'on ressentait lorsqu'on était enveloppé dans une couverture chaude, qu'on dévorait une brioche à la cannelle tout juste sortie du four ou qu'on rentrait chez soi pendant une tempête hivernale pour boire une tasse de chocolat chaud. Rémus incarnait la chaleur, le réconfort, la sécurité et l'amour.

Il se pencha doucement en arrière pour pouvoir me regarder, la tendresse mêlée d'une pointe d'inquiétude sur son beau visage.

— Comment te sens-tu ? demanda-t-il.

— Formidable ! répondis-je avec enthousiasme avant de me sentir soudainement gênée. De quoi ai-je l'air ?

— Époustouflante, comme toujours, répondit Rémus, la sincérité indéniable dans sa voix.

Bien que rassurée, je ne pus m'empêcher de sauter du lit pour aller voir le miroir sur pied dans le coin de la pièce. Un simple coup d'œil dans la psyché confirma la véracité de ses paroles. J'étais vraiment magnifique, même si, techniquement, je restais « identique » à l'Amara d'origine. Cependant, il y avait désormais quelque chose de plus en moi.

Ma peau avait retrouvé son teint foncé, sans la nuance grise qui l'avait ternie dans les derniers stades de ma maladie. Elle avait un éclat envoûtant, comme si elle avait été embrassée par le soleil avec des reflets dorés. Un anneau argenté entourait désormais mes iris, me donnant un regard surnaturel. Ma poitrine semblait un peu plus généreuse, mais nettement plus ferme, se dressant fièrement sous le tissu fin de ma chemise de nuit. Ma taille semblait plus fine et mes hanches plus rondes, me dotant d'une silhouette en sablier parfaite qui aurait fait pâlir d'envie n'importe quelle femme. Bien que mon corps soit resté tout à fait féminin, les muscles de mes bras et de mes jambes étaient beaucoup plus dessinés et laissaient deviner une puissance bien supérieure à ce que mon apparence délicate pouvait laisser supposer.

Je repoussai mes cheveux bouclés, plus longs et plus volumineux qu'auparavant, pour dévoiler mes oreilles. Je ne savais pas trop quoi penser du fait qu'elles étaient encore presque entièrement humaines. En y regardant de plus près, on pouvait voir que leur extrémité arrondie était légèrement plus pointue qu'auparavant. Cependant, cela restait suffisamment subtil pour que personne ne soupçonne que j'étais désormais un loup-garou. Heureusement, ma transformation ne m'avait pas rendue poilue. Je n'aurais pas trop apprécié cet aspect-là.

— Je suis belle, dis-je timidement.

— Plus que belle, mon amour, répondit Rémus tendrement en m'enlaçant, son large torse pressé contre mon dos. Au cours des prochains jours, nous devrons t'apprendre à utiliser tes nouveaux talents.

— En fait, nous devrions commencer dès maintenant. Je me

sens incroyablement agitée, comme si j'étais sur le point d'exploser.

Rémus rit.

— Nos petits sont comme ça, toujours débordants d'énergie et courant partout. C'est épuisant rien que de les regarder.

— Je peux l'imaginer, dis-je en riant avant de me libérer de son étreinte pour lui faire face. S'ils ressentent la même chose que moi en ce moment, ils doivent être déchaînés.

Il rit.

— C'est souvent le cas. Mais nous devrions d'abord te nourrir. Tu as été malade pendant des jours et tu n'as rien mangé ni bu depuis une éternité. Tu dois être affamée !

Je fis une pause pour m'évaluer un instant, puis secouai presque immédiatement la tête. Certes, je n'aurais pas dit non à un petit en-cas, mais je ne pouvais pas dire que j'avais faim.

— Honnêtement, ce dont j'ai vraiment besoin en ce moment, c'est de bouger. Je me sens tellement fébrile que je vais finir par grimper aux rideaux, dis-je d'un air penaud avant de réaliser que je me dandinais nerveusement sur place. On dirait que ma renaissance a réinitialisé mon appétit.

Rémus hésita encore une seconde avant de s'incliner en signe de concession.

— Très bien, ma Flamme. Allons brûler ton excès d'énergie, dit-il avec indulgence.

Je couinai de joie et me précipitai presque dans les escaliers avant de sortir en trombe. En passant, je remarquai distraitement que la commode de ma chambre avait été remplacée et que certaines parties du cadre de la porte et de la rampe d'escalier semblaient avoir été refaites avec du bois neuf. Je pouvais imaginer ce qui avait motivé ces changements, mais j'aurais le temps d'en discuter plus tard. Pour l'instant, je voulais profiter de ce nouveau corps et de la façon dont il me permettrait de découvrir le monde d'une manière complètement différente.

Je bondis presque en bas des marches du porche et fis

quelques pas avant de m'arrêter sur le pavé menant au pont. Les bras grands ouverts, le visage levé vers la caresse chaude du soleil de fin de matinée, j'inspirai profondément. C'était comme si je respirais la vie elle-même dans mes poumons, saturant chaque cellule de mon corps d'une énergie à la limite du divin. Même les pierres froides sous mes pieds nus semblaient vouloir communiquer avec moi. Pour la première fois de ma vie, je ressentais une forme de communion avec le monde naturel qui m'entourait, d'une manière qui transcendait le domaine physique.

Puis sans raison apparente, je me mis à courir vers la forêt qui entourait le domaine. J'aurais dû grimacer à chaque pas, car mes pieds nus martelaient le sol recouvert d'herbe, de branches tombées et de cailloux. Pourtant, j'avais l'impression de courir avec les chaussures de randonnée les plus confortables qui soient. La jupe courte de ma chemise de nuit légère fouettait mes cuisses tandis que je courais comme le vent.

Des pas derrière moi me rattrapèrent rapidement tandis que Rémus venait courir à mes côtés, lui aussi pieds nus, vêtu uniquement d'un pantalon. La joie pure qui se lisait sur son visage reflétait celle qui remplissait mon cœur à craquer. J'étais guérie, libre, et je partageais une expérience unique alors que je m'abandonnais à l'éveil de mon nouveau véritable moi.

Les arbres défilaient à une vitesse vertigineuse tandis que nous filions à travers la forêt. Peu de temps après, l'attitude de mon compagnon changea subtilement. Il me fallut un moment pour réaliser qu'il ne courait plus avec moi, mais qu'il me poursuivait. Je me joignis immédiatement au jeu, aimant le fait que je sois désormais sa proie. Une proie très consentante qui voulait être attrapée, mais qu'il lui fallait mériter.

Quelque chose se déclencha en moi. Sous l'effet de l'adrénaline, je redoublai d'ardeur, slalomant entre les arbres, les monticules et les rochers qui se dressaient sur notre chemin pour lui compliquer la tâche. À ma grande surprise, des griffes jaillirent de mes orteils et du bout de mes doigts. Elles s'enfonçaient dans le sol, me propulsant plus loin à chaque pas. Une petite voix au fond de ma tête me criait que j'allais trop vite et que j'allais bientôt finir par percuter un arbre ou me blesser. Mais je ne pouvais pas m'arrêter. Mon corps semblait savoir instinctivement quoi faire.

Plus d'une fois, Rémus faillit m'attraper, sa main effleurant ma hanche ou mon bras. À chaque fois, cela me donnait un regain d'énergie instantané qui me faisait courir encore plus vite. À mon grand étonnement, alors qu'il se rapprochait de moi trop vite pour que j'aie la possibilité de contourner un arbre massif, je me surpris à sauter dessus. Les griffes de mes mains s'agrippèrent à l'écorce, mais je ne restai pas accrochée. Au lieu de cela, j'utilisai la plante de mes pieds pour me propulser loin du tronc et fis un saut périlleux arrière par-dessus Rémus, une fraction de seconde avant qu'il ne m'attrape.

Je me retournai en plein vol pour faire face au sol et atterris sur mes mains. Je poussai vers l'avant pour me mettre à courir à quatre pattes. Cependant, mes mouvements étaient maladroits et je m'affalai à plat ventre. Mon corps savait que j'en étais capable, mais je m'y prenais tout simplement mal. Malheureusement, je ne savais pas encore comment y remédier.

Avant que je ne puisse me remettre debout pour reprendre ma fuite, le corps chaud de mon conjoint se posa sur moi, me clouant au sol. Je tentai de le désarçonner, mais ses dents qui se refermèrent sur ma nuque me donnèrent l'impression qu'un éclair avait frappé ma colonne vertébrale. Ce ne fut pas le cas et je ne ressentis aucune douleur, mais mon corps se relâcha immédiatement, submergé par le besoin irrépressible de me soumettre à la domination de mon alpha. Un gémissement plaintif s'échappa de ma gorge avec une volonté propre. Cela me parut étrange, mais je compris que certains traits de loups faisaient désormais partie intégrante de moi et allaient se manifester instinctivement.

335

Rémus me retourna sur le dos. Sa sclérotique noire comme du jais, ses yeux dorés brillant d'une manière exotique et ses crocs dénudés dans un grognement menaçant firent exploser un élan de désir au plus profond de mon être. Quelque chose de primitif se brisa en moi. Je saisis son visage à deux mains et écrasai ses lèvres contre les miennes. Rémus poussa un autre grognement, plus profond cette fois, plus affamé, qui résonna directement dans mon clitoris.

L'odeur de son excitation me frappa avec force, agissant comme un puissant aphrodisiaque qui me fit instantanément mouiller entre les cuisses. Je ne savais pas si ma forte réaction était due à la nouveauté de pouvoir désormais percevoir ces arômes. Quoi qu'il en soit, cela fit palpiter mes parois intérieures, avides d'être comblées.

Rémus interrompit le baiser, ses crocs effleurant doucement ma peau jusqu'à mon cou. Ses mains caressaient audacieusement mon corps. Alors que ses lèvres se dirigeaient vers ma poitrine, mon conjoint poussa un grognement de frustration. Le bruit de ma chemise de nuit déchirée sous le coup décisif de ses griffes me fit comprendre que le tissu qui l'empêchait de m'explorer avait provoqué cette réaction destructrice.

Loin de me contrarier, cela ne fit qu'augmenter mon excitation. Il y avait quelque chose d'incroyablement érotique dans le comportement presque sauvage de mon homme. Cette touche de danger, le fait d'être à la merci de la bête sauvage qui aurait donné sa vie pour moi, était extrêmement excitante.

Je cambrai le dos et gémis lorsqu'il referma sa bouche sur mon mamelon gauche. La sensibilité de ce nouveau corps était hors norme. Chaque contact et chaque sensation étaient décuplés. La texture rugueuse de la langue de Rémus sur mon petit bourgeon tendu me fit frémir. J'enfonçai mes doigts dans sa crinière soyeuse et soulevai ma poitrine pour un meilleur contact tandis qu'il léchait et suçait mon mamelon.

Sa main gauche glissa le long de ma taille et sur mon bassin avant de se glisser entre mes cuisses. J'écartai les jambes pour lui faciliter l'accès. Mes sous-vêtements subirent le même sort que ma chemise de nuit. Mais tout ce qui m'importait, c'étaient ses doigts épais qui titillaient ma fente et mon clitoris avant de s'enfoncer en moi. Mes parois internes se contractèrent instanta-nément autour d'eux, les attirant avidement plus profondément pour combler le vide infini qui le réclamait à grands cris.

La combinaison de l'odeur de ma propre excitation et de la sienne attisa encore davantage le feu qui brûlait au creux de mon ventre, dans un cercle vicieux dont l'intensité croissait de façon exponentielle. Je me frottai contre sa main, cherchant un contact plus intense, tandis qu'il courbait ses doigts et commençait à frotter habilement mon faisceau de nerfs sensibles à chaque mouvement.

Mon orgasme fut intense et rapide. Je criai le nom de mon conjoint alors que des vagues de plaisir déferlaient sur moi. Un gémissement étouffé m'échappa lorsque la chaleur brûlante de sa bouche se posa sur mon clitoris. Cela n'aurait pas dû être possible, mais le brasier qui faisait rage en moi brûla encore plus fort. Je montai encore plus haut jusqu'à ce qu'un deuxième orgasme me submerge avant même que je ne me sois remise du premier.

Tout mon corps vibrait d'extase tandis que mon conjoint continuait à me dévorer, sa main libre me caressant alors que je revenais lentement à la réalité. Il remonta en m'embrassant, reprenant possession de ma bouche avec une possessivité qui me fit frémir à tous les bons endroits. J'écartai davantage les jambes, exprimant clairement mes désirs.

Il ne résista pas.

Rémus se cala entre mes cuisses et s'inséra en moi. Dès le premier coup de reins, je compris que ma renaissance avait tout réinitialisé. Je grognai presque de frustration alors que mon corps lui résistait. Protecteur comme toujours, mon conjoint commença à s'enfoncer en moi avec des mouvements lents et prudents.

Mais je voulais qu'il jette toute prudence au vent et libère la bête qui sommeillait en lui.

J'enfonçai mes griffes dans son dos. Pendant un bref instant, je craignis d'avoir déchiré sa peau, ce qui n'avait pas été mon intention. Heureusement, l'absence d'odeur de sang me rassura. Cependant, cela eut l'effet escompté. Rémus grogna contre mes lèvres et commença à me pénétrer un peu plus vigoureusement jusqu'à ce que mon corps cède.

Nous sifflâmes tous les deux sous l'effet de la brûlure provoquée par son intrusion soudaine, mais nous appréciâmes le plaisir-douleur qu'elle nous procura. Rémus ne fit pas de pause pour me laisser m'ajuster à son gabarit et poursuivit ses mouvements de va-et-vient, les accélérant progressivement. À ma grande consternation, dès que je commençai à me trémousser sous lui, en désirant davantage, mon homme se retira soudainement et me retourna sur le ventre.

Je me mis instantanément à quatre pattes. La mare de lave qui tourbillonnait au creux de mon estomac jaillit en puissants jets de flammes liquides qui inondèrent mes veines. Mon anticipation brûlante fut rapidement assouvie lorsque mon conjoint s'enfonça en moi d'un mouvement puissant. Un grognement béat vibra dans ma gorge alors que je commençais à me balancer d'avant en arrière, rencontrant chacun de ses coups de reins. Ce même instinct primitif refit surface lorsque Rémus commença à me prendre plus profondément et plus fort.

Je basculai dans un tourbillon de félicité, chaque poussée de son membre, chaque caresse de son nœud contre mon point sensible, déclenchant des étincelles électriques sur mes terminaisons nerveuses. Ses griffes piquaient ma peau alors qu'il agrippait fermement mes hanches, ce qui fit sortir davantage mes propres griffes, qui s'enfonçaient dans le sol. La légère brise caressait nos corps fiévreux tout en emportant le son de nos gémissements et grognements voluptueux.

Alors que le plaisir atteignait un nouvel apogée, quelque

chose changea en moi. Une étrange pression dans la partie infé-rieure de mon visage prit enfin tout son sens lorsqu'une vive douleur mc transperça les gencives avant qu'une paire de crocs ne descende. Ma colonne vertébrale sembla s'étirer et mes muscles se tendirent. Mais les doigts de Rémus qui frottaient mon clitoris au moment même où son membre frappait mon point sensible à l'angle parfait contrecarra le phénomène qui tentait de se produire.

Je renversai la tête en arrière et poussai un cri alors que l'ex-tase m'emportait pour la troisième fois. Le son qui sortit de ma bouche était un étrange mélange entre un cri et un hurlement de loup. Rémus poussa un rugissement sauvage, serrant douloureu-sement mes hanches. Au début, je pensai qu'il avait lui aussi succombé au plaisir, mais il continua à aller et venir en moi, avec des mouvements erratiques jusqu'à ce qu'il reprenne le contrôle de ses émotions.

Cette fois, dès que je me fus ressaisie, le « phénomène » qui avait commencé à se manifester avant que je ne bascule dans l'extase revint avec virulence. Mes crocs me faisaient mal, ma peau brûlait et quelque chose gonflait dans ma gorge. J'avais l'impression d'avoir une sorte de glande. Mais mes muscles se mirent eux aussi de la partie, parcourus par une vague d'énergie.

Je m'écartai soudainement de Rémus, au milieu d'une pous-sée. Il sembla stupéfait lorsque je me retournai, toujours à genoux, et lui montrai mes crocs en grognant de manière mena-çante. Sa stupeur céda la place à un air de pure luxure qui fit durcir mes mamelons de manière douloureuse tandis que davan-tage de mouille s'écoulait le long de l'intérieur de mes cuisses. Je me jetai sur lui, le plaquant au sol sur le dos. Il ne résista pas et ne riposta pas, ses lèvres s'étirant en un sourire sauvage, expo-sant les pointes acérées de ses doubles crocs intimidants.

Toujours guidée par mon instinct, je posai mes deux paumes sur son large torse, mes griffes piquant sa peau, et je m'empalai sur son membre d'un mouvement brusque. Il renversa la tête en arrière, le visage dissous dans un air de pure félicité, grognant de plaisir. Ma bouche saliva, et la sensation douloureuse dans mes crocs s'intensifia encore tandis que je fixais sa gorge exposée. Je commençai à le chevaucher avec un abandon débridé. Par les dieux, il était magnifique et tout à moi. Le monde autour de nous cessa d'exister. Tout ce qui comptait, c'était l'homme parfait sous moi, ses mains sur mes hanches me tenant comme s'il craignait que je disparaisse, son membre me remplissant entièrement alors qu'il poussait vers le haut en contrepoint de mes propres mouvements, le son de nos voix se mêlant dans un chant voluptueux, et l'amour infini qui brûlait dans ses yeux rivés aux miens.

Une sensation de picotement à l'arrière de ma tête faillit briser la transe lubrique qui m'avait engloutie. Je tentai de la chasser pour me recentrer sur le plaisir intense qui montait en moi. Mais elle persista, me harcelant comme un moustique qui bourdonne dans mon oreille. Ce ne fut que lorsque je lui accordai mon attention qu'une porte inattendue s'ouvrit. Ce n'était pas quelque chose que je pouvais décrire physiquement. J'avais l'impression qu'une nouvelle voie de communication ou un nouveau niveau de conscience venait d'être établi.

Et puis j'entendis sa voix bien-aimée dans mon esprit.

— *Lie-toi à moi, ma Flamme*, dit Rémus par télépathie.

Mes yeux s'écarquillèrent et la douleur dans mes crocs s'intensifia de manière exponentielle jusqu'à atteindre un niveau presque insoutenable. Mes glandes gonflèrent encore plus. Et un liquide frais coula de la pointe de mes crocs. Je ne savais pas comment répondre, mais je n'en eus pas l'occasion.

Avant que je ne puisse découvrir comment le faire, mon conjoint glissa sa main droite entre mes jambes et frotta mon clitoris avec son pouce. Ma colonne vertébrale se raidit et mon orgasme me submergea avec la violence d'un tsunami. Je ne criai pas. Je rugis et, guidée par mon instinct, je me jetai en avant, enfonçant mes crocs dans son cou. À travers mon brouillard voluptueux, j'entendis Rémus rugir encore plus sauvagement que je ne l'avais fait au moment où sa semence explosa en moi, me remplissant à ras bord. Simultanément, mes propres glandes se vidèrent tandis que mon essence s'écoulait à travers mes crocs pour se déverser en lui.

Alors que je planais encore sur les ailes de l'extase, je le sentis vaguement tirer ma tête en arrière, retirant mes crocs de son cou. Puis la douleur de sa morsure dans mon propre cou s'estompa rapidement, remplacée par une jouissance liquide qui inonda mes veines. Cela déclencha un autre orgasme qui me laissa anéantie et désarticulée tandis que je m'effondrais sur sa poitrine, démolie.

— Je t'aime, ma Flamme, murmura Rémus, ses bras étroitement enlacés autour de moi. Bon retour parmi nous.

La tête posée sur sa poitrine, je souris et resserrai mon étreinte.

— Je t'aime aussi, Rémus. Merci de m'avoir ramenée et de ne jamais avoir abandonné.

Nous restâmes enlacés, soudés par son nœud, et unis pour l'éternité, corps et âme, par notre lien. Avec le Destin, les dieux et la nature comme témoins, nous ne faisions plus qu'un.

ÉPILOGUE
AMARA

Au cours de la semaine qui suivit ma renaissance et mon union avec mon âme sœur, Rémus et moi partageâmes notre temps entre des marathons érotiques, lui me regardant engloutir des quantités obscènes de nourriture – mon corps ayant apparemment besoin de carburant pour finaliser les changements qu'il subissait – et l'entraînement de mes nouvelles capacités.

Au début, nous pensions que je n'allais avoir qu'une forme de loup-garou, qui semblait semi-humaine. À notre grande joie, nous découvrîmes que j'avais en fait aussi une forme de loup à part entière. J'avais encore du mal avec les deux, surtout quand il s'agissait de courir à quatre pattes. Mon stupide cerveau voulait que je garde mes pattes arrière beaucoup trop droites dans cette position. Cela me faisait gambader avec les fesses en l'air. Rémus me taquinait systématiquement en me disant que je n'avais qu'à demander si je voulais une fessée, qu'il n'était pas nécessaire d'exhiber mon postérieur de cette façon.

Il décampait alors avant que je ne puisse mettre la main sur lui pour lui donner une fessée à son tour. Ce misérable était beaucoup trop rapide pour moi. Non seulement il était plus fort, mais il maîtrisait aussi son corps sous toutes ses formes. Néanmoins, je rattrapais progressivement mon retard et je ne doutais pas que ce n'était qu'une question de temps avant que nous soyons à égalité.

Cependant, mes capacités de métamorphose étant encore limitées, nous jugeâmes tous deux plus sage de monter à cheval pour retourner chez la Tisseuse. Pour une raison que je ne pouvais expliquer, une soudaine vague d'appréhension m'envahit lorsque le portail s'ouvrit silencieusement à notre approche. Je voulais croire que ce n'étaient que les diablotins gardiens assis sur les piliers du portail qui me mettaient mal à l'aise. Leurs yeux de chouettes brillaient d'une lueur jaune tandis qu'ils nous observaient entrer, et le poids de leur regard nous accompagna tandis que nous remontions le chemin menant à l'humble cabane où vivait la Tisseuse.

Nous descendîmes de cheval – Rémus se précipitant à mes côtés pour m'aider à descendre dans un élan de chevalerie des plus adorables – puis nous marchâmes jusqu'à la porte, main dans la main. Elle s'ouvrit devant nous, révélant une fois de plus la Tisseuse déjà assise derrière la table juste en face, qui nous attendait manifestement. Un sourire mystérieux se dessina sur ses lèvres tandis que ses yeux violets brillaient d'une lueur espiègle, voire railleuse. Mais avec elle, c'était probablement un mélange des deux.

Je hoquetai lorsque le bruit des chaises glissant vers sa table me fit sursauter. Je m'étais attendue à celle de gauche, car c'était celle qu'elle avait utilisée lorsque je lui avais rendu visite pour la première fois. Mais je ne m'attendais pas à la présence d'une deuxième chaise cachée derrière la porte ouverte, qui glissa également sur le parquet pour s'arrêter juste en face d'elle, à côté de la première chaise.

Je lui lançai un regard noir lorsque son sourire narquois s'élargit, confirmant qu'elle prenait plaisir à taquiner ses invités... ou du moins moi. Nous prîmes tous les deux place en face d'elle.

— Jolies oreilles, Amara, dit la Tisseuse d'une voix amusée.

Mes joues s'empourprèrent immédiatement. Parmi mes problèmes de métamorphose, il m'arrivait parfois de rester coincée avec des oreilles pointues plutôt qu'elles reprennent leur forme humaine normale et arrondie. Après avoir essayé pendant près d'une demi-heure de passer de ma forme de loup à celle de loup-garou, puis de revenir à ma forme humaine, sans succès, j'abandonnai finalement. J'avais espéré que mes cheveux allaient les couvrir suffisamment pour qu'elle ne les remarque pas. Mais de toute évidence, on ne pouvait rien cacher à Cliona Nox.

— Mais je suis surprise que vous soyez tous les deux venus à cheval, poursuivit-elle avec le même sourire narquois.

— Je suis encore maladroite pour me transformer et courir en loup, murmurai-je, embarrassée.

— Tu apprends très vite, mon amour, intervint Rémus avec une attitude protectrice qui me fit fondre de l'intérieur.

Je lui adressai un sourire reconnaissant, qu'il me rendit avec tendresse.

La Tisseuse gloussa.

— Oui, il faut parfois du temps pour maîtriser la métamorphose. Mais je vois que vous êtes liés tous les deux. Bravo, dit-elle en désignant du menton la marque de morsure sur mon épaule, à peine visible sous mon col.

— Oui, merci, répondis-je timidement. Comme tu peux le deviner, nous sommes ici pour que je rembourse ma dette, mais aussi pour te poser une question au sujet de Rémus.

Elle pencha la tête sur le côté et haussa un sourcil interrogateur.

— Qu'en est-il de Rémus ? demanda-t-elle.

Je me tortillai sur ma chaise et m'humectai nerveusement les lèvres.

— C'est à propos du venin dans son sang.

— Tu t'en es déjà occupée avec la morsure d'union, dit-elle avec un geste dédaigneux, puis elle reporta son attention sur mon conjoint. Tes fluides sont désormais sans danger pour les autres, à moins que tu n'en décides autrement.

— Pardon ? demanda Rémus, sa confusion reflétant la mienne.

— De la même manière que tu peux injecter du venin à travers tes crocs, tu peux en inonder ta circulation sanguine comme mécanisme de défense. Ainsi, tu continueras à bénéficier de la protection que cela t'offre lorsque tu explores des endroits dangereux, car cela repousse naturellement les prédateurs potentiels.

— C'est... c'est fantastique, dit Rémus, stupéfait.

La Tisseuse acquiesça.

— Cependant, sois prudent. Les anticorps qu'Amara t'a donnés neutraliseront le venin en quelques heures, voire moins selon la quantité que tu as libéré dans ton sang.

— Bien noté, répondit-il avec un air sérieux.

— Et la pleine lune ? insistai-je nerveusement. Est-ce qu'elle aura toujours un effet sur lui... et sur moi d'ailleurs ?

Elle sourit.

— Vous êtes tous les deux des loups-garous. L'envie de vous transformer restera présente dès que la pleine lune se lèvera. Cela ne changera pas. J'ignore si vous serez capables d'y résister. Seul le temps nous le dira. Je peux seulement affirmer que ce sera extrêmement difficile. Cela dit, aucun de vous ne deviendra une bête enragée et dépourvue de raison. Vous conserverez le contrôle de vos facultés mentales, et c'est tout ce qui compte.

Mon soupir de soulagement mourut dans ma gorge, et ma poitrine se serra en voyant Rémus battre rapidement des paupières pour retenir les larmes qui lui piquaient manifestement les yeux. À cet instant, je compris que la malédiction qui avait hanté toute sa vie avait enfin été levée. Pour la première fois, il n'était plus un monstre, une menace, le croque-mitaine contre lequel les mères mettaient leurs enfants en garde.

Je pris sa main et la serrai doucement. Il la contempla avant de lever les yeux vers moi. La profondeur de la gratitude et de l'adoration dans son regard me bouleversa.

— Merci, ma Flamme, murmura-t-il.

Je lui adressai un sourire tremblant, submergée par l'émotion.

— Non, mon amour. C'est moi qui te remercie. Rien de tout cela ne serait arrivé si tu n'avais pas accepté de t'embarquer dans cette aventure avec moi et de la mener à terme.

Il se pencha vers moi et m'embrassa. Ce fut bref, mais cela exprima tout ce qui ne pouvait être dit avec des mots. Il appuya son front contre le mien, et je remerciai silencieusement les dieux et toutes les personnes qui avaient contribué, même modestement, à rendre cela possible. Tout avait commencé par une suggestion de l'adorable Ronika, qui m'avait conseillé de consulter la Tisseuse. J'avais hâte de lui annoncer la bonne nouvelle.

Un cliquetis nous arracha à ce moment de tendresse. Gênés, nous tournâmes brusquement la tête vers la Tisseuse pour la voir retirer un étrange stylet d'un coffret à bijoux finement sculpté. Il était en bois, orné d'or et de pierres précieuses. Le stylet lui-même semblait également être en or. Dans le même coffret, Cliona sortit une ampoule en verre dont l'embout semblait s'adapter parfaitement à l'extrémité creuse du stylet.

Elle tendit la main vers moi. Comprenant immédiatement sa demande tacite, je plaçai ma main gauche dans la sienne. Un frisson me parcourut lorsque je sentis l'incroyable douceur et la chaleur de sa paume contre ma peau. Pour une raison que je ne pouvais expliquer, je m'étais attendue à ce que son toucher soit froid et désagréable, comme si le moindre contact avec elle pouvait drainer toute notre force vitale. Au contraire, cela me donna envie de me blottir dans ses bras, ce qui m'aurait donné probablement l'impression d'être enveloppée dans la lumière divine des dieux.

Bien qu'elle gardât les yeux fixés sur mon bras, le sourire

suffisant sur les lèvres sensuelles de la Tisseuse et son petit rire discret semblaient indiquer qu'elle savait exactement quelles pensées me traversaient l'esprit. Mes joues s'enflammèrent, mais je restai silencieuse. Cliona retourna ma main, paume vers le haut, exposant l'intérieur de mon poignet. Elle passa son doigt le long de la veine à peine visible de mon poignet. Je restai bouche bée lorsqu'elle saillit immédiatement. Une sensation de fraîcheur se répandit dans un petit rayon autour de la veine. Je soupçonnai qu'elle avait également désinfecté la zone avec son toucher.

Cliona enfonça habilement la pointe du stylet dans ma veine. À ma grande surprise, cela ne fit pas mal, la sensation de piqûre étant presque inexistante. Elle plaça l'ampoule en verre à l'extrémité du stylet, qui se remplit immédiatement de mon sang. Je regardai avec fascination les motifs gravés sur le stylet doré s'illuminer soudainement, révélant une série de runes magiques. À ma grande surprise, elles se déplacèrent, formant plusieurs fois de nouvelles runes tandis que mon sang dans l'ampoule semblait s'illuminer de l'intérieur. Lorsque les runes s'estompèrent, mon sang s'était transformé en un liquide clair.

Un malaise me tordit les entrailles lorsque je vis la Tisseuse retirer l'ampoule du stylet et la tenir devant ses yeux avec une expression triomphante. Les fentes verticales de ses pupilles se dilatèrent, engloutissant presque ses iris violets. Son regard se tourna soudain vers moi, ses pupilles retrouvant leur taille normale. Elle pencha la tête, un air presque prédateur envahissant ses traits alors qu'elle baissait la main et plaçait l'ampoule dans la boîte sans jamais détourner les yeux de moi.

— N'aie pas peur, petite Amara. J'ai promis que cela ne te ferait aucun mal et que je ne l'utiliserais que pour faire le bien. Cela n'a pas changé et ne changera jamais, dit-elle d'une voix douce, même si je ne manquai pas de remarquer la dureté sousjacente.

— Je ne voulais pas t'offenser, dis-je d'un ton penaud.

Son visage s'adoucit et elle me fit un signe de tête raide.

— Seule une imbécile ne s'inquiéterait pas de donner une partie de son corps qui pourrait être utilisée de manière dévastatrice contre elle, surtout par quelqu'un comme moi. Mais notre affaire est conclue.

— Merci de nous avoir sauvé la vie, dis-je timidement.

— Non, mon enfant. C'est moi qui te remercie d'avoir sauvé bien plus de vies que tu ne le réalises, dit-elle d'un ton mystérieux.

Ma langue brûlait d'envie d'en savoir plus sur les personnes auxquelles elle faisait référence. Cependant, Rémus s'adressa à la Tisseuse, me rappelant le dernier sujet important que j'avais oublié d'aborder.

— Avant de partir, j'ai trouvé le Fléau des Amants caché dans l'atelier d'Amara. Mais nous n'avons aucune idée de qui l'a apporté là-bas, comment retrouver cette personne, ni à quel point Amara pourrait être vulnérable à une autre attaque similaire, dit-il d'une voix inquiète.

La Tisseuse sourit et passa distraitement la main sur sa longue tresse unique.

— Tu as rencontré la meurtrière en puissance juste avant la Forêt Hantée, dit-elle d'un ton neutre.

— C'était donc elle ! s'exclama Rémus, la colère s'insinuant dans sa voix.

— Mmhmm, répondit Cliona avec une expression mystérieuse. Elle voulait t'empêcher de sauver Amara.

— Mais pourquoi ? m'exclamai-je, déroutée.

— Et où puis-je la trouver ? demanda Rémus.

— Pour t'empêcher de me donner ce sérum, me répondit la Tisseuse en haussant les épaules tout en montrant l'ampoule dans la boîte.

Elle tourna ensuite son attention vers mon conjoint.

— Quant à toi, tu ne la trouveras pas.

— QUOI ?! Mais...

— Non, Rémus Beltaine ! dit Cliona d'un ton impérieux qui

me donna envie de me recroqueviller sur ma chaise. Ton rôle dans cette histoire est terminé. La sorcière ne te concerne plus. Tu as eu une opportunité de la vaincre dans la forêt. Comme tes chances de succès étaient extrêmement minces, tu as fait le bon choix en partant. Maintenant, c'est à quelqu'un d'autre de lui faire payer ses nombreux crimes.

— Mais elle a menacé ma conjointe ! s'exclama-t-il, outré. Je ne vais pas rester les bras croisés en craignant le jour où elle frappera à nouveau !

Elle fit un geste dédaigneux.

— La menace qui pesait sur ta conjointe est passée. Tuer Amara avant sa renaissance m'aurait empêchée d'obtenir ce sérum. Si le père d'Amara avait survécu, les roues du Destin l'auraient probablement poussé à fournir ce sérum à sa place. La sorcière n'a rien contre toi ni contre ta lignée, Amara. Tu n'étais qu'une victime collatérale d'une guerre plus importante. Ton rôle est terminé.

— Alors, nous ne la reverrons plus jamais ? demandai-je, bouleversée et furieuse devant la désinvolture avec laquelle cette inconnue avait détruit nos vies innocentes.

Cliona secoua la tête.

— Elle a déjà reporté son attention sur quelqu'un d'autre, dans un vain effort pour empêcher l'inévitable.

— Promets-moi simplement que tu ne la laisseras pas s'en tirer comme ça, dis-je avec une dureté qui me surprit moi-même.

Je n'avais jamais été du genre vindicatif. Mais cette femme avait causé trop de tort pour s'en tirer à bon compte et échapper au châtiment qu'elle méritait. L'expression malveillante, presque diabolique, qui se dessina sur le visage de la Tisseuse me donna des frissons dans le dos. À cet instant, je ressentis presque un soupçon de pitié pour la sorcière.

Presque...

— N'aie crainte, mon enfant, dit la Tisseuse d'une voix

glaciale pleine de promesses mortelles. Elle paiera mille fois. Même la Mort aura pitié d'elle.

Je déglutis péniblement, soulagée de ne pas figurer sur la liste de ses ennemis.

— Merci, Tisseuse. Merci pour tout, dis-je en me levant de ma chaise.

— Oui, merci, répéta Rémus.

Son visage prit une expression extrêmement douce que je n'aurais jamais crue possible chez une femme aussi intimidante. Elle était presque maternelle.

— Tu peux m'appeler Cliona, dit-elle avec une expression étrange qui me laissa sans voix. Sois heureuse, Amara. Prends bien soin de ton conjoint.

Quelque chose chez elle me troublait. Je n'arrivais pas à mettre le doigt dessus. Je lui souris, glissai ma main dans celle de Rémus et me retournai pour partir. Alors que la porte s'ouvrait devant nous, je me figeai et me retournai abruptement pour la regarder, choquée par ma soudaine prise de conscience.

— Tes yeux, murmurai-je, estomaquée. Ils sont exactement comme les siens !

— Comme ceux de qui ? demanda-t-elle, le visage soudainement fermé.

— Lyall, répondis-je en étudiant sa réaction.

Rémus recula et m'examina d'un air perplexe.

— Non, mon amour, dit-il doucement, une pointe d'inquiétude dans la voix. Lyall a les sclérotiques rouges et n'a pas d'iris. La seule chose qu'ils ont en commun, ce sont les pupilles verticales.

Je posai ma main sur son épaule dans un geste apaisant tout en secouant la tête, mon regard toujours rivé sur celui de la Tisseuse.

— C'est leur apparence par défaut, concédai-je. Mais quand il est heureux, quand il montre son côté plus vulnérable, ses yeux changent pour ressembler exactement aux siens, avec une sclérotique blanche, des iris violets et des pupilles verticales.

Une expression étrange traversa le visage de Cliona.

— Lyall t'a montré son vrai visage ?

Même si elle formula cela sous forme de question, c'était plutôt une affirmation à elle-même, comme si elle essayait de digérer une information à laquelle elle ne s'était pas attendue.

— Je crois que oui, répondis-je prudemment. Il était magnifique, avec une aura divine et des ailes éthérées... ou du moins des formes lumineuses derrière lui qui me faisaient penser à des ailes.

— Ce pauvre garçon t'aime vraiment pour se dévoiler à ce point, dit-elle d'un air pensif.

— Donc tu le connais ! Est-il ton frère ? demandai-je

Elle éclata de rire, son expression songeuse laissant place à son attitude moqueuse habituelle.

— Mon frère ? Oh, comme tu me flattes, mon enfant ! Non, Lyall n'est pas mon frère.

— Sais-tu où il se trouve ? demanda Rémus. Nous n'avons plus eu de nouvelles de lui depuis la nuit de la pleine lune. Je veux juste m'assurer qu'il va bien et qu'il n'a pas été blessé.

Cliona observa mon conjoint comme si elle le voyait pour la première fois.

— Tu es vraiment unique, Rémus Beltaine. Quelle que soit la rancœur que tu peux éprouver envers Ranael, il t'a transmis son cœur protecteur et bienveillant. La plupart des autres hommes souhaiteraient du mal à celui qui convoite leur femme.

— Nous lui devons beaucoup. Sans lui, nous ne serions probablement pas ici, dit Rémus.

Elle sourit.

— Non, Rémus. Sans lui, vous seriez tous les deux morts, dit-elle avec une finalité troublante. Mais oui, Lyall va bien. Il n'y avait aucune raison pour lui de s'attarder et de se torturer en regardant ce qu'il ne peut pas avoir. Mais ne soyez pas triste pour lui. Vous l'avez aidé à faire les bons choix.

Elle jeta un coup d'œil à une partie nue du mur derrière le rouet et sembla examiner quelque chose avant de reporter son attention sur nous.

— Grâce à vous, la voie vers son bonheur s'ouvre désormais devant lui.

Je clignai des yeux, perplexe, avant de regarder le mur. Comme lors de ma précédente visite, il était complètement nu. Mais cela me confirma qu'elle pouvait voir quelque chose qui restait invisible à nos yeux.

— Soyez prudents tous les deux, et profite bien de ta nouvelle vie prolongée, Amara, dit la Tisseuse.

Sur ces mots, elle nous tourna le dos et le tabouret sur lequel elle était assise glissa silencieusement vers son rouet. Je secouai la tête, ne sachant pas trop quoi penser de Cliona. Elle éveillait en moi la peur, la fascination, le respect, mais aussi une affection inexplicable.

Rémus me tira doucement par la main, chassant mes pensées vagabondes. Main dans la main, nous quittâmes l'humble demeure pour nous diriger vers la liberté et une nouvelle vie pleine de possibilités.

~

RÉMUS

L e cœur battant, je poussai les lourdes portes de l'auberge Howl Inn. Les voix bruyantes à l'intérieur se turent dès qu'elles me virent debout à côté de ma conjointe. Plus de huit semaines s'étaient écoulées depuis que j'avais quitté cet endroit avec Amara pour nous lancer dans une aventure jugée non seulement impossible, mais carrément suicidaire.

Même si nous revenions victorieux, tout au long du trajet jusqu'ici, j'avais appréhendé le genre d'accueil qui allait nous être réservé. Après avoir été traité comme un paria pendant des années, j'avais accepté le fait que je ne serais jamais vraiment le bienvenu. Mais maintenant que j'avais une conjointe, les choses avaient changé. Je me moquais du manque de respect à mon égard, mais je n'allais pas tolérer que quiconque traite mon âme sœur comme on l'avait fait avec moi.

Certes, son poison n'avait jamais été une menace pour les autres, mais ils pouvaient être méchants avec elle simplement parce qu'elle était associée à moi. Mon dos se raidit lorsque nous entrâmes dans la pièce et que tous les regards se braquèrent sur nous. À ma grande surprise, ils étaient curieux, et non hostiles comme cela avait été le cas auparavant.

— Rémus ! s'exclama Misty en se précipitant vers nous depuis son comptoir.

Nous sourîmes, sa joie contagieuse nous gagnant. Elle nous prit tous les deux dans ses bras et nous embrassa tour à tour sur les joues, avant de nous étreindre chacun séparément avec une force à nous briser les os. Amara gloussa devant cette démonstration excessive d'affection de la part de la doyenne.

Elle tint ma conjointe par les épaules, l'examina de la tête aux pieds avant de se pencher vers elle et de la renifler profondément. Dans d'autres circonstances, cela aurait été considéré comme un comportement extrêmement grossier. Mais dans toute la pièce, tout le monde faisait la même chose, mais de manière plus subtile.

— Je savais que tu reviendrais ! Je savais que tu vaincrais cette maladie, dit Misty, la voix soudainement chargée d'émotion. Tu n'es plus malade ! Vous n'êtes plus malades tous les deux !

Tout le monde se mit à murmurer leur choc et leur incrédulité.

— Oui, Misty. Nous sommes tous les deux guéris, dis-je, stupéfait de pouvoir encore parler sans que ma voix ne se brise.

— Et la pleine lune ne le rendra plus enragé, dit fièrement Amara en passant son bras autour de ma taille et en se blottissant contre moi.

Les murmures s'intensifièrent encore, car la même expression éberluée se lisait sur tous les visages.

— Tout cela grâce à toi, mon amour, dis-je, l'adoration que je ressentais pour elle transparaissant dans ma voix.

Puis je me tournai vers la foule, mon regard se posant sur l'homme qui avait été mon frère pendant de nombreuses années avant que les choses ne tournent mal.

— Et à toi, Ulric. Je ne serais pas revenu à temps sans ton aide. Je t'en serai éternellement reconnaissant, dis-je.

Une étrange émotion traversa son visage avant qu'il ne relève le menton avec un air suffisant.

— La meute défend toujours ses membres, dit-il d'un ton neutre.

— Tout à fait ! répondirent tous à l'unisson.

Je me figeai, trop abasourdi pour parler. Son sourire doux, presque compatissant, me sortit de ma torpeur. Je clignai des yeux pour retenir les larmes qui me piquaient les yeux. Avec cette seule phrase, il m'avait réintégré comme membre à part entière de la meute, et non plus comme paria. En tant que futur chef de la meute, ses paroles avaient beaucoup de poids. Mais plus important encore, les autres avaient exprimé bruyamment leur accord avec sa déclaration.

Trop vite...

Normalement, quelqu'un aurait remis en question, contesté ou rejeté son affirmation. Personne ne l'avait fait. À cet instant, je compris qu'Ulric avait probablement commencé à préparer mon retour le jour même où il m'avait raccompagné à la Tisseuse.

— Viens alors, dit Rolf d'un ton un peu bourru, en nous invitant à nous asseoir à leur table. Présente ta Flamme Jumelle au reste de la meute, puis raconte-nous l'histoire de cette folle aventure dans laquelle vous vous êtes lancés.

— Au moins, cette folle histoire sera probablement plus véridique que les récits invraisemblables dont Ludvic adore nous abreuver à tout bout de champ, dit Ulric d'un ton moqueur, en regardant un membre plus âgé de la meute, bien connu pour ses exagérations.

Ses protestations se noyèrent sous le déluge de railleries amicales et de taquineries des autres.

J'échangeai un regard avec ma conjointe, le cœur rempli d'amour pour la femme qui m'avait tout donné.

— *Je t'aime, ma Flamme,* murmurai-je par télépathie.

— *Je t'aime aussi, Rémus,* répondit-elle.

Main dans la main, nous rejoignîmes notre meute.

FIN.

AEGARIM

ARRAPHILON

RANAEL

GHARLAKAN

TENTRIAN

FLÉAU DES AMANTS

DU MÊME AUTEUR

Si mon livre vous a plu, s'il vous plaît, prenez le temps d'écrire un petit commentaire sur Amazon et Goodreads. C'est important pour nous !

Reaper

Wrath

Xénon

Névrik

Rogue

AGENCE PRIME

J'ai Épousé Un Homme-Lézard

J'ai Épousé Un Naga

J'ai Épousé Un Homme-Oiseau

J'ai Épousé Un Minotaure

J'ai Épousé Wonjin

J'ai Épousé Un Triton

J'ai Épousé Un Dragon

J'ai Épousé Une Bête

J'ai Épousé Krogal

J'ai Épousé Une Dryade

J'ai Épousé Un Incube

J'ai Épousé Un Phalène

J'ai Épousé Un Homme-Chat

J'ai Épousé Amreth

J'ai Épousé Kayog

LE ROYAUME DES OMBRES

Destinée au Spectre

Destinée à la Faucheuse

Destinée au Lycan

Destinée au Doppelgänger

LA BRUME

Le Mistwalker

Le Cauchemar

VALOS OF SONHADRA

La Cité de Glace

Prison de Glace

CONTES OBSCURS

La Malédiction de Barbe Bleue

Le Bossu

AUTRES

Un Alien Pour Noël

Coeur de Pierre

Résurgence Alien

Un Homme d'Acier

Oups ! J'ai Invoqué un Lidérc

À PROPOS DE RÉGINE

USA Today bestselling author Régine Abel est friande de romance futuriste, paranormale et fantaisiste. Ses livres contiennent toujours un peu de magie, des éléments inusités et un couple passionné. Elle aime inventer des héros aliens sexy et des héroïnes intelligentes et fortes qui évoluent dans des mondes fantastiques à travers une histoire remplie d'action, de rebondissements et de mystère.

Avant de se vouer à l'écriture à temps plein, Régine s'était livrée à ses autres passions : la musique et les jeux vidéo ! Après avoir œuvré pendant une décennie en tant qu'ingénieure de son en doublage de films et lors de concerts, Régine est devenue game designer puis directeur créatif en jeux vidéo, une carrière qui l'a menée de son pays de résidence, le Canada, aux États-Unis puis dans divers pays d'Europe et d'Asie.

Facebook
   https://www.facebook.com/regine.abel.author/

Site Web
   https://regineabel.com

Regine's Rebels Reader Group
   https://www.facebook.com/groups/ReginesRebels/

Newsletter
http://smarturl.it/RA_Newsletter

Goodreads
http://smarturl.it/RA_Goodreads

Bookbub
https://www.bookbub.com/profile/regine-abel

Amazon
http://smarturl.it/AuthorAMS